Autorin

Mit ihrem ersten Roman *Blumen der Nacht* wurde V. C. Andrews zur Bestsellerautorin. Ihrem Erstling folgten zehn weitere spektakuläre Erfolge, unter anderem *Wie Blüten im Wind*, *Dornen des Glücks*, *Schatten der Vergangenheit*, *Schwarzer Engel*, *Gärten der Nacht*, *Nacht über Eden* und *Dunkle Umarmung*. Nach ihrem Tod brachte ihre Familie zusammen mit einem sorgfältig ausgewählten Autor eine neue V. C. Andrews-Serie auf den Markt, die mit dem Titel *Zerbrechliche Träume* begann und weltweit ein begeistertes Echo hervorrief. Bis heute sind 32 Millionen V. C. Andrews-Bücher verkauft und in sechzehn Sprachen übersetzt worden.

In der Reihe Goldmann-Taschenbücher sind außerdem
von V. C. Andrews ™ erschienen:

DAS ERBE VON FOXWORTH HALL:

Gärten der Nacht. Roman (9163)
Blumen der Nacht. Roman (6617)
Dornen des Glücks. Roman (6619)
Wie Blüten im Wind. Roman (6618)
Schatten der Vergangenheit. Roman (8841)

DIE CASTEEL-SAGA:

Dunkle Wasser. Roman (8655)
Schwarzer Engel. Roman (8964)
Gebrochene Schwingen. Roman (9301)
Nacht über Eden. Roman (9833)
Dunkle Umarmung. Roman (9882)

DIE CUTLER-SAGA:

Zerbrechliche Träume. Roman (9881)
Geheimnis im Morgengrauen. Roman (41222)

und:

Das Netz im Dunkel. Roman (6764)

V.C. Andrews
SCHWARZER ENGEL

Roman

Aus dem Amerikanischen
übertragen von Eva L. Wahser

GOLDMANN VERLAG

Titel der Originalausgabe: Dark Angel
Originalverlag: Pocket Books, New York

Deutsche Erstveröffentlichung

Der Goldmann Verlag
ist ein Unternehmen der Verlagsgruppe Bertelsmann

Made in Germany · 8. Auflage · 7/92
Original English language edition
© 1986 by Vanda Productions, Ltd.
All rights reserved including the right of reproduction
in whole or in part in any form.
This edition published by arrangement
with the original publisher, Pocket Books, New York
© der deutschsprachigen Ausgabe 1988
by Wilhelm Goldmann Verlag, München
Umschlagentwurf: Design Team München
Umschlagfoto: Hubertus Mall, Stuttgart
Satz: IBV Satz- und Datentechnik GmbH, Berlin
Druck: Elsnerdruck, Berlin
Verlagsnummer: 8964
Redaktion: SN
Herstellung: Sebastian Strohmaier/SC
ISBN 3-442-08964-6

ERSTER TEIL

1. KAPITEL
Heimkehr

Um mich herum verschwamm das riesige Haus im Dunkel, verlassen und voller Rätsel. Schatten flüsterten von Geheimnissen, von Ereignissen, die besser vergessen blieben, sie raunten von Gefahren. Aber kein Wort davon, was mir am wichtigsten war: Geborgenheit und Sicherheit. Es war das Haus meiner verstorbenen Mutter, ihr Elternhaus, das heißersehnte Haus, das nach mir gerufen hatte, als ich noch in der Berghütte in den Willies lebte. Laut und süß hatte es in meinen Kinderohren geklungen, hatte mich mit Träumen von all dem Glück, das auf mich wartete, verzaubert – wenn ich endlich einmal dort sein würde. Hier, in diesen märchenhaften Räumen voller Träume, würde ich meinen Schatz finden, die Liebe einer echten Familie, wie ich sie bisher nie erlebt hatte. Kultivierte Lebensart, Wissen und gute Erziehung würden zu mir gehören und Sorgen, Spott und Verachtung wären endlich vorbei. Wie eine Braut wartete ich auf alle diese wunderbaren Dinge – aber nichts geschah. Während ich hier, auf *ihrem* Bett, saß, tauchten sie wieder auf, die quälenden Gedanken, die schon immer in den dunkelsten Ecken meines Gehirns gehaust hatten. Und Schuld daran war die Atmosphäre in *ihrem* Raum!

Warum war meine Mutter aus so einem Haus weggelaufen?

Da war diese kalte Winternacht vor vielen Jahren, in der mich meine arme Großmutter auf einen Friedhof führte. Dort erzählte sie mir, ich sei nicht Sarahs Erstgeborene. Sie zeigte mir das Grab meiner Mutter, meiner wirklichen Mutter, einer jungen Schönheit, die aus Boston weggelaufen war. Leigh.

Arme, harmlose, unschuldige Großmutter mit ihrer unerschütterlichen Seele. Felsenfest war sie davon überzeugt, ihr jüngster Sohn Luke wäre früher oder später der richtige Mann, um den gebrandmarkten, lächerlichen Ruf der Casteels wiederherzustellen. »Lumpenpack«, hörte ich es wie Kirchenglocken durch die Dunkelheit dröhnen, »taugt nichts, wird nie was taugen, keiner von denen...« Und ich hielt mir die Ohren zu, um das Dröhnen zu ersticken. Eines Tages würde Großmutter auf mich stolz sein, obwohl sie schon tot war. Eines Tages würde ich wieder in die Willies kommen mit einem Stapel hervorragender Zeugnisse, würde mich vor ihr Grab knien und ihr alles erzählen. Und Großmutter wäre glücklicher als je im Leben. Ich zweifelte nicht im geringsten, daß Großmutter vom Himmel dann auf mich herunterlächeln würde, denn endlich wüßte sie, daß wenigstens ein Casteel die High School, das College bestanden hätte...

Was war ich doch für ein naives Unschuldslamm, mit so großen Hoffnungen hier anzukommen!

Es war alles furchtbar schnell gegangen: Die Landung mit dem Flugzeug, meine fürchterliche Aufregung, den Weg durch den überfüllten Flughafen zum Gepäckband zu finden – alles ganz normale Dinge, die auch ich mir einfach vorgestellt hatte. Aber sie waren es nicht. Sogar nachdem ich meine beiden blauen Koffer, die erstaunlich schwer zu sein schienen, gefunden hatte, war ich verwirrt. Nervös und völlig verunsichert sah ich mich um. Wenn nun meine Großeltern gar nicht gekommen waren? Wenn sie ihre Meinung geändert hätten, eine unbekannte Enkelin in ihre reiche, gesicherte Welt aufzunehmen? So lange waren sie ohne mich ausgekommen, warum also nicht für immer? Wartend stand ich da, und während Minuten vergingen, war ich sicher, sie würden nie kommen. Selbst als ein auffallend gutaussehendes Paar mit der teuersten Kleidung, die ich je gesehen hatte, auf mich zukam, blieb ich wie angewurzelt stehen, unfähig zu glauben, daß nach allem Gott mir doch noch etwas anderes außer Unglück schenken würde. Der Mann lächelte als erster und musterte mich eindringlich. Seine hellblauen Augen funkelten wie goldene Kerzen durch ein Fenster am Weihnachtsabend. »Also, Sie müssen Fräulein Heaven Leigh Casteel sein«, begrüßte mich der lächelnde blonde Mann. »Ich hätte Sie in jedem Fall erkannt. Sie gleichen Ihrer Mutter, bis auf die dunklen Haare.«

Innerlich zitterte ich vor Freude, doch dann sank mein Mut. Mein Fluch, meine dunklen Haare, das Erbe meines Vaters verdarb schon wieder meine Zukunft.

»Bitte, bitte, Tony«, flüsterte die schöne Frau an seiner Seite, »erinnere mich nicht an meinen Verlust...«

Das war sie also, die Großmutter meiner Träume: Zehnmal so schön wie ich es mir ausgemalt hatte. Ich hatte gedacht, die Mutter meiner Mutter wäre eine bezaubernde, grauhaarige ältere Dame. Aber nie hatte ich mir vorgestellt, irgendeine Großmutter könnte so aussehen wie diese elegante Schönheit im grauen Pelz, mit hohen, grauen Stiefeln und langen grauen Handschuhen. Ihre Haare waren wie eine Kappe aus blaß glänzendem Gold, aus dem Gesicht gekämmt, um ein wohlgeformtes, makelloses Profil zu unterstreichen. Trotz ihres verblüffend jugendlichen Aussehens zweifelte ich nicht daran, wer sie war. Zu sehr glich sie dem Bild, das ich jeden Tag im Spiegel sah. »Komm, komm«, sagte sie zu mir, wobei sie ihren Mann aufforderte, mein Gepäck zu nehmen und sich zu beeilen. »Ich kann öffentliche Plätze nicht ausstehen. Zu Hause können wir uns besser kennenlernen.« Mein Großvater setzte sich in Bewegung, packte meine beiden Koffer, während sie mich am Arm weiterzog. Bald darauf saß ich in einer Limousine, die mit einem uniformierten Chauffeur auf uns wartete.

»Nach Hause«, sagte mein Großvater, ohne den Chauffeur auch nur anzusehen. Als ich zwischen den beiden saß, lächelte meine Großmutter endlich. Sanft nahm sie mich in die Arme, küßte mich und murmelte Sätze, die ich nicht ganz begriff:

»Entschuldige unsere Eile, aber wir haben nicht viel Zeit«, sagte meine Großmutter. »Miles fährt uns direkt nach Hause, liebe Heaven. Wir hoffen, es macht dir nichts aus, wenn wir dir heute Boston nicht zeigen. Übrigens, dieser gutaussehende Mann neben dir ist Townsend Anthony Tatterton. Ich nenne ihn Tony, einige seiner Freunde rufen ihn Townie, um ihn zu ärgern, aber ich schlage vor, du läßt das sein.«

Als ob ich es je gewagt hätte.

»Und mein Name ist Jillian«, fuhr sie fort. Noch immer umklammerte sie meine Hand mit ihren beiden, während ich wie gebannt dasaß, fasziniert von ihrem jugendlichen Aussehen, ihrer Schönheit, vom Klang ihrer leisen, weichen Stimme, die so ganz anders war als alle, die ich zuvor gehört hatte. »Tony und ich möchten alles tun, damit dir dein Besuch bei uns Spaß macht!«

Besuch? Ich war nicht auf Besuch gekommen, sondern um hier zu bleiben, für immer! Ich hatte keinen anderen Platz! Hatte Pa ihnen etwa erzählt, ich käme nur auf Besuch? Welche Lügen hatte er ihnen sonst noch aufgetischt?

Betreten sah ich von einem zum anderen, ängstlich bedacht, ja nicht zu weinen. Denn instinktiv wußte ich, sie hätten Tränen für geschmacklos gehalten. Warum hatte ich nur geglaubt, kultivierte Großstädter hätten Verwendung für eine Hillbilly-Enkelin wie mich? Mein Hals war wie zugeschnürt. Was sollte aus meiner College-Ausbildung werden, wer würde dafür aufkommen, wenn nicht sie? Um ja nicht zu schreien oder das Verkehrte zu sagen, biß ich mir auf die Zunge. Vielleicht könnte ich mich ja selbst durchschlagen, immerhin konnte ich tippen...

So saß ich lange Augenblicke in ihrer schwarzen Limousine, völlig verstört durch das fatale Mißverständnis.

Bevor ich mich von dem Schock erholt hatte, fing ihr Mann mit tiefer, heiserer Stimme zu sprechen an, auf englisch, aber mit einem fremden Akzent: »Ich halte es für das Beste, wenn du gleich von Anfang an weißt, daß ich nicht dein richtiger Großvater bin. Jillian war in erster Ehe mit Cleave VanVoreen verheiratet, der vor rund zwei Jahren starb, und Cleave war auch der Vater deiner Mutter, Leigh Diane VanVoreen.«

Zum zweiten Mal total verblüfft sank ich immer mehr zusammen. Gerade er war ein Vater, wie ich ihn mir immer gewünscht hatte, ein offener, freundlicher Mann. Meine Enttäuschung war bodenlos. Vor langer Zeit hatte ich geglaubt, mich einmal riesig zu freuen, wenn ich endlich den ganzen Namen meiner Mutter erfahren würde, aber unter diesen Umständen konnte ich mich nicht richtig freuen. Wieder schluckte ich und biß mir noch fester auf die Zunge, ich verabschiedete mich von der Idee, dieser elegante, gutaussehende Mann sei mit mir verwandt, und versuchte mühsam, mir Cleave VanVoreen vorzustellen. Was war das bloß für ein Name? Niemand in den Tälern und Hügeln West Virginias hieß VanVoreen.

»Ich fühle mich sehr geschmeichelt, daß du bei der Nachricht, ich sei nicht dein richtiger Großvater, so enttäuscht dreinschaust«, meinte Tony mit einem kleinen, amüsierten Schmunzeln. Verwirrt von seinem Tonfall sah ich meine Großmutter fragend an. Aus irgendeinem Grund wurde sie rot, und die Farbe machte ihr hübsches Gesicht noch schöner.

»Ja, meine liebe Heaven, ich bin eine dieser schrecklich modernen Frauen, die sich mit einer unbefriedigenden Ehe nicht einfach abfinden. Mein erster Mann hat mich nicht verdient. Am Anfang unserer Ehe liebte ich ihn, damals als er mir noch genug Zeit widmete. Leider hielt das nicht lange an, er vernachlässigte mich für seine Geschäfte. Vielleicht hast du ja schon von der VanVoreen Dampfschiff-Linie gehört, darauf war Cleave ungeheuer stolz. Seine dummen Boote und Schiffe beanspruchten seine ganze Aufmerksamkeit, sogar seine Ferien und die Wochenenden gingen dafür drauf – und ich wurde immer einsamer, genau wie deine Mutter...«

Da unterbrach Tony sie: »Jillian, bitte schau dir mal das Mädchen genau an! Kannst du dir solche Augen vorstellen, solche unglaublich blauen Augen, genau wie deine, genau wie die von Leigh?«

Mit einem kühlen, strafenden Blick beugte sie sich nach vorne. »Selbstverständlich ist sie nicht Leigh, nicht exakt, da ist mehr verschieden als nur die Haarfarbe. In ihren Augen liegt ein bestimmter Ausdruck – ein Ausdruck, der, nun ja, nicht ganz so unschuldig ist.«

Ich mußte sehr aufpassen, mußte mehr daran denken, was meine Augen verraten könnten. Nie, niemals sollten sie auch nur ahnen, was zwischen Cal Dennison und mir passiert war. Wenn sie davon wüßten, würden sie mich genauso wie Logan Stonewall verachten, der geliebte Freund meiner Kindertage. »Jawohl, natürlich hast du recht«, stimmte Tony mit einem Seufzen zu. »Niemand gleicht einem anderen aufs Haar.«

Die zwei Jahre und fünf Monate, die ich mit Kitty und Cal Dennison in Candlewick, kurz vor Atlanta, gelebt hatte, hatten mich doch nicht so erfahren gemacht, wie ich es jetzt gebraucht hätte. Kitty war siebenunddreißig als sie starb, aber ihr Alter war für sie bereits unerträglich gewesen. Und hier saß nun meine Großmutter, die viel älter als Kitty sein mußte. Trotzdem sah sie jünger aus. Außerdem wirkte sie äußerst zuversichtlich. In Wahrheit hatte ich noch nie eine so jugendlich aussehende Großmutter gesehen, obwohl man in den Bergen sehr früh Großmutter wurde, besonders wenn man schon mit zwölf, dreizehn oder vierzehn geheiratet hatte. Ich ertappte mich, wie ich am Alter meiner Großmutter herumrätselte.

Im Februar würde ich selbst siebzehn, aber bis dorthin waren es noch ein paar Monate. Bei meiner Geburt war meine Mutter gerade vierzehn – und das war gleichzeitig auch ihr Todestag. Jetzt wäre sie also einunddreißig. Nun hatte ich ziemlich viel gelesen, und nach allem, was ich über den Bostoner Adel wußte, heiratete man nie, bevor die Ausbildung abgeschlossen war. Im Gegensatz zu West Virginia wurden Ehemänner und Kinder im Leben der jungen Bostoner Mädchen nicht für so entscheidend gehalten. Diese Großmutter hätte also bei ihrer ersten Heirat mindestens zwanzig sein können. Dann müßte sie jetzt wenigstens um die Fünfzig sein – dasselbe Alter, wie ich Granny am besten in Erinnerung hatte. Granny, mit ihren langen, dünnen, weißen Haaren, ihren verkrümmten Schultern und einem Buckel, mit ihren arthritischen Fingern und Beinen, ihren erbärmlich wenigen, eintönigen, dunklen Kleidern und ihren ausgetretenen Schuhen.

Arme Granny, einmal warst du sicher genauso hübsch wie diese Frau.

Intensiv und ungeniert hatte ich meine jugendliche Großmutter gemustert. Das trieb zwei kleine Tränen in die Winkel ihrer kornblumenblauen Augen, die genau wie meine eigenen aussahen; Tränen, die dort hängen blieben.

Durch ihre kleinen, unbeweglichen Tränen ermutigt, konnte ich wieder sprechen: »Großmutter, was hat dir mein Vater von mir erzählt?« Ganz langsam kam diese Frage, zitternd, sehr ängstlich. Mir hatte Pa nämlich erzählt, er hätte mit meinen Großeltern gesprochen und sie würden mich in ihrem Haus willkommen heißen. Aber was hatte er ihnen außerdem noch erzählt? Immer hatte er mich verachtet und mir die Schuld am Tod seines »Engels« gegeben. Hatte Pa ihnen alles erzählt? Wenn ja, dann würden sie mich nie mögen, geschweige denn lieben lernen, und ich brauchte doch jemanden, der mich so liebte wie ich war – alles andere als vollkommen.

Die schimmernden blauen Augen fixierten mich ausdruckslos. Es bedrückte mich, wie leer ihre Augen werden konnten, so als ob sie ihre Emotionen einfach an- und ausschalten konnte. Im Gegensatz zu ihren kalten Augen und den bedeutungsschweren Tränen, klang ihre Stimme angenehm warm: »Liebe Heaven, sei ein Schatz und nenne mich nicht ›Großmutter‹! Ich versuche so sehr, meine Jugend zu erhalten, und ich habe den Eindruck, meine Anstrengungen hatten Erfolg. Wenn man mich jetzt vor allen meinen Freunden, die mich für viel jünger als in Wahrheit halten, ›Großmutter‹ rufen würde, wäre alles verdorben. Ich wäre zutiefst gedemütigt, bei einer Lüge ertappt zu werden. Zugegeben, ich schwindle immer über mein Alter, manchmal sogar beim

Arzt. Sei also bitte nicht verletzt oder beleidigt, wenn ich dich darum bitte, mich ab jetzt Jillian zu nennen.«

Wieder ein Schock, aber allmählich gewöhnte ich mich daran. »Aber, aber«, stotterte ich, »wie willst du dann erklären, wer ich bin? Und wo ich herkomme? Und was ich hier tue?«

»Meine Liebe, Schätzchen, bitte schau nicht so verletzt! Unter uns, vielleicht bei seltenen Gelegenheiten, könntest du mich... nein! Beim zweiten Nachdenken würde auch das nicht gehen. Wenn ich es dir erlaubte... würdest du es doch vergessen und mich gedankenlos ›Großmutter‹ rufen. Es ist schon richtig, wenn wir's gleich von Anfang an dabei bewenden lassen. Schau, Liebes, es ist ja keine echte Lüge. Frauen müssen einfach alles dransetzen, um ihr persönliches Geheimnis zu wahren. Ich schlage vor, du fängst schon jetzt an, dein wahres Alter zu verschweigen, dazu ist es nie zu früh. Und ich werde dich ganz einfach als meine Nichte vorstellen, Heaven Leigh Casteel.«

Es dauerte eine Weile bis ich begriffen hatte und meine nächste Frage formulieren konnte: »Hast du denn eine Schwester, die genau wie ich Casteel heißt?«

»Wieso? Nein, natürlich nicht«, antwortete sie mit einem gekünstelten Lachen. »Aber meine beiden Schwestern waren so oft verheiratet und wieder geschieden, daß sich kein Mensch an alle Namen erinnern kann, die sie je hatten. Und du mußt dann nichts erfinden, oder? Sag einfach, du möchtest nicht über deine Herkunft sprechen. Und sollte jemand hartnäckig weiterbohren, dann erzähle diesem aufdringlichen Menschen, daß dich dein Vater in seine Heimatstadt gebracht hat... wie hieß sie noch gleich?«

»Winnerow, Jill«, antwortete Tony, schlug die Beine übereinander und strich mit den Fingern sehr sorgfältig die Bügelfalte seiner grauen Hose glatt.

In den Willies wollten die meisten Frauen so früh wie möglich Großmutter werden! Das war ein Grund zum Angeben, man war stolz darauf. Meine eigene Granny wurde mit achtundzwanzig Großmutter. Allerdings blieb der erste Enkel nicht einmal ein Jahr am Leben. Trotzdem, diese Granny hatte mit fünfzig ausgesehen wie achtzig oder sogar noch älter.

»Ist gut, Tante Jillian«, murmelte ich kleinlaut.

»Nein, Liebes, nicht Tante Jillian, nur Jillian. Titel wie Mutter, Tante, Schwester oder Frau konnte ich nie ausstehen. Mein Vorname genügt.«

Ihr Mann neben mir lachte vor sich hin. »Ein wahreres Wort hast du nie gehört, Heaven, und mich kannst du Tony nennen.«

Bestürzt sah ich ihn an. Er grinste unverschämt.

»Sie kann dich ja ›Großvater‹ nennen, wenn sie will«, erklärte Jillian kühl. »Schließlich, mein Schatz, scheint es dir ja gut zu tun, familiäre Bindungen zu haben, oder?«

Hier waren Untertöne, die ich nicht verstand. Ich sah von einem zum anderen und achtete so wenig auf die Richtung, die unser riesiges Auto einschlug, bis die Straße in eine Autobahn überging. Dann bemerkte ich einen Hinweis, daß wir nach Norden fuhren. Verunsichert über meine Situation, versuchte ich noch einmal, herauszufinden, was Pa ihnen während seines Ferngesprächs erzählt hatte.

»Äußerst wenig«, antwortete Tony, da Jillian den Kopf gesenkt hielt und die Nase verzog, ob wegen einer Erkältung oder aus Rührung, konnte ich nicht sagen. Ihr Spitzentaschentuch berührte ab und zu geziert ihre Augen. »Dein Vater schien ein amüsanter Kerl zu sein. Er erzählte, du habest vor kurzem deine Mutter verloren, und der Kummer habe dich in tiefe Depression gestürzt. Natürlich wollten wir alles tun, um zu helfen. Es hat uns immer weh getan, daß deine Mutter jeden Kontakt mit uns abgebrochen hat, oder uns auch nur wissen ließ, wo sie war. Ungefähr zwei Monate, nachdem sie fortgelaufen war, schrieb sie uns eine Karte. Sie schrieb, es ginge ihr gut, aber danach kam nichts mehr. Wir versuchten alles, um sie zu finden, schalteten sogar Detektive ein. Aber die Karte war so verwischt, daß der Stempel nicht zu entziffern war, obendrein war das Foto von Atlanta und nicht von Winnerow in West Virginia.« Er unterbrach und legte seine Hand auf meine. »Liebstes Mädchen, uns beiden tut es unendlich leid, vom Tod deiner Mutter zu erfahren. Dein Verlust ist auch unserer. Wenn wir nur irgend etwas von ihrem Zustand gewußt hätten, bevor es zu spät war, es hätte so viele Möglichkeiten gegeben, ihre letzten Tage schöner zu gestalten. Ich glaube, dein Vater erwähnte – Krebs...«

Oh, Gott, nein!

Wie schrecklich von Pa, so zu lügen!

Meine Mutter war in den ersten fünf Minuten nach meiner Geburt gestorben, gleich nachdem sie mir einen Namen gegeben hatte. So viel Lug und Trug ließ mir das Blut in den Adern gefrieren und mich erstarren. In meinem Magen blieb ein dumpfer Schmerz, ich fühlte mich elend. Es war nicht fair, mir Lügen vorzusetzen, um darauf ein solides Fundament für eine glückliche Zukunft zu bauen! Aber das Leben war nie fair zu mir gewesen, warum sollte ich jetzt etwas anderes erwarten? *Verflucht sollst du sein, Pa, weil du nicht die Wahrheit gesagt hast!* Es war Kitty Dennison, die vor ein paar Tagen gestorben war! Kitty, die Frau, der er mich für fünfhundert Dollar verkauft hatte! Kitty, die so unbarmherzig war mit ihrem kochend heißen Bad, ihrem Jähzorn und raschen Prügeln, bevor ihr die Krankheit die Kraft dazu geraubt hatte. Während ich mit zusammengepreßten Knien dasaß und meine Hände im Schoß verkrampfte, bedacht, sie nicht zu Fäusten zu ballen, erkannte ich verzweifelt, daß diese Lüge vielleicht ein cleverer Schachzug von Pa gewesen war.

Hätte er ihnen die Wahrheit erzählt, daß meine Mutter schon vor Jahren gestorben war, vielleicht wären sie dann nicht bereit gewesen, einem Hillbilly Mädchen zu helfen, das sich ja schon an sein Leben als Waisenkind gewöhnt hatte, gewöhnt war, ohne seine Mutter auszukommen.

Jetzt war die Reihe an Jillian, mich zu trösten. »Liebste Heaven, sehr, sehr bald schon werde ich mich mit dir zusammensetzen und dir tausenderlei Fragen über meine Tochter stellen«, wisperte sie heiser, wobei sie aufschnupfte und ganz vergaß, ihre Tränen abzuwischen. »Momentan geht es mir zu nahe, ich bin viel zu aufgerührt, um mehr zu hören. Bitte verzeih mir, mein Schatz.«

»Aber ich wüßte *jetzt* gerne mehr darüber«, widersprach Tony, wobei er meine Hand, die er wieder ergriffen hatte, drückte. »Dein Vater sagte, er rufe aus Winnerow an. Er und deine Mutter hätten dort die ganzen Jahre ihrer Ehe verbracht. Mochtest du Winnerow?«

Zuerst weigerte sich meine Zunge, zu sprechen, aber als sich das Schweigen ausdehnte und unerträglich schwer wurde, fand ich endlich etwas, das nicht ganz eine Lüge war. »Ja, ich mag Winnerow ganz gern.«

»Das klingt gut. Wir würden die Vorstellung, Leigh und ihr Kind wären unglücklich gewesen, nicht ertragen können.«

Ganz kurz gestattete ich mir, ihm in die Augen zu schauen, bevor ich wieder, fast blind, auf die vorbeihuschende Landschaft starrte. Dann fragte er: »Wie hatte deine Mutter deinen Vater kennengelernt?«

»Bitte, Tony!« rief Jillian, offensichtlich sehr schmerzlich bewegt. »Habe ich nicht gerade betont, ich sei viel zu aufgewühlt für einzelne Details? Meine Tochter ist tot und jahrelang hat sie mir nicht geschrieben! Kann ich ihr das einfach vergeben und vergessen? Ich habe auf ihren Brief gewartet und gewartet, auf ihre Bitte, ich möchte ihr verzeihen! Sie hat mich verletzt, als sie weglief! Monatelang habe ich geweint! Ich hasse es, zu weinen, und das weißt du genau, Tony!« Hart und rauh klang ihr Schluchzen, als ob echtes Schluchzen für ihre Kehle ganz neu wäre. Dann betupfte sie wieder mit dem Stückchen Spitzenstoff ihre Augen. »Leigh wußte, daß ich tiefe Gefühle habe und verletzlich bin; sie wußte, ich würde leiden, aber das war ihr egal. Sie hat mich nie geliebt. Cleave war es, den sie am meisten liebte, und in Wahrheit hat sie dazu beigetragen, ihren Vater zu töten. Denn der wurde nie mehr so wie früher, nachdem sie gegangen war... Und so habe ich mich entschlossen, mir *mein Glück* durch den Kummer über

Leigh nicht rauben zu lassen, den Rest meines Lebens nicht mit Wehklagen zu ruinieren.«

»Nun, Jill, ich hatte keine Sekunde geglaubt, du würdest dein Leben durch Kummer ruinieren lassen. Außerdem solltest du daran denken, daß Leigh siebzehn Jahre ihres Lebens mit einem Mann verbrachte, der sie anbetete. So war's doch, Heaven?« Ich starrte weiter blind zum Seitenfenster hinaus. Lieber Gott, wie konnte ich das beantworten, ohne meine Chancen zu verderben? Wenn sie es wüßten – aber offensichtlich hatten sie keine Ahnung –, könnte das ihre Haltung mir gegenüber verändern. »Es sieht nach Regen aus«, antwortete ich nervös und starrte aus dem Fenster.

Ich lehnte mich in den üppigen Ledersitz und versuchte, mich zu entspannen. Jillian war nun seit knapp einer Stunde ein Teil meines Lebens, und schon hatte ich den Eindruck, sie hatte kein Interesse an den Problemen anderer, weder an meinen noch an denen meiner Mutter. Noch stärker biß ich mir auf die Unterlippe und versuchte meine Gefühle zu verbergen. Und dann, wie es manchmal bei segensreichen Notlügen passiert, kam mein Stolz mit ganzer Macht zurück. Ich richtete mich auf, schluckte meine Tränen hinunter, der Klumpen im Hals verschwand. Ich straffte meine Schultern und zu meinem größten Erstaunen klang meine Stimme kräftig, ehrlich und völlig unschuldig: »Mutter und Vater haben sich in Atlanta kennengelernt und sich auf den ersten Blick verliebt. Daddy brachte sie dann ganz rasch zu seinen Eltern nach West Virginia, damit sie ein ordentliches Haus hätte, um dort die Nacht zu verbringen. Sein Elternhaus lag nicht genau in Winnerow, sondern mehr am Rande. Sie haben kirchlich geheiratet, mit Blumen, Trauzeugen und einem Priester, der den Hochzeitssegen sprach. Später fuhren sie dann für die Flitterwochen nach Miami, und als sie zurückkamen, ließ Daddy, nur meiner Mutter zuliebe, ein neues Bad an unser Haus anbauen.« Schweigen!

Ein tödliches Schweigen, das ungeheuer lange anhielt – glaubten sie etwa meine Lügen nicht?

»Nun, das war sehr nett und aufmerksam«, murmelte Tony, wobei er mich sehr merkwürdig ansah. »Ein neues Badezimmer, darauf wäre ich nie gekommen, aber praktisch, sehr praktisch.« Jillian saß da und hatte den Kopf weggedreht, als ob sie keine Einzelheiten aus dem Eheleben ihrer Tochter wissen wollte. »Wie viele Leute lebten denn bei deinen Eltern?« bohrte Tony weiter.

»Nur Granny und Großpapa«, verteidigte ich mich. »Sie waren verrückt nach meiner Mutter, so sehr, daß sie sie nur Angel riefen. Da ging es Angel hier und Angel da, sie konnte einfach nichts falsch machen. Du hättest meine Granny gemocht. Sie ist vor einigen Jahren gestorben, aber Großpapa lebt noch immer bei Pa.«

»Und an welchem Tag, in welchem Monat kamst du zur Welt?« fuhr Tony mit seinem Kreuzverhör fort. Er hatte lange, kräftige Finger, und seine Nägel glänzten.

»Am 21. Februar«, antwortete ich und nannte zwar das richtige Datum, aber das falsche Jahr – ich sagte ihm Fannys Geburtsjahr, ein Jahr nach meinem. »Sie war schon über ein Jahr mit Pa verheiratet«, fügte ich hinzu. Ich nahm an, das klänge besser als eine Geburt genau acht Monate nach der Hochzeit. Das hätte den Eindruck erweckt, als ob meine Eltern es wahnsinnig eilig gehabt hätten, miteinander ins Bett zu kommen... Und erst als ich das ausgesprochen hatte, begriff ich tatsächlich, was ich gesagt hatte.

Ich hatte mich selbst gefangen. Jetzt hielten sie mich erst für sechzehn, und ich konnte ihnen nie von meinen Halbbrüdern Tom und Keith erzählen, auch nicht von meinen Halbschwestern Fanny und ›Unsere‹ Jane. Dabei hatte ich doch allen Ernstes vorgehabt, die Hilfe der Eltern meiner Mutter zu gewinnen, um meine Familie wieder unter einem Dach zusammenbringen zu können. O Gott, vergib mir, daß ich zuerst an mich gedacht hatte!

»Tony, ich bin müde. Du weißt, ich muß mich zwischen drei und fünf Uhr ausruhen, wenn ich auf der Party heute abend hübsch aussehen soll.« Ihre Miene wirkte leicht bekümmert, hellte sich aber rasch wieder auf. »Heaven, Schatz, du hast doch nichts dagegen, wenn Tony und ich heute abend für ein paar Stunden ausgehen, oder? In deinem Zimmer ist ein Fernseher, und im ersten Stock gibt es eine wundervolle Bibliothek mit Tausenden von Büchern.« Sie beugte sich vor und küßte mich leicht auf die Wange. Ihr Parfum, das bereits das ganze Auto durchdrungen hatte, betäubte mich. »Ich hätte ja abgesagt, aber bis heute morgen hatte ich total vergessen, daß du kommst...«

Meine Fingerspitzen waren eingeschlafen und prickelten, vielleicht weil ich sie so stark verkrampft hatte. Schon jetzt fanden sie also Ausreden, um mich loszuwerden. In den Bergen hätte keiner seinen Gast in einem fremden Haus allein gelassen. »Ist schon gut«, murmelte ich schwach. »Ich bin auch ein bißchen müde.«

»Da siehst du es, Tony, sie hat nichts dagegen, ich hab's dir ja gesagt. Außerdem werde ich das wiedergutmachen, Heaven Schatz, ganz bestimmt. Morgen werde ich dich zum Reiten mitnehmen. Du kannst doch reiten? Wenn nicht, bringe ich's dir bei. Ich wurde auf einem Pferdehof geboren, und mein erstes Pferd war ein Hengst...«

»Also, bitte, Jillian! Dein erstes Pferd war ein ängstliches, kleines Pony.«

»Du bist ein fürchterlicher Langweiler, Tony! Es ist doch wirklich egal, und außerdem klingt es besser, wenn man auf einem Hengst das Reiten gelernt hat und nicht auf einem Pony. Nebenbei war Scuttles ein süßer kleiner Schatz.«

Da ich jetzt wußte, daß sie alles und jeden »Schatz« nannte, war es gar nicht mehr so nett, »Heaven Schatz« gerufen zu werden. Trotzdem zitterte ich, wenn sie mich anlächelte und mit ihren Handschuhen sanft meine Wange streichelte, so hungrig war ich nach Zuneigung. Mehr als alles andere wünschte ich mir ihre Zuneigung, vielleicht sogar ihre Liebe, und ich wollte versuchen, das so schnell wie möglich zu erreichen! »Sag mir nur, daß deine Mutter glücklich war, mehr muß ich nicht wissen«, flüsterte Jillian.

»Sie war es bis zu ihrem Todestag«, flüsterte ich und log nicht einmal. Denn glücklich war sie gewesen, närrisch vor Glück, trotz der kläglichen Situation in einer provisorischen, armseligen Berghütte und trotz eines Ehemannes, der ihr nichts von dem, was sie gewohnt war, bieten konnte. So hatten es zumindestens Granny und Großpapa geschildert.

»Dann brauche ich nichts weiter zu hören«, summte Jillian, umarmte mich und preßte mein Gesicht tief in den Kragen ihres Pelzmantels.

Was würden sie sagen, wenn sie die Wahrheit über mich und meine Familie wüßten? Würden sie nur lächeln und denken, ich wäre bald wieder verschwunden und dann wäre es doch egal? Unter keinen Umständen durfte ich ihnen die Wahrheit verraten. Sie mußten mich als eine von ihnen akzeptieren lernen. Ich mußte erreichen, daß sie mich brauchten – und momentan hatten sie noch keine Ahnung! Obendrein beabsichtigte ich nicht, mich abschrecken zu lassen und meine Verletzbarkeit offen zu zeigen. Ihr Englisch war anders als meines, deshalb mußte ich gut zuhören, denn sogar vertraute Wörter klangen in ihrer Aussprache fremd. Ich hatte mich entschlossen, daran zu arbeiten, um ganz schnell in ihre Welt aufgenommen zu werden, eine Welt, so grundverschieden von allem, was ich kannte. Ich war klug und lernte rasch, und früher oder später würde ich einen Weg finden, um Keith und ›Unsere‹ Jane zu suchen.

Anfänglich hatte ihr Parfum angenehm geduftet, aber jetzt überflutete mich der schwere Jasmingeruch, machte mich schwindlig und ließ alles völlig unwirklich erscheinen. Gedanken an meine Stiefmutter Sarah kamen mir in den Sinn. Wenn Sarah doch ein einziges Mal in ihrem Leben eine Flasche von Jillians Parfum besessen hätte, nur eine Dose oder Schachtel von Jillians seidigem Gesichtspuder!

Der Regen, den ich zuvor angekündigt hatte, begann als leichtes Nieseln, aber in Sekunden trommelten Wassermassen auf das schwarze Autodach. Der Chauffeur fuhr langsamer und offensichtlich vorsichtiger, während wir drei hinter der gläsernen Trennwand nicht mehr sprachen. Jeder saß in Gedanken versunken. Nach Hause, nach Hause – das war alles, was ich dachte. Dorthin, wo es besser und schöner ist, wo ich mich über kurz oder lang tatsächlich willkommen fühlen würde.

Mein Traum hatte sich zu schnell erfüllt, als daß ich alle Eindrücke speichern konnte. Jede Einzelheit dieser ersten Fahrt wollte ich bewahren und auskosten, egal wohin sie mich auch brachten. Später, wenn ich allein war, wollte ich dann über die Erinnerungen nachdenken. *Heute nacht, allein in einem fremden Haus.* Angenehme Gedanken tauchten auf: Warten, bis ich Tom schreiben konnte, um ihm von meiner wunderschönen Großmutter zu erzählen! Nie würde er glauben, daß jemand in diesem Alter so jung aussehen könnte. Und meine Schwester Fanny wäre rasend eifersüchtig! Wenn ich nur Logan anrufen könnte, der nur ein paar Meilen entfernt war, in irgendeinem großen Studentenwohnheim. Aber ich war leichtgläubig und naiv genug gewesen, um auf Cal Dennisons Verführungskünste hereinzufallen. Jetzt hatte Logan kein Interesse mehr an mir, todsicher würde er bei meinem Anruf gleich auflegen.

Während der Chauffeur nach rechts abbog, begann Jillian ausführlich davon zu schwärmen, was sie in Kürze alles planen würde, um mich zu unterhalten: »Weihnachten ist bei uns immer ein ganz besonderes Ereignis, da gehen wir alle ganz groß aus.«

Da war es. Auf ihre Art teilte sie mir mit, daß ich über Weihnachten bleiben könnte. Und es war doch erst Anfang Oktober... allerdings war der Oktober für mich immer ein bittersüßer Monat gewesen: Abschied vom Sommer und allem Strahlenden und Fröhlichen. Warten auf den Winter, auf Kälte, Öde und Frost.

Warum dachte ich so etwas? In einem schönen, reichen Haus würde der Winter nicht finster und kalt sein, da gäbe es genug Heizöl, Kohlen, Kaminholz oder elektrische Heizung. Egal wie, ich würde es warm haben. Nach der Weihnachtszeit hätte ich dann schon so viel Fröhlichkeit in ihren einsamen Haushalt gebracht, daß keiner mich mehr gehen ließe. Sie würden mich brauchen... bitte, lieber Gott, mach, daß sie mich brauchen!

Meilen vergingen, und plötzlich, wie um mich aufzuheitern, brach strahlender Sonnenschein durch die düstere Wolkendecke. Bäume leuchteten in bunten Herbstfarben auf, und ich war überzeugt, Gott wollte mir nach allem doch noch seine Gnade beweisen. Hoffnung schlich sich in mein Herz. Ich fing an, New England zu mögen. Es ähnelte so sehr den Willies – nur eben ohne Berge und schäbige Hütten.

»Wir werden gleich da sein«, sagte Tony und berührte leicht meine Hand. »Schau einmal nach rechts und achte auf eine Schneise in den Bäumen. Der erste Blick auf Farthinggale Manor ist es wert, sich daran zu erinnern.«

Ein Haus mit einem Namen! Beeindruckt wandte ich mich ihm zu. »Ist es wirklich so großartig, wie es klingt?«

»In jeder Hinsicht großartig«, antwortete er schwermütig. »Mein Zuhause bedeutet sehr viel für mich. Mein Ur-Ur-Urgroßvater hat es bauen lassen, und jeder Erstgeborene, der es erbt, verschönert es.«

Jillian schnaubte, als ob sie sein Zuhause verachten würde, aber ich war aufgeregt und ganz wild darauf, mich beeindrukken zu lassen. Sehr erwartungsvoll beugte ich mich vor und hielt nach der Schneise Ausschau. Kurz danach war es soweit, der Chauffeur bog auf eine Privatstraße ein, die von hohen, schmiedeeisernen Toren begrenzt wurde. Darüber wölbte sich ein Bogen, und in kunstvoller Verzierung stand dort: FARTHINGGALE MANOR. Beim Anblick der Tore, der Geister, Feen und Gnome, die zwischen den eisernen Blättern hervorspähten, schnappte ich nach Luft.

»Wir Tattertons nennen das Haus unserer Vorfahren liebevoll Farthy«, erzählte Tony mit leiser Nostalgie in der Stimme. »Als kleiner Junge war ich überzeugt, nirgendwo auf der Welt gäbe es ein so schönes Haus wie das, in dem ich lebte. Natürlich gibt es prachtvollere als Farthy, aber nicht für mich. Mit sieben schickten sie mich nach Eton, weil mein Vater der Meinung war, in England verstünde man mehr von Disziplin als an unseren Internaten. In diesem Punkt hatte er auch durchaus recht. Aber die ganze Zeit in England träumte ich davon, nach Hause, nach Farthy zu kommen. Jedesmal wenn ich Heimweh hatte – und das war fast immer –, machte ich die Augen zu und tat so, als ob ich die Balsamstauden, die Tannen und Pinien riechen könnte, und ganz besonders den Salzgeruch des Meeres. Und wenn ich dann aufwachte, tat mir alles weh und ich wollte nur die feuchte, kühle Morgenluft auf meinem Gesicht spüren. Solche Sehnsucht hatte ich nach meinem Zuhause, daß es körperlich weh tat. Mit zehn gaben meine Eltern Eton als einen hoffnungslosen Fall auf, und ich durfte zurück – und das war dann ein wirklich glücklicher Tag.«

Ich konnte ihn verstehen, denn nie hatte ich ein so schönes und riesiges Haus gesehen, aus grauen Steinen gebaut, die irgendwie an ein Schloß erinnerten – sicher nicht ganz unbeabsichtigt, wie ich annahm. Auf dem steilen, roten Dach erhoben sich Türmchen und kleine, rote Brücken, die dabei halfen, Teile des hohen Daches zu betreten, die sonst nicht zugänglich gewesen wären.

Vor den hohen, breiten Treppen, die zum Haupteingang führten, ließ Miles die Limousine anhalten. »Komm«, rief Tony, plötzlich in guter Stimmung, »gönne mir das Vergnügen, dir Farthy vorzustellen. Ich genieße die Gesichter der Leute, die es zum erstenmal sehen, denn dann kann ich es selbst wieder mit ganz neuen Augen betrachten.«

Gemeinsam mit Jillian, die uns bedeutend weniger enthusiastisch folgte, stiegen wir langsam die enormen Steinstufen hinauf. Riesige Töpfe mit zierlichen japanischen Pinien waren links und rechts neben dem Haupteingang postiert. Und ich konnte es kaum erwarten, das Innere zu sehen. Das Elternhaus meiner Mutter! Bald würde ich drinnen sein, bald ihre Räume und ihr Hab und Gut sehen.

Mutter, endlich bin ich zu Hause!

2. KAPITEL

Farthinggale Manor

Nachdem ich meinen Mantel ausgezogen hatte, begann ich mich drinnen im Haus langsam im Kreis zu drehen, atemlos, mit weit aufgerissenen Augen. Ich starrte und starrte, bis ich viel zu spät begriff, wie ungezogen das war, wie provinziell und linkisch, von Dingen beeindruckt zu sein, die anderen selbstverständlich waren. Mißbilligend blickte mich Jillian an, Tony dagegen mit Vergnügen. »Ist es denn das, was du dir vorgestellt hast?« fragte er.

Ja, und es war mehr als ich zu hoffen gewagt hatte! Trotzdem erkannte ich, was es wirklich war: Der Gegenstand meiner Sehnsucht in den Bergen, mein Traumbild.

»Heaven Schatz, ich muß mich beeilen«, fiel es Jillian wieder ein, und auf einmal klang sie ausgesprochen fröhlich. »Sieh dich um, so lange du willst, und fühle dich im Schloß des Spielzeugkönigs ganz wie zu Hause. Schade, daß ich nicht dableiben kann, um deine ersten Eindrücke zu beobachten, aber ich muß mich beeilen, mein Schläfchen zu halten. Tony, führe doch Heaven Schatz durch dein geliebtes Farthy und dann zeige ihr ihre Räume.« Charmant und bittend lächelte sie mich an und machte damit einiges wieder gut, denn schon wieder ließ sie mich im Stich. »Liebes, verzeih mir meine Eile für meine eigenen Bedürfnisse. Aber später wirst du noch so viel von mir sehen, daß dich meine immer gleiche Art noch langweilen wird. Außerdem wirst du entdecken, daß Tony zehnmal so interessant ist – und er braucht nie ein Schläfchen, seine Energie ist grenzenlos. Er hat auch keine Gesundheits- oder Schönheitsvorschriften und ist im Nu angezogen.« Sie sah ihn äußerst merkwürdig an, irritiert und neidisch zugleich. »Irgend jemand dort droben muß ihn gern haben.« Sie wirkte jetzt heiter, als ob Schläfchen, Schönheitsregeln und die Aussicht auf eine Party ihr mehr Unterhaltung bieten könnten als meine Person. Elegant und eilig, ohne ein einziges Mal umzuschauen, trippelte sie die Treppe hinauf. Und ich stand völlig verschüchtert da, starrte hinauf.

»Komm, Heaven«, meinte Tony und bot mir seinen Arm, »wir werden noch die große Besichtigungstour machen, bevor wir in deine Räume kommen. Oder mußt du dich noch frisch machen, oder so etwas?«

Ein bis zwei Sekunden dauerte es, bis ich begriffen hatte, was er meinte, dann wurde ich rot. »Nein, danke, alles in Ordnung.«

»Prima, dann bleibt uns mehr Zeit füreinander.« An seiner Seite betrachtete ich das riesige Wohnzimmer mit dem gewaltigen Flügel. Sein Bruder Troy würde bei seinen Besuchen darauf spielen, erzählte er. »...obwohl ich bedauerlicherweise zugeben muß, daß Troy nur wenig Gelegenheit findet, Farthy zu besuchen. Er und meine Frau sind nicht unbedingt Freunde, aber auch keine direkten Feinde. Über kurz oder lang wirst du ihm begegnen.«

»Wo ist er denn jetzt?« fragte ich, mehr aus Höflichkeit als aus irgendwelchen anderen Gründen, denn die Räume mit ihren Marmorwänden und -böden beanspruchten den größten Teil meiner Aufmerksamkeit. »Ich weiß es wirklich nicht. Troy kommt und geht. Er ist hochintelligent, war es schon immer. Mit achtzehn schloß er das College ab, und seither klappert er den Globus ab.«

College-Abschluß mit achtzehn? Was für ein Gehirn besaß dieser Troy? Hier stand ich mit siebzehn und hatte noch ein Jahr High School vor mir. Und unerwartet stieg in mir eine starke Abneigung gegen diesen Troy mit all seinen Begabungen hoch. Deshalb wollte ich auch nicht mehr über ihn erfahren und hoffte, ich würde nie jemandem so Begabtem begegnen, in dessen Gegenwart ich mir wie ein Dummchen vorkäme – obwohl ich mich doch immer für eine gute Schülerin gehalten hatte. »Troy ist viel jünger als ich«, sagte Tony, während er mich ansah. »Als kleiner Junge war er so oft krank, daß er mir wie ein ziemlich schwerer Mühlstein am Hals zu hängen schien. Denn nachdem unsere Mutter und später auch unser Vater gestorben waren, betrachtete mich Troy mehr als Vater und nicht wie seinen älteren Bruder.«

»Wer hat denn die Wände bemalt?« fragte ich, um das Gesprächsthema von seinem Bruder abzulenken. Wände und Decke des Musikzimmers bedeckten außergewöhnliche Fresken mit Märchenszenen: Durch schattige Wälder flirrte das Sonnenlicht, verschlungene Pfade führten zu verhangenen Bergketten, gekrönt von Burgen. Darüber spannte sich ein Deckengewölbe, und ich mußte den Kopf in den Nacken legen, um nach oben sehen zu können. Wie wunderbar einen gemalten Himmel über sich zu haben, mit fliegenden Vögeln, einem Mann auf einem Zauberteppich und noch mehr sagenhaften Luftschlössern, halb hinter Wolken versteckt. Tony lachte vor sich hin: »Schön, daß dich die Wandmalereien so beeindrucken, sie waren Jillians Idee. Deine Großmutter war einmal eine ganz berühmte Kinderbuch-Illustratorin. Und das war's auch, wobei ich ihr zum erstenmal begegnet bin. Eines Tages – ich war zwanzig – kam ich vom Tennisspielen nach Hause und wollte nichts lieber als eine Dusche und frische Kleidung, und vor allem, wieder verschwinden, bevor mich Troy sah und dann nicht allein gelassen werden wollte... in dem Moment standen oben auf einer Leiter die wohlgeformtesten Beine, die ich je gesehen hatte. Als dieses zauberhafte Geschöpf herunterkam und ich ihr Gesicht sah, erschien sie unwirklich. Es war Jillian. Sie war zusammen mit einem ihrer Dekorateur-Freunde gekommen, und sie war es auch, die die Wandgemälde vorgeschlagen hatte. ›Märchen-Inszenierungen für den König der Spielzeugmacher‹, nannte sie es, und ich war sofort Feuer und Flamme für die Idee. Außerdem gab ihr das Gelegenheit, wieder hierher zu kommen.«

»Warum nannte sie dich König der Spielzeugmacher?«

fragte ich sehr erstaunt. Ein Spielzeug war ein Spielzeug, obwohl die Puppe mit dem Porträt meiner Mutter sicher mehr als nur ein Spielzeug gewesen war.

Offensichtlich hätte ich keine Frage stellen können, die Tony mehr gefreut hätte: »Mein liebes Kind, bist du tatsächlich in dem Glauben gekommen, ich würde ordinäres Plastikspielzeug herstellen? Die Tattertons sind die Könige der Spielzeugmacher, weil unsere Produkte für Sammler gedacht sind, für reiche Leute, die nicht erwachsen werden und ihre Kindheit vergessen können. Leute, die sich nicht damit abfinden konnten, daß nichts mehr unter ihrem Weihnachtsbaum lag, die nie Spaß an einer Geburtstagsfeier hatten. Du wärest sicher überrascht, wie viele Reiche und Berühmte es gibt, die keine Gelegenheit hatten, so richtig Kind zu sein. Jetzt, in ihren besten Jahren, ja sogar noch im Alter, müssen sie nachholen, wovon sie immer geträumt hatten. Außerdem kreieren wir so komplizierte Spiele, daß die intelligentesten Köpfe stundenlang damit beschäftigt sind. Denn nach einer Weile fangen die Reichen und Berühmten an, sich so zu langweilen, Heaven, so tödlich zu langweilen – und das ist der Moment, in dem sie zu sammeln anfangen, Spielzeug, Gemälde oder Frauen. Letztlich ist sie für alle, die zu viel haben, um noch für sie Reizvolles kaufen zu können, ein Fluch, diese Langeweile... und ich versuche, diese Lücke zu füllen.«

»Es gibt Leute, die Hunderte von Dollars für ein Spielzeug-Huhn zahlen?« fragte ich tief erstaunt.

»Es gibt Leute, die zahlen Tausende von Dollars, um zu besitzen, was niemand sonst hat. Deshalb sind auch alle Tatterton Sammelstücke, Unikate, und so viel Detailarbeit hat dann auch ihren Preis.«

Zu wissen, daß es Leute auf der Welt gab, die so viel Geld zu verschleudern hatten, erschreckte mich, schüchterte mich ein und beeindruckte mich zugleich. Was machte es denn aus, den einzigen Elfenbein-Schwan mit Augen aus Rubin zu besitzen, oder das einzige Paar Hühner aus irgendwelchen Halb-Edelsteinen? Einige tausend hungrige Kinder in den

Willies könnten ein Jahr lang davon gefüttert werden, was ein einziger reicher Krösus für sein einmaliges Spielzeug zahlte!

Wie kam ich dazu, mich mit einem Mann zu unterhalten, dessen Familie aus Europa emigriert war, die ihre geschickten Hände mitgebracht und begonnen hatten, damit ihr Vermögen zu verzehnfachen? Auf solchem Territorium war ich verloren, deshalb begab ich mich wieder auf vertrauteres Gelände.

Die Vorstellung, daß Jillian malen konnte, faszinierte mich. »Hat sie diese Wandgemälde denn selbst gemalt?« fragte ich verwundert und tief beeindruckt.

»Sie hatte die Vorlagen dafür gezeichnet und sie dann ein paar jungen Künstlern zur Ausführung gegeben. Obwohl ich zugeben muß, daß sie jeden Tag kam, um die Fortschritte zu begutachten und ein oder zweimal ertappte ich sie selbst mit dem Pinsel in der Hand.« Seine leise Stimme wurde träumerisch. »Ihre Haare waren lang und reichten bis zur Mitte des Rückens. Einen Moment wirkte sie wie eine Kindfrau und im nächsten dann ganz real. Sie besaß ihre eigene, ganz seltene Art von Schönheit, und natürlich war sie sich dessen bewußt. Jillian weiß sehr wohl, was Schönheit erreichen kann und was nicht, und mit zwanzig war ich noch nicht sehr darin geübt, meine Gefühle zu verbergen.«

»Ach – und wie alt war sie damals?« fragte ich völlig unschuldig.

Er lachte kurz und hart und ziemlich spröde. »Gleich von Anfang an erklärte sie mir, sie sei zu alt für mich, aber das machte mich nur noch neugieriger. Ich mochte ältere Frauen, sie schienen mir mehr bieten zu können als die albernen, gleichaltrigen Mädchen. Als sie nun gestand, sie sei dreißig, war ich schon ein wenig erstaunt, aber trotzdem wollte ich sie immer wieder sehen. Wir verliebten uns, obwohl sie verheiratet war und ein Kind hatte, deine Mutter. Aber nichts davon konnte sie abhalten, alles Amüsante zu erleben, wofür ihr Mann nie Zeit hatte.«

Was für eine Übereinstimmung! Tony war also zehn Jahre

jünger als Jillian, genau wie Kitty Dennison zehn Jahre jünger als ihr Mann Cal gewesen war.

»Stell dir vor, wie überrascht ich war, als ich eines schönen Tages herausfand, daß meine Braut vierzig und nicht dreißig war – und da war ich schon sechs Monate mit ihr verheiratet!«

Er hatte eine zwanzig Jahre ältere Frau geheiratet!

»Wer hat dir das erzählt? Sie selbst?«

»Liebes Mädchen, Jill spricht selten über irgendein Alter. Deine Mutter Leigh war es, die mir diese Information ins Gesicht schrie.«

Der Gedanke, meine Mutter hätte ihre eigene Mutter in so einem wichtigen Punkt verraten, erschreckte mich. »Hatte denn meine Mutter für ihre eigene Mutter nichts übrig?«

Mit einem breiten Lächeln tätschelte er beruhigend meine Hand, ging mit großen Schritten in eine andere Richtung und winkte mir, ihm zu folgen. »Natürlich hatte Leigh Jillian lieb, sie war nur unglücklich wegen ihres Vaters... und sie haßte mich, weil ich ihm ihre Mutter weggenommen hatte. Trotzdem gewöhnte sie sich wie die meisten jungen Leute bald an dieses Haus, und auch an mich. Sie und Troy wurden sogar ausgezeichnete Freunde.«

Nur mit halbem Ohr hörte ich zu, während sich ein Teil von mir beim Anblick des gehäuften Luxus in diesem prachtvollen Haus ganz töricht benahm: Bald hatte ich herausgefunden, daß es im Erdgeschoß neun Zimmer gab und zwei Bäder. Die Dienstbotenzimmer lagen hinter der Küche, die einen eigenen Flügel bildete. Die Bibliothek war dunkel und fürstlich eingerichtet, mit Tausenden von ledergebundenen Büchern. Und dann gab es noch Tonys privates Arbeitszimmer, das er mir aber nur kurz zeigte. »Leider bin ich, was mein Arbeitszimmer betrifft, ein ziemlicher Tyrann. Ich kann es nicht ausstehen, wenn irgend jemand sich darin aufhält, außer ich bitte ihn herein. Ich mag es nicht einmal, daß die Mädchen staubwischen – es sei denn, unter meiner Aufsicht. Schau, die meisten Zimmermädchen halten mein wohl geordnetes Durcheinander für einen Saustall, und dann tun sie nichts lieber, als meine Papiere in Ordnung zu bringen und meine Bücher wieder ins Regal zu stellen. Und dann kann ich zuerst einmal nichts mehr finden. Mit der Suche nach etwas Bestimmtem kann man grauenhaft viel Zeit vergeuden.«

Nicht eine Minute lang konnte ich mir diesen freundlich dreinblickenden Mann als Tyrann vorstellen. Pa war der Tyrann! Pa mit seiner bellenden Stimme, den schweren Fäusten und seinem Jähzorn – und trotzdem brannten mir noch immer unerwünschte Tränen in den Augen, wie ich jetzt an ihn dachte. Vor langer Zeit hatte ich seine Liebe so sehr gebraucht, aber er hatte mir kein bißchen davon gegeben, nur einen kleinen Funken für Tom und Fanny. Und sollte er je Keith oder ›Unsere‹ Jane umarmt haben, hatte ich ihn jedenfalls nicht dabei beobachtet...

»Heaven, du bist ein erstaunliches Mädchen. Eine Sekunde strahlst du nur so vor Glück und in der nächsten ist alles Glück verschwunden und du hast Tränen in den Augen. Denkst du an deine Mutter? Du mußt akzeptieren, daß sie tot ist, und dich damit trösten, daß sie ein glückliches Leben hatte. Nicht alle von uns können das behaupten.«

Aber leider nur so kurze Zeit... trotzdem ließ ich mir meine Gedanken nicht anmerken. Bis ich mir einen Freund in diesem Haus erworben hatte, mußte ich mich vorsichtig verhalten. Und wenn ich Tony so ansah, hatte ich den Eindruck, ich würde ihn um seine Hilfe bitten, aber erst dann, wenn ich wüßte, er würde mich genug mögen, um es auch zu tun...

»Du siehst müde aus. Komm, wir wollen dich in dein Zimmer bringen, damit du dich ein bißchen entspannen und erholen kannst.« Ohne weitere Umstände gingen wir den Weg zurück und waren bald im zweiten Stock. Schwungvoll öffnete er zwei breite Flügeltüren: »Bei meiner Hochzeit mit Jillian ließ ich zwei Zimmer für Leigh herrichten. Sie war damals zwölf, und um ihr zu schmeicheln, gab ich ihr keine Mädchenzimmer, sondern schon sehr weibliche. Ich hoffe, sie gefallen dir...« Er hielt den Kopf zur Seite, so daß ich seine Augen nicht sehen konnte.

Schwach und verschwommen kam das Sonnenlicht durch die blassen, elfenbeinfarbenen Vorhänge und ließ das Wohnzimmer unbenutzt und unwirklich erscheinen. Im Vergleich zu den unteren Räumen war dieser hier klein, aber immer noch doppelt so groß wie unsere ganze Hütte. Die Wände waren mit einem exklusiven gleichfarbigen Seidenstoff tapeziert, in den ganz fein ein mattes orientalisches Muster in Grün, Violett und Blau eingewoben war. Auch die beiden kleinen Sofas waren mit demselben Stoff überzogen und darauf kleine, zartblaue Kissen, die zum China-Teppich auf dem Boden paßten. Ich versuchte mir vorzustellen, wie ich es mir in diesem Raum bequem machte, behaglich vor den kleinen Kamin gekuschelt – es war unmöglich. Derbe Kleidung würde einen so feinen Stoff ruinieren. Ich würde sehr behutsam sein müssen, um auf den Wänden, dem Sofa und den vielen Lampenschirmen keine Fingertapser zu hinterlassen. Bei diesem Gedanken mußte ich halblaut lachen. Hier würde ich nicht in den Bergen leben, nicht im Garten arbeiten oder Fußböden schrubben, so wie in der Hütte oder in Kitty und Cal Dennisons Haus in Candlewick.

»Komm, schau dir dein Schlafzimmer an«, rief Tony und ging mir schon voraus. »Ich muß mich schleunigst für die Party umziehen, die Jillian nicht versäumen möchte. Verzeih ihr, Heaven, aber sie hatte schon Pläne geschmiedet, bevor sie wußte, daß du kommst. Obendrein ist die Frau, die diese Party gibt, ihre beste Freundin und zugleich ihre Intimfeindin.« Amüsiert über meinen Gesichtsausdruck kraulte er mich unterm Kinn und marschierte direkt zur Tür. »Wenn du irgend etwas brauchst, ruf an und ein Mädchen bringt's herauf. Solltest du lieber im Eßzimmer essen, ruf die Küche drunten an und sag es ihnen. Das Haus gehört dir, amüsier dich.«

Bevor ich antworten konnte, war er schon zur Tür hinaus und hatte sie geschlossen. Ich drehte mich im Kreise und betrachtete eingehend das hübsche Doppelbett mit den vier Pfosten und dem schweren Spitzenhimmel darauf. Blau und elfenbeinfarben, wie sehr mußten diese beiden Räume zu ihr gepaßt haben. Ihr Stuhl war aus blauem Satin, während die drei anderen in ihrem Schlafzimmer zu denen im Wohnzimmer paßten. Ich ging in den Ankleideraum und ins Bad weiter, beeindruckt von all den Spiegeln, den Kristalleuchtern und der indirekten Beleuchtung, die den riesigen begehbaren Kleiderschrank erhellte. Gerahmte Fotografien säumten den langen Schminktisch. Rasch setzte ich mich davor und starrte auf das hübsche kleine Mädchen, das da auf den Knien ihres Vaters saß.

Dieses Kind mußte meine Mutter sein! Und der Mann mein wirklicher Großvater! Zitternd vor Freude hob ich den kleinen Silberrahmen hoch.

In diesem Augenblick klopfte jemand leise an meine Schlafzimmertüre. »Wer ist da?« rief ich.

»Ich bin's, Beatrice Percy«, antwortete eine steife, weibliche Stimme. »Mr. Tatterton schickt mich herauf nachzusehen, ob ich Ihnen beim Auspacken oder Aufräumen Ihrer Sachen helfen kann.« Die Tür ging auf und eine große Frau in der schwarzen Kleidung eines Zimmermädchens betrat mein Schlafzimmer. Verhalten lächelte sie mich an. »Jeder hier nennt mich Percy, auch Sie können das tun. Während Ihres Aufenthalts werde ich Ihre persönliche Zofe sein. Aufgrund meiner Ausbildung kann ich Ihre Haare frisieren und Ihre Nägel maniküren. Und wenn Sie wünschen, werde ich Ihnen jetzt ein Bad einlaufen lassen.« Dienstbeflissen wartete sie.

»Üblicherweise bade ich vor dem Schlafengehen, oder ich dusche als erstes am Morgen«, erwiderte ich erstaunt. Ich pflegte keine intimen Angelegenheiten mit einer fremden Frau zu besprechen.

»Mr. Tatterton hat mir aufgetragen, mich um Sie zu kümmern.«

»Danke, Percy, aber momentan brauche ich nichts.«

»Können oder sollten Sie irgend etwas nicht essen?«

»Ich habe einen ausgezeichneten Appetit – ich kann alles essen und das meiste mag ich auch.« Nein – ich besaß keinen wählerischen Appetit, sonst wäre ich schon zu Tode verhungert.

»Möchten Sie, daß das Abendessen heraufgeschickt wird?«

»Ganz wie es für Sie einfacher ist, Percy.«

Sofort, aber nur ganz leicht, runzelte sie die Stirn, als ob sie eine so unkomplizierte Herrin verwirrt hätte. »Die Dienerschaft ist hier, um den Bewohnern dieses Hauses das Leben so bequem wie möglich zu gestalten. Egal, ob Sie hier oben oder im Speisezimmer zu Abend essen, wir werden Ihre Bedürfnisse befriedigen.«

Bei dem Gedanken, allein in dem riesigen Saal dort unten zu Abend zu essen, an dieser langen Tafel mit all den leeren Stühlen zu sitzen, wurde ich von einem Gefühl der Einsamkeit fast erschlagen. »Wenn Sie mir gegen sieben irgend etwas Leichtes heraufbringen würden, wird das genügen.«

»Jawohl, Fräulein«, antwortete sie, offensichtlich erleichtert, wenigstens etwas für mich tun zu können. Und dann war sie verschwunden.

Und ich hatte ganz vergessen zu fragen, ob sie meine Mutter gekannt hatte!

Ich drehte mich wieder um, um die Räume meiner Mutter weiter zu durchsuchen. Es schien mir, als sei alles so gelassen worden, wie an dem Tag, als sie weglief, obwohl man gelüftet, gesaugt und Staub gewischt hatte. Nacheinander nahm ich alle Fotografien in den Silberrahmen in die Hand, betrachtete sie eingehend, immer auf der Suche nach den Seiten meiner Mutter, von denen Granny und Großpapa keine Ahnung gehabt hatten. So viele Schnappschüsse. Wie schön Jillian aussah, ihre Tochter auf dem Schoß und dahinter ihr ergebener Ehegatte. Blaß und zaghaft stand in kindlicher Handschrift auf dem Rand der Fotografie: »Daddy, Mammi und ich.« Eine Schublade barg ein dickes Fotoalbum. Langsam, ganz langsam blätterte ich die schweren Seiten um und starrte auf die Schnappschüsse eines Mädchens, wie es größer wurde und von Jahr zu Jahr hübscher. Da prangten Geburtstagspartys in allen Farben, ihr fünfter, sechster und siebter, bis zum dreizehnten. Leigh Diane VanVoreen stand da immer und immer wieder, als ob sie Spaß an ihrem Namen gehabt hätte. Cleave VanVoreen, mein Daddy. Jillian VanVoreen, meine Mammi. Jennifer Longstone, meine beste Freundin. Winterhaven, bald meine Schule. Joshua John Bennington, mein erster Freund – vielleicht mein letzter.

Lange ehe ich noch die Hälfte umgeblättert hatte, war ich schon eifersüchtig auf dieses hübsche, blonde Mädchen, auf ihre wohlhabenden Eltern, ihre tollen Kleider. Sie machte Ausflüge in den Zoo, besuchte Museen und sogar fremde Länder, während ich nur Bilder vom Yellowstone Park kannte, aus zerfledderten, dreckigen Nummern von NATIONAL GEOGRAPHIC oder in Schulbüchern. Beim Anblick von Leigh mit Daddy und Mammi auf einem Dampfschiff, das gerade zu einem fremden Ziel aufbrach, schnürte sich meine Kehle zu. Da stand sie, Leigh VanVoreen, und winkte demjenigen, der ihr Bild knipste, ganz aufgeregt zu. Dann noch mehr Fotos von Leigh an Bord, beim Schwimmen oder bei Tanzstunden mit Daddy, wobei Mammi fotografierte. Leigh in London vor Big Ben oder bei der Wachablösung im Buckingham Palast.

Irgendwo, lange bevor aus dem Kind ein junges Mädchen geworden war, hatte ich mein Mitleid mit einem Mädchen, das viel zu jung sterben mußte, verloren. Meine Mutter hatte in ihrem kurzen Leben zehnmal soviel Spaß und Amüsement kennengelernt wie ich, und wahrscheinlich mehr als ich in meinen nächsten zwanzig Jahren je kennenlernen würde. In den entscheidendsten Jahren hatte sie wirklich einen Vater, einen freundlichen, liebenswürdigen Mann, wie es von den Bildern schien. Er brachte sie nachts ins Bett, betete mit ihr und brachte ihr bei, wie Männer wirklich sind. Wie hatte ich nur je glauben können, Cal Dennison hätte mich geliebt? Wie konnte ich jetzt noch annehmen, daß Logan mich je wiedersehen möchte, denn wahrscheinlich würden sie beide in mir dasselbe wie Pa sehen. Nein, nein, versuchte ich mir selbst einzureden. Daß er mich nicht liebte, war Pa's Verlust, nicht meiner. Ich war nicht für alle Zeit verletzt worden. Eines Tages würde ich eine gute Ehefrau und Mutter sein. Und ich wischte mir meine jämmerlichen Tränen ab und verbot ihnen, jemals wieder zu kommen. Wofür taugte Selbstmitleid? Ich würde Pa nie wieder sehen. Unter keinen Umständen wollte ich Pa wiedersehen. Und wieder studierte ich die Fotografien. Ich hatte nie gewußt, daß kleine Mädchen so schöne Kleider tragen konnten, während meine kühnsten Träume mit neun oder zehn darin bestanden, irgend etwas aus den Schlußverkaufsregalen in Sears zu besitzen. Ich starrte auf Fotos mit Leigh beim Reiten, auf einem glänzenden braunen Pferd. Und ihre Reitkleidung brachte ihre helle Haut und das blonde Haar besonders gut zur Geltung. Und Daddy war bei ihr, immer war Daddy bei ihr. Ich sah Bilder von Leigh in der Schule, beim Schwimmen am Strand, in privaten Swimmingpools, stolz auf ihre gerade entwickelte Figur. Ihre Haltung zeigte mir, daß sie stolz war, und ringsherum standen bewundernde Freude. Und dann, ganz plötzlich, verschwand Daddy aus den Bildern.

Und mit ihm verschwand auch Leighs glückliches Lachen, düster blickten jetzt ihre Augen, und ihre Lippen verloren die Fähigkeit zum Lachen. Da war Mammi mit einem neuen Mann, viel jünger und hübscher. Spontan wußte ich, dieser tiefbraune, blonde Mann war der zwanzigjährige Tony Tatterton. Und seltsamerweise konnte das hübsche, strahlende Mädchen, das zuvor so überwältigend in die Kamera gelächelt hatte, nicht einmal ein leichtes, falsches Lächeln zustande bringen. Nun konnte sie nur noch leicht distanziert neben ihrer Mutter mit dem neuen Mann dastehen.

Rasch schlug ich die letzte Seite um. Aha, Jillians zweite Hochzeit! Meine zwölfjährige Mutter im langen, pinkfarbenen Brautjungfernkleid, mit einem Strauß aus zartrosa Rosen. Knapp neben ihr ein sehr kleiner Junge, der zu lächeln versuchte, obwohl Leigh VanVoreen nicht die geringsten Anstalten dazu machte. Der kleine Junge mußte Tonys Bruder Troy sein, ein schmächtiger Junge mit einem dunklen Haarschopf und riesigen Augen, die nicht gerade glücklich dreinsahen. Müde und emotional leer wollte ich jetzt nur noch allem, was da so schnell auf mich einstürmte, entfliehen. Meine Mutter hatte ihrem Stiefvater mißtraut oder ihn nicht ausstehen können! Wie konnte ich ihm da jetzt vertrauen? Trotzdem mußte ich bleiben, um meinen College-Abschluß zu erreichen, der meine ganze Zukunft bedeutete.

Ich stand am Fenster und sah auf die Auffahrt hinunter, die im Kreis herumführte, bis sie in einer langen, kurvenreichen Straße nach draußen führte. Und dabei beobachtete ich Jillian und Tony, die in Abendgarderobe in ein schönes, nagelneues Auto stiegen, das er steuerte. Diesmal also keine Limousine... vielleicht weil sie keinen Chauffeur auf sich warten lassen wollten?

Als ihr Auto außer Sichtweite war, fühlte ich mich einsam, ganz schrecklich einsam.

Was sollte ich bis sieben Uhr mit mir anfangen? Ich war schon jetzt hungrig. Warum hatte ich das nicht zu Percy gesagt? Was war denn nicht in Ordnung mit mir, daß ich mich so schüchtern und verletzbar fühlte, während ich doch beschlossen hatte, stark zu sein? Es war, weil ich zu lange eingesperrt war, im Flugzeug, im Auto und dann hier. Deshalb ging ich hinunter und zog meinen blauen Mantel aus einem Schrank, der ein halbes Dutzend von Jillians Pelzmänteln barg. Und dann ging ich direkt zur Haustür.

3. KAPITEL
JENSEITS DES LABYRINTHS

Rasch und wütend rannte ich davon, ohne zu wissen, wohin. Mir war nur bewußt, daß ich, wie sich Tony ausgedrückt hatte, tief »den Salzgeruch des Meeres« einatmete. Einige Male drehte ich mich um, um Farthy von außen bewundern zu können. So viele Fenster zu putzen, so hohe und breite Fenster! Und der ganze Marmor – wie hielten sie das sauber? Während ich etwas langsamer rückwärts ging, versuchte ich herauszufinden, welches meine Fenster waren. Plötzlich stieß ich mit etwas zusammen, und als ich mich rasch umdrehte, stand ich vor einer Hecke, die fast wie eine Mauer wirkte, so hoch war sie, und sie schien endlos. Fasziniert von dem Gedanken, was das sein könnte, folgte ich der Hecke, bis ich mir sicher war. Ja, es handelte sich um ein englisches Labyrinth! Und mit einem gewissen kindischen Vergnügen betrat ich es, wobei ich keinen Augenblick daran dachte, daß es mich auch in die Irre führen könnte. Ich würde den Ausgang schon finden, denn bei Puzzles war ich immer gut gewesen. Wenn es um Intelligenztests ging, hatten Tom und ich es immer verstanden, unsere Mäuse zum Käse oder unsere Piraten zu den Schatztruhen zu schicken.

Hübsch war es hier drinnen mit den Hecken, die zehn Fuß hoch wuchsen und exakt im rechten Winkel liefen, und so still! Das ganz leise Zwitschern der Gartenvögel hörte man schwach und nur von Ferne, sogar die klagenden Schreie der Seemöwen hoch droben klangen gedämpft, weit weg. Obwohl das Haus so nahe gewirkt hatte, war es jetzt, als ich mich danach umdrehte, verschwunden – wo war es? Die riesigen

Hecken schlossen die Wärme der untergehenden Sonne aus, und bald wurde es mehr als nur angenehm kühl. Meine Schritte wurden schneller. Vielleicht hätte ich doch Percy sagen sollen, daß ich nach draußen ging. Ich schaute auf die Uhr, fast sechs Uhr dreißig. In einer halben Stunde würde jemand mein Abendessen hinaufbringen. Sollte ich tatsächlich mein erstes Mahl in meinem persönlichen Wohnzimmer verpassen? Ganz sicher würde jemand die Kaminscheite anzünden, die schon zum Verbrennen bereit lagen. Schön wäre es, vor meinem eigenen Kaminfeuer zu sitzen, in einen eleganten Sessel gekuschelt, und Delikatessen zu genießen, die ich wahrscheinlich nur hier zu essen bekäme. Abermals bog ich ab und steckte kurz darauf wieder in einer Sackgasse. Da ich mich aber einige Male im Kreis bewegt hatte, hatte ich jetzt die Richtung verloren und konnte nicht mehr feststellen, welche Pfade ich schon gegangen war. In dieser Situation zog ich ein Taschentuch aus meiner Tasche, riß einen Streifen davon ab und band ihn an einen Zweig in der Hecke. So, nun würde man ja sehen, wie rasch ich jetzt draußen wäre. Während die Sonne langsam zum Horizont hinunter verschwand, ließ sie den Himmel in glühenden Farben auflodern, eine Warnung an mich, daß die Nacht bald käme und mit ihr noch mehr Kälte. Aber was war schon diese zivilisierte Bostoner Gegend im Vergleich zur Wildnis in den Willies? Doch zu bald schon mußte ich feststellen, daß ein in Atlanta gekaufter Mantel nicht für Leute im Klima nördlich von Boston geeignet war! Ach komm, das war albern! Ich trug den besten Mantel, den ich je besessen hatte. Cal Dennison hatte ihn mir gekauft und mit dem schmalen, blauen Samtkragen hatte ich ihn vor kaum einem Monat für elegant gehalten.

Ich, die ich mit zwei und drei Jahren in den Bergen herumzustreifen pflegte und mich nie verirrte, ich, von einem albernen Labyrinth verwirrt, das doch nur zum Spaß da war! Ich durfte nicht durchdrehen. Irgend etwas mußte ich falsch machen, denn zum dritten Mal war ich schon an dem rosa Taschentuchstreifen, der im Wind flatterte, vorbeigekommen.

Ich mußte mich konzentrieren... Ich stellte mir das Labyrinth vor, den Punkt, an dem ich es betreten hatte, aber alle Pfade zwischen den hohen Hecken sahen gleich aus und beinahe hatte ich Angst, mein tröstliches Stoffstück zu verlassen, das mir wenigstens sagen konnte, wo ich dreimal gewesen war. Wie ich so unschlüssig dastand und meine Ohren spitzte, um das Krachen der Brandung am Strand zu hören, hörte ich zwar nicht die Wellen, die sich an den Felsen brachen, dafür aber ein ständiges Poch-Poch – jemand hämmerte irgendwo, menschliche Wesen in der Nähe! Von meinen Ohren ließ ich mich vorwärts führen.

Rasch und schwer brach die Nacht herein, und Nebelschwaden wirbelten auf dem Boden, wo die kalte Luft auf die noch warme Erde traf. Und kein noch so leiser Windhauch blies sie auf und davon. Immer weiter folgte ich dem Klang des Hämmerns, und dann, beunruhigenderweise, hörte ich, wie ein Fenster geschlossen wurde, peng! Kein Pochen mehr! Die Stille mit ihren schrecklichen Folgen betäubte mich. Die ganze Nacht lang könnte ich hier draußen herumwandern und niemand wüßte es. Wer würde schon daran denken, im Gartenlabyrinth nachzusehen? Verflixt, warum war ich nur rückwärts gelaufen? Meine Gewohnheit aus den Bergen erschien jetzt albern.

Wie Granny kreuzte ich die Arme über der Brust und ging die nächste Biegung nach rechts und gleich wieder rechts, wandte mich nie mehr nach links und plötzlich – war ich draußen! Leider nicht dort, wo ich angefangen hatte, denn nichts erkannte ich wieder, aber doch irgendwo, wo es besser war als in dem Puzzle drinnen. Es war zu dunkel und nebelig, um das Haus sehen zu können. Vor mir lag ein Weg aus hellen Platten, die in der Dunkelheit matt schimmerten. Ich roch die hohen Pinien, die wegen des Nebels und der Dunkelheit nur schwach zu erkennen waren, und dann entdeckte ich eine kleine Steinhütte mit einem roten Schieferdach. Sie duckte sich unter eine Pinientruppe, die ringsherum wuchs. Ich war so überrascht, daß ich leise aufschrie.

Was für ein Vergnügen, reich zu sein, Geld zum Verschwenden zu haben. So eine Hütte gehört in ein Buch von »Mutter Gans«, aber nicht hierher. Ein kniehoher Palisadenzaun, der nichts abschrecken konnte, schlängelte sich um die Hütte, Kletterrosen, die ich fast nur ahnen konnte, wuchsen daran entlang. Bei Tag wäre dies alles eine reizvolle Entdeckung gewesen, aber in der Nacht ging meine argwöhnische Phantasie mit mir durch, und ich fürchtete mich. Ganz still stand ich da und überdachte die Situation: Ich könnte mich umdrehen und zurückgehen – aber bei einem Blick über die Schulter mußte ich feststellen, daß der Nebel noch dichter geworden war und ich nicht einmal das Labyrinth sehen konnte!

Nach dem beißenden Geruch von brennendem Holz zu schließen mußte dort Rauch aufsteigen. Das war's – ein Gärtnerhäuschen! Und drinnen ein älterer Mann mit seiner Frau, die sich gerade zu einem einfachen Essen hinsetzten. So etwas würde meinem Appetit sicher mehr Spaß machen als alle Feinschmecker-Delikatessen, die in einer Küche zubereitet worden waren, die Tony nicht einmal das Vorzeigen wert gewesen war.

Das Licht aus den Fenstern strahlte nicht nach draußen auf den Weg, um es für mich heller zu machen. Gedämpft schien es, als ob es gleich wieder verschwinden würde. Ich steuerte auf die Fensteröffnungen zu, bevor auch sie sich noch im Nebel auflösen würden.

An der Haustüre zögerte ich, bevor ich klopfte.

Drei-, viermal schlug ich an die dicke Tür, an der ich meine Hände beim Klopfen verletzte – und noch immer keine Antwort! Irgend jemand war da drinnen, ich wußte, daß jemand drinnen war! Wer auch immer, er ignorierte mich, und das machte mich ungeduldig. Im Vertrauen, jetzt ein mehr oder weniger bedeutendes Mitglied der Tatterton Familie zu sein, drehte ich den Türknopf und betrat einen halbdunklen Raum, der nur vom Feuer erhellt wurde. In der Hütte war es sehr warm. Mit dem Rücken zur Tür blieb ich stehen und starrte auf einen jungen Mann, der dasaß und mir seinerseits den Rücken zukehrte. Nach seinen langen, schlanken Beinen, die in engen schwarzen Hosen steckten, zu urteilen, mußte er groß sein. Er hatte breite Schultern und dunkelbraune Locken, die an den Spitzen vom Feuerschein rötlich schimmerten. Ich starrte auf diese Locken und mußte daran denken, daß ich immer geglaubt hatte, Keiths Haare würden so aussehen, wenn er einmal ein erwachsener Mann wäre. Kräftige Locken waren es, die sich in seinem Nacken nach oben kräuselten. Ganz leicht berührten sie den weißen Kragen seines dünnen Hemdes, das mit den weiten Ärmeln wie das Kostüm eines Künstlers oder Dichters wirkte.

Er drehte sich ein wenig herum, als ob ihm meine Gegenwart erst durch meine ziemlich lange Musterung bewußt geworden wäre. Jetzt konnte ich sein Profil betrachten, und ich hielt den Atem an – und das nicht nur wegen seines tollen Aussehens! Auch Pa sah auf seine kräftige, animalische und brutale Art gut aus, auch Logan war in seiner eigenwilligen Art ein klassischer Typ. Aber dieser Mann hatte etwas ganz anderes an sich, etwas Besonderes, wie ich es bisher noch nie gesehen hatte. Plötzlich tauchte Logans Bild vor meinen Augen auf, und ich bekam ein schlechtes Gewissen. Aber Logan hatte mich doch im Stich gelassen, er hatte mich auf dem Friedhof mitten im Regen allein stehenlassen. Logan hatte nicht mehr verstehen wollen, daß ein fünfzehn oder sechzehnjähriges Mädchen einen Mann, der sich um sie gekümmert hatte, manchmal nicht bändigen kann, außer indem es nachgab. Und das alles nur, damit er ihr Freund bliebe. Aber die Geschichte mit Logan war vorbei, und soweit ich sah, würde ich ihn nie mehr treffen. Versonnen starrte ich weiter auf diesen Mann, denn die unerwartete Art mit der mein Körper auf seinen bloßen Anblick reagierte, verblüffte mich. Ohne mich auch nur anzusehen, wirkte er hautnah auf mich, als ob er mich dringend brauchen würde, als ob er mir suggerieren wollte, auch bei mir wäre es so! Das Gefühl, das von ihm ausging, warnte mich aber auch, langsam vorzugehen und vorsichtig zu sein, auf Distanz zu bleiben. In dieser Phase meines Lebens brauchte und wollte ich keine Liebesaffäre. Von Männern, die mich zu Sex zwangen, obwohl ich noch gar nicht dazu bereit war, hatte ich die Nase voll. Und trotzdem stand ich hier zitternd und fragte mich verwundert, wie ich denn reagieren würde, wenn er sich erst ganz herumdrehen würde. Hatte mich doch schon sein Profil so sehr erregt. Zynisch redete ich mir ein, er hätte irgendeinen Fehler, wenn ich ihn ganz betrachten könnte. Und das wäre dann auch der Grund, warum er peinlichst bemüht war, sein Gesicht ihm Schatten zu verbergen. Immer noch saß er still da, halb zur Seite gedreht. Aber auch so ging von ihm eine Empfindsamkeit aus, wie vom Idealbild eines romantischen Dichters – oder war es eher der Eindruck einer wilden Antilope, die regungslos verharrt und lauscht, hellwach und jederzeit bereit zu fliehen, wenn ich mich zu plötzlich oder zu aggressiv bewegen würde?

Ich kam zu der Überzeugung, daß es genau das war: Er hatte Angst vor mir! Er wollte mich nicht hier haben. Jemand wie Tony wäre nie sitzengeblieben. Tony wäre lächelnd aufgestanden und hätte die Situation in die Hand genommen. Dies aber mußte ein Dienstbote, ein Gärtner oder irgendein Gehilfe sein. Aufgrund seiner Haltung und der Art wie er den Kopf ein wenig zur Seite drehte, wußte ich, daß er wartete, daß er mich vielleicht auch aus den Augenwinkeln beobachtete. Eine seiner dunklen, kräftigen Augenbrauen hatte er fragend hochgezogen, aber sich noch immer keinen Millimeter bewegt. Nun gut, sollte er da ruhig sitzen und sich wundern, denn das gab mir eine ausgezeichnete Gelegenheit, ihn zu studieren.

Wieder drehte er sich ein kleines Stück – sein Hammer war noch immer zum nächsten Schlag bereit –, und jetzt sah ich endlich mehr von seinem Gesicht. Seine Nasenflügel blähten sich, und ich bemerkte, daß sein Atem genauso kurz und rasch ging wie meiner. Warum sagte er nichts, was war nicht in Ordnung mit ihm? War er blind, taub oder sonst etwas?

Seine Lippen bewegten sich zu einem Lächeln nach oben, während er den zierlichen Hammer nach unten führte und vorsichtig auf ein dünnes, silbrig glänzendes Metallplättchen einschlug – als ob er von der glänzenden Oberfläche kleine Dellen entfernen wollte. Tap-tap-tap tönte der kleine Hammer. Ich begann zu zittern und fühlte mich von seiner Absicht, mich nicht einmal zu begrüßen, bedroht. Wer war er, daß er mich einfach ignorieren durfte? Was hätte Jillian an meiner Stelle getan? Ganz sicher würde sie es nicht dulden, daß dieser Mann ihr Angst machte! Aber ich war ja nur eine von den Hinterwäldlerinnen der Casteels, und bis jetzt hatte ich es noch nicht gelernt, arrogant zu sein. Ich schaffte es, gekünstelt heiser zu husten, aber nicht einmal dann hatte er es eilig, sich umzudrehen und mir das Gefühl zu geben, willkommen zu sein. Während ich so dastand, überlegte ich, daß er der Mann mit dem ungewöhnlichsten Aussehen und Verhalten war, den ich je gesehen hatte.

»Entschuldigung«, sagte ich mit tiefer Stimme, wobei ich Jillians heisere Art nachzuahmen versuchte. »Ich hörte Ihr Hämmern, als ich mich draußen im Labyrinth verlaufen hatte. Ich bin nicht sicher, ob ich den richtigen Weg zum Haupthaus zurück finden kann, denn draußen ist es so dunkel und neblig.«

»Ich weiß, daß Sie nicht Jillian sind«, antwortete er, ohne mich anzusehen, »oder Sie hätten einfach losgeschnattert und mir hunderttausend Dinge, die mich gar nichts angehen, erzählt. Aber weil Sie nicht Jillian sind, gehören Sie auch nicht hierher. Es tut mir leid, aber ich bin beschäftigt und habe keine Zeit, ungebetene Gäste zu unterhalten.«

Es verblüffte mich, daß er mir so ohne weiteres die Tür wies – sogar noch ehe er geprüft hatte, wer ich war. Was war das bloß für eine Sorte Mann? Schau mich an, hätte ich am liebsten geschrien, ich bin nicht häßlich, auch wenn ich nicht Jillian bin! Dreh deinen Kopf um und sag etwas, denn im nächsten Moment werde ich davonlaufen und mich nicht darum kümmern, ob wir uns je wiedersehen! Ich war doch in

Logan verliebt und nicht in diesen Fremden mit seinem undurchschaubaren Benehmen! Logan, der mir eines Tages verzeihen würde, für etwas, was ich einfach nicht verhindern konnte.

Er runzelte die Stirn: »Bitte, gehen Sie, drehen Sie sich einfach wortlos um!«

»Nein, ich werde nicht gehen, bis Sie mir sagen, wer Sie sind.«

»Wer sind Sie denn, daß Sie danach fragen?«

»Zuerst erzählen Sie mir, wer Sie sind.«

»Bitte, Sie vergeuden meine Zeit. Gehen Sie jetzt und lassen Sie mich meine Arbeit beenden. Dies hier ist eine Privatwohnung, *meine* Wohnung und für die Dienerschaft von Farthinggale Manor verboten. Und jetzt verschwinden Sie!« Rasch musterte er mich von oben bis unten, ohne auf irgendeinem Punkt meiner Figur, auf den andere Männer immer starrten, zu verweilen – und dann präsentierte er mir wieder seinen Rücken.

Sein Benehmen machte mich sprachlos! Es tat weh, zuerst peinlich gemustert und dann wie etwas, das nicht einmal ein Minimum an gutem Benehmen wert war, beiseite geworfen zu werden. Ich Narr und mein Hinterwäldler-Stolz! Schon immer war ich zu stolz gewesen. Und Stolz hatte mich auch schon oft unnötig leiden lassen, während es doch andererseits viel einfacher gewesen wäre, belanglose Dinge zu ignorieren. Aber wie immer, wenn jemand wie er auf mich heruntersah, stieg dieser Stolz empört in mir auf! Ich zwang mich dazu, ihn nicht zu mögen. Nur ein Diener, genau das war er, ein Dienstbote, den man in ein Gärtnerhäuschen gesetzt hatte, um alte Silbertabletts zu reparieren! Und bei diesem hastigen, unwahrscheinlichen Ergebnis fauchte ich los, so wie es ganz und gar nicht Jillians Art war: »Bist du ein Dienstbote?« Ich trat näher, um ihn dazu zu zwingen, mir ins Gesicht zu sehen und mich wirklich zur Kenntnis zu nehmen. »Etwa der Gärtner oder einer seiner Gehilfen?«

Sein Kopf blieb über seine Arbeit gebeugt. »Bitte, Sie befinden sich in meinem Haus und nicht ich in Ihrem. Ihre Fragen muß ich nicht beantworten, denn wer ich bin, ist völlig unwichtig für Sie. Gehen Sie hinaus und lassen Sie mich allein. Sie sind nicht die erste Frau, die behauptet, sich im Labyrinth verirrt zu haben – und alle landeten sie hier. Es gibt einen Pfad außen um das Labyrinth herum, der wird Sie zum Ausgangspunkt des Labyrinths zurückführen. Ein Kind könnte ihn finden – sogar bei Nebel.«

»Du hast mich also kommen gesehen!«

»Ich hörte, wie Sie kamen.«

Ich weiß nicht, warum ich schrie: »Ich bin kein Dienstbote hier!« Wie Pa und Fanny brauste ich sogar zu meinem eigenen Erstaunen auf, laut und pöbelhaft. »Farthinggale Manor ist das Haus meiner Groß..., meiner Tante und meines Onkels, die mich baten, hierher zu kommen und zu bleiben.« Aber alle meine Ängste im hintersten Winkel meiner Seele rieten mir, wegzulaufen, ganz schnell wegzulaufen.

Als er mich diesmal ansah, war es ganz offen, und so sah und spürte ich seine Männlichkeit mit voller Wucht, eine Ausstrahlung, die ich so noch bei keinem Mann zuvor gespürt hatte. Seine dunklen Augen lagen im Schatten verborgen, während sie mich musterten. Und dieses Mal fixierten sie langsam mein Gesicht, meinen Hals, meinen Busen, der sich heftig hob und senkte, Taille, Hüften, Beine – und dann wieder hinauf, langsam, ganz langsam. Als seine Augen wieder bei meinem Gesicht angelangt waren, hielten sie einen Moment inne, starrten auf meine Lippen und versanken dann tief und lang in meinen Augen. Ich fühlte, wie alles Blut aus mir wich, ehe er seine Augen abwandte, die allmählich ins Leere starrten. Aha, ich machte Eindruck auf ihn, soviel konnte ich feststellen, denn irgend etwas, was er gesehen hatte, ließ ihn die Lippen zusammenpressen und die Fäuste ballen. Er drehte sich von mir weg und nahm wieder diesen verdammten kleinen Hammer in die Hand, als ob er einfach weitermachen und sich von nichts in seiner Tätigkeit stören lassen wollte! Zum zweitenmal schrie ich los, mit einer lauten und zornigen

Stimme wie eine Casteel: »Hör auf! Warum kannst du dich nicht zivilisiert mir gegenüber benehmen? Es ist mein erster Tag hier, mein Gastgeber und meine Gastgeberin sind zu einer Abend-Party gegangen und haben mich mit Dienern zu meiner Unterhaltung allein gelassen, und ich weiß nicht, was ich mit mir anfangen soll. Ich brauche jemanden zum Sprechen – aber sie haben mir nicht erzählt, daß jemand wie du auf dem Grundstück lebt.«

»Wie ich? Was meinst du damit?«

»Jemand so jung wie du. Wer bist du?«

»Ich weiß, wer du bist«, sagte er, als ob ihm das Sprechen noch immer widerstrebte. »Ich wünschte, du wärest nicht gekommen. Ich habe unsere Begegnung nicht geplant, aber noch ist es nicht zu spät. Geh nur mit gerade ausgestreckten Armen zur Türe hinaus und nach fünfzig Schritten wirst du an die Hecke stoßen. Wenn du sie dann vor dir spürst, halte deine rechte Hand an die Hecke und laß dich von ihr führen, solange du nach links gehst. Im Handumdrehen wirst du dann zurück beim Haupthaus sein. Die Bibliothek enthält eine hübsche Auswahl von Büchern, falls du lesen möchtest. Wenn nicht, dann gibt's dort einen Fernseher und in der Schublade auf dem dritten Regal von unten liegen Fotoalben, die dich amüsieren sollten. Sollte das alles nichts sein, der Küchenchef ist äußerst freundlich und redet gerne, er heißt Ryse Williams, aber wir alle rufen ihn Rye Whiskey.«

»Wer bist du?« fuhr ich ihn zornig an.

»Ich sehe nicht ein, welchen Unterschied das für dich macht. Wie auch immer, da du darauf bestehst, ich heiße Troy Langdon Tatterton, dein ›Onkel‹ ist mein älterer Bruder.«

»Du lügst!« schrie ich. »Sie hätten mir davon erzählt, daß du hier bist, wenn du wirklich der wärst, für den du dich ausgibst!«

»Ich finde es unnötig, wegen etwas so Banalem wie meinem Namen zu lügen. Vielleicht wissen *sie* es nicht einmal, daß ich hier bin. Außerdem bin ich einundzwanzig. Ich schicke ihnen keine Vorankündigung, wenn ich in meine Hütte und mein

Atelier komme, genausowenig wie ich ihnen erzähle, wann ich gehe.«

Ich stotterte. »Aber... aber warum lebst du nicht im Haupthaus?«

Er lächelte. »Ich habe meine Gründe, warum es mir hier besser gefällt. Muß ich dir das erklären?«

»Aber in diesem Haus sind so viele Räume, während hier wenig Platz ist«, murmelte ich jetzt ziemlich verlegen, so sehr, daß ich den Kopf hängen ließ und mich fürchterlich mies fühlte. Er hatte recht, natürlich. Ich hatte mich zum Esel gestempelt. Was gab mir schon das Recht, meine Nase in seine Angelegenheiten zu stecken?

Diesmal befestigte er den Hammer in einer speziellen Nische in der Wand, wo noch anderes Werkzeug in Reih und Glied hing. Seine tiefliegenden, ernsten Augen blickten traurig und voll von etwas, das ich nicht verstand, als sie meine trafen. »Was weißt du von mir?«

Meine Knie knickten zusammen, und wie von selbst saß ich auf einem kleinen Sofa vor dem Feuer. Bei diesem Anblick seufzte er, als ob er mich lieber zur Tür hinausgehen hätte sehen wollen. Aber ich wollte einfach nicht glauben, daß er das tatsächlich wünschte. »Ich weiß nur, was mir dein Bruder erzählt hat, und das ist nicht allzuviel. Er sagte, du bist hochintelligent und hast mit achtzehn dein Studium in Harvard abgeschlossen.«

Er stand vom Tisch auf und kam, um sich in einem Sessel gegenüber meinem auszustrecken. Und dann wischte er meine Worte wie beleidigenden Rauch, der die Atmosphäre zerstört, beiseite. »Mit meiner sogenannten Genialität habe ich nichts Entscheidendes bewirkt, so daß ich ebensogut mit einem IQ von fünfzig hätte geboren werden können.«

Mir blieb der Mund offen, als ich ihn Gedanken äußern hörte, die so völlig im Gegensatz zu meiner Überzeugung standen. Mit der nötigen Bildung lag einem doch die Welt zu Füßen! »Aber du hast an einer der besten Universitäten der Welt abgeschlossen!« Jetzt endlich hatte ich ihn zum Lächeln gebracht. »Ich sehe, wie beeindruckt du bist, das freut mich. Jetzt besitzt meine Ausbildung irgendeinen Wert – wenigstens in deinen Augen.«

Seine Worte ließen mich jung und naiv dastehen – wie eine Närrin. »Und was treibst du mit deiner Ausbildung, außer wie ein Zweijähriger auf Metall herumzuhämmern?«

»Getroffen«, grinste er, was ihn doppelt anziehend machte – und er war weiß Gott schon attraktiv genug für mich. Ich genierte mich, zu beobachten, wie leicht mein Körper über meinen Verstand dominieren konnte. Meine Wut auf ihn flammte wieder auf. »Ist das deine ganze Antwort?« explodierte ich.

»Auf meine ungehobelte Art wollte ich dich vorhin beleidigen.« Er wirkte nicht einmal gekränkt, als er aufstand, zurück zum Tisch ging und wieder diesen unwiderstehlichen, kleinen Hammer zur Hand nahm. »Warum erzählst du mir denn nicht, wer ich bin?« bedrängte ich ihn. »Sag mir meinen Namen, wenn du schon soviel weißt.«

»Einen Moment, bitte«, antwortete er höflich. »Ich muß noch viele kleine Rüstungen für einen besonderen Sammler fertigen, der solche Dinge schätzt.« Er hielt ein Silberstück hoch, das wie ein S geformt war. »Vielleicht werden diese kleinen Stücke an jedem Ende ein Loch haben, und wenn sie dann mit winzigen Bolzen miteinander verbunden sind, wird das Kettenhemd geschmeidig fallen und seinem Träger viel Bewegungsfreiheit geben – ganz im Gegensatz zu den späteren Rüstungen.«

»Aber bist du denn nicht ein Tatterton? Gehört dir denn nicht diese Firma? Warum solltest du deine Energie mit etwas vergeuden, das auch andere erledigen können?«

»Du willst so viel wissen! Aber ich werde diese Frage ausreichend beantworten, weil schon so viele andere dasselbe gefragt haben. Ich arbeite gern mit meinen Händen und habe nichts Besseres zu tun.«

Warum benahm ich mich nur so häßlich ihm gegenüber? Er glich einer Phantasiefigur, die ich vor langer Zeit erfunden hatte. Und hier war sie nun leibhaftig, wartete darauf, von mir entdeckt zu werden. Und jetzt, da ich sie hatte, tat ich alles, damit er mich nicht ausstehen konnte.

Im Gegensatz zu Logan, der stark und selbstbewußt wie der Felsen von Gibraltar erschien, wirkte Troy sehr verletzlich, genau wie ich. Mit keinem Wort hatte er mein häßliches Benehmen getadelt, aber trotzdem spürte ich, daß er verletzt war. Er ähnelte einer zu straff gespannten Geigensaite, die bei der geringsten falschen Berührung reißen würde.

Und dann, als ich nicht einmal den leisesten Versuch unternahm, seine Arbeit zu stören, legte er seinen Hammer beiseite und drehte sich mit einem gewinnenden Lächeln zu mir. »Ich habe Hunger. Würdest du eine Entschuldigung für mein grobes Benehmen akzeptieren und hierbleiben, um eine Kleinigkeit mit mir zu essen, Heaven Leigh Casteel?«

»Du kennst meinen Namen!«

»Sicher kenne ich deinen Namen, auch ich habe schließlich Augen und Ohren.«

»Hat... hat dir Jillian von mir erzählt?«

»Nein.«

»Wer dann?«

Er schaute auf seine Uhr und schien von der Uhrzeit überrascht. »Merkwürdig, nach meinem Gefühl sind erst ein paar Minuten vergangen, seit ich heute morgen zu arbeiten anfing.« Es klang entschuldigend. »Die Zeit vergeht so schnell, immer wieder bin ich überrascht, wie die Minuten verrinnen, wie schnell so ein Tag vorbei ist. Natürlich hast du recht. Ich vergeude mein Leben, während ich mit x-beliebigen Kinkerlitzchen spiele.« Er fuhr sich mit den Händen durch das Haar und brachte alle Locken, die sich von selbst geordnet hatten, durcheinander. »Hast du je das Gefühl, das Leben sei zu kurz? Daß du alt und schwach bist und der grimmige Schnitter an deine Tür klopft, noch bevor du deine Ideen auch nur zur Hälfte ausgeführt hast?« Er konnte nicht älter als zweiundzwanzig oder dreiundzwanzig sein. »Nein, so etwas bewegt mich nie«, sagte ich.

»Ich beneide dich. Ich hatte immer das Gefühl, mit der Zeit – und mit Tony – in einem verrückten Wettlauf zu sein.« Daraufhin lächelte er mich an, was mir fast den Atem verschlug. »Also gut, bleib hier, geh nicht weg. Vergeude meine Zeit.« Jetzt wußte ich nicht, was ich tun sollte. Einerseits sehnte ich mich danach, zu bleiben, andererseits fühlte ich mich verlegen und hatte Angst.

»Ach, komm jetzt«, stichelte er, »du hast doch, was du wolltest, oder? Und ich bin harmlos. Ich liebe es, in der Küche herumzuwerkeln, obwohl ich mir nicht mehr Zeit als für ein paar zusammengeklappte Sandwiches nehmen kann. Einen festen Zeitplan fürs Essen gibt's bei mir nicht, ich esse, sobald ich Hunger habe. Leider verbrauche ich die Kalorien fast so schnell wie ich sie reinstopfe, deshalb bin ich ständig hungrig. Also, Heaven, nach kurzer Bestellung werden wir zwei unser erstes gemeinsames Mahl einnehmen.«

Im gleichen Moment stand in Farthinggale Manor ein Essen bereit, um mir serviert zu werden, aber das alles vergaß ich über dem Spaß, diesen Mann in seine Küche zu begleiten. Sie erinnerte an eine Art Kombüse, wie man sie auf Jachten einbaut, alles in Reichweite und praktisch. Er begann, Türen zu öffnen und rasch Brot und Butter, grünen Salat, Tomaten, Schinken und Käse auf den Tisch zu stellen. Als er beisammen hatte, was er aus den Schränken gewollt hatte, stieß er die Türen mit der Stirn zu, da er beide Hände voll hatte. Aber zuvor konnte ich noch rasch den Schrankinhalt sehen: Jedes Regal war sauber geordnet und voll bis zum Rand. Er besaß hier Essen, daß fünf Casteel-Kindern ein Jahr reichen würde – wenn sie sparsam essen würden. Meine Mithilfe wollte er nicht und bestand darauf, ich sei sein Gast, solle mich hinsetzen und nichts anderes tun als zu reden, um ihn zu unterhalten. Während er die Sandwiches zusammenlegte, versuchte er offensichtlich zwei Dinge unter einen Hut zu bringen: Einerseits war er froh, mich hier zu haben, und gleichzeitig unruhig und introvertiert. Mit dem Sprechen hatte ich Schwierigkeiten, deshalb schlug er vor, ich solle den Tisch decken. Das tat ich rasch und benützte die Gelegenheit, mich intensiver in der Hütte umzusehen. Von innen betrachtet wirkte sie nicht so klein wie von außen. Seitenflügel sprangen vor und führten in weitere Räume. Das Heim eines Mannes, spärlich möbliert. Nach dem Tischdecken fühlte ich mich besser, so wie es mir mit jeder Beschäftigung gegangen war. Deshalb konnte ich mich umdrehen und ihn ohne Verlegenheit beobachten. Wie merkwürdig es doch war, hier mit ihm zu sein, in einer einsamen Hütte, in die uns Dunkelheit und Nebel einschlossen, als wären wir allein auf der Welt.

»Gnädigste, das Abendessen ist serviert«, rief er scheu und grinste mich an. Er zog einen Stuhl für mich heran, und ich setzte mich, ehe er eine weiße Serviette wegzog und so sechs Sandwiches auf dem Silbertablett präsentierte. Sechs Stück! Petersilie und Radieschen in Rosenform garnierten das Tablett, in Petersilie-Nestern lagen gepfefferte Eier und rundherum verschiedene Käsestücke und mehrere Sorten Cracker. Dazu noch eine Silberschüssel voll glänzender roter Äpfel. Und das alles, obwohl er doch allein hatte essen wollen? Hinten in den Willies hätten wir eine Woche lang mit all dem Essen leben können, Granny, Großpapa, Tom, Fanny, Keith, ›Unsere‹ Jane... wir alle!

Und dann brachte er noch zwei Weinflaschen, roten und weißen Wein! Den hatte Cal für mich in den tollen Restaurants bestellt, als ich bei ihm und Kitty in Candlewick lebte. Und Wein hatte mir den Kopf verdreht und mich etwas akzeptieren lassen, was ich sonst abgelehnt hätte.

Nein! Noch einen Fehler konnte ich mir nicht leisten! Ich sprang hoch und packte meinen Mantel. »Es tut mir leid, aber ich kann nicht bleiben«, sagte ich. »Du wolltest nicht, daß ich von deiner Anwesenheit erfahre... Deshalb tue ich jetzt so, als ob du nicht hier wärst!«

Wie der Blitz war ich zur Tür hinaus und rannte auf die Hecke zu, in eine fürchterlich kohlrabenschwarze Nacht. Der feuchte Bodennebel wirbelte mir um die Beine, und weit hinter mir hörte ich, wie er meinen Namen schrie.

»Heaven, Heaven!«

Und zum erstenmal in meinem Leben dachte ich: Was für ein merkwürdiger Namen, den meine Mutter für mich gewählt hatte, keine Person, sondern ein Ort – und dann stiegen mir die Tränen in die Augen, und ich weinte, weinte völlig grundlos.

4. KAPITEL

IN GUTEN WIE IN SCHLECHTEN TAGEN

»Ich muß dich warnen«, meinte Tony beim Frühstück am nächsten Morgen, als Jillian immer noch oben schlief. »Das Labyrinth ist gefährlicher als es aussieht. Ich an deiner Stelle würde die Erforschung denen überlassen, die damit mehr Erfahrung haben. Und jetzt mußt du mir von dir selbst erzählen. Auf unserer Fahrt hierher hatte ich gestern den Eindruck, in deinen Augen so etwas wie Zorn zu bemerken. Warum sahst du jedesmal so empört drein, wenn dein Vater erwähnt wurde?«

»Ich hatte keine Ahnung davon«, murmelte ich und wurde rot. Ich wollte die Wahrheit hinausschreien und hatte gleichzeitig Angst, viel zuviel zu verraten. Sein Bruder ging mir mehr im Kopf herum als Pa. Troy war es, über den ich sprechen wollte. Aber trotzdem mußte ich an meine eigenen Pläne denken, an meine Träume; und auch daran, daß es Keith und Unserer-Jane gut ging. Ich wußte, der erste Schritt, sie zu retten, war, mich selbst nicht um mein Wohlergehen zu bringen.

Ganz vorsichtig fing ich an, eine neue Kindheit für mich selbst zu erfinden, auf Halbwahrheiten aufgebaut. Lüge war nur das, was ich wegließ. »Die Frau, die an Krebs gestorben ist, war nicht meine richtige Mutter, sondern eine Pflegemutter. Sie hieß Kitty Dennison und hatte sich um mich gekümmert, als Pa krank war und ich niemanden sonst hatte.«

Er saß ganz still da, als ob ihn die Neuigkeit, daß meine Mutter am Tag meiner Geburt gestorben war, zutiefst schockiert hätte. Seine Augen wurden trüb und traurig – und dann kam der Zorn, hart, kalt und bitter. »Was sagst du da? Dein

Vater hat gelogen? Wie konnte ein Mädchen, das so jung, kräftig und gesund war wie deine Mutter, bei der Geburt sterben, außer wenn sie vernachlässigt worden war? War sie in einem Krankenhaus? Allmächtiger Gott, Frauen heutzutage und in diesem Alter sterben doch nicht während der Geburt!«

»Sie war sehr jung«, flüsterte ich, »vielleicht zu jung für diese Prüfung. Wir lebten in einem ziemlich bescheidenen Haushalt, da Pa nur unregelmäßig als Zimmermann arbeiten konnte. Manchmal war das Essen nicht allzu nahrhaft. Ich kann dir nicht sagen, ob sie wegen der Untersuchungen zu einem Arzt ging. Die Leute in den Bergen halten nicht viel von Ärzten, sondern kümmern sich lieber selbst um ihre Leiden. Offen gestanden sind alte Frauen wie meine Granny angesehener als Leute mit einer Praxis in der Stadt und einem Doktortitel auf dem Türschild.«

War er nun auch dabei, sich von mir abzuwenden, aus demselben Grund wie Pa? »Ich wünschte, du würdest mir nicht wegen ihres Todes Vorwürfe machen, so wie Pa das tut...«

Seine blauen Augen blickten zum Fenster hinüber, das bis an die Decke ging und von schweren, rosagold gestreiften Samtvorhängen eingerahmt wurde. »Warum bist du gestern einfach dagesessen und hast die Lügen deines Vaters durch Schweigen bestätigt?«

»Ich hatte panische Angst, du würdest mich zurückweisen, wenn du wüßtest, daß ich aus solch erbärmlichen armen Verhältnissen stamme.«

Sein rascher, kalter Zorn überraschte mich und machte mir sofort klar, daß dieser Mann kein zweiter Cal Dennison war, den man ohne weiteres zum Narren halten konnte.

Rasch erzählte ich weiter, ohne Rücksicht auf den Eindruck, den ich jetzt machte: »Was glaubst du, wie ich mich fühlte, als ich hörte, daß du und Jillian mich nur zu Besuch erwarteten? Pa hatte mir erzählt, meine Großeltern wären ganz versessen darauf, daß ich bei ihnen lebe. Und dann muß ich erfahren, daß dies nur als Besuch gedacht ist! Ich habe nichts, wohin ich jetzt gehen könnte. Es gibt keinen Menschen, der

mich möchte, niemanden! Also versuchte ich herauszufinden, warum Pa so gelogen hatte. Ich dachte, du würdest dich vielleicht eher um mein Befinden sorgen, wenn du glaubtest, ich würde noch immer um meine eigene Mutter trauern. Und irgendwie trauere ich ja noch immer um sie. Immer habe ich darunter gelitten, daß ich sie nicht kannte. Ich wollte nichts tun oder sagen, was deine Absicht, mich hier zu behalten, ändern könnte – und sei es auch nur für kurze Zeit. Bitte, Tony, schick mich nicht zurück! Laß mich hierbleiben! Ich habe kein anderes Zuhause als das hier. Mein Vater leidet schwer an irgendeiner schrecklichen Nervenkrankheit, die ihn bald töten wird, und er wollte mich mit der Familie meiner Mutter zusammenbringen, bevor er das Zeitliche segnen würde.«
Scharf und durchdringend ruhte sein Blick auf mir, er war tief in Gedanken gesunken. Voller Angst, mein Gesicht würde meine Lügen verraten, versteckte ich mich innerlich. Mein ganzer Stolz lag auf den Knien, jederzeit bereit, zu bitten, zu weinen und sich völlig zu demütigen. Ich fing an, am ganzen Körper zu zittern.

»Diese Nervenkrankheit, die dein Vater hat, wie nennen seine Ärzte sie?«

Was wußte ich schon von Nervenkrankheiten? Nichts! Meine Gedanken rasten panisch, bis mir etwas einfiel, das ich damals in Candlewick irgendwann im Fernsehen gesehen hatte, ein trauriger Film. »Ein berühmter Baseballspieler ist einmal daran gestorben. Ich kann den Namen dieser speziellen Nervenkrankheit nur schwer formulieren.« Ich versuchte, nicht allzu vage zu klingen. »Es ist so etwas Ähnliches wie Paralyse, und es endet tödlich...«

Seine blauen Augen hatten sich jetzt argwöhnisch verengt. »Er klang aber ganz und gar nicht krank. Seine Stimme war sogar ganz kräftig.«

»Alle Bergbewohner haben kräftige Stimmen. Man muß sich eben Gehör verschaffen, wenn keiner was dabei findet, dazwischenzureden.«

»Wer kümmert sich eigentlich jetzt um ihn, denn deine

Granny ist doch tot, und du sagtest doch, glaube ich, dein Großvater wäre senil?«

»Großvater ist nicht senil!« brauste ich auf. »Er hätte nur so gerne, daß Granny noch am Leben wäre. Das ist nicht verrückt, sondern lebensnotwendig für jemanden wie ihn.«

»Wenn jemand so tut, als ob die Toten noch am Leben wären, und sich mit ihnen unterhält, würde ich das ziemlich senil nennen«, antwortete er ohne jede Emotion. »Außerdem habe ich bemerkt, daß du deinen Vater manchmal Daddy und dann wieder Pa nennst, warum das?«

»Daddy, wenn ich ihn mag«, flüsterte ich, »und Pa, wenn nicht.«

»Aha.« Er sah mich mit etwas mehr Interesse an.

Meine Stimme klang klagend, als ob ich Fannys Art, eine Rolle zu spielen, angenommen hätte: »Mein Vater hat mir immer wegen des Todes meiner Mutter Vorwürfe gemacht, und als Ergebnis habe ich mich in seiner Nähe nicht wohl gefühlt und umgekehrt. Trotzdem wäre er froh, man würde sich wegen meiner Mutter um mich kümmern. Und Pa findet immer irgendeine verliebte Frau, die sich um seine Bedürfnisse kümmert, bis er diese Welt verläßt.«

Langes Schweigen folgte, während er über meine Worte nachdachte und sie offensichtlich von allen Seiten betrachtete. »Ein Mann, der sogar im Sterben die Gefühle einer Frau bewegen kann, kann nicht ganz schlecht sein, nicht wahr, Heaven? Ich wüßte nicht, ob es jemanden gäbe, der für mich dasselbe tun würde.«

»Jillian!« rief ich hastig.

»Ja, natürlich, Jillian.« Abwesend sah er mich an, bis ich mich wand und mir heiß wurde. Er war dabei, mich abzuschätzen und zu beurteilen, meine positiven und negativen Seiten abzuwiegen. Das schien für immer und ewig so weitergehen zu wollen, sogar als er eine kleine Handbewegung machte und Curtis aus dem Nichts auftauchte, um den Tisch abzuräumen und wieder zu verschwinden. Endlich begann er zu sprechen.

»Angenommen, du und ich schließen einen Handel. Wir werden Jillian nicht erzählen, daß deine Mutter schon so lange tot ist. Denn diese Nachricht würde sie zu sehr treffen. Momentan glaubt sie, Leigh hätte siebzehn glückliche Jahre mit deinem Vater verbracht. Es wäre schade, ihr das Gegenteil zu erzählen. In Gefühlsdingen ist sie nicht sehr stabil. Keine Frau kann stabil sein, deren ganzes Glück darin besteht, immer jung und hübsch zu bleiben. Denn das kann nicht ewig anhalten. Während sie aber noch ihre Jugend besitzt – so flüchtig es auch sein mag –, sollten du und ich alles tun, um sie glücklich zu machen.« Seine durchdringenden Augen verengten sich, bevor er weitersprach. »Wenn ich dir ein Zuhause und alles, was damit zusammenhängt, biete – passende Kleidung, Ausbildung usw. –, werde ich dafür eine Gegenleistung erwarten. Bist du einverstanden, mir zu geben, was ich verlangen werde?«

Gedankenversunken und mit zusammengekniffenen Augen wartete er, während ich ihn anstarrte. Mein erster Gedanke war, ich hatte gewonnen, durfte bleiben! Dann aber, während er mich so intensiv betrachtete, hatte ich das Gefühl, er wäre eine riesige, fette Katze und ich nur eine schwache Kirchenmaus, die jederzeit geschnappt werden konnte. »Was wirst du verlangen?« Er lächelte verkniffen, fast amüsiert. »Deine Frage ist in Ordnung, und ich bin froh, daß du Sinn für Realität besitzt. Vielleicht hast du auch schon für dich selbst entdeckt, daß man für alles etwas bezahlen muß. Ich denke nicht, daß irgendeiner meiner Wünsche unvernünftig sein wird. Erstens wünsche ich, daß du bedingungslos gehorchst. Wenn ich Entscheidungen für deine Zukunft treffe, will ich nicht darüber diskutieren. Du wirst sie ohne Ausreden akzeptieren. Ich hing sehr an deiner Mutter, und es tut mir leid, daß sie nicht mehr lebt. Aber ich werde nicht dulden, daß du mein Leben durchkreuzt, um Schwierigkeiten zu machen. Wenn du mir Probleme machst oder meiner Frau, werde ich dich ohne das leiseste Bedauern dorthin zurückschicken, woher du kamst. Hast du verstanden? Denn dann bist du in meinen Augen ein undankbarer Narr – und Narren verdienen keine zweite Chance.« Er öffnete seine Augen und starrte mich ungerührt an.

»Damit du einen Eindruck von den Entscheidungen bekommst, die ich für dich treffen werde, wollen wir mit meiner Wahl der Schule und des Colleges anfangen. Ebenso werde ich deine Kleidung aussuchen. Ich hasse es, wie sich Mädchen heutzutage kleiden und den schönsten Teil ihres Lebens mit billiger, gewöhnlicher Kleidung und wilden, ungepflegten Haaren verderben. Du wirst dich so kleiden, wie die Mädchen damals, als ich in Yale studierte. Ich werde prüfen, welche Bücher du liest und welche Filme du anschaust. Nicht daß ich anfange, prüde zu werden, ich vertrete nur die Meinung, daß man die schönen Ideen und Ideale, die die meisten von uns als junge Leute haben, erstickt, wenn man den Kopf mit Schund vollstopft. Ich werde das letzte Wort bei den jungen Männern haben, mit denen du dich verabredest, und auch darüber, wann. Ich werde erwarten, daß du zu mir und deiner Großmutter immer höflich bist. Jillian wird noch ihre eigenen Regeln aufstellen, da bin ich sicher. Aber für jetzt werde ich ein paar festlegen:

Jillian schläft täglich bis Mittag ihren sogenannten ›Schönheitsschlaf‹. Störe sie nie dabei. Jillian kann es nicht ausstehen, mit dummen, langweiligen Leuten zusammenzusein. Also wirst du keine in dieses Haus schleppen. Ferner wirst du in ihrer Gegenwart alle unangenehmen Themen vermeiden. Wenn du schulische, gesundheitliche oder andere Probleme hast, erzähle sie mir unter vier Augen. Das Beste wird sein, wenn du die vergangenen Jahre nie erwähnst oder dich auf Ereignisse daraus beziehst, ebensowenig nie auf traurige Geschichten aus der Zeitung. Jillian hat es geschafft, sich wie eine Auster zu verhalten, indem sie den Kopf in den Sand steckt, sobald die Probleme anderer Leute auftauchen. Laß ihr ihre kleinen Schutzspiele. Wenn's drauf ankommt, werde ich derjenige sein, der ihren Kopf in die Gegenwart zurückzieht – nicht du!«

Wie ich so an der langen Tafel saß, war ich mir ziemlich sicher, daß Townsend Anthony Tatterton ein rücksichtsloser, grausamer Mann war, der mich ebenso für seine Zwecke benützen würde, wie er Jillian benutzt hatte.

Trotzdem hatte ich nicht vor, sein Angebot, mich hierzubehalten und aufs College zu schicken, auszuschlagen. Mein ganzes Innerstes konzentrierte sich auf den wunderbaren Tag, an dem ich meine Abschlußurkunde bekommen würde – plötzlich erschien mir das als das einzig Erstrebenswerte.

Ich stand auf und versuchte mit einer Stimme zu sprechen, die nicht zitterte. »Mr. Tatterton, mein ganzes Leben wußte ich, daß meine Zukunft hier in Boston liegen würde, wo ich die besten Schulen besuchen und mich auf ein besseres Leben vorbereiten könnte als das, was meine Mutter in den Bergen von West Virginia vorfand. Mehr als alles andere möchte ich einen High-School-Abschluß, um dann an eines der besten Colleges zu gehen. So werde ich stolz auf mich selbst sein können. Ich habe es so bitter nötig, stolz auf mich selbst zu sein, denn eines Tages möchte ich nach Winnerow zurück und jedem, der mich als armen Teufel kannte, zeigen, was aus mir geworden ist. Aber meine Ehre und mein anständiges Wesen werde ich nicht opfern, um irgend etwas davon zu erreichen.«

Er lächelte, als ob er es für absurd hielt, daß gerade ich Ehre und Anständigkeit erwähnte. »Ich freue mich zu hören, daß du beides in deine Überlegungen einbezogen hast, obwohl ich bereits aus deinen Augen deine Zustimmung lesen konnte. Trotzdem erwartest du ziemlich viel von mir. Ich hingegen erwarte nur Gehorsam von dir.«

»Für mich hat es den Eindruck, als ob ein großer Teil unter der Oberfläche deiner Forderungen läge.«

»Ja, vielleicht«, stimmte er mit einem wohlgefälligen Lächeln zu. »Du siehst, meine Frau und ich sind in unseren Kreisen einflußreich, und wir wünschen, daß nichts unseren guten Ruf stört. Mitglieder deiner Familie könnten hier auftauchen und peinlich wirken. Ich merke, daß zwischen dir und deinem Vater keine Zuneigung besteht, aber trotzdem beschützt du ihn und deinen Großvater. Von allem, was ich bisher von dir weiß, paßt du dich rasch an. Ich vermute, auf längere Sicht wirst du mehr ein Bostoner sein als ich, und ich bin hier geboren. Aber ich dulde nicht, daß Hillbilly-Verwandte von dir auftauchen, nie, und auch keine deiner früheren Freunde aus West Virginia.«

Das war zuviel verlangt! Ich hatte geplant, ihm später einmal die ganze Wahrheit zu sagen. Ich wollte ihm erzählen, daß Pa in diesem schrecklichen Herbst, in dem Sarah ein totes, mißgebildetes Baby geboren hatte, an Syphilis erkrankt war. Daß Granny gestorben war und Sarah fortging und ihre vier Kinder und mich in der Berghütte zurückließ. Daß wir uns dann so gut es ging durchschlugen. Und dann dieser grauenvolle Winter, in dem er uns verkaufte, alle fünf, für fünfhundert Dollar das Stück! Verkauft an Leute, die uns mißbrauchten! Und nie sollte ich je Tom hierher zu Besuch einladen, oder Fanny, geschweige denn Keith und Unsere-Jane? – wenn ich die beiden gefunden hätte...

»Jawohl, Heaven Leigh, ich wünsche, daß du deine familiären Verbindungen kappst, die Casteels vergißt und eine Tatterton wirst, wie deine Mutter es hätte tun sollen. Sie hat uns verlassen, hat nur einmal geschrieben, ein einziges Mal! Hat irgend jemand dort unten je erwähnt, warum sie nicht nach Hause schrieb?«

Meine Nerven vibrierten. Er wußte mehr als Granny oder Großvater, sogar mehr als Pa! »Wie sollten sie es wissen, außer sie hat es ihnen erzählt?« fragte ich mit ziemlichen Groll. »Soweit ich hörte, hat sie nie über ihr Zuhause gesprochen, außer, daß sie aus Boston komme und nie zurückgehen würde. Meine Granny vermutete, sie sei reich, weil sie so hübsche Kleider und eine kleine samtene Schmuckschatulle mitgebracht hatte und weil ihr Benehmen so vornehm war.« Aber aus irgendeinem Grund verlor ich kein Wort über die Brautpuppe mit ihrem Porträt, die sie auf dem Grund ihres einzigen Koffers versteckt hielt.

»Erzählte sie deinem Vater, daß sie nie zurückkehren würde?« fragte er mit dieser merkwürdig gepreßten Stimme, die bewies, daß er innerlich berührt war. »Wem hat sie noch davon erzählt?« – »Keine Ahnung. Granny wünschte, sie würde dahin zurückgehen, woher sie kam, bevor die Berge sie töten würden.«

»Die Berge haben sie getötet?« fragte er, beugte sich vorwärts und fixierte mich. »Ich hatte angenommen, daß sie mangelnde ärztliche Hilfe das Leben kostete.«

Meine Stimme nahm einen Tonfall an, der mich an Granny erinnerte, wurde so geisterhaft, wie sie mir zu erzählen pflegte.

»Die Leute sagen, keiner könne glücklich in den Bergen leben, außer er sei dort geboren und aufgewachsen. Es gibt Töne in den Bergen, die niemand erklären kann, wie Wölfe, die den Mond anheulen. Dabei sagen die Wissenschaftler, daß der graue Wolf schon vor langer Zeit aus unserer Gegend verschwunden ist. Trotzdem können wir alle ihn hören. Wir haben Bären, Luchse und Berglöwen, und unsere Jäger kommen mit Geschichten zurück, daß sie Beweise für die Existenz grauer Wölfe in unseren Bergen gesehen hätten. Es ist egal, ob wir die Wölfe sehen oder nicht, wenn der Wind ihr Heulen mitbringt, um uns nachts aufzuwecken. Wir haben jede Art von Aberglauben, den ich nicht zu beachten versuchte. Alberne Dinge, wie z. B., daß man sich dreimal im Kreis drehen muß, wenn man sein Haus betritt, damit die bösen Geister einem nicht hineinfolgen. Immer noch werden Freunde, die in unseren Bergen leben wollen, schnell krank und manchmal erholen sie sich nie. Manchmal fehlt ihnen nichts, und trotzdem werden sie immer stiller, verlieren den Appetit, magern ab und dann kommt der Tod.«

Er preßte seinen Lippen so stark zusammen, daß sich ringsum eine weiße Linie bildete. »Die Berge? Liegt denn Winnerow in den Bergen?«

»Nein, Winnerow liegt im Tal. Die Leute in den Bergen sagen ›Loch‹ dazu. Mein ganzes Leben versuchte ich, nicht so wie sie zu sprechen. Aber das Tal ist nichts anderes als die Berggegend. Die Zeit steht still dort, auf den Bergen, in den Tälern; aber nicht so wie für Jillian. Die Leute altern rasch, zu rasch. Meine Granny besaß ja auch nie eine Puderquaste, geschweige denn Nagellack.«

»Genug davon«, sagte er ziemlich ungeduldig. »Ich habe genug gehört. Warum um alles in der Welt möchte ein kluges Mädchen wie du dorthin zurückgehen?«

»Ich habe meine Gründe«, entgegnete ich störrisch und hob den Kopf, weil ich Tränen in meine Augen steigen fühlte. Ich konnte ihm nicht erzählen, warum ich den Namen Casteel aufwerten und ihm etwas geben wollte, das er nie vorher besessen hatte – Ansehen. Für meine Granny würde ich es tun, für sie. So stand ich da und er saß. Für eine ewig lange Zeit saß er da, seine eleganten, gut gepflegten Hände unter dem Kinn gefaltet, und sprach kein Wort. Dann ließ er die Hände sinken und trommelte gedankenlos auf das frische weiße Taschentuch und auch auf meine Nerven. »Ich habe Ehrlichkeit immer bewundert«, sagte er schließlich und seine blauen Augen wirkten ruhig und undurchschaubar. »Ehrlichkeit ist immer die beste Taktik, wenn man nicht sicher ist, ob eine Lüge helfen oder schaden würde. Am Schluß bringt man seine Sache durch, und wenn nicht, bleibt einem immer noch das Gefühl der eigenen Rechtschaffenheit.« Klug und amüsiert lächelte er mich an. »Drei Jahre nachdem deine Mutter hier fortgelaufen war, beauftragte ich eine Detektivagentur, sie zu finden. Und diese verfolgte ihre Spur bis nach Winnerow. Man sagte ihnen, sie würde außerhalb der Stadtgrenze wohnen und daß Geburten oder Todesfälle auf dem Land oft nicht in die Register kämen. Aber viele Einwohner von Winnerow erinnerten sich an ein hübsches junges Mädchen, das Luke Casteel geheiratet hatte. Mein Detektiv versuchte sogar ihr Grab zu finden, um ihren Todestag zu erfahren, aber fand nie ein Grab mit ihrem Namen auf dem Grabstein... aber schon lange zuvor wußte ich, sie würde nie zurückkommen. Sie hat ihr Wort gehalten...«

Sah ich da Tränen in seinen Augen? Hatte er sie auf seine Art geliebt?

»Kannst du ehrlich behaupten, daß sie deinen Vater geliebt hat? Hat er sie auch auf seine Art geliebt?«

Was wußte ich schon über ihre Gefühle, außer was ich immer gehört hatte? Ja, sie hatte ihn geliebt, hatte Granny erzählt – weil er sich ihr nie von seiner grausamen, häßlichen Seite gezeigt hatte! »Hör auf, mich nach ihr zu fragen!« schrie ich, bis zum Zusammenbruch gereizt. »Mein ganzes langes Leben lang wurde der Vorwurf für ihren Tod mir aufgebürdet. Und ich denke, jetzt willst du auch noch etwas anderes dazu tun! Gib mir meine Chance, Tony Tatterton! Ich will gehorchen, werde hart lernen, und ich werde alles versuchen, daß du stolz auf mich bist!«

Was hörte er nur in meiner Stimme, daß er den Kopf in seine Hände vergrub? Ich wollte, daß er Pa genauso wie ich dafür haßte, weil er sie getötet hatte. Ich wollte, daß er sich mit mir zu einer gemeinsamen Racheaktion verbündete. Und mit dieser Erwartung saß ich zitternd vor ihm.

»Du schwörst, dich gehorsam an meine Anordnungen zu halten?« fragte er, wobei er kurz aufsah und seinen starren Blick verengte.

»Ja!«

»Dann wirst du das Labyrinth nie mehr betreten oder Gelegenheit suchen, meinen jüngeren Bruder Troy zu besuchen.«

Mir stockte der Atem. »Woher wußtest du das?«

Seine Lippen kräuselten sich. »Nun, kleines Mädchen, er hat es mir erzählt. Er war sehr begeistert von dir und der Art, wie du deiner Mutter ähnlich siehst – soweit er sich daran erinnern kann.«

»Warum möchtest du nicht, daß ich ihn sehe?«

Stirnrunzelnd schüttelte er den Kopf. »Troy hat seine eigenen Leiden, die vielleicht genauso tödlich sein könnten wie die Krankheit deines Vaters. Ich möchte nicht, daß du dich damit ansteckst.«

»Ich verstehe nicht«, antwortete ich hilflos und tief verstört über die Nachricht, er könnte krank sein... und sterben.

»Natürlich verstehst du nichts, niemand versteht Troy! Hast du je einen besser aussehenden jungen Mann gesehen? Nein, natürlich nicht! Wirkt er nicht bemerkenswert gesund? Ja, selbstverständlich. Trotzdem wiegt er zu wenig. Seit dem Tag seiner Geburt – ich war damals siebzehn – hat er nur so zwischen gesund und krank sein geschwankt. Dir zuliebe tu jetzt, was ich dir sage, und laß Troy in Ruhe. Du kannst ihn nicht retten. Niemand kann es.«

»Was heißt das, ich kann ihn nicht retten? Wovor?«

»Vor sich selbst«, antwortete er kurz angebunden und winkte mit der Hand, um das Thema fallenzulassen. »Nun gut, Heaven, setz dich hin und laß uns zum Geschäftlichen kommen. Ich werde dir hier ein Zuhause verschaffen und dich wie eine Prinzessin ausstaffieren. Ich werde dich auf die absolut besten Schulen schicken. Und für alles, was ich für dich tue, brauchst du nur eine Kleinigkeit für mich zu tun. Erstens, wie ich schon sagte, wirst du deiner Großmutter nie erzählen, was dir Kummer macht. Zweitens wirst du Troy nicht heimlich sehen. Drittens wirst du nie mehr deinen Vater erwähnen, weder namentlich noch in der Umschreibung. Viertens wirst du alles tun, um deine Herkunft zu vergessen, und dich nur darauf konzentrieren, an dir zu arbeiten. Und fünftens wirst du mir für all das Geld, das ich in dich investiere, und auch zu deinem eigenen Nutzen, das Recht einräumen, alle wichtigen Entscheidungen in deinem Leben zu treffen. Einverstanden?«

»Welche... welche wichtigen Entscheidungen?«

»Einverstanden oder nicht?«

»Aber...«

»Gut, nicht einverstanden. Du möchtest diskutieren. Mache dich darauf gefaßt, nach Neujahr abzureisen.«

»Aber ich habe keinen Platz, wohin ich gehen könnte!« schrie ich bestürzt auf.

»Du kannst dir die beiden nächsten Monate eine schöne Zeit machen, und dann werden wir uns trennen. Aber glaube ja nicht, daß du bis zum Zeitpunkt deiner Abreise deine Großmutter so überzeugt haben wirst, daß sie dir genug Geld geben wird, um dich durchs College zu bringen. Sie kontrolliert das Geld, das Cleave ihr vererbt hat, nicht selbst – ich verwalte es. Sie hat alles, was sie will, darauf achte ich, aber in Geldsachen ist sie eine Närrin.«

Ich konnte nicht etwas so Entscheidendem zustimmen, nämlich daß er für mich die Wahl traf, ich konnte es einfach nicht! »Deine Mutter wollte ein besonderes Mädcheninternat besuchen, das beste in dieser Gegend. Alle reichen Mädchen wollen unbedingt dorthin, in der Hoffnung, den richtigen jungen Mann für eine spätere Heirat zu finden. Ich nehme an, auch du wirst dort deinem ›Mr. Richtig‹ begegnen.«

Schon viel früher hatte ich meinen Mr. Richtig getroffen, Logan Stonewall. Früher oder später würde mich Logan zurückholen und mir verzeihen. Er würde erkennen, daß ich durch die Umstände gezwungen worden war...

So wie auch Keith und Unsere-Jane Opfer der Umstände waren.

Ich biß mir auf die Unterlippe. Das Leben bot mir sehr wenige Chancen, wie er sie mir schilderte. Hier in diesem großen Haus, mit seiner Arbeit in der Stadt, die ihn oft außer Haus bringen würde, würden wir uns nur selten sehen. Und Troy Tatterton brauchte ich nicht in meinem Leben, nicht wenn ich eines nicht allzu fernen Tages Logan wiedersehen würde.

»Ich werde bleiben. Ich stimme deinen Bedingungen zu.«

Zum ersten Mal lächelte er mich wirklich herzlich an. »Gut, ich wußte, du würdest die richtige Wahl treffen. Deine Mutter entschied sich falsch, indem sie weglief. Jetzt, um etwas, das dich verblüffen könnte, einfacher zu machen und damit du nicht herumschnüffeln mußt: Jillian ist sechzig und ich bin vierzig.«

Jillian war sechzig!

Und Granny war erst vierundfünfzig, als sie starb, aber sie hatte wie neunzig ausgesehen. O Gott, das tat erbärmlich weh. Trotzdem wußte ich nicht, was ich tun oder sagen sollte, und mein Herz klopfte rasend schnell. Dann kam die Erleichterung, strömte durch mich und überwältigte mich, so daß ich wieder atmen, mich entspannen und sogar ein zittriges Lächeln zustande brachte. Am Schluß würde alles gut ausgehen. Eines Tages würde ich Tom, Fanny, Keith und Unsere-Jane wieder vereinen, unter meinem eigenen Dach. Aber das konnte warten, bis ich meine Zukunft mit einer guten Ausbildung sicher im Griff hatte.

»Für Winterhaven gibt es eine ellenlange Warteliste, aber ich kann sicher ein paar Fäden ziehen und dich hineinbringen – das heißt, wenn du eine gute Schülerin bist. Du wirst eine Aufnahmeprüfung bestehen müssen, um deinen Bildungsstand feststellen zu lassen. Mädchen aus aller Welt wollen unbedingt nach Winterhaven. Wir werden zusammen einkaufen gehen, du und ich, und Jillian ihren eigenen Angelegenheiten überlassen. Du wirst besonders warme Kleider brauchen, Mäntel, Stiefel, Hüte, Handschuhe, Abendkleider und Sportkleidung. Du wirst die Familie Tatterton vertreten, und wir haben gewisse Standards gesetzt, nach denen du leben mußt. Du wirst Taschengeld brauchen, um deine Freunde einzuladen und dir, was immer du möchtest, kaufen zu können.«
Wie verhext war ich in diesen faszinierenden Wunschvorstellungen von Reichtum versunken, wo ich alles, was ich wollte, kaufen konnte und wo die College-Erziehung, die immer weit außerhalb der Reichweite gelegen hatte, plötzlich greifbar nahe war.

»Diese Frau, Sarah, die du erwähntest, dieses Mädchen, das dein Vater kurz nach Leighs Tod heiratete, wie war sie?«

Warum wollte er das wissen? »Sie stammte aus den Bergen, war groß und grobknochig, mit leuchtenden rotbraunen Haaren und grünen Augen.«

»Es interessiert mich nicht, wie sie aussah. Wie war sie?«

»Ich liebte sie, bis sie sich...« und ich wollte ergänzen, »von uns abwandte«, bevor ich plötzlich verstummte. »Ich liebte sie, bis sie weglief, weil sie herausgefunden hatte, daß Pa im Sterben lag.«

»Du mußt Sarahs Namen aus deinem Gedächtnis streichen. Und du darfst nicht darauf hoffen, sie wiederzusehen.«

»Ich habe keine Ahnung, wo Sarah ist«, entgegnete ich hastig, als ob ich Sarah verteidigen müßte, die es ja versucht hatte, aber gescheitert war...

»Heaven, wenn ich etwas in vierzig Jahren gelernt habe, dann die Tatsache, daß böse Saat immer aufgeht.«

Ahnungsvoll starrte ich ihn an.

»Noch einmal, Heaven, wenn du ein Mitglied dieser Familie wirst, mußt du deine Vergangenheit aufgeben, alle Freunde, die du damals gewonnen hast, alle Kusinen, Tanten oder Onkel. Du wirst dir ein höheres Ziel setzen, als nur noch ein Lehrer zu sein, der sich in den Bergen vergräbt, wo sich nichts verbessern wird, bis sich die Leute endlich dazu entscheiden, selbst etwas zu verbessern. Du wirst nach dem Standard der Tattertons und der VanVoreens leben, die keine Durchschnittsbürger wurden, sondern außergewöhnliche. Wir verpflichten uns nicht nur in Worten, sondern tatsächlich – und das betrifft beide Geschlechter.«

Was für ein Mann war er, um soviel zu fordern? Kalt und gemein, dachte ich und versuchte intensiv meine wahren Gefühle zu verbergen, auch wenn ich wütend aufstampfen und ihm geradeaus erzählen wollte, was ich von derart grausamen Einschränkungen hielt. Und ich begann zu vermuten, weswegen meine Mutter davongelaufen war. Dieser grausame, fordernde Mann! Und dann, typisch Casteel-Lumpenpack, schoß mir ein heimtückischer Gedanke durch den Kopf: Nicht einmal Tony Tatterton konnte meine Gedanken lesen. Von meinen Briefen an Tom und Fanny würde er keine Ahnung haben. Er wollte ein Diktator sein – gut, sollte er doch. Ich würde mein eigenes Spiel spielen.

Demütig senkte ich den Kopf. »Alles, was du sagst, Tony.« Daraufhin ging ich kerzengerade und mit hocherhobenem Kopf die Treppe hinauf. Bittere Gedanken begleiteten meine Schritte. Je mehr sich die Dinge veränderten, desto mehr blieben sie die alten. Ich war unerwünscht – sogar hier.

5. KAPITEL

WINTERHAVEN

Gleich am nächsten Tag übernahm Tony mein Leben, als ob weder ich noch Jillian irgend etwas dazu zu sagen hätten. Er entwarf Stundenpläne für jede Minute meines Tages und verdarb so einiges von dem Vergnügen, das ich dabei gehabt hätte, wenn er etwas langsamer eine Prinzessin aus Aschenputtel geschaffen hätte. Ich brauchte Zeit, mich an Dienerschaft zu gewöhnen, Zeit, um mich in einem Haus zurechtzufinden, dessen Konstruktion fast so kompliziert war wie das Labyrinth draußen. Ich mochte nicht, wenn Percy mein Bad einließ und meine Kleider herauslegte, so daß mir keine Wahl mehr blieb. Ich konnte den Befehl nicht ausstehen, der klar besagte, daß ich die Telefone nicht benutzen durfte, um irgend jemanden aus meiner Familie anzurufen.

»Nein«, antwortete er ablehnend und sah von seiner intensiven Beschäftigung mit der Börsenseite auf, »du mußt dich nicht noch einmal von Tom verabschieden. Du hast mir erzählt, daß du's bereits getan hast.«

Jillian schlief den Vormittag hindurch und verbrachte dann einige weitere Stunden hinter verschlossenen Türen mit ihren »geheimen Schönheitsritualen«. Inzwischen fuhr mich Tony in kleine Boutiquen, wo Kleidung und Schuhe ein Vermögen kosteten. Kein einziges Mal fragte er nach dem Preis von Pullovern, Röcken, Kleidern, Mänteln, Stiefeln oder nach sonst etwas! Er unterschrieb Rechnungen so selbstverständlich wie einer, dem nie das Geld ausgehen würde. »Nein«, sagte er, als ich flüsterte, es wäre hübsch, passende bunte Schuhe zu allem zu haben.

»Schwarze, braune, beige, blaue und ein paar grau-rote Schuhe sind genug Farben, bis du weiße Sommerschuhe brauchst. Ich werde einige deiner Wünsche nicht erfüllen. Niemand sollte sich jeden Traum auf einmal erfüllen. Du weißt, wir leben von Träumen, und wenn keine mehr da sind, sterben wir bald.«

Seine hellblauen Augen verdunkelten sich. »Einmal habe ich den Fehler begangen, zu vieles zu schnell zu geben, indem ich nichts zurückbehielt. Diesmal nicht.«

Am frühen Abend fuhren wir nach Hause, mit einem Rücksitz voller Pakete, genug Kleidung für drei Mädchen. Er schien nicht zu merken, daß er bereits zu viel und zu schnell gegeben hatte. Mein ganzes Leben hatte ich von wunderschöner, teurer Kleidung geträumt, und jetzt war ich überwältigt, und trotzdem hatte er keine Ahnung, daß ich genug hatte. Aber er verglich ja auch meine Kleiderschränke mit denen von Jillian.

Jillians Art, mich entweder völlig zu ignorieren oder enthusiastisch zu beurteilen, tat oft sehr weh. In ihrer Gegenwart fühlte ich mich nie wohl, und oft hatte ich den Eindruck, sie wünschte, ich wäre nicht aufgetaucht. Einmal bemerkte ich, wie sie ruhig auf ihrer Schlafzimmercouch saß und eines ihrer ewigen Solitär-Spiele spielte. Von Zeit zu Zeit sah sie in meine Richtung: »Spielst du Karten, Heaven?«

Begeistert nahm ich die Aufforderung an und war glücklich, daß sie die Zeit mit mir verbringen wollte. »Ja, vor langer Zeit hat mir ein Freund Gin-Rommé beigebracht.« Dieser Freund hatte mir auch ein nagelneues Päckchen Karten geschenkt, das er aus dem Laden seines Vaters »geborgt« hatte.

»Gin- Rommé?« fragte sie merkwürdig, als ob sie nie von diesem Spiel gehört hätte. »Das ist das einzige, was du spielst?«

»Ich lerne rasch!«

Noch am selben Tag zeigte sie mir, wie man Bridge spielt, ihr Lieblingsspiel. Sie erklärte den Wert der Trumpfkarten, gab mir ausführliche Anweisungen, wie viele Punkte für eine

Eröffnung nötig waren und wie viele, um auf das erste Gebot des Spielpartners zu antworten. Es dauerte nicht lange, bis ich begriff, ich würde ein Buch über Bridge kaufen und es für mich durcharbeiten müssen, denn Jillian ging viel zu schnell voran.

Aber sie hatte Spaß daran, mich zu unterrichten, und eine ganze Woche lang freute sie sich jedesmal, wenn ich verlor. Dann kam jener denkwürdige Tag, an dem wir hinter unserem kleinen, computergesteuerten Spieltisch saßen, der mit einem, zwei oder drei Spielern spielen konnte (sogar mit gar keinem – dann spielte er mit sich selbst). Und zu Jillians großem Verdruß gewann ich. »Oh, du hattest nur Glück!« platzte sie heraus, worauf sie mit beiden Händen ihre Wangen zusammenpreßte. »Nach dem Mittagessen werden wir noch ein Spiel machen und sehen, wer dann gewinnt.«

Jillian fing an, mich zu brauchen, zu wollen, zu mögen. Es war das erste Mal, daß ich mit Jillian irgendeine andere Mahlzeit außer dem Abendessen einnahm, das stets im Speisezimmer serviert wurde. Hier war eine der reichsten Frauen in der Welt und sicher eine der schönsten – und sie aß zu Mittag kleine Sandwiches mit Gurken und Wasserkresse belegt und nippte Champagner dazu.

»Jillian, das ist aber kein gesundes, nahrhaftes Mittagessen, geschweige, daß es satt macht!« platzte ich nach unserem dritten gemeinsamen Mittagessen heraus. »Ehrlich, sogar nach sechs Stück von deinen kleinen Sandwiches habe ich immer noch Hunger. Und aus Champagner mache ich mir wirklich nichts.«

Wie erbittert gingen ihre zierlichen Augenbrauen nach oben. »Wenn Tony und du zusammen Mittagessen geht, was eßt ihr beide dann?«

»Ach, ich kann alles aus der Speisekarte auswählen. Er ermuntert mich sogar noch, Gerichte zu nehmen, die ich noch nie zuvor probiert habe.«

»Er verzieht dich genauso, wie er Leigh verzogen hat.«

Lange Augenblicke saß sie da, senkte den Kopf über ihr

winziges Essen und dann winkte sie, wie zur Entlassung, mit der Hand. »Wenn es etwas gibt, das ich absolut nicht ausstehen kann, dann ist's, ein junges Mädchen zu beobachten, das heißhungrig ißt. Weißt du übrigens, Heaven, daß du nur so essen kannst? Bis du dein Bedürfnis nach so viel Essen unter Kontrolle hast, halte ich es für das Beste, wenn du und ich nicht mehr zusammen Mittag essen. Und wenn wir im Speisezimmer sind, werde ich mich bemühen, deine Eßgewohnheiten so wenig wie möglich zu beachten.«

Jetzt war ich ständig hungrig und fing an, mich in die riesige Küche zu stehlen, wo mich Ryse Williams, der dicke schwarze Koch, in seinem Reich willkommen hieß.

»Also, Mädchen, du siehst genau wie deine Mutter aus, heiliger Jesus, ich habe nie ein Mädchen gesehen, das seiner Mutter so sehr ähnelt – obwohl deine Haare schwarz sind.«

In dieser glänzenden Küche mit Kupferpfannen und Tausenden von Küchengeräten, die ich nie zuvor gesehen hatte, verbrachte ich viele Stunden und lauschte Rye Whiskey und seinen Geschichten über die Tattertons. Aber obwohl ich ihn oft zu zwingen versuchte, über meine Mutter zu sprechen, wirkte er dann immer ungehalten und beschäftigte sich auf meine Fragen hin mit seinem Kochen. Sein glattes braunes Gesicht wurde ausdruckslos und sehr schnell wechselte er das Thema. Aber eines Tages, eines nicht allzu fernen Tages, würde mir Rye Whiskey alles erzählen, was er wußte – denn aus seiner beschämten, verlegenen Miene entnahm ich schon jetzt, daß er eine Menge wußte.

In meinem eigenen Schlafzimmer schrieb ich, um Tom alles davon zu erzählen. Bis jetzt hatte ich ihm drei Briefe geschrieben und hatte ihn gewarnt, nicht zu antworten, bis ich ihm eine »sichere« Adresse schicken konnte. (Die Vorstellung, was er davon denken mochte, tat mir weh.) In diesen Briefen beschrieb ich Farthinggale Manor, Jillian und Tony, aber über Troy verlor ich kein Wort. Troy ging mir nicht aus dem Kopf, schwirrte mir dauernd im Kopf herum. Ich wollte ihn wiedersehen und hatte Angst davor. Tausend Fragen wollte ich Troy über seinen Bruder stellen, aber jedesmal sah Tony finster drein, wenn ich das Gespräch auf den Mann brachte, der in der Hütte hinter dem Labyrinth lebte. Zweimal versuchte ich, mit Jillian über Troy zu sprechen, die nur den Kopf wegdrehte, mit der Hand wedelte und somit das Thema beendete. »Ach, Troy! Er ist uninteressant, vergiß ihn. Er weiß zuviel von allem übrigen, um Frauen zu schätzen.« Während ich aber intensiv über Troy nachdachte, fand ich, es wäre Zeit, den schwierigsten Brief zu schreiben. Einen Brief an denjenigen, der tatsächlich zu meiner Zukunft gehören würde, einen Brief, um herauszufinden, ob er mich an seiner Zukunft wieder teilnehmen lassen würde.

Wie aber konnte ich jemandem schreiben, der mich einmal geliebt und mir vertraut hatte, aber jetzt nicht mehr? Sollte ich die Dinge, die unsere Beziehung beendet hatten, einfach ignorieren? Sollte ich offen darüber sprechen? Nein, nein, beschloß ich. Erst mußte ich Logan sehen und seine Reaktion beobachten, ehe ich über Cal Dennison ausführlicher sprach. Schließlich brachte ich ein paar Sätze heraus, die gar nicht zu passen schienen:

Lieber Logan,
endlich lebe ich bei der Familie meiner Mutter, wie ich es immer gehofft hatte. Bald werde ich ein privates Mädcheninternat besuchen. Es heißt Winterhaven. Wenn du noch irgendwelche Gefühle für mich übrig hast – ich hoffe und bete, daß es so ist –, dann versuch bitte, mir zu vergeben. Und vielleicht können wir von vorne anfangen.

Herzlich,
Heaven.

Meine Antwortadresse war das Postschließfach, das ich gestern heimlich eröffnet hatte. Tony kaufte inzwischen im Geschäft weiter unten Kleidung für sich selbst ein. Gedankenverloren kaute ich am Ende meines Füllers, bevor ich mit einem Stoßgebet das einzelne kleine Blatt endlich in seinen

Umschlag schob. Mit seiner ganzen Energie und seiner zuverlässigen Art könnte mich Logan vor so vielem retten, wenn er nur wollte und wenn ihm noch genug daran lag.

Gleich am Tag darauf hatte ich eine Chance, meinen Brief aufzugeben. Tony erzählte ich, ich müßte auf die Toilette, und dann rannte ich zum Seiteneingang des Geschäfts hinaus, um meinen Brief in einen Briefkasten zu stecken. Endlich – erleichtert seufzte ich auf. Ich hatte endlich Kontakt zu meiner Vergangenheit aufgenommen, zu meiner verbotenen Vergangenheit.

Und dann wieder zurück nach Farthy, das allmählich wie ein Zuhause wirkte. Denn jetzt besaß ich Dinge, die mir selbst gehörten. Früh am Morgen stand ich auf, um mit Tony im Hallenbad zu schwimmen. Nach dem Abtrocknen und Kleiderwechseln frühstückte ich mit ihm. An Curtis, den Butler, hatte ich mich bereits zu gewöhnen begonnen, und so konnte ich seine Anwesenheit schon fast so gut wie Tony ignorieren – außer ich brauchte etwas. Von Jillian sah ich wenig. Sie vergeudete den halben Tag in ihrem Zimmer, bevor sie – atemberaubend hübsch – herauseilte, auf dem Weg zu ihrem Friseur oder irgendeiner Lunch-Party. (Ich hoffte nur, daß sie dort Gehaltvolleres als kleine Sandwiches mit Champagner aß.)

Und Tony, er fuhr kurz nach dem Frühstück nach Boston, um seinen Pflichten in der Tatterton Toy Corporation nachzugehen. Manchmal rief er aus seinem Stadtbüro an, um mich zum Mittagessen in ein elegantes Restaurant einzuladen, wo ich mich wie eine Prinzessin fühlte. Ich liebte es, wenn sich die Leute nach uns umdrehten, als ob wir Vater und Tochter wären. *O Pa, wenn du nur die Hälfte der Manieren besessen hättest, die Tony wie seine zweite Natur zur Schau stellte.*

Dann kamen die harten Tage, die überraschenden Tage, an denen ich früh am Morgen mit Tony wegfahren mußte. Auf seinem Weg zur Arbeit ließ er mich vor einem riesigen, einschüchternden Bürohaus heraus. Dort mußte ich mich Prüfungen unterziehen, die ich bestehen mußte, um überhaupt für Winterhaven zugelassen zu werden. »Die ersten Prüfungen werden dich nach Winterhaven bringen«, erklärte Tony, »die anderen werden herausfinden, ob du für die besten Universitäten qualifiziert bist. Ich erwarte, daß du hohe Wertungen erreichst und nicht nur durchschnittliche.«

Eines Abends saß ich in Jillians Zimmer und beobachtete sie beim Schminken. Ich wünschte, mit ihr wie mit einer Mutter oder sogar mit einer Großmutter reden zu können, aber in dem Moment, wo ich den komplizierten Test erwähnte, den ich an diesem Tag geschrieben hatte, wedelte sie ungeduldig mit der rechten Hand. »Um Gottes willen, Heaven, langweile mich nicht mit Schulgeschichten! Ich konnte Schule nicht ausstehen, aber für Leigh war es das einzige, worüber sie sich unterhalten konnte. Ich kapiere auch den Unterschied nicht, wo doch hübsche Mädchen wie du so reißend Absatz finden, daß sie nur selten ihr Gehirn wirklich benötigen werden.«

Schockiert weiteten sich meine Augen bei ihren Worten – in welchem Jahrhundert lebte Jillian eigentlich? In den meisten Ehen arbeiteten heutzutage beide Partner. Daraufhin sah ich Jillian mit anderen Augen an. Ich vermutete, sie war immer überzeugt gewesen, ihr gutes Aussehen würde ihr ein Vermögen verschaffen – und so war es auch. »In Zukunft, Heaven, sobald du endlich diese scheußliche Schule betrittst, versuche nie irgendwelche Freunde von dort nach Hause zu bringen – oder wenn das unbedingt sein muß, bitte warne mich wenigstens drei Tage im voraus, damit ich für meine Person andere Pläne machen kann.«

Schweigend, verblüfft und tief verletzt saß ich da. »Du wirst mich nie ein Teil deines Lebens werden lassen, oder?« fragte ich mit kläglicher, leiser Stimme. »Als ich noch in den Willies lebte, dachte ich, wenn ich dich, die Mutter meiner Mutter, endlich treffen würde, daß du mich dann mögen, mich brauchen würdest und daß du uns eine liebevoll verbundene Familie schenken würdest.«

Wie kurios sie mich ansah, fast wie ein Zirkusmonster.

»Liebevoll verbundene Familie? Wovon sprichst du? Ich hatte zwei Schwestern und einen Bruder, und wir kamen nicht miteinander aus. Alles, was wir taten, war streiten, zanken und Gründe für unseren gegenseitigen Haß zu finden. Hast du denn vergessen, was deine Mutter mir antat? Ich habe nicht vor, dir zu gestatten, einen Zugang zu meinen Gefühlen zu gewinnen, so daß ich wieder verletzt sein würde, wenn du uns verläßt.«

Aber Tony machte Jillians mangelhaftes Interesse und Begeisterung mehr als wett. Meine Prüfungen bestand ich mit glänzendem Ergebnis – die erste Hürde war genommen. Jetzt mußte er nur noch die nötigen Hebel in Bewegung setzen, damit das Direktorat von Winterhaven Hunderte andere Mädchen auf der Warteliste überging.

Wir hielten uns in seinem schicken Privatbüro auf, als er mir die Nachricht mitteilte. Seine blauen Augen beobachteten mich gespannt. »Ich habe alles getan, um dich nach Winterhaven zu bringen. Jetzt bist du an der Reihe, dich zu beweisen. Winterhaven ist eine sehr akademische Schule. Man wird dich arbeiten lassen und dich mit intelligenten Lehrern versorgen. Ihre besten Studenten belohnen sie mit Dingen, die ihnen gut für dich erscheinen, z. B. besondere soziale Arbeiten, die du magst oder auch nicht. Wenn du an der Spitze ihrer akademischen Listen stehst, wird man dich zu Teegesellschaften mitnehmen und du wirst die Leute kennenlernen, auf die es in der Bostoner Gesellschaft tatsächlich ankommt. Man wird dich mit Konzert-, Opern- und Theaterkarten auszeichnen. Leider wird Sport in Winterhaven sehr vernachlässigt. Betreibst du irgendwelche besonderen Sportarten?«

Als ich noch in den Willies lebte, mußte ich hart für gute Noten lernen. Für sportliche Betätigung blieb weder Zeit noch Energie, wenn ich jeden Tag sieben Meilen zur Schule und sieben Meilen zurück in die Bruchbude in den Bergen gehen mußte. Zu Hause mußten die Wäsche und der Garten versorgt werden, mußte ich Sarah und Granny helfen. Das Leben bei den Dennisons in Candlewick war auch nicht viel besser gewesen. Kitty hielt mich für ihren Sklaven, und Cal wollte nur ein Spielzeug fürs Bett.

»Was ist los mit dir? Kannst du nicht antworten? Magst du Sport?«

»Ich weiß noch nicht«, flüsterte ich mit gesenkten Augen. »Ich hatte nie Gelegenheit, Sport zu betreiben.«

Zu spät bemerkte ich, daß gesenkte Augen nicht ausreichten, wenn Tony so aufmerksam war. Ich mußte meine Miene so ruhig und unbeteiligt wie möglich lassen. Bei einem raschen Seitenblick bemerkte ich einen Anflug von Mitleid in seinen Augen, als ob er weit mehr über meinen miserablen Hintergrund vermutete, als ich ihm erzählt hatte. Aber nicht in Millionen Jahren würde er den ganzen Schrecken von Armut ermessen können. Bevor er zuviel erahnte, lächelte ich rasch. »Ich bin eine ausgezeichnete Schwimmerin.«

»Schwimmen ist gut für die Figur. Hoffentlich wirst du unser Hallenbad diesen Winter weiter benutzen.«

Unbehaglich nickte ich.

Direkt über uns konnte ich Jillians Satinpantoffeln leise klappern hören, während sie ihren komplizierten Schönheitsplan vor dem Ausgehen befolgte. Einen anderen Plan hatte sie, um sich für Partys fertig zu machen und den längsten und langweiligsten zog sie vor dem Bettgehen durch.

»Hast du Jillian schon von meinem Bleiben erzählt?« fragte ich, während ich die Decke musterte.

»Nein, bei Jillian muß man nicht besonders aufpassen oder ihr ausführliche Erklärungen geben. Ihre Aufmerksamkeit reicht nicht weit, sie hängt ihren eigenen Gedanken nach. Wir lassen es einfach laufen.«

Tony lehnte sich zurück und faltete die Hände unterm Kinn. Inzwischen wußte ich, es war seine Körpersprache, um zu zeigen, daß er die Situation unter Kontrolle hatte. »Jillian wird sich an deine Anwesenheit gewöhnen und auch daran, daß du am Wochenende kommst und gehst – so wie man sich an das Brandungsgeräusch am Strand gewöhnt. Allmählich dringst du in ihre Tage, in ihr Bewußtsein ein. Mit deiner angenehmen Art und deiner Bereitschaft, ihr zu gefallen, wirst du sie gewinnen. Du darfst nur nie vergessen, dich ja *nie* mit ihr zu messen. Gib ihr keinen Grund, irgendwie zu vermuten, du machtest dich über ihre Versuche lustig, jeden über ihr Alter zum Narren zu halten. Denke immer nach vor dem Reden und vor dem Handeln. Jillian besitzt eine ganze Sammlung von Freunden, die das ›alterlose‹ Spiel ebenso zu spielen wissen wie sie. Aber du wirst bemerken, daß sie der Meisterschauspieler ist. Ich habe dir diese Liste ihrer Freundinnen, ihrer Männer und Kinder und auch ihrer Hobbys, Vorlieben und Abneigungen aufgeschrieben. Lies sie gründlich durch! Sei nicht allzu verbindlich, sei schlau und mache ihnen nur Komplimente, wenn sie's verdienen. Wenn sie über Themen sprechen, von denen du nichts verstehst, sei still und höre aufmerksam zu. Du wirst staunen, wie sehr die Leute einen guten Zuhörer schätzen. Sie werden dich für einen glänzenden Unterhalter halten, wenn du die richtigen Fragen, wie z. B. ›erzählen Sie weiter‹, stellst – obwohl du vielleicht kein einziges entscheidendes Wort gesprochen hast.«

Er rieb seine Handflächen aneinander, während er mich wieder von oben bis unten musterte. »Jawohl, mit der richtigen Kleidung wirst du jetzt auch akzeptiert werden. Gott sei Dank mußt du keinen dieser schrecklichen Provinzdialekte ablegen.« Und schon versetzte er mich mit seiner langen Liste von Jillians Freunden in Panik. Sie glichen Hürden, die ich überspringen mußte. Jedes seiner Worte entfernte mich offensichtlich immer weiter von meinen Brüdern und Schwestern. Würden sie mir alle verlorengehen, jetzt, da ich für mich selbst einigermaßen festen Boden unter den Füßen gewonnen hatte? Weder Fanny noch Tom konnten als Freunde aus Boston durchgehen, nicht mit ihrem breiten Provinzdialekt. Und dann war da noch mein eigenes Poblem. Wenn ich mich zu verletzt fühlte, könnte ich leicht zu etwas Falschem verleitet werden. Nur eine Person aus meiner Vergangenheit würde Tony nicht mißtrauisch machen, und das war Logan. Logan mit seinem klaren, ebenmäßigen guten Aussehen, seinen ehrlichen, aufrichtigen Augen. Aber Logan war keiner, der wegen seiner Abstammung ein trügerisches Spiel spielen würde. Er war ein Stonewall und stolz darauf, ganz anders als ich. Ich schämte mich für meinen Nachnamen und meine Herkunft.

Tony beobachtete mich. Ich bewegte mich unruhig im Schaukelstuhl.

»Bevor Jillian jetzt herunterkommt und uns mit Gerede über ihre Pläne und ihre Kleidung unterbricht, schau dir diesen Stadtplan an. Miles wird dich am Montagmorgen zur Schule fahren, und er oder ich werden dich jeden Freitagnachmittag gegen vier abholen. Wenn du später alt genug bist, kannst du selbst hin- und zurückfahren. Welches Auto hättest du denn gerne, sagen wir mal zum achtzehnten Geburtstag?«

Der Gedanke, ein eigenes Auto zu besitzen, ließ mich vor Begeisterung zittern. Eine ganze Minute lang war ich unfähig zu antworten. »Für jedes, das du mir schenkst, wäre ich dankbar«, flüsterte ich.

»Ach, komm jetzt, dein erstes Auto ist ein tolles Ereignis – laß uns was Besonderes aussuchen. Bis dahin denk darüber nach und beobachte die Autos auf den Straßen. Besuche Autohändler und schau dir Schaufenster an. Lerne, kritisch zu sein, und vor allem entwickle deinen persönlichen Stil. Sei du selbst mit etwas Besonderem.«

Ich hatte nicht die leiseste Ahnung, was er meinte. Trotzdem würde ich seinen Rat annehmen und versuchen, »kritisch« zu sein. Während ich dasaß, noch immer von dem Tag, an dem ich mein eigenes Auto besitzen würde, fasziniert, breitete er den Stadtplan auf dem Schreibtisch aus. »Hier ist Winterhaven«, sagte er und deutete mit dem Finger auf einen rotumrandeten Fleck. »Und hier ist Farthy.«

Zwei Wochen nach meiner Ankunft in Boston war ich in Winterhaven aufgenommen. Troy hatte ich nicht wiedergesehen, aber ich dachte an ihn, als Tony die Wagentür für mich öffnete und ohne Umstände auf die elegante Schule zusteuerte. Das war also Winterhaven. Behaglich kuschelte es sich auf sein eigenes kleines Schulgelände unter nackten, winterlichen Bäumen. Einige immergrüne Pflanzen lockerten die Öde auf. Das Hauptgebäude aus weißen Schindeln glänzte in der frühen Nachmittagssonne. Ich hatte ein Steingebäude, eines aus Ziegeln, erwartet, nicht so etwas. »Tony«, rief ich aus, »Winterhaven sieht wie eine Kirche aus!«

»Vergaß ich denn zu erzählen, daß es mal eine Kirche war?« fragte er mit lachenden Augen. »Die Glocken im Turm dort werden jede Stunde schlagen, und in der Dämmerung spielen sie Melodien. Wenn der Wind richtig steht, hat es manchmal den Eindruck, als ob man diese Glocken in ganz Boston hören könnte. Aber vielleicht bilde ich mir das nur ein.«

Winterhaven beeindruckte mich, der Glockenturm, die Reihe kleinerer Gebäude im selben Stil wie das größere. »Du wirst in Beecham Hall Englisch und Literatur studieren«, belehrte mich Tony und deutete auf das weiße Gebäude rechts vom Haupthaus. »Alle Gebäude haben Namen, und sie bilden, wie du siehst, einen Halbkreis. Ich habe gehört, es gibt einen unterirdischen Gang, der die fünf Häuser verbindet – für die Tage, an denen der Schnee das Gehen erschwert. Du wirst im Haupthaus bleiben, das die Schlaf- und Eßräume enthält. Auch die Versammlungen finden dort statt. Bei unserem Eintritt wird dich jedes Mädchen dort mustern und sich seine Meinung bilden. Halte also deinen Kopf hoch. Gib ihnen nicht den leisesten Verdacht, daß du dich verletzlich, unpassend oder eingeschüchtert fühlst. Die Familie Van Voreen kann man bis zu Plymouth Rock zurückverfolgen.«

Inzwischen wußte ich, Van Voreen war ein holländischer Name, alteingesessen und achtbar... aber ich selbst war ja nie eine richtige Van Voreen gewesen, sondern nur eine lausige Casteel aus West-Virginia. Mein Hintergrund schleppte sich hinter mir her, warf lange Schatten und verdüsterte meine Zukunft. Nur einen einzigen Fehler mußte ich machen und schon würden mich diese Mädchen mit ihrem »richtigen« Hintergrund als die verachten, die ich wirklich war. Alles, wobei ich mich je unpassend gefühlt hatte, fing an, mir auf der

Haut zu prickeln, mir das Blut heiß werden zu lassen. Ich fühlte mich so ängstlich, daß ich schwitzte. Ich hatte viel zu viel an, ganze Lagen von neuer Kleidung: Eine Bluse mit einem Kaschmirpullover, einen Wollrock und über allem einen Kaschmirmantel für tausend Dollar! Meine Haare waren frisch frisiert und kürzer, als ich sie je getragen hatte. Die Spiegel hatten mir am Morgen mein hübsches Aussehen bestätigt – warum also zitterte ich?

Die Gesichter an den Fenstern, das mußten sie sein! Alle diese Augen, die mich anstarrten und die Neue an ihrem ersten Tag beobachteten.

Tony gab mir Vertrauen, sein Lächeln die Energie, die Stufen hinaufzugehen, als ob ich mein Leben lang exklusive Privatschulen besucht hätte. Endlich drinnen im Haupthaus, sah ich mich zitternd um. Ich hatte so was wie eine schicke Hotelhalle erwartet, aber was ich sah, wirkte eher schlicht. Es war sehr sauber, mit auf Hochglanz polierten Parkettböden. Die Wände waren cremeweiß, die geschnitzten Paneele dunkel marmoriert. Farne und andere Topfpflanzen standen an einigen Stellen auf Tischen und neben Stühlen mit hohen Lehnen, die ziemlich hart aussahen, verteilt, um die weißen Wände aufzulockern. Aus der Eingangshalle sah ich ein Besucherzimmer, das ein bißchen gemütlicher wirkte. Es hatte einen offenen Kamin und sorgfältig arrangierte Sofas und Stühle mit Chintzbezügen.

Tony brachte mich rasch zum Büro der Schulleiterin, einer stämmigen, leutseligen Frau, die uns beide mit einem breiten, warmen Lächeln begrüßte. »Willkommen in Winterhaven, Miss Casteel. Es ist eine große Ehre und Auszeichnung, daß die Enkelin von Cleave Van Voreen unsere Schule besucht.« Verschwörerisch blinzelte sie Tony zu. »Keine Angst, meine Liebe, ich werde Ihre Identität geheimhalten und keiner Menschenseele erzählen, wer Sie wirklich sind. Ich muß nur betonen, daß Ihr Großvater ein ausgezeichneter Mann war, ein Geschenk für alle von uns, die ihn kannten.« Sie nahm mich kurz in ihre mütterlichen Arme, hielt mich dann vor sich und musterte mich. »Ich traf Ihre Mutter ein einziges Mal, als Mr. VanVoreen sie hierher zur Einschreibung brachte. Ich bedaure sehr, daß sie nicht mehr unter uns weilt.«

»Jetzt zum nächsten Punkt«, drängte Tony mit einem Blick auf seine Uhr. »In einer halben Stunde habe ich eine Verabredung, und ich möchte Heaven noch in ihr Zimmer begleiten.«

Es war ein gutes Gefühl, ihn neben mir zu haben, während wir die steile Treppe hinaufgingen. Ein dunkelgrüner Teppichläufer dämpfte unsere Schritte. Die ernsten, tadelnden Porträts früherer Lehrer säumten die Wand und lenkten ab und zu meine Augen dorthin. Wie kalt sie alle dreinsahen, wie puritanisch... und wie lebendig ihre Augen wirkten, als ob sie sogar jetzt noch alles Schlechte bei jedem Vorübergehenden sehen konnten.

Neben und um uns her war das leise, unterdrückte Gekicher vieler Mädchen zu hören. Und trotzdem konnte ich keine entdecken, sooft ich mich umsah. »Hier sind wir!« rief Helen Mallory fröhlich und stieß die Tür zu einem hübschen Zimmer auf. »Das beste Zimmer in der Schule, Miss Casteel, von Ihrem ›Onkel‹ für Sie ausgewählt. Ich möchte, daß Sie wissen, daß sich nur sehr wenige unserer Studenten ein eigenes Zimmer leisten können oder sogar wollen. Aber Mr. Tatterton bestand darauf. Die meisten Eltern glauben, junge Mädchen möchten von ihren Altersgenossinnen gar nicht getrennt sein, aber Sie offensichtlich schon.«

Tony betrat das Zimmer, ging überall herum, öffnete Kommodenschubläden, prüfte den großen Schrank und setzte sich auf beide Sessel. Erst dann nahm er auf dem Schreibtisch Platz und lächelte mich an. »Nun, Heaven, gefällt es dir?«

»Es ist wunderbar«, flüsterte ich vom Anblick der vielen leeren Bücherregale, die ich bald zu füllen hoffte, nahezu überwältigt. »Ich hatte keinen Raum für mich allein erwartet.«

»Nur vom Feinsten«, scherzte er. »Habe ich dir's nicht versprochen?« Er stand auf, kam auf mich zu und beugte sich vor, um mir einen Kuß auf die Wange zu geben. »Viel Glück und sei fleißig. Ruf mein Büro oder mich zu Hause an, wenn du irgend etwas brauchst. Ich habe meine Sekretärin beauftragt, deine Anrufe durchzustellen. Sie heißt Amelia.« Und dann zog er seine Brieftasche heraus und drückte mir zu meinem größten Erstaunen mehrere Zwanzig-Dollar-Scheine in die Hand. »Fürs Kleingeld.«

Mit dem Geld in der Hand stand ich da und sah ihn zur Tür hinausgehen. Überraschenderweise sank mein Mut und mir wurde übel. Sobald Helen Mallory Tony außer Hörweite wußte, verlor ihre Miene alles Weiche, ihre mütterliche Art verschwand, und sie musterte mich eiskalt. Sie wog und begutachtete mich, studierte meinen Charakter, meine Fehler und meine Stärken. Ihrer veränderten Miene nach befand sie mich für mangelhaft. Eigentlich sollte mich das nicht schockieren, aber das tat es doch. Sogar ihre sanfte Stimme wurde hart und laut. »Wir erwarten, daß unsere Studenten in schulischen Dingen glänzen und sich unseren Regeln, die äußerst streng sind, unterziehen.« Sie streckte die Hand aus, nahm wie selbstverständlich mein Geld und zählte rasch die Scheine. »Ich werde das für Sie in unseren Safe legen, Sie können es dann am Freitag haben. Wir mögen es nicht, wenn unsere Mädchen Bargeld, das geklaut werden kann, in ihren Zimmern aufbewahren. Geld zu besitzen schafft viele Probleme.« Meine zweihundert Dollar verschwanden in ihrer Tasche.

»Sobald die Glocke jeden Werktag um sieben Uhr morgens läutet, haben Sie aufzustehen und sich so schnell wie möglich anzuziehen. Wenn Sie am Abend vorher schon baden oder duschen, müssen Sie das nicht erst morgens erledigen. Ich schlage vor, Sie übernehmen diese Gewohnheit. Frühstück gibt's um sieben Uhr dreißig im Erdgeschoß. Es gibt Hinweisschilder, die Sie zu den verschiedenen Plätzen führen.« Aus einer schmalen Tasche ihres dunklen Wollrocks zog sie eine kleine Karte und gab sie mir.

»Hier ist die Zuteilung für Ihre Studierklassen. Ihren Stundenplan habe ich selbst zusammengestellt, aber wenn Sie damit Schwierigkeiten haben sollten, lassen Sie es mich wissen.

Wir halten nichts von Bevorzugung, Sie werden Ihr Ansehen bei Lehrern und Klassenkameradinnen verdienen müssen. Ein unterirdischer Gang verbindet alle unsere Gebäude miteinander, darf aber nur an Tagen mit stürmischem Wetter benützt werden. Ansonsten werden Sie draußen laufen, wo die frische Luft Ihre Lungen kräftigen wird. Sie sind hier während der Mittagszeit angekommen, aber Ihr Begleiter bestätigte mir, daß Sie schon zu Mittag gegessen haben.« Sie machte eine Pause und starrte auf meinen Scheitel, während sie auf meine Bestätigung wartete.

Erst danach fixierte sie die zwölf äußerst teuren Gepäckstücke. Ich hatte das Gefühl, Verachtung auf ihrem Gesicht zu sehen – oder Neid, das konnte ich nicht sagen. »Wir in Winterhaven prahlen nicht mit unserem Reichtum durch auffällige Kleidung. Hoffentlich beherzigen Sie das. Bis vor wenigen Jahren mußten alle unsere Studenten Uniformen tragen – das machte alles viel einfacher. Aber die Mädchen hörten nicht auf zu protestieren, und die Gönner unserer Schule stimmten ihnen bei. Deshalb tragen sie jetzt, was sie wollen.« Wieder wandte sie sich mir zu, fremd und zurückhaltend. »Für diejenigen in den beiden unteren Klassen wird das Mittagessen um zwölf serviert, für alle übrigen um zwölf Uhr dreißig. Es wird erwartet, daß Sie bei allen Mahlzeiten pünktlich erscheinen, sonst erhalten Sie nichts. Man hat für Sie einen Tisch reserviert. Ihren Sitzplatz werden Sie nicht verändern, außer wenn die Mitglieder einer anderen Tischrunde Sie zu sich einladen oder Sie diese an Ihren Tisch bitten. Abendessen ist um sechs Uhr, es gelten dieselben Regeln. Jeder Student sollte pro Semester eine Woche lang das Essen auftragen. Dieser Dienst rotiert, aber die meisten Studenten haben Spaß daran.« Sie räusperte sich, um fortzufahren. »Wir erwarten von unseren Mädchen, daß in den Zimmern nichts zu essen gehortet und keine geheimen Mitternachtspartys gefeiert werden. Sie dürfen ein Radio oder einen Plattenspieler oder einen Cassettenrecorder oder einen Fernseher besitzen. Wenn man Sie mit Alkohol – und da ist Bier eingeschlossen –

erwischt, erhalten Sie einen Verweis. Mit drei Verweisen in einem Semester wird man Sie entlassen und nur ein Viertel des Schulgeldes zurückerstatten. Studierzeit ist zwischen sieben und acht Uhr, von acht bis neun können Sie in unserem Aufenthaltsraum fernsehen. Ihren Lesestoff zensieren wir nicht, aber Pornographie kommt nicht in Frage. Sollte man bei Ihnen widerwärtigen Schund entdecken, gibt das einen Verweis. Unsere Mädchen dürfen nicht spielen. Sollte auf einem Spieltisch Geld entdeckt werden, werden alle Spielerinnen bestraft und erhalten Verweise. Ach, vergaß ich zu erwähnen, daß alle Verweise von irgendeiner Art Strafe begleitet werden? Wir passen die Strafe dem Vergehen an.« Ihr saures Lächeln hellte sich auf. »Ich hoffe, es wird nicht nötig sein, Sie zu bestrafen, Miss Casteel. Und Punkt zehn Uhr hat das Licht aus zu sein.«

Mit den letzten Worten drehte sie sich auf dem Absatz um und ging hinaus.

Und sie hatte mir nicht mal das Badezimmer gezeigt!

Als sie außer Sichtweite war, begann ich in noch derselben Minute danach zu suchen. Ich probierte die Tür, die sie nicht benutzt hatte. Sie war zu. Ich setzte mich hin, um die kleine Karte mit der Klassenzuteilung zu lesen. Acht Uhr Englisch, in Elmhurst Hall. Und jetzt brauchte ich ganz dringend eine Toilette.

Mein ganzes Gepäck ließ ich auf dem Fußboden meines Zimmers und rannte auf der Suche nach Hinweistafeln die Halle hinunter. Auf dem zweiten Stock fühlte ich mich mutterseelenallein, das Gekicher und Gegacker von vorhin war verschwunden. Drei Zimmer probierte ich, bis ich endlich ein kleines Messingschild »Toilette« sah.

Erleichtert stieß ich die Schwingtüre auf und betrat einen riesigen Raum, in dem an einer ganzen Wand weiße Waschbecken mit Spiegeln darüber angebracht waren. Der Boden war schwarzweiß gefliest, und um diesen harten Kontrast zu lindern, waren die Wände hellgrau gestrichen. Als ich aus einer der Kabinen herauskam, nahm ich mir die Zeit, mich umzusehen. In einer anderen Abteilung gab es nebeneinander zwölf Badewannen. Die Duschen, bis auf eine alle ohne Türen, waren wieder woanders. Auf Regalen hinter Glastüren lagen Hunderte sauber gefalteter, weißer Handtücher bereit. In diesem Moment beschloß ich, mich zu duschen, statt ein Bad zu nehmen.

Ehe ich das Badezimmer verließ, befühlte ich die Topfpflanzen, sah, daß sie trocken waren, und gab jeder sorgfältig etwas Wasser, eine Gewohnheit aus meinem Leben mit Kitty Dennison. Zurück in meinem Zimmer packte ich rasch aus, stapelte meine neue Wäsche ordentlich in der Kommode und schaute dann wieder auf meinen Stundenplan. Um zwei Uhr dreißig würde ich in Sholten Hall für Sozialkunde erwartet – meine erste Unterrichtsstunde in Winterhaven.

Sholten Hall war leicht zu finden, nur vor dem Zimmer zögerte ich. Ich trug die Kleidung, die Tony für meinen ersten Unterricht vorgeschlagen hatte. Dann atmete ich tief ein, hob den Kopf hoch, öffnete die Tür und ging hinein. Man schien auf mich zu warten. Jedes Mädchen drehte den Kopf zu mir, alle fünfzehn Augenpaare musterten jede Einzelheit meiner Kleidung, bevor sie mir zum Schluß ins Gesicht sahen. Dann schauten sie wieder nach vorne, wo eine lange, dünne Lehrerin hinter ihrem Pult saß.

»Kommen Sie herein, Miss Casteel, wir haben Sie schon erwartet.« Sie sah auf ihre Uhr. »Bitte versuchen Sie morgen, pünktlich zu sein.«

Nur die vordersten Sitze waren frei, und ich fühlte mich schrecklich beobachtet, als ich zum nächsten ging, um mich hinzusetzen. »Ich heiße Powatau Rivers, Miss Casteel. Miss Bradley, bitte geben Sie Miss Casteel die nötigen Bücher für diese Klasse. Miss Casteel, ich hoffe, Sie haben selbst Füller, Bleistift, Papier usw. dabei.«

Tony hatte mich mit allem ausgestattet, deshalb konnte ich nicken, die Sozialkundebücher in Empfang nehmen und meinen hübschen Stapel krönen. Immer war ich stolz gewesen auf Bücher und auf alles, was mit der Schule zusammenhing.

Aber zum ersten Mal besaß ich alles, was sich ein Student nur wünschen konnte.

»Würden Sie sich bitte zur Klasse drehen und Ihren Mitschülern etwas von sich selbst erzählen, Miss Casteel?«

Mein Kopf wurde völlig leer. Nein! Ich hatte keine Lust, vor ihnen aufzustehen und ihnen irgend etwas zu erzählen! »Es ist so üblich, daß unsere neuen Studenten dies tun, Miss Casteel, besonders solche aus anderen Gebieten unseres großen, schönen Landes. Es hilft uns allen, sie zu verstehen.« Erwartungsvoll verharrte die Lehrerin, während sich alle Mädchen vorbeugten, so daß ich ihre Augen in meinem Rücken spürte. Zögernd stand ich auf, ging die paar Schritte zur Vorderwand. Jetzt konnte ich alle Mädchen sehen und begriff, wie falsch Tony in der Wahl der Kleider für mich lag! Kein einziges Mädchen trug einen Rock! Sie hatten Hosen oder Bluejeans an und darüber lose, übergroße Hemden oder schlecht sitzende Pullis. Mein Mut sank – genau solche Schulkleidung trugen alle Kinder in Winnerow!

In dieser exklusiven Schule hier hatte ich mir die Dinge anders, hübscher vorgestellt.

Ein paar Mal mußte ich meine trockenen Lippen anfeuchten, meine Beine ließen mich im Stich und fingen an zu zittern. Tonys Anweisungen fielen mir ein. »Ich bin in Texas geboren«, begann ich mit stockender und zittriger Stimme, »später – ich war ungefähr zwei – zog ich mit meinem Vater nach West-Virginia. Dort bin ich aufgewachsen. Mein Vater wurde krank, deshalb lud mich meine Tante ein, zu ihnen zu kommen und mit ihr und ihrem Mann zu leben.«

Eilig ging ich zu meinem Platz zurück und setzte mich. Miss Rivers räusperte sich. »Miss Casteel, vor Ihrer Ankunft nannte man mir Ihren Namen zur Eintragung in unser Register. Hätten Sie etwas dagegen, mir die Herkunft Ihres bemerkenswerten Vornamens zu erklären?«

»Ich verstehe nicht, was Sie meinen...«

»Die Mädchen möchten wissen, ob Sie nach einer Verwandten genannt wurden...«

»Nein, Miss Rivers, ich wurde nach dem Ort benannt, an den wir alle, früher oder später, gelangen möchten.«

Hinter mir kicherten ein paar Mädchen, Miss Rivers Augen wurden steinhart: »Nun gut, Miss Casteel, ich vermute, nur in West-Virginia sind Eltern so kühn, die himmlischen Mächte herauszufordern. Jetzt wollen wir unser Buch auf Seite 212 aufschlagen, um mit unserer heutigen Lektion weiterzumachen. Miss Casteel, da Sie erst am Ende des Semesters zu uns stoßen, erwarten wir, daß Sie noch vor Wochenende aufholen. Jeden Freitag gibt es eine Schulaufgabe, um Ihren Wissensstand zu prüfen. Und jetzt Mädchen, lest zu Beginn des heutigen Unterrichts die Seiten 212 bis 242. Wenn ihr damit fertig seid, macht die Bücher zu und legt sie unter eure Pulte. Dann werden wir mit unserer Diskussion beginnen.«

Bald fand ich heraus, daß Schule überall mehr oder weniger gleich war: Seiten lesen und Fragen von der Tafel abschreiben. Nur daß diese Lehrerin erstaunlich gut über das Funktionieren unserer Regierung informiert war und sie ebensogut wußte, was daran falsch war. Beeindruckt von ihrer Leidenschaft für ihr Thema saß ich da und lauschte. Als sie plötzlich zu sprechen aufhörte, hätte ich am liebsten applaudiert. Wie schön, daß sie über Armut so gut Bescheid wußte! Ja, in unserem überreichen Land gab es Leute, die hungrig schlafen gingen. Ja, Tausende Kinder hatten nicht die Ansprüche, die ihnen von Natur aus zustanden: das Recht auf genügend Essen, um Körper und Gehirn zu nähren; genug zum Anziehen, um sie warm zu halten; ausreichend Unterkunft, um sie vor schlechtem Wetter zu schützen; genug Ruhe auf einem bequemen Bett, damit sie nicht mit Ringen unter den Augen aufwachten, die vom Schlafen auf dem blanken Boden ohne genug Decken kamen; und vor allem das Recht auf Eltern, die alt und gebildet genug waren, um sie vor allen diesen Dingen zu bewahren.

»Wo fangen wir also an, alle diese Mißstände zu beseitigen? Wie stoppen wir Unwissenheit, wenn sich doch die Unwissenden nicht darum zu scheren scheinen, ob ihre Kinder in denselben armseligen Umständen gefangen bleiben oder nicht? Wie schaffen wir es, daß sich Leute in einflußreichen Positionen der Unterprivilegierten annehmen? Denken Sie heute abend darüber nach und schreiben Sie mögliche Lösungen auf. Erläutern Sie diese dann morgen vor der Klasse.«

Irgendwie überstand ich den Tag. Kein einziges Mädchen kam mit Fragen zu mir, obwohl mich alle anstarrten. Wenn ich sie aber mit meinen Augen fixierte, sahen sie rasch weg. Abends um sechs saß ich allein an einem runden, weißgedeckten Tisch im Speisesaal. Mitten auf meinem Tisch stand eine schmale Silbervase mit einer roten Rose. Die Studenten, die als Bedienung arbeiteten, nahmen meine Bestellung aus einer knappen Speisekarte entgegen und gingen dann zu anderen Tischen weiter. Dort saßen vier, fünf Mädchen lebhaft schnatternd zusammen, so daß der Speisesaal von vielen glücklichen Stimmen hallte. Ich war das einzige Mädchen im Raum mit einer Rose auf dem Tisch. Und erst als ich das merkte, pickte ich von einem dünnen Draht eine kleine weiße Karte, auf der stand: »Herzliche Grüße, Tony.«

Bis zum Freitag erschien jeden Tag eine rote Rose auf meinem Tisch, und jeden Tag übersahen die Mädchen meine Anwesenheit. Was machte ich bloß falsch, außer die falsche Kleidung zu tragen? Ich hatte keine Jeans, Hosen, alte Hemden oder Pullis mitgebracht. Tapfer versuchte ich die Mädchen, die in meine Richtung schauten, anzulächeln und ihre Augen zu fixieren. Jede drehte den Kopf weg, sobald sie meine Bemühungen bemerkte! Und dann vermutete ich, was vorging. Meine Überlegungen zum Hungerproblem in Amerika hatten mich verraten. Meine Begeisterung für dieses Thema hatte ihnen mehr erzählt, als meine Zunge je konnte. Zu gut war ich informiert. Zu viele Nächte war ich in einer Berghütte wachgelegen und versuchte, Antworten zu finden, die alle Armen davor bewahren konnten, in dieselbe verzweifelte Situation wie ihre Vorfahren zu geraten. Für meine Arbeit über Armut in Amerika hatte ich die Note A-minus bekommen – ein ausgezeichneter Start. Aber ich hatte mich selbst betrogen. Jetzt kannte jeder meinen Hintergrund, denn anders hätte ich nicht so gut Bescheid wissen können. Tausendmal wünschte ich mir, nicht so wahrheitsgetreu gewesen zu sein und zu einer ähnlichen Lösung wie eines der anderen Mädchen gekommen zu sein. Ihr Vorschlag: »Jeder Reiche sollte wenigstens ein armes Kind adoptieren.«

Allein lag ich rücklings in meinem hübschen Zimmer auf meinem schmalen Bett. Ich hörte das Lachen und Kichern aus den anderen Zimmern, roch getoastetes Brot und geschmolzenen Käse. Ich hörte das Klirren von Gläsern und Silber und das falsche Gelächter in den Fernsehkomödien. Kein einziges Mal klopfte irgendein Mädchen an meine geschlossene Tür, um mich zu einer verbotenen Party einzuladen. Kein einziges Mal beendeten erboste Lehrer, die keinen Verstoß gegen ihre Vorschriften duldeten, diese Partys. Aus den wilden Storys hörte ich heraus, daß jedes dieser Mädchen intensiv durch die Welt gereist war, daß sie schon von Städten genug hatten, die ich erst kennenlernen mußte. Drei Mädchen waren wegen Liebesaffären aus Schweizer Privatschulen geflogen, zwei von anderen amerikanischen Schulen wegen Alkohol, zwei weitere wegen Drogenmißbrauch. Alle Mädchen konnten schlimmer als ein besoffener Hillbilly auf dem Tanzboden fluchen und geradewegs durch die Wände wurde ich äußerst differenziert in Sexdingen aufgeklärt – zehnmal schlimmer als alles, was Fanny je angestellt hatte.

Eines Tages, als ich im Badezimmer unter der einzigen Dusche mit einer verschließbaren Türe war, hörte ich, wie sie sich über mich unterhielten. Sie wollten mich nicht in »ihrer« Schule, ich gehörte nicht zu »ihrer« Klasse. »Sie ist nicht, wer sie vorgibt«, flüsterte eine Stimme, die ich als die von Faith Morgantile zu identifizieren gelernt hatte.

Ich gab nicht vor, etwas anderes als ein Mädchen zu sein, das nach einer Ausbildung suchte. Und das nahm man mir übel. Ich hoffte nur, daß ich alle Schikanen unversehrt mit meinem Stolz und meiner Würde bestehen würde.

Also blieb ich auch hier in Winterhaven, was ich immer gewesen war, trotz meiner VanVoreen Vorfahren, meiner Verbindung zu den Tattertons. Trotz meiner feinen Kleidung, meines modischen Haarschnitts, meiner hübschen Schuhe und der guten Noten, an denen ich so hart arbeitete. Ich war ein Außenseiter, verachtet für das, was ich war. Und das schlimmste war, daß ich gleich am Anfang mich selbst betrogen hatte – und Tony.

6. KAPITEL

DIE ZEITEN ÄNDERN SICH

Tony war es, der kam, um mich am ersten Freitag abzuholen. Mit fünfzehn Mädchen, die sich um mich drängten und ihm zuliebe die Freundlichen spielten, stand ich auf der Vordertreppe von Winterhaven. Sie beobachteten ihn beim Einparken, riefen oh und ah, sperrten den Mund auf, flüsterten und wunderten sich wieder, wo denn Troy bliebe. »Wann lädst du uns denn nach Hause ein, Heaven?« fragte Prudence Carraway, die jeder Pru rief. »Wir haben gehört wie super-toll es ist, absolut toll, toll, toll.«

Noch ehe Tony aus dem Wagen heraus war und die Türe öffnete, war ich schon auf der Flucht vor diesen Mädchen die Stufen hinunter. »Bis Montag, Heaven!« tönten sie im Chor, und zum ersten Mal hatte jemand außer meinem Lehrer meinen Namen ausgesprochen.

»Prima«, meinte Tony lächelnd und gab Gas. »Soweit ich sehe und höre, hast du dich anscheinend schon mit vielen angefreundet. Das ist fein. Aber ich hasse diese schlampigen Fetzen, die die Mädchen in der Schule tragen. Warum versuchen sie nur, in den besten Jahren ihres Lebens so häßlich auszusehen?«

Einige Meilen vergingen, ohne daß ich sprach. »Na los, Heaven, erzähl es mir«, drängte er. »Waren deine Kaschmir-Sachen eine Sensation? Oder haben sie dich gehänselt, weil du Kleidung trägst, die auch ihre Mütter für sie kaufen. Aber die lassen sie dann zu Hause oder tauschen sie für gebrauchte Kleidung ein.«

»Das tun sie?« fragte ich total verblüfft.

»Ich habe davon gehört. In Winterhaven ist's irgendwie Ehrensache, die Lehrer herauszufordern und Eltern oder irgendeine andere Autoritätsperson zu bekämpfen. Es ist eine Art Boston Tea Party für Heranwachsende, die um ihre Unabhängigkeit kämpfen.«

Also hatte er genau gewußt, was er mir antat, als er alle meine Röcke, Pullis, Blusen und Hemden aussuchte, daß er mich damit zum Außenseiter und Einzelgänger stempelte. Noch immer schwieg ich.

Aus seiner Haltung entnahm ich, daß er von mir keine Klagen über irgendeinen Vorfall hören wollte. Man hatte mich ins Wasser geworfen, und jetzt lag's an mir, nicht unterzugehen. Er drängte mich nicht dazu, meine Kleidung weiter zu tragen. Er überließ es mir, nachzugeben oder dem Druck der Altersgenossen standzuhalten. Als ich das begriff, schwor ich mir, Tony gegenüber keines meiner Probleme je zu erwähnen. Damit würde ich allein fertig werden, komme, was da wolle.

Tony fuhr schnell Richtung Farthinggale Manor, und wir waren fast da, als er die Bombe platzen ließ. »Dringende Geschäfte sind aufgetaucht, deshalb werde ich am Sonntag morgen nach Kalifornien fliegen. Jillian wird mich begleiten. Wir würden dich mitnehmen, wenn du nicht schon in der Schule eingeschrieben wärest. Unter diesen Umständen wird dich Miles am Montag zur Schule fahren und dich nächsten Freitag abholen. Jillian und ich beabsichtigen, am Sonntag in einer Woche zurückzukehren.«

Seine Neuigkeit schleuderte mich in einen Strudel!

Ich wollte nicht in einem Haus voll Diener, die ich kaum kannte, allein gelassen werden. Die Tränen, die mir plötzlich in die Augen stiegen, versuchte ich vor Tony zu verbergen. Was war bloß falsch mit mir, daß mich Leute so mir nichts dir nichts verließen?

»Jill und ich werden die Vernachlässigung dieser Woche wiedergutmachen, indem wir kommendes Thanksgiving und Weihnachten verlängern«, meinte er mit einem seltenen Anflug von liebenswürdigem Charme. »Ich gebe dir mein Ehrenwort, daß wir nach meiner Rückkehr in ein Popkonzert gehen werden.«

»Meinetwegen mußt du dir keine Sorgen machen«, erwiderte ich bestimmt, denn ich wollte ihm nicht das Gefühl geben, ich sei eine Last wie Jillian.

»Ich kann mich selbst unterhalten.« Aber in Wirklichkeit war's anders. Der einzige Diener, der mich nicht nervös machte, war Rye Whiskey. Aber vielleicht würde auch er kalt und abweisend werden, wenn ich ihn in seiner Küche zu oft besuchte. Was würde ich bloß mit mir anfangen, nachdem ich am Freitag nachmittag nach Hause gekommen war und meine Hausaufgaben gemacht hatte?

Dann kam der Samstag morgen auf Farthinggale Manor mit Dienern, die aufgeregt herumräumten und versuchten, Jillian beim Packen für eine einwöchige Reise zu helfen. Im oberen Flur lief sie lachend auf mich zu, umarmte und küßte mich, und erweckte den Eindruck, daß ich mich vielleicht doch geirrt hatte, daß sie mich doch lieben und brauchen würde. Während wir die Stufen zum Wohnzimmer hinaufgingen, klatschte sie wie ein glückliches kleines Mädchen in die Hände. »Schade, daß du nicht mit uns kommen kannst, aber du warst ja diejenige, die um ein paar Monate Schulbesuch gebettelt und so meine ganzen Pläne für dich durchkreuzt hat.«

Beide, Tony und Jillian, ließen mich links liegen. Darüber war ich tief in meinem Innersten so verletzt, daß ich selbst etwas Verletzendes machen wollte. Und so tat ich etwas, das schlecht geplant und unklug war. Ich beschloß, Logan zu besuchen. »Außerdem«, fuhr ich fort, »beabsichtige ich diesen Nachmittag nach Boston zu gehen.«

»Was meinst du mit eigenen Plänen für diesen Nachmittag?« fragte Jillian. »Also wirklich, Heaven, ist denn Samstag nicht unser Tag, an dem wir etwas gemeinsam unternehmen können?« (Das war mir nie zuvor klargemacht worden, während ich bei viel älteren Leuten herumstand, die immer über Themen sprachen, von denen ich keine Ahnung hatte. Ich hatte mich so unpassend wie eine Lampe am hellichten Tag gefühlt.) »Ich dachte, wir könnten heute abend eine Abschieds-Party veranstalten, in dem reizenden kleinen Theater gleich neben dem Schwimmbad, das wir gerade haben restaurieren lassen. Wir könnten einen alten Film anschauen. Die neuen kann ich nicht ausstehen, sie bringen mich in Verlegenheit, wenn sie Menschen nackt bei Liebesspielen zeigen. Wir könnten auch ein paar Freunde dazu bitten, um es netter zu gestalten.«

Jillian hätte besser nicht erwähnt, daß sie Freunde einladen wollte. Freunde würden das Besondere an unserem letzten gemeinsamen Abend für eine Woche zerstören. »Tut mir leid, Jillian, aber ich war sicher, du wolltest diesen Abend früh zu Bett, um bei deiner Ankunft in Kalifornien gut erholt zu sein. Mir passiert nichts, und wenn ich früh nach Hause komme, werden deine Gäste noch da sein.«

»Wohin gehst du?« fragte Tony scharf. Er hatte die Morgenzeitungen durchgeblättert und blickte jetzt sehr argwöhnisch über den Zeitungsrand. »Außer uns und den paar älteren Bekannten, denen wir dich vorstellten, kennst du noch niemanden in Boston, oder haben dich die Mädchen in Winterhaven plötzlich ins Herz geschlossen? Das scheint mir doch recht unwahrscheinlich.« Er zog eine Augenbraue hoch. »Oder planst du vielleicht, irgendeinen Jungen zu treffen?«

Mein Stolz brach durch, wie immer, wenn ich verletzt wurde. Natürlich hatte ich mich in Winterhaven schon mit vielen angefreundet – oder es würde wenigstens über kurz oder lang so sein. Zuerst schluckte ich: »Ein Mädchen aus der Schule hat mich zu ihrer Geburtstagsparty eingeladen, sie findet in der ›Roten Feder‹ statt.«

»Von welchem Mädchen stammt die Einladung?«

»Faith Morgantile.«

»Ich kenne ihren Vater, er ist ein Lump, obwohl ihre Mutter ziemlich anständig zu sein scheint... trotzdem würde ich die ›Rote Feder‹ nicht als Ort für die Geburtstagsparty meiner Tochter auswählen.«

Immer noch musterte er mich von oben bis unten, bis mir unter den Achseln der Schweiß ausbrach. »Enttäusche mich nicht, Heaven«, meinte er, indem er sich wieder seinen Zeitungen widmete. »Ich habe von der ›Roten Feder‹ und den Parties gehört. Mit fünfzehn bist du noch zu jung, um mit dem Bier- oder Weintrinken anzufangen oder irgendeine andere Beschäftigung der Erwachsenen nachzuäffen, die mit scheinbar harmlosen Spielchen anfangen. Tut mir leid, aber ich halte es für keine gute Idee, wenn du gehst.«

Mein Herz schlug wie wild.

Die »Rote Feder« lag in der Nähe der Boston University, wo Logan zur Schule ging.

»Außerdem«, fuhr Tony mit der Ermahnung fort, »habe ich Miles Anweisungen gegeben, dich bis Montag morgen nicht aus dem Grundstück zu fahren. Die Diener werden sich um deine Bedürfnisse kümmern, und wenn's dir drinnen zu langweilig wird, kannst du immer noch ins Freie gehen.«

In dem Moment sah Jillian auf, als ob sie nichts außer das Stichwort »ins Freie« gehört hätte.

»Geh ja nicht zu den Ställen!« kreischte Jillian. »Ich möchte diejenige sein, die dich meinen Pferden vorstellt – meinen wunderbaren, schönen Arabern. Wir machen das, wenn wir zurückkommen.«

Schon seit Tagen hatte sie es versprochen. Ich glaubte ihr nicht mehr.

Ich hatte meinen Plan, zu fliehen und Logan zu finden, entworfen und war gescheitert. Sobald sie ihre Party feierten und den Film gezeigt hätten, würden sie mich nicht vermissen, niemals.

Irgendwie überstand ich den Abend ohne einen gravierenden Fehler, der meinen Hintergrund verraten hätte. Es bewies mir nur meine Unerfahrenheit in gesellschaftlichen Dingen. Ich wußte keine Antwort auf Fragen nach meinen politischen Ansichten. Ich hatte keine Meinung zum Stand der nationalen Wirtschaft. Keinen der neuesten Hollywood-Bestseller, die alles verrieten, hatte ich gelesen und war auch in keinem der aktuellen Filme gewesen. Statt zu antworten, lächelte ich und suchte Vorwände, mich davonzustehlen – meiner Ansicht nach hatte ich mich zum kompletten Trottel gestempelt.

»Du warst prima«, meinte Tony, als er in mein Schlafzimmer kam, während ich mir die Haare bürstete. »Jeder ließ sich über deine große Ähnlichkeit mit Jillian aus. Das ist nicht verwunderlich, ihre beiden Schwestern sind ältere Ausgaben von Jillian, obwohl sie sozusagen nicht so ›gut präpariert‹ sind.« Er wurde wieder ernsthaft. »Jetzt erzähle mir, was du von unseren Freunden hältst.«

»Wenn sie auf Fiedeln und Banjos gespielt, mit den Füßen gestampft und alle billige Kleidung getragen hätten, hätten sie aus den Willies sein können«, antwortete ich ernsthaft. »Nur das, worüber sie reden, unterscheidet sie. Niemand zu Hause kümmert sich um Politik oder die nationale Wirtschaft. Wenige Leute lesen etwas anderes als die Bibel oder Liebesromane.«

Zum ersten Mal seit ich ihn kannte, lachte er ehrlich amüsiert, und als er mich ziemlich zustimmend anlächelte, hob ich innerlich ab.

»Du warst also nicht von toller Kleidung und teuren Zigarren beeindruckt – das ist gut. Du hast deine eigenen Ansichten, auch das ist gut. Und du liegst ziemlich richtig. Auf jeden erfolgreichen Kerl kommt einer, der mehr als nur ein paar Fehler hat.«

Während ich auf dem Stuhl in meinem Ankleidezimmer saß und mir erneut wünschte, Pa wäre so ein Mann gewesen, redete er in ernstem Ton: »Vor ein paar Minuten habe ich den Wetterbericht gehört, der die ersten schweren Schneefälle bei uns vorhersagt. Wahrscheinlich starten wir sehr früh am Samstag, bevor der Schneesturm hier ist. Paß gut auf dich auf, Heaven, während wir fort sind.«

Seine Fürsorge gab mir ein gutes Gefühl. Pa hatte nie so etwas zu mir gesagt – als ob es ihm egal gewesen wäre, was passierte. »Ich wünsche dir und Jillian eine gute Reise«, erwiderte ich mit rauher, schmerzender Kehle.

»Danke.« Wieder lächelte er und kam dann nahe genug, um mich auf die Stirn zu küssen. Einen Moment lang ruhte seine Hand auf meiner Schulter. »Du siehst so lieb und unverbraucht aus, wie du da in deinem hellblauen Nachthemd dasitzt. Laß dich von nichts und niemandem verderben.«

Am frühen Morgen hörte ich die Limousine mit Tony und Jillian fortfahren. Ich versuchte, wieder zu schlafen, war aber um sechs Uhr noch immer wach und wartete, daß die Diener aufstanden. Aber sie waren zu weit von mir weg, als daß ich hören konnte, wie sie die Dusche oder das Badewasser aufdrehten oder Kommoden öffneten. Ich konnte schnuppern und doch nie den brutzelnden Speck in der Küche riechen. Auch der Duft von Kaffee kam nie hierher. Nur gut, dachte ich, wenigstens habe ich Rye Whiskey, wenn es mir zu einsam wird. Wenn ich nicht doch noch einen Weg finden könnte, um Logan zu besuchen. Meinen Brief hatte er nicht beantwortet, aber ich wußte, in welchem Studentenwohnheim er lebte. Die Garagentür hatte ich bereits getestet und verschlossen gefunden. Cal Dennison hatte mir das Fahren beigebracht, wenn seine Frau nicht dabei war.

Es wäre an Logan gewesen, zu mir zu kommen und mich um eine Erklärung danach zu fragen, was zwischen mir und Cal Dennison passiert war. Aber nein, er war im Regen davongerannt, hatte mich auf dem Friedhof stehenlassen und mir nicht einmal die Chance gegeben, zu erklären, daß Cal auf mich wie ein Vater gewirkt hatte, der Vater, den ich mir immer gewünscht hatte. Und um ihn mir als meinen Vater und Freund zu erhalten, hätte ich fast alles getan! Alles!

Über den Wänden des Labyrinths stieg eine dünne Rauchfahne in die Luft. Bedeutete es, daß Troy heute in der Hütte war? Ohne weiter nachzudenken, rannte ich zum Garderobenschrank in der Eingangshalle, zog mir Stiefel und einen neuen Wintermantel an. Verstohlen schlich ich zur Vordertür hinaus, so daß kein Diener Tony berichten könnte, ich hätte mein Wort gebrochen und wäre zielstrebig hinausgegangen, um seinen Bruder zu sehen.

Diesmal fand ich leicht meinen verschlungenen Weg durch das Labyrinth. Aber es war schon viel schwieriger, vor seine Tür zu gehen und zu klopfen. Wieder zögerte er, mich hereinzulassen und ließ sich so ewig lange Zeit, daß ich mich schon umdrehen und weggehen wollte. Plötzlich ging dann die Tür auf, und er stand vor mir. Über das Wiedersehen mit mir lächelte er nicht, sondern sah mich traurig an, als ob er jemanden bemitleiden würde, der ganz zwanghaft immer und immer wieder dasselbe tat. »Du bist also zurück«, stellte er fest, trat beiseite und winkte mir, hereinzukommen. »Tony versicherte mir, du würdest fortbleiben.«

»Ich bin gekommen, um dich um einen Gefallen zu bitten«, erwiderte ich empört über seine kühle Art. »Ich muß heute unbedingt in die Stadt fahren, und Tony hat Miles befohlen, mich nirgendwohin zu fahren. Wenn ich dein Auto benützen könnte…«

Er saß schon wieder und fing an, kleine Gegenstände auf seiner Werkbank zu bearbeiten. Er warf mir einen erstaunten Blick zu: »Du, eine Sechzehnjährige, willst nach Boston fahren? Kennst du denn den Weg? Hast du einen Führerschein? Nein, meiner Meinung nach solltest du dir und anderen zuliebe von den vereisten Autobahnen wegbleiben.«

Oh, es tat weh, ihn im Glauben lassen zu müssen, ich sei erst sechzehn, während ich doch tatsächlich schon siebzehn war! Und ich war eine gute Fahrerin – wenigstens war Cal Dennison davon überzeugt gewesen. Hinten in Atlanta bekamen schon Mädchen in meinem Alter den Führerschein. Immer noch im Mantel, setzte ich mich unaufgefordert hin und versuchte, nicht zu weinen. »In Farthy machen sie Herbstputz«, erwiderte ich kläglich. »Sie machen alles für die kommenden Feiertage fertig. Fenster und Rahmen werden geputzt, Böden geschrubbt und gewachst, Staub gewischt und gesaugt. Sogar in der Bibliothek, wo ich den ganzen Tag bleiben wollte, kroch der Putzmittelgeruch unter der Türe durch.«

»Zu dieser Jahreszeit heißt das Feiertagsputz«, korrigierte

er mich, wobei er amüsiert aufsah. »Ich kann es ebensowenig ausstehen wie du, wenn ein Haus völlig auf den Kopf gestellt wird. Das Vergnügen bei einem kleinen Haus ist, daß keine Diener nötig sind, die in meine Privatsphäre eindringen. Wenn ich etwas runterwerfe, bleibt's dort, bis ich's wieder aufhebe.«

Ich räusperte mich und nahm mich zusammen. Dann tastete ich mich wieder an den Zweck meines Besuchs heran. »Wenn du mir nicht erlaubst, in deinem Auto zu fahren, wärst du dann so nett, mich selbst in die Stadt zu fahren?«

Er verwendete gerade einen winzigen Schraubenzieher, um Miniatur-Beine an winzige Körper anzuschrauben.

Wie intensiv er sich doch mit seiner Spielzeugmacherei beschäftigte! »Warum mußt du denn unbedingt in die Stadt?«

Angenommen, ich würde ihm die Wahrheit sagen, würde er das Tony sofort nach seiner Rückkehr erzählen? Angespannt und in Gedanken versunken saß ich da, während ich sein Gesicht betrachtete. Es war eines der sensibelsten, das ich je gesehen hatte. Und nach all meinen Erfahrungen waren nur die ganz Gefühllosen grausam. »Ich muß dir etwas beichten, Troy. Ich fühle mich sehr einsam und habe niemanden außer Tony, der meine Erfolge teilt. Jillian schert sich nicht um das, was ich tue oder lasse. Es gibt einen Freund von mir, der die Boston University besucht, und den würde ich gerne besuchen.«

Wieder blickte er in meine Richtung, offensichtlich auf der Hut, als ob ich ihm irgendwie zu nahetreten würde und er keinen Wert darauf legte. »Kannst du nicht bis zu einem anderen Tag warten, wenn du in Winterhaven bist? Die B. U. liegt ganz in der Nähe.«

»Ich muß aber unbedingt jemanden sehen, der mich versteht! Jemanden, der sich daran erinnert, wie ich früher war.«

Er sagte kein Wort, saß nur gedankenverloren da, während der Schnee leicht an seinem Fenster vorbeiwirbelte. Dann lächelte er, und das hellte seine dunklen Augen auf und ließ sie strahlen.

»Einverstanden, ich werde dich dorthin fahren, wohin du willst, aber gib mir noch eine halbe Stunde Zeit, um meine angefangene Arbeit zu beenden. Dann werden wir uns auf den Weg machen – und ich werde auch Tony nicht erzählen, daß du eines seiner Gebote brichst.«

»Hat er dir davon erzählt?«

»Ja, selbstverständlich hat er mir erzählt, daß er dir einen Besuch bei mir verboten hat. Und häufige Besuche meinerseits sind auch nicht gern gesehen – wegen Jillian.«

»Jillian mag dich nicht?« fragte ich überzeugt, daß sie verrückt sein mußte, jemanden, der so nett wie Troy war, nicht zu mögen.

»Früher lag mir viel an Jillians Meinung über mich, aber dann entdeckte ich, daß keiner so recht weiß, was in Jillians Kopf vorgeht. Ich weiß nicht mal, ob sie überhaupt etwas so sehr lieben kann, wie ihr eigenes Aussehen. Aber sie ist schlau, unterschätze das nie.«

Ich war perplex, und doch hatte er schon so vieles geklärt. »Aber warum möchte Tony nicht, daß wir Freunde werden?«

Er grinste mich scheu und spöttisch an: »Mein Bruder glaubt, ich hätte auf jeden, der mich zu sehr schätzt, einen schlechten Einfluß – und natürlich ist es so. Also, verschau dich nicht zu sehr in mich, Heavenly.«

Als er mich Heavenly nannte, wie früher immer Tom, machte mein Herz einen Sprung.

»Oh, du bist mir viel zu alt, um mich in dich zu vernarren!« rief ich glücklich. »Ich renne nur schnell zum Haus zurück und ziehe mich um!«

Ehe er antwortete und vielleicht seine Meinung ändern konnte, war ich zur Tür hinaus und rannte durchs Labyrinth zum Haupthaus zurück. Drinnen übertönte der Lärm der Reinigungsmaschinen meine Schritte, während ich die Stufen hinaufstürmte. In meinem Zimmer zog ich schnell die Kleidung an, die mir am passendsten zu sein schien. Dann puderte ich meine Nase, benutzte Lippenstift und besprühte mich mit Parfüm. Jetzt war ich fürs Treffen mit Logan Stonewall bereit. Kein einziges Mal, solange er mich kannte, hatte er mich so schön gekleidet gesehen.

Troy nahm keine Notiz von dem, was ich anhatte. Er fuhr seinen Porsche ganz beiläufig, sprach aber nur selten, während ich meine Schüchternheit verloren hatte und vor Glück nur so strahlte. Ich war auf dem Weg zu Logan. Trotz seiner Enttäuschung über mich würde er vergessen und verzeihen und sich nur an die schönen Seiten unserer jungen Liebe erinnern, als wir damals durch die Berge spazierten, zusammen im Fluß schwammen und so viele Pläne für unsere gemeinsame Zukunft schmiedeten.

Erst als wir die Einfahrt zu B. U. erreichten, fing Troy zu sprechen an: »Ich schätze, dein Freund ist männlich, stimmt's?«

Verblüfft sah ich zu ihm hinüber. »Wieso nimmst du das an?«

»Deine Kleidung, das Parfüm und der Lippenstift.«

»Ich hatte nicht gedacht, daß du es überhaupt bemerkst.«

»Ich bin doch nicht blind.«

»Er heißt Logan Stonewall«, gestand ich. »Er studiert Pharmazie, weil das sein Vater am liebsten möchte, aber tatsächlich möchte er gern Biochemiker werden.«

»Hoffentlich hat er eine Ahnung, daß du auf dem Weg zu ihm bist.« Wieder zuckte ich zusammen, denn Logan wußte von nichts. Aber Schicksal und Glück wollten es, daß ich Logan mit zwei anderen Gleichaltrigen vorbeischlendern sah, gerade als wir vor seinem Studentenwohnheim anhielten. Ich sprang aus dem Auto, weil ich ihn nicht aus den Augen verlieren wollte.

»Danke, daß du mich hierher gefahren hast!« schrie ich zum Fenster hinein. »Du kannst wieder nach Hause fahren, ich bin sicher, Logan wird mich zurückfahren.«

»Hat er denn ein Auto? Er kam doch zu Fuß.«

»Keine Ahnung.«

»Dann werde ich mir die Zeit vertreiben und warten, bis ich sicher bin, daß du irgendwie wieder nach Hause kommst.«

Er deutete auf ein kleines Café. »Ich werde dort drinnen warten. Sag mir Bescheid, sobald du weißt, daß er dich zurückfahren wird.«

Troy ging auf das Café zu, und ich trollte mich in Logans Richtung in der Hoffnung, ihn zu überraschen und ihm mit meinem derzeitigen Aussehen eine Freude zu machen. Er betrat den Laden jenseits der Straße, um einzukaufen. Ich beobachtete, wie er bezahlte, und wußte noch immer nicht genau, was ich tun sollte. Er war immer noch derselbe, groß und aufrecht, mit seinen breiten Schultern, und drehte sich nicht nach jedem Mädchen um, das vorbeiging – und es gingen viele vorbei. Er nahm seine Tüte in Empfang und steuerte dann auf eine Seitentüre zu, die ihn hinauslassen würde.

»Logan!« rief ich, während ich vorwärts rannte. »Geh nicht! Ich muß mit dir reden!«

Er drehte sich um, sah in meine Richtung und – bei Gott! – er erkannte mich nicht! Er sah mich an und gleichzeitig durch mich hindurch, und in seinen saphirblauen Augen stand so etwas wie Verdruß. Vielleicht lag's an meiner kürzeren, moderneren Frisur und am Make-up, das ich sorgfältig aufzutragen gelernt hatte, oder vielleicht war's der Biberpelz, den mir Jillian gegeben hatte. Seine Augen musterten mich jedenfalls zweimal, ohne zu erkennen, wer ich war.

Bevor ich mich noch zum Handeln entschließen konnte, hatte er schon die Seitentüre geöffnet und ließ den kräftigen Wind herein, der durch die Titelseiten der Magazine raschelte. Und dann war er schon draußen im Schnee und schritt so rasch aus, daß mir klar war, ich würde ihn nie einholen können. Vielleicht hatte er ja auch nur so getan, als ob er mich nicht wiedererkannte.

Töricht, wie ich mich oft benahm, ging ich zur Ladenkasse und bestellte eine Tasse heiße Schokolade. Ich ließ mir Zeit, schlürfte das dampfende Getränk und knabberte zwei Vanille-Waffeln. Ich zahlte und machte mich erst in dem Moment auf den Weg, als meiner Meinung nach genug Zeit für ein langes, ernsthaftes Gespräch verstrichen sein konnte. Die Art, wie Troy sofort aufsprang und mich breit anstrahlte, war rührend.

»Du hast ja eine Ewigkeit gebraucht. Ich wollte schon glauben, dieser Mann aus deiner Vergangenheit wollte dich nach allem bereits nach Hause fahren.«

Er zog einen kleinen Stuhl für mich heran, half mir aus meinem Pelz und hieß mich hinsetzen. »Es wäre nett gewesen, wenn du ihn mit herübergebracht und mir vorgestellt hättest.«

Mein Kopf ging nach unten. »Logan Stonewall ist aus Winnerow. Dein Bruder hat mir befohlen, keinen Kontakt zu irgendeinem meiner alten Freunde zu haben.«

»Ich bin nicht mein Bruder. Ich würde deine Freunde gerne kennenlernen.«

»Ach, Troy«, schluchzte ich, senkte den Kopf und fing tatsächlich an zu weinen. »Logan hat mich direkt angesehen. Er hatte die Stirn, so zu tun, als ob er mich nicht einmal kennen würde! Er hat mir kerzengerade in die Augen gesehen, sich dann umgedreht und ist weggegangen.«

Sanft und freundlich klang seine Stimme, während er nach meinen Händen in den Handschuhen griff und sie zwischen seinen hielt. »Heaven, ist dir denn klargeworden, daß du dich ziemlich verändert hast? Du bist nicht dasselbe Mädchen, das hier Anfang Oktober ankam. Du trägst deine Haare anders, du schminkst dich jetzt – das hast du damals nicht getan. Und deine hochhackigen Schuhe machen dich noch ein paar Zentimeter größer. Außerdem könnte Logan doch auch anderes im Kopf gehabt haben, als eine frühere Freundin zu treffen. Hier«, meinte er, zog ein Taschentuch hervor und gab es mir. »Und wenn du mit dem Weinen aufgehört hast – hoffentlich bald, denn ich kann keine Frau weinen sehen – vielleicht kannst du mir dann mehr von Logan erzählen.«

Während ich meine Tränen trocknete und sein Taschentuch in meine Handtasche schob – ich wollte es später waschen und bügeln –, war noch eine Tasse heißer Schokolade gekommen. In Troys Augen las ich so viel Liebenswürdigkeit und Verständnis, daß ich ihm ohne noch zu wissen, was ich tat, alles ganz von Anfang an erzählte. Wie Logan mich in der Apotheke seines Vaters sah und Fanny überzeugt war, er würde sie und nicht mich anhimmeln, wie wir uns dann im Schulhof von Winnerow trafen; wie er darauf bestand, für vier hungernde Casteel-Kinder das Mittagessen zu kaufen. »Und als er mein Freund wurde und mich von der Schule nach Hause begleitete, war ich das glücklichste Mädchen auf der Welt. Er war anders als die wilden Kerle, die bei Fanny herumhingen. Er war grundverschieden, bescheiden und nie frech. Wir planten, nach unserem College-Abschluß gleich zu heiraten – und jetzt kennt er mich nicht mehr.« Meine Stimme wurde beinahe hysterisch. »Dabei hat mich meine Tat so viel Energie gekostet. Hab' ich übertrieben, Troy? Wirke ich in Jillians Bibermantel und mit so viel Schmuck aufdringlich?«

»Wunderschön siehst du aus«, antwortete er sanft und nahm meine beiden Hände in seine. »Jetzt laß uns doch mal den heutigen Tag in die richtige Perspektive rücken. Logan erwartete doch nicht, dich zu sehen, oder? Du warst hier, außerhalb der Umgebung, an die er sich bei dir gewöhnt hatte. Außerdem hat er dich nicht derart gekleidet erwartet. Ruf ihn also später an und erzähl ihm, was passiert ist. Dann könnt ihr beide ein Treffen verabreden, und ihr werdet alle zwei aufeinander vorbereitet sein.«

»Er wird mir nicht verzeihen! Nie wird er mir verzeihen!« Heiß und bitter schluchzte ich. »Ich habe dir ja nicht alles erzählt. Als Pa alle seine fünf Kinder an Freunde für fünfhundert Dollar das Stück verkaufte, ist mir etwas Schreckliches passiert. Zuerst wurden Keith und Unsere-Jane von einem Rechtsanwalt und seiner Frau gekauft. Dann Fanny an Reverend Wayland Wise, und im Gegensatz zu Keith und Unserer-Jane war Fanny entzückt darüber, an solch einen reichen Mann verkauft zu werden. Schließlich tauchte ein fetter Farmer namens Buck Henry bei uns auf, steuerte auf Tom zu und betrachtete ihn wie ein Stück Vieh. Pa und Buck Henry schleppten Tom fort.

Ich wurde an Kitty und Cal Dennison in Candlewick, Georgia, verkauft. Ihr Haus dort war das hübscheste und sauberste in dem ich je zuvor gewohnt hatte. Außerdem gab's immer genug zu essen. Leider wollte Kitty einen Küchensklaven, eine Haushälterin, die alles makellos hielt, während sie ihren Schönheitssalon leitete. Dort arbeitete sie fünf Tage pro Woche, und samstags gab sie Töpferunterricht. Das hieß, Cal sah mehr von mir als von Kitty. Ach, es war kompliziert, weil ich dachte, Cal wäre ein doppelt so toller Mann, als mein Vater je sein würde.

Ich begann, Cal als meinen eigenen Vater anzusehen, so wie ich ihn immer gewollt und gebraucht hätte. Er war jemand, der mich zur Kenntnis nahm, mich mochte und brauchte. Als er mir neue Kleidung, neue Schuhe und eine Menge kleiner Sachen kaufte, von denen ich nicht einmal wußte, daß ich sie brauchte, ging ich manchmal schlafen und drückte diese Kleidungsstücke ans Herz.«

Ausgelöst durch meine Tränen, strömte meine Geschichte voller schrecklicher Einzelheiten wie ein Sturzbach hervor. Ich denke, den einzigen Punkt, den ich im dunklen ließ, war mein Geburtsjahr. Lange ehe meine Erzählung beendet war, wußte ich irgendwie, Troy hatte seine Pläne für heute vergessen. Bald waren wir auf dem Weg zur Straße, die uns nach Farthinggale Manor zurückbrachte. Er fuhr unter den großen eisernen Toren durch, die er automatisch schloß. Dann steuerte er auf einer Straße, die ich noch nie bemerkt hatte, auf seine steinerne Hütte zu. Der graue Herbstnachmittag ließ eine große Sehnsucht in mir hochsteigen, nach den Bergen und dem unschuldigen, vertrauensvollen Mädchen, das ich einmal gewesen war.

Bis wir beide in seiner Hütte waren und er das Feuer wieder zum Brennen gebracht hatte, sprach Troy kein Wort. Dann meinte er, sein Essen wäre im Handumdrehen fertig. »Der Küchenchef vom Haupthaus hält meine Speisekammer gefüllt«, meinte er, während er einen Imbiß herrichtete. Inzwischen war es vier Uhr, und ich hatte schon das Mittagessen verpaßt. Keinen Moment zweifelte ich daran, daß Percy dies Tony berichten würde.

»Mach weiter«, drängte er und gab mir ein Schneidebrett mit rohem Gemüse. »Ich habe noch nie so etwas wie deine Geschichte gehört. Jetzt erzähl mir mehr von Keith und Unserer-Jane.«

Erst jetzt begriff ich, daß ich vorsichtig und diskreter hätte sein sollen, aber dafür war's zu spät, viel zu spät. Wieso kümmerte ich mich denn noch um etwas, da mich Logan aus seinem Leben verbannt hatte? Ich hatte Troy bereits die letzte Kleinigkeit des Weihnachtstages erzählt, an dem uns Pa einzeln zu verkaufen begann. Alles mußte ich wiederholen, weil er alles doppelt hören mußte, um es glauben zu können. Ich war sogar sorglos genug, den Grund für Logans Mißtrauen zu verraten, aber kein einziges Mal sah Troy in meine Richtung, gab einen Kommentar ab oder unterbrach seine Tätigkeit.

»Ich hatte keine Ahnung, daß die Kinobesuche, das wunderschöne Essen in tollen Restaurants und alle Geschenke, die Cal mir machte, Teil seiner Verführung waren. Immer stärker wurde ich abhängig von ihm. Während ich dort lebte, gab er mir die schönste Zeit und Kitty die schlimmste. Ich bedauerte Cal, wenn sie jede Nacht den einen oder anderen Grund fand, ›nein‹ zu ihm zu sagen. Sobald sie endlich einverstanden war, seine Annäherungsversuche zu akzeptieren, kam er mit einem überglücklichen Gesichtsausdruck an den Frühstückstisch. Ich wünschte, er würde immer so aussehen. Als er dann anfing, mich mit einem seltsamen Ausdruck in den Augen zu oft zu berühren und seine Küsse nicht mehr so väterlich waren, lag ich nachts auf meinem Bett und überlegte erstaunt, welche Signale ich denn unbewußt aussandte. Nie tadelte ich ihn dafür, sondern blieb dabei, mich selbst für schuldig zu halten, daß ich ihm fixe Ideen in den Kopf setzte. Wie hätte ich ihn auch weiterhin für meinen Vater halten können, wenn ich mich seinen Wünschen nicht gefügt hätte?«

Ich machte eine Pause, schnappte nach Luft und erzählte dann weiter.

»Du siehst also, jetzt habe ich niemanden mehr! Tony befahl mir, meine Familie zu vergessen – dabei hat er noch nicht einmal eine Ahnung von Tom, Fanny, Keith und Unserer-Jane. Tom hat meine Briefe nicht beantwortet. Fanny erwartet ein Kind vom Reverend, und sie schreibt mir nie. Ich habe keine Ahnung, ob sie es überhaupt möchte. Und irgendwann muß ich Unsere-Jane und Keith finden!«

»Eines Tages wirst du sie auch finden«, antwortete Troy in seiner redlichen Art, die mich ihm vertrauen ließ. »Ich besitze ziemlich viel Geld und kann mir keinen besseren Weg vorstellen, einen Teil davon auszugeben, als dir bei der Suche nach deiner Familie zu helfen.«

»Cal hat mir das gleiche versprochen, aber nichts kam je dabei heraus.«

Er drehte sich mit einem strafenden Blick zu mir um. »Ich bin nicht Cal Dennison, und ich mache keine Versprechungen, die ich nicht halte!«

Wieder fing ich an zu weinen. »Warum solltest du das tun? Du kennst mich doch nicht, und ich bin nicht einmal überzeugt, daß du mich magst.«

Er setzte sich neben mich an den Tisch. »Dir und deiner verstorbenen Mutter zuliebe mache ich das, Heaven. Morgen werde ich meine Rechtsanwälte treffen, um sie auf die Spur des Anwalts mit dem Vornamen Lester zu setzen. Du solltest mir die Aufnahmen von Keith und Unserer-Jane bringen, von denen du mir erzählt hast. Fotografen sind immer stolz darauf, ihren Namen irgendwo vorne oder hinten auf ihren Fotografien anzuzeigen. In kurzer Zeit wirst du den vollen Namen des Ehepaares kennen, das deine jüngeren Geschwister gekauft hat.«

Wie vom Blitz getroffen saß ich da, atemlos durch die Hoffnung, die mich durchströmte. Hoffnung, die schon bald zu nichts verbrennen würde, denn hatte nicht schon Cal Dennison dasselbe versprochen? Aber ich kannte Troy ja nicht.

»Jetzt erzähl mir mal, was du tun wirst, sobald du weißt, wo sie sind?«

Was würde ich tun?

Tony würde mich aus seinem Leben streichen, würde aufhören, meine Ausbildung zu unterstützen.

Jetzt war ich noch auf dem Weg zu dem Ziel, das ich mir setzen müßte... Über die Antwort würde ich erst später nachdenken, wenn seine Anwälte den kleinen Jungen und das Mädchen, die zu mir gehörten, gefunden hätten. Irgendeinen Ausweg würde ich finden, um die beiden zurückzubekommen und auch noch an meinen Zielen festzuhalten. Jetzt, da ich so weit gekommen war, war ich wild entschlossen, keinen Zentimeter zurückzuweichen.

Ach, wenn die Dinge doch nur anders gewesen wären! Wenn ich nur wie ein ganz normales Mädchen hätte aufwachsen können! Ich merkte, wie mir wieder die Tränen in die Augen schossen. Ich schob meine Erinnerungen beiseite, atmete tief durch und antwortete: »Also, jetzt weißt du alles über mich, obwohl ich nicht einmal mit dir sprechen sollte. Tony befahl mir, dich allein zu lassen, nie in deine Hütte zu kommen. Tatsächlich hat er mir noch vor seiner Abreise erzählt, du seist nicht einmal hier. Wenn er wüßte, daß ich eine seiner Anordnungen mißachtet habe, würde er mich in die Willies zurückschicken. Ich habe schreckliche Angst, dorthin zurückzugehen! In Winnerow gibt es niemanden, der sich darum schert, was mir passiert. Pa lebt irgendwo in Georgia oder Florida und Tom bei ihm, aber der schreibt ja nie, genausowenig wie Fanny! Ich weiß nicht, wie ich ohne einen Menschen, der mich liebt und sich um mich kümmert, leben soll!« Ich senkte den Kopf, damit er die Tränen, die ich nicht mehr unterdrücken konnte, nicht sah. »Bitte, bitte Troy! Sei mein Freund! Ich brauche unbedingt einen Menschen!«

»Nun gut, Heaven, ich werde dein Freund sein.« Er klang zögernd, als ob er sich zu etwas verpflichtete, das eine Last sein würde. »Aber denke daran, es gibt gute Gründe, weshalb Tony nicht möchte, daß du mit mir in Verbindung trittst. Beurteile ihn nicht zu streng. Bevor du beschließt, ich sei genau der Freund, den du brauchst, mußt du dir klarmachen, daß

Tony hier bestimmt, wo es langgeht, nicht ich. Wir sind völlig verschiedene Persönlichkeiten, er ist stark, und ich bin ein schwacher Träumer. Solltest du Tonys Mißfallen und Mißbilligung erregen, wird er dich aus seinem Leben werfen – und auch aus dem von Jillian. Direkt zurück in die Willies! Und er wird es in einer Art und Weise tun, daß mir keine Chance bleibt, dich zu retten, geschweige denn, dir Geld zu geben.«

»Ich würde kein Geld von dir nehmen!« brauste ich auf.

»Du nimmst es doch von meinem Bruder«, antwortete er.

»Weil er mit meiner Großmutter verheiratet ist! Weil er mir erzählt hat, er würde das Geld verwalten, das Jillian von ihrem Vater und ihrem ersten Mann geerbt hat. Geld, das an meine Mutter gefallen wäre, wenn sie's erlebt hätte. Ich fühle mich absolut berechtigt, es von Tony zu nehmen!«

Er wandte den Kopf ab, so daß ich sein Gesicht nicht länger sehen konnte. »Heaven, deine leidenschaftliche Art ist anstrengend. Es ist spät geworden, und ich bin müde. Würde es dir etwas ausmachen, wenn wir diese Diskussion am nächsten Freitag fortsetzen, sobald du von Winterhaven nach Hause kommst? Ich werde dann noch da sein.«

Es berührte mich tief, wie er so verletzlich dasaß, und ich vermutete, er hatte schreckliche Angst, jemanden wie mich in sein wohlorganisiertes Leben zu lassen. Langsam stand ich vom Boden auf, denn ich wollte nur ungern seine gemütliche, warme Hütte verlassen.

»Bitte, Heaven, ich muß vor dem Zubettgehen noch tausend Dinge erledigen. Und weine nicht mehr, weil dich Logan Stonewall nicht erkannt hat. Seine Gedanken waren wahrscheinlich woanders. Gib ihm eine zweite Chance, ruf ihn in seinem Studentenwohnheim an. Schlage ihm vor, ihn irgendwo zu treffen, wo ihr reden könnt.«

Troy hatte keine Ahnung von Logans Starrsinn. Logan war, wie sein Nachname, eine Steinmauer!

»Gute Nacht, Troy«, rief ich an der Tür, »und danke für alles. Ich freue mich auf nächsten Freitag!«

Leise schloß ich die Tür hinter mir.

7. KAPITEL

LOGAN

In der zweiten Woche verhielten sich die Mädchen von Winterhaven nicht mehr so distanziert. Keck musterten sie mich von oben bis unten und starrten auf mein hübsches Strickkleid. Als ich mich am Montag zum Mittagessen an meinen Tisch setzte, lächelte Pru Carraway zu meiner Freude in meine Richtung und lud mich ein, an ihrem Tisch zu essen. Noch drei andere Mädchen saßen hier. Glücklich sammelte ich Besteck, Teller und Serviette ein und trug sie hinüber. »Danke schön«, sagte ich und setzte mich hin.

»Was für ein hübsches pinkfarbenes Kleid«, meinte Pru, die mit ihren blassen Wimpern klimperte.

»Danke, die Farbe heißt mauve.«

»Was für ein hübsches mauvefarbenes Kleid«, verbesserte sie sich unter dem Gekicher der drei anderen. »Ich sehe ein, wir waren nicht sehr nett zu dir, Heaven«, – wieder dehnte sie meinen Namen –, »aber wir sind zu keiner neuen Schülerin nett, bis wir nicht sicher sind, daß sie unsere Billigung verdient.«

Was hatte ich getan, um ihre Zustimmung zu erlangen? wunderte ich mich.

»Wieso weißt du so gut Bescheid über Armut und Hunger?« fragte Faith Morgantile, ein sehr hübsches, braunhaariges Mädchen in einem sauberen, aber abgeschabten weißen Pulli und Hosen.

Einen Moment lang setzte mein Herz aus. »Ihr wißt alle, daß ich aus West Virginia komme. Das ist ein Kohlerevier. Dort gibt es auch eine Baumwollmühle. Die Berge stecken voll armer Leute, die eine Ausbildung für Zeitverschwendung halten. Also weiß ich ganz selbstverständlich über die Leute Bescheid, die um mich herum lebten.«

»Aber du hast die Hungerqualen in deinem Aufsatz so plastisch beschrieben«, beharrte Pru, »daß es fast so wirkt, als würdest du Hunger aus eigener Erfahrung kennen.«

»Wenn man Augen, Ohren und ein mitfühlendes Herz hat, braucht man keine eigene Erfahrung.«

»Wie schön du das gesagt hast«, meinte ein anderes Mädchen und lächelte mich warm an. »Wir haben gehört, daß deine Eltern geschieden sind und dein Vater das Sorgerecht für dich erhielt... Ist das nicht ungewöhnlich? Meistens erhält doch die Mutter das Sorgerecht, besonders wenn es sich um ein Mädchen handelt.«

Gleichgültig versuchte ich mit den Schultern zu zucken. »Ich war noch zu jung, um mich an Einzelheiten der Scheidung zu erinnern. Als ich dann älter war, weigerte sich mein Vater, darüber zu sprechen.« Ich beendete das Gespräch, indem ich meine Gabel in den gemischten Salat steckte und Tomaten und grünen Salat, die ich am liebsten mochte, aufspießte.

»Wann wird dich dein Vater denn besuchen kommen? Wir würden ihn gerne kennenlernen.«

»Mein Vater wird nicht zu Besuch kommen, denn wir mögen uns nicht. Außerdem liegt er im Sterben.«

Die vier Mädchen starrten mich mit offenen Mündern an, als wäre ich eine Erscheinung. Sobald ich die Worte ausgesprochen hatte, erfüllte mich der Gedanke an den sterbenden Pa mit seltsam ungemütlichen Schuldgefühlen, als ob ich kein Recht hätte, ihn zu hassen oder ihm den Tod zu wünschen, weil er doch mein Vater war. Ich hatte keinen Grund, mich zu schämen, keinen einzigen! Jeden schlechten Gedanken, den ich ihm widmete, verdiente er.

Vorsichtig sprach Pru Carraway weiter: »In dieser Schule haben wir gewisse Privatclubs. Also, wenn du es irgendwie arrangieren könntest, daß eine von uns ein Rendezvous mit

Troy Tatterton hat... wir würden das sehr zu schätzen wissen.«

Ich war in Gedanken noch bei Pa und nicht auf der Hut. Ich saß da, das letzte Stück von meinem Brot halb aufgegessen, und antwortete unbehaglich: »So etwas kann ich auf keinen Fall drehen. Er ist ein Mann mit einem eigenen Kopf und viel zu alt und gebildet für die Mädchen von Winterhaven.«

»Troy Tatterton wurde vor zwei Wochen erst dreiundzwanzig«, fing Faith Morgantile an. »Einige Schülerinnen hier sind achtzehn und für einen Mann seines Alters genau richtig. Außerdem haben wir dich mit ihm am Sonntag gesehen, und du bist erst sechzehn.«

Es verdutzte mich, daß ich in einer Großstadt wie Boston mit Troy erkannt worden war. Das also war's! Der Grund für ihr plötzliches Interesse an mir! Sie oder einer ihrer Freunde hatten mich im Café mit Troy gesehen. Ich stand auf und ließ meine Serviette auf den Tisch fallen. »Danke für die Einladung an euren Tisch«, sagte ich. Es schmerzte mich, denn ich hatte so darauf gehofft, hier Freunde zu haben. Mein ganzes Leben hatte ich nie eine Freundin gehabt, von Fanny abgesehen. Von meinem eigenen Tisch nahm ich die Bücher, die ich dort zurückgelassen hatte und marschierte aus dem Speisesaal.

Von diesem Augenblick an spürte ich, daß sich die Einstellung der Mädchen verändert hatte. Zuvor hatten sie mich nur beargwöhnt, weil ich neu und anders war. Jetzt hatte ich sie herausgefordert und sie mir sinnlos zu Feinden gemacht.

Am nächsten Morgen nahm ich aus meiner Kommode einen wunderschönen kornblumenblauen Kaschmir-Pullover und den dazu passenden Rock. Zu meinem absoluten Entsetzen mußte ich feststellen, daß sich der nagelneue Pulli aufzulösen begann, und an dem Wollrock, den ich auf mein Bett gelegt hatte, hing der Saum herunter! Außerdem hatte jemand sehr sorgfältig die Stiche der vorderen Kellerfalte aufgetrennt. In den Willies hätte ich Pulli und Rock trotzdem getragen, aber hier nicht, nicht hier! Nicht wenn ich wußte, daß Pulli und Rock gestern noch vollkommen in Ordnung gewesen waren! Einen Pulli nach dem anderen nahm ich aus der Kommode und schaute sie an. Fünf meiner Pullis waren ruiniert! Ich rannte zum Schrank, um Hemden und Blusen zu prüfen und fand sie unbeschädigt. Wer auch immer es getan hatte, er hatte nicht genug Zeit gehabt, um meinen ganzen Besitz zu ruinieren.

An diesem Dienstag morgen hatte ich keine Zeit fürs Frühstück. Zum Unterricht ging ich nur mit Rock und Bluse, ohne Pulli. Kein Mädchen zog zum Unterricht etwas über, weil Gedanken an Erkältung oder Frösteln verachtet wurden, obwohl die meisten von ihnen mit verschränkten Armen dasaßen und ab und zu zitterten. Harte, puritanische Seelen regierten Winterhaven und achteten darauf, daß keine von uns mit zuviel Luxus in Berührung kam. Das Klassenzimmer war nicht wärmer als es die Berghütte im späten Oktober gewesen war. Den ganzen Morgen zitterte ich und dachte daran, mittags in mein Zimmer zu laufen und mir eine leichte Jacke zu holen.

Mein Mittagessen verschlang ich so schnell, daß es mich fast würgte, dann raste ich nach oben in mein Zimmer; die Tür war nie verschlossen. Ich rannte zum Schrank, um eine der drei warmen Jacken, die Tony mir ausgesucht hatte, von der Stange zu nehmen – zwei Jacken fehlten, und die letzte war triefend naß! Was hofften sie zu erreichen, indem sie mein Eigentum zerstörten? Zitternd vor Kälte und Wut lief ich auf den Flur, die nasse Jacke vor mich her haltend. Ich stürmte in das Badezimmer. Sechs Mädchen waren drinnen, rauchten und kicherten. In dem Moment, als ich eintrat, wurde es totenstill, während die Zigaretten weiterbrannten und einen schrecklichen Qualm erzeugten. Mit beiden Händen hielt ich die Wolljacke hoch. »Mußtet ihr sie in heißes Wasser werfen?« fragte ich. »Reicht es nicht, daß ihr meine Pullis ruiniert habt? Was für Ungeheuer seid ihr eigentlich?«

»Wovon redest du überhaupt?« fragte Pru Carraway mit ganz unschuldigen hellen Augen.

»Meine neuen Pullis sind aufgetrennt!« schrie ich. Ich schüttelte das Wasser aus der Jacke, so daß ihnen etwas davon ins Gesicht spritzte. »Ihr habt zwei von meinen Jacken genommen und die dritte kaputt gemacht! Glaubt ihr denn, ihr werdet dafür ungestraft wegkommen?« Ich starrte – hoffentlich erbost genug – in jedes Augenpaar, das mich anstarrte. Die bloße Tatsache, daß ich und meine kläglichen Drohungen ihnen keine Angst einjagten, machte mich noch wütender. Ihr Selbstvertrauen nahm zu, während ich zögerte und nicht wußte, wie ich sie besiegen sollte.

Ich drehte mich um und warf die tropfnasse Jacke in einen der beiden Wäscheschlucker. Eine sehr starke Feder verschloß krachend die schwere Eisentür. Bei zweihundert Mädchen, die täglich duschten oder badeten, wurden Hunderte von weißen Handtüchern gebraucht. Jeden Tag brachten die Zimmermädchen Stapel um Stapel von sauberen weißen Handtüchern herauf und legten sie ordentlich hinter die Glastüren der Wäscheschränke. Die Wäscheschlucker beförderten die nassen, verschmutzten Handtücher rasch in den Keller, wo sie in riesige Körbe fielen.

»So«, rief ich, drehte mich um und hoffte, ihnen damit angst zu machen. »Man wird diese Jacke finden und zur Direktorin bringen. Dieses Beweisstück könnt ihr mir nicht mehr nehmen, um es zu zerstören, denn der Keller ist für euch alle verboten!«

Pru Carraway gähnte. Die fünf anderen Mädchen taten es ihr nach.

»Hoffentlich werden sie jede einzelne von euch wegen vorsätzlicher Zerstörung von fremdem Eigentum rauswerfen!«

»Du klingst wie ein Rechtsanwalt«, beklagte sich Faith Morgantile. »Du machst uns angst, ehrlich. Was beweist schon eine nasse Jacke? Nichts außer deiner eigenen Sorglosigkeit, daß du dumm genug warst, sie in heißem Wasser zu waschen.«

Während ich noch im Badezimmer stand, stieg der Verdacht in mir auf, sie würden für ihre Tat nicht bestraft werden, egal, was ich behauptete. Dann mußte ich an Miss Marianne Deal denken. Ihre sanfte Stimme flüsterte mir ins Ohr: »Für einen Champion ist es besser, eine Sache, an die er glaubt, zu verlieren, als zu schweigen und nichts zu riskieren. Du weißt nie, welchen Effekt das später vielleicht hat.«

»Ich gehe auf der Stelle in Mrs. Mallorys Büro«, verkündete ich erbost. »Ich werde ihr die Löcher in meinen nagelneuen Pullis zeigen und auch von der Jacke erzählen.«

»Du kannst gar nichts beweisen«, meinte ein zierliches, farbloses Mädchen namens Amy Luckett und fuchtelte aufgebracht und verräterisch mit den Händen. »Du könntest es ja selbst gewesen sein!«

»Mrs. Mallory hat gesehen, daß ich die Jacke am Montag morgen noch anhatte, also wird wenigstens sie den damaligen Zustand kennen. Und wenn man dann die nasse Jacke im Handtuchkorb findet, wird das ein weiterer Beweis für eure Tat sein.«

»Du redest wie ein drittklassiger Anwalt daher«, lachte Pru Carraway höhnisch. »Die Schulleitung hier kann uns nichts anhaben. Wir gewinnen immer, wenn wir uns zusammentun und kämpfen. Unsere Eltern stehen hinter uns, unsere reichen, reichen Eltern. Sie sind einflußreich und mächtig. *Du* hast hier keine Freunde, du bist keine von uns. Niemand wird deinem Gerede glauben. Mrs. Mallory wird dich von oben herab mustern und dich für kleinkariert und boshaft halten, weil sie weiß, daß wir dich nie in unsere Kreise aufnehmen werden. Sie wird annehmen, du selbst habest deine Kleidung ruiniert, um so uns die Schuld in die Schuhe zu schieben.«

Bei ihren Worten lief es mir kalt den Rücken hinunter. Konnte denn irgend jemand so etwas glauben? Ich hatte nicht viel Erfahrung im Umgang mit der großen, weiten Welt, war nicht in der Schweiz zur Schule gegangen und hatte nicht gelernt, eine derartige Situation in den Griff zu bekommen. Trotzdem mußte ich annehmen, sie würden nur bluffen, und ich mußte dasselbe tun. »Wir werden ja sehen«, rief ich, drehte mich um und verließ das Badezimmer.

Mit meinen kaputten Pullis auf dem Arm betrat ich das Büro der Schulleitung. Mrs. Mallory blickte verdrossen auf. »Sollten Sie nicht in Ihrem Sozialkundeunterricht sein, Miss Casteel?«

Ich ließ die Pullis zu Boden fallen, nahm dann etwas, was einmal ein schöner blauer gewesen war, hoch und hielt ihn so, daß sie ihn sehen konnte. Ein Abschlußfaden war gezogen worden, so daß sich der halbe Halsausschnitt aufgetrennt hatte. »Diesen Pullover habe ich noch nie getragen, Mrs. Mallory, und trotzdem ist er voll Löcher und Laufmaschen.«

Sie runzelte die Stirn. »Sie sollten wirklich besser auf Ihre Kleidung achten. Ich kann es nicht ausstehen, wenn Geld zum Fenster hinausgeworfen wird.«

»Ich passe sehr gut auf meine Kleidung auf. Dieser Pulli lag sauber zusammengelegt in meiner zweiten Kommode, zusammen mit anderen, die ebenfalls auseinanderfallen, weil Fäden gezogen oder abgeschnitten worden sind.«

Sie schwieg ziemlich lange, während ich die Pullis nacheinander ausbreitete. »Die Jacke, die Sie bei meinem Eintritt am Montag morgen bemerkten, wurde in heißes Wasser geworfen, während ich heute morgen im Unterricht war.«

Sie schürzte ihre roten Lippen und rückte dann an der Lesebrille, die sie auf der Nasenspitze trug. »Bringen Sie Anklagen vor, Miss Casteel?«

»Jawohl. Man kann mich hier nicht ausstehen, weil ich anders bin.«

»Wenn Sie beliebt sein wollen, Miss Casteel, dürfen Sie nicht Ihre Schulkameradinnen verpetzen, die allen neuen Mädchen Streiche spielen.«

»Das ist aber mehr als nur ein Streich!« rief ich, bestürzt durch ihre unbeteiligte Haltung. »Meine Kleidung wurde ruiniert!«

»Ach, kommen Sie, Sie machen viel zu viel Wind um etwas, das für mich wie nachlässiges Kofferpacken aussieht. Pullis geraten in Reißverschlüsse und Gepäckschlösser. Man zieht dran, um sie loszubekommen, und schon gibt's Löcher.«

»Und die Jacke, ist die auch ganz zufällig von selbst ins Waschbecken mit heißem Wasser gefallen?«

»Ich sehe keine Jacke. Sollten Sie weitere Beweisstücke haben, warum haben Sie sie dann nicht mitgebracht?«

»Ich habe sie in den Wäscheschlucker für Handtücher geworfen. Sie können sie in der Wäscherei finden.«

»Über dem Schlucker ist ein Zeichen. Alle Kleidungsstücke gehören in den kleineren Schlucker!«

»Mrs. Mallory, es handelte sich um eine Strickjacke! Sie hätte Flecken in fremde Kleidungsstücke machen können.«

»Genau das meine ich. Sie könnte auch in weiße Handtücher und Kochwäsche Flecken machen.«

Meine Lippen fingen an zu zittern. »Ich mußte sie doch irgendwohin stecken, wo die Mädchen, die's getan haben, das Beweisstück nicht verstecken und behaupten konnten, es wäre nichts passiert.«

Nachdenklich betastete sie die hübsche blaue Jacke. »Warum nehmen Sie nicht einfach diese Pullover und versuchen, sie mit Nadel und Faden zu flicken? Ich gestehe, ich habe keine Lust, Ihre nasse Jacke zu finden. Wenn doch, dann hieße das, ich müßte handeln und alle Mädchen ausfragen. Solche Dinge sind schon früher passiert. Wenn wir uns auf Ihre Seite stellen, würde Ihnen das denn helfen, hier akzeptiert zu werden? Ich bin überzeugt, Ihr Vormund wird Ihnen neue Pullis kaufen.«

»Sie meinen, ich sollte sie ungestraft davonkommen lassen?«

»Nein, nicht ganz. Nehmen Sie diese Angelegenheit selbst in die Hand, ohne unsere Hilfe.« Verkniffen lächelte sie mich an. »Sie müssen daran denken, Miss Casteel, daß kein Mädchen hier mehr beneidet wird als Sie, obwohl alle möchten, daß Sie glauben, Sie würden verspottet und verachtet. Sie sind sehr hübsch und besitzen ein angenehm unverdorbenes Wesen, das selten ist. Sie wirken wie jemand von vor hundert Jahren, scheu, stolz und viel zu sensibel und verletzlich. Die Mädchen sehen, was ich auch sehe, was jeder hier sieht, und

Sie verwirren sie. Sie machen sie unsicher bezüglich ihrer eigenen Identität und ihrer Werte. Außerdem sind Sie noch Tony Tattertons Mündel, eines bewunderten und erfolgreichen Mannes. Sie leben in einem der schönsten alten Herrenhäuser Amerikas. Ich weiß wohl, daß Sie eine Vergangenheit besitzen, die Sie verletzt hat, aber gestatten Sie ihr nicht, Sie auf Dauer zu verwunden. Sie haben die Begabung, alles zu erreichen, was Sie sich vornehmen. Lassen Sie sich nicht von albernen Schulmädchen das ruinieren, was die besten Lehrjahre Ihres Lebens sein können. Ihrem Gesichtsausdruck kann ich entnehmen, daß Sie jetzt empört sind und irgendeine Rache oder Entschädigung für den Verlust Ihrer Kleidung möchten. Aber ist denn Kleidung nicht relativ unwichtig für Sie? Wird sie denn nicht wieder ersetzt werden? Haben diese Mädchen etwas wirklich Wertvolles zerstört, das Sie vielleicht in Ihrem Zimmer versteckt haben?«

»Oh, oh, daran hatte ich gar nicht gedacht! Auf dem Boden meines Waschkorbes hatte ich eine schwere Schachtel mit den Porträts von Keith und Unserer-Jane in Silberrahmen versteckt! Ich muß sofort nachschauen, ob man sie weggenommen oder zerstört hat!« Ich war drauf und dran zu gehen, da drehte ich mich um und begegnete dem strengen, aber sympathischen Blick aus Mrs. Mallorys Augen. »Ich denke, Sie schulden mir etwas, Mrs. Mallory, dafür daß ich schweige – und den Frieden in der Schule nicht störe.«

Mrs. Mallorys Augen wurden wachsam. »Nun gut, sagen Sie mir, was ich Ihnen angeblich schuldig bin.«

»Diesen Donnerstag soll es zusammen mit den Jungs von Broadmire Hall einen Tanzabend geben. Ich weiß, ich habe während meiner Zeit hier noch nicht genug Auszeichnungen erhalten, um eine Einladung zu diesem Tanz zu verdienen, aber ich möchte trotzdem hingehen.«

Sehr lange Zeit starrte Mrs. Mallory mich mit halbgeschlossenen Augen an, dann lächelte sie amüsiert. »Nun, das ist eine bescheidene Bitte. Achten Sie nur darauf, daß Sie die Schule nicht blamieren.«

Ich wurde nie eine der Begehrten in Winterhaven, aber wenigstens akzeptierte mich die Mehrheit der Mädchen so, wie ich war, anders und auf eine scheue, unsichere Art unabhängig. Unbewußt hatte ich meinen alten Schutzschild wiedergefunden, den ich schon in den Willies und in Winnerow verwendet hatte: Unbeteiligt – das war's, wie ich erscheinen wollte. Sollten sie ruhig ihre Schlingen legen und Pfeile abschießen, was kümmerte es mich? Ich war hier, wo ich sein wollte, und das genügte.

Am Freitag abend, früher als erwartet, kamen Jillian und Tony aus Kalifornien zurück, voll Vorfreude auf die Feiertage. Sie schenkten mir Kleidung und Schmuck, und das Bewußtsein, daß Troy, mein geheimer Freund, jedes Wochenende in seiner kleinen Hütte war, gab mir ein gutes Gefühl. Ich wußte, daß er mich nicht wirklich dort haben wollte, da ich ihn von seiner Arbeit ablenkte. Wenn er meinen Bedürfnissen gegenüber nicht so höflich und einfühlsam gewesen wäre, hätte er mich mit Sicherheit wieder fortgeschickt.

»Wie hast du dich denn vergangenen Samstag unterhalten?« fragte Tony eines Tages, als er sah, wie ich mit einem Armvoll Bücher aus der Bibliothek eilte.

»Ich habe gelernt, das war alles«, antwortete ich mit einem kleinen Lachen. »Es gibt noch so viel, was ich schon zu wissen glaubte, aber das Gegenteil ist der Fall. Wenn ihr nichts dagegen habt, du und Jillian, werde ich mich oben in meinem Schlafzimmer einschließen und herumkramen.«

Ich hörte, wie er schwer seufzte. »Jillian pflegt samstags ihre Haare richten zu lassen, dann geht sie mit ein paar Freunden ins Kino. Ich hatte gehofft, du und ich könnten heute in die Stadt gehen und ein paar Weihnachtseinkäufe machen.«

»Ach Tony, frag mich das noch mal, bitte, denn nichts auf der Welt würde ich lieber tun, als das Hauptgeschäft von Tatterton Toys zu besuchen.«

Einen Moment lang wirkte er verblüfft, dann breitete sich langsam ein Grinsen über sein angenehmes Gesicht aus. »Du meinst, du möchtest tatsächlich dorthin gehen? Wie wunderbar! Jillian hat nie einen Funken Interesse dafür gezeigt! Und deine Mutter, die wußte, daß wir uns diesbezüglich oft in die Haare bekamen, schlug sich auf die Seite ihrer Mutter und behauptete, sie wäre zu alt, um sich mit albernem Spielzeug zu langweilen.«

»Das hat meine Mutter gesagt?« fragte ich völlig verblüfft.

»Sie ahmte deine Großmutter nach, die keinen Geschäftsmann, sondern einen Spielgefährten wollte. Kurze Zeit, während sie exquisite Puppenkleider nähte, hatte ich die Hoffnung, sie würde eines Tages tatsächlich ein Teil von Tatterton Toys werden.«

Kurz darauf war ich eilig zu Troys Steinhütte geeilt, wo ich mich am allerliebsten aufhielt. Schon die Tatsache, bei ihm zu sein, war ein reines Vergnügen für mich. Warum hatte Logan mein Herz nie so rasch schlagen lassen? Während ich auf dem dicken Teppich vor Troys heißem Kaminfeuer lag, schrieb ich an Tom und bat ihn, mir einen Rat zu geben, wie ich mich Logan wieder nähern könnte, ohne daß es allzu aufdringlich wirkte.

Endlich, als ich schon glaubte, Tom würde meinen letzten Brief nie beantworten, lag einer in meinem Postschließfach:

Ich kapiere Deine Ängste nicht. Ich bin sicher, Logan wird über einen Anruf von Dir entzückt sein und irgendwo ein Treffen arrangieren. Nebenbei, habe ich in meinem letzten Brief vergessen, Dir zu erzählen, daß Pas neue Frau ein Baby erwartet? Von Fanny direkt habe ich nichts gehört, aber ich habe noch immer ein paar alte Freunde in Winnerow, die mich auf dem laufenden halten. Offensichtlich ist die gute Frau des Reverends nach Hause gereist, um bis zur Geburt ihres ersten Kindes bei ihren Eltern zu bleiben. Wie steht's mit Dir, hast Du Nachricht von Fanny oder von den Leuten, die Unsere-Jane und Keith haben?

Nein, kein einziges Wort! Und da war also Pa, setzte munter noch mehr Kinder in die Welt, wo er sich doch wünschen müßte, nie mehr eines zu sehen! Nicht nach allem, was er verbrochen hatte! Das Gefühl, daß Pa Schlechtes tun könne und nie bestraft würde, wenigstens nicht genug, tat weh! Die Erinnerung an meinen kleinen Bruder und meine kleine Schwester, die für mich so lebensnotwendig gewesen waren, wurde immer schwächer, und das tat mir weh. Mein Herz spürte nicht mehr die quälende Angst, sie zu verlieren – und das durfte ich nicht zulassen! Troy erzählte mir, er habe Kontakt zu seiner Anwaltskanzlei in Chicago aufgenommen, und diese würden bald mit ihren Nachforschungen beginnen. Ich mußte meinen brennenden Zorn am Leben halten, ihn immer wieder anstacheln und der Zeit nie gestatten, die Wunden, die Pa geschlagen hatte, zu heilen. Wieder vereint, alle fünf Casteel-Kinder unter einem Dach – das war mein Ziel.

Als ich endlich den Mut fand, Logans Nummer zu wählen, klang seine Stimme, wie ich schon befürchtet hatte, längst nicht so warm und teilnahmsvoll wie zu der Zeit, als er mich noch liebte. »Ich bin froh über deinen Anruf, Heaven«, meinte er kühl und distanziert. »Ich würde mich gern mit dir diesen Samstag treffen, aber es wird nur kurz möglich sein, denn bis nächste Woche muß ich eine große Arbeit abliefern.«

Schande über ihn, doppelt Schande über ihn! Der kühle Tonfall in seiner Stimme hatte mich gekränkt, es war derselbe, den seine Mutter immer hatte, wenn sie mich unglücklicherweise mit ihrem einzigen, herzallerliebsten Sohn ertappte. Loretta Stonewall haßte mich und hatte nur schwach versucht, ihre Mißbilligung über die liebevolle Beschäftigung ihres Sohnes mit Hillbilly-Pack zu verbergen. Sogar ihr Mann war ihrem Beispiel gefolgt, obwohl er einige Male über die offensichtliche Feindseligkeit seiner Frau entsetzt gewesen war. Aber ich würde Logan an diesem Nachmittag treffen, egal wie kühl er geklungen hatte. Zwei Stunden brauchte ich, um mich fertigzumachen – ich mußte einfach Spitze aussehen.

Mein Taxi kam, und Tony stand am Haupteingang und

winkte, während ich auf einen der Lieblingstreffpunkte der Jungs von B. U. zusteuerte, das Boar's Head Café.

Alle möglichen Schwierigkeiten auf der Suche nach Logan hatte ich mir überlegt, sogar, daß er so tun würde, als ob er mich nicht wiedererkennen oder überhaupt nicht kennen würde. Denn ich hatte nichts unternommen, um auch nur annähernd so schäbig auszusehen wie das Mädchen aus den Bergen, für das ich mich geschämt hatte. Und dann bemerkte ich Logan, der am Fenster des Cafés saß. Er scherzte und unterhielt sich intensiv mit einem hübschen Mädchen, das ihm gegenübersaß. Diese Möglichkeit war mir nie in den Sinn gekommen, zumindest nicht ernsthaft, daß er nämlich noch eine andere mit ernsten Absichten treffen könnte. Da stand ich also, während der Schnee leise fiel, und wußte nicht, was ich jetzt tun sollte. Der Oktober war gekommen und vergangen, und jetzt hatten wir Mitte November. Wie schön wäre es gewesen, Logan nach Farthinggale Manor einzuladen. Vor einem gemütlichen Kaminfeuer hätten dann Logan und Tony die Gelegenheit gehabt, einander kennenzulernen. Nachdenklich seufzte ich über alle meine Wünsche, die offensichtlich nie wahr würden. Und dann, ich traute meinen Augen nicht, beugte sich Logan über den Tisch und berührte mit seinen Lippen leicht das Gesicht des Mädchens! Das Ganze endete in einem richtigen Kuß, einer, der dauerte und dauerte. Er küßte sie so, wie er mich nie geküßt hatte! Ich haßte ihn! Ich haßte sie! Schande über dich, Logan Stonewall! Du bist nicht anders als irgendein x-beliebiger Kerl!

Ich drehte mich auf dem Absatz um und dachte nicht daran, daß frisch gefallener Schnee so rutschig sein könnte. Und bumms! lag ich da, platt auf dem Rücken. Hilflos zappelte ich, starrte zum Himmel hinauf und war total verblüfft, daß ich mich so ungeschickt hatte verhalten können. Mir tat nichts weh. Ich wies jeden zurück, der mir aufhelfen wollte – bis Logan aus dem Café rannte. Seine ersten Worte bewiesen, daß er mich diesmal erkannte. »Mein Gott, Heaven, wieso liegst du denn da auf dem Rücken?«

Ohne um Erlaubnis zu fragen, schob er seine Hände unter meine Achseln und zog mich in die Höhe. Ich strauchelte, während ich Fuß zu fassen suchte, und das zwang mich, mich an ihm festzuhalten. Seine Augen funkelten amüsiert. »Wenn du das nächste Mal Stiefel kaufst, würde ich an deiner Stelle solche mit niedrigeren Absätzen probieren.«

Das Mädchen im Café starrte mit ärgerlichen Augen heraus.

»Hallo, Fremder«, begrüßte ich ihn mit heiserer, tiefer Stimme und versuchte, meine Verlegenheit zu verbergen. Da ich meinen Halt wiedergefunden hatte, ließ ich ihn los und bürstete dann den Schnee von meinem Mantel. Ich warf ihm einen ärgerlichen Blick zu, der getroffen hätte, wenn Blicke töten könnten. »Ich habe dich im Café beobachtet, wie du das Mädchen geküßt hast, das zu uns äußerst erbost herausstarrt. Gehörst du denn jetzt ihr?«

Wenigstens war er anständig genug, rot zu werden. »Sie bedeutet mir nichts, nur eine Art, den Samstag nachmittag zu verbringen.«

»Tatsächlich«, antwortete ich so eisig wie möglich. »Ich bin sicher, du würdest nicht so verständnisvoll sein, wenn du mich in derselben Situation erwischen würdest.«

Er wurde noch röter. »Warum mußt du das erwähnen? Außerdem war da mehr als nur ein paar Küsse zwischen dir und diesem Cal Dennison!« schrie er beinahe.

»Ja, so war's«, gab ich zu. »Aber du würdest ja nie verstehen, wie's dazu kam, sogar wenn du großzügig genug wärest, mir eine Gelegenheit zum Erklären zu geben.«

Wie er so im Schnee dastand, der jetzt dichter zu fallen schien, wirkte er sehr stark, sein Kinn war kräftig und ausgeprägt. Sein klares, gutgeschnittenes Gesicht veranlaßte viele weibliche Passanten, einen Moment innezuhalten und ihn zweimal anzusehen... und er sah mich so desinteressiert an wie ein Fremder!

Der eisige Wind blies um die Häuserecken, pfiff kräftig am Boden entlang und ließ Logans Haare wild durcheinanderwehen. Meine eigenen wurden nach vorne geblasen, und ich entdeckte, daß ich schnell und heftig atmete. Ich wünschte mir nichts mehr, als seine Zuneigung wiederzugewinnen. Die unmittelbare Nähe, seine Kraft und sein gutes Wesen machten mir klar, wie sehr ich ihn brauchte. Bitter sehnte ich mich danach, seine Liebe, seine Wärme und Fürsorge wieder zu besitzen.

»Heaven, es war lieb von dir, mich anzurufen. Ich selbst hätte das am liebsten jedesmal getan, wenn ich an dich dachte. Einmal fuhr ich an Farthinggale Manor vorbei, nur am Tor, aber es hat mich so beeindruckt, daß ich den Mut verlor und wieder umdrehte.«

Dann sah er mich an, sah mich wirklich an. Ungläubig blickten seine Augen, einen kurzen Augenblick sogar erfreut. »Du siehst so anders aus«, sagte er und machte eine Bewegung, als ob er mich umarmen wollte. Doch dann ließ er die Arme sinken, und seine Hände fanden ihren Weg in seine Taschen, als ob sie einen sicheren, endgültigen Hafen gefunden hätten.

»Hoffentlich ist's besser so.«

Er musterte mich so mißbilligend, daß ich leicht zu zittern anfing. Was hatte ich falsch gemacht?

»Du siehst so reich aus, zu reich«, antwortete er langsam. »Du hast deine Haare verändert, und du schminkst dich.«

Was war bloß los mit ihm? Keine meiner »Verbesserungen« schien ihn glücklich zu machen. »Du siehst aus wie eines der Mannequins auf Illustriertentiteln.«

Und das sollte falsch sein? Ich versuchte zu lächeln. »Ach, Logan, ich muß dir so viel erzählen! Du siehst toll aus!«

Der Schnee fing an, mein Gesicht einzufrieren. Aufgeplusterte weiße Tupfen fingen sich in seinen und meinen Haaren und berührten kalt meine Nasenspitze. »Gibt's keinen Platz, wo wir sitzen und reden können, wo's bequem und warm ist? Vielleicht starrst du mich dann auch nicht mehr so an wie jetzt.«

Ich fuhr fort, Beiläufiges zu reden, während er mich ins

Café zu einem Tisch führte, wo wir heiße Schokolade bestellten. Ich bemerkte, daß das Mädchen, mit dem er zusammengewesen war, uns noch immer anstarrte. Aber ich ignorierte sie, und Logan ebenfalls.

Er musterte meinen Pelzmantel, bemerkte, daß ich Goldketten um den Hals trug, und sah die Ringe an meinen Fingern, als ich meine feinen Lederhandschuhe auszog.

Ich versuchte ein Lächeln. »Logan«, fing ich mit gesenkten Augen an und beschloß, meine Erwartungen nicht zurückzuschrauben, »können wir nicht Vergangenes vergangen sein lassen und ganz von vorne anfangen?«

Er zögerte mit der Antwort, als ob er mit sich kämpfen würde, um sich von irgendeinem Entschluß aus der Vergangenheit zu befreien. Jede Sekunde, die ich mit ihm verbrachte, brachte mir lebhaft in Erinnerung, wie schön unsere Jugend gewesen war, weil wir einander gehabt hatten. Ach, wenn ich nur Cal Dennison nie gestattet hätte, mich zu berühren. Wenn ich nur stärker, klüger und erfahrener bezüglich Männern und ihrer körperlichen Bedürfnisse gewesen wäre! Vielleicht hätte ich mir dann einen älteren Mann, der im Grunde ein Schwächling war, vom Leibe halten können. Es war falsch von ihm gewesen, aus der Dummheit eines jungen Hillbillys seinen Vorteil zu ziehen.

»Ich weiß nicht«, sagte Logan endlich langsam und zögernd. »Ich muß immer daran denken, wie leicht du mich und unsere gegenseitigen Versprechungen vergessen hast, als du außer Sichtweite warst.«

»Bitte versuch es doch zu vergessen!« bat ich ihn. »Zu diesem Zeitpunkt hatte ich doch keine Ahnung, wo ich hineintappte! Es geriet mir alles außer Kontrolle.«

Sein störrisches Kinn verspannte sich. »Wenn ich dich so anschaue, wie du heute bist, mit teuren Juwelen und diesem Pelz, wirkst du irgendwie nicht mehr wie das Mädchen, das ich kannte. Ich weiß nicht, wie ich jetzt zu dir eine Beziehung aufbauen soll, Heaven. Du bist jetzt jemand, der nichts und niemanden wirklich braucht.«

Mein Herz zog sich zusammen. Was er sah, war doch nur oberflächliches Selbstvertrauen auf Grund teurer Kleidung und Schmuck. Ein Kratzer an der Oberfläche, und das verwahrloste Casteel-Mädchen würde immer noch da sein. Aber plötzlich dämmerte es mir, worauf er tatsächlich anspielte.

Als armes Wesen hatte er mich lieber gemocht! Meine Verletzbarkeit, meine Armut, meine häßliche, verwaschene Kleidung und die schäbigen Schuhe hatten ihn angezogen! Die Energie, von der ich immer geglaubt hatte, er würde sie am meisten an mir bewundern, hatte jetzt keine Bedeutung mehr für ihn! Ich fixierte seinen tiefbraunen Pullover, und aus irgendeinem Grund fragte ich mich, ob er noch immer diese scheußliche rote Strickmütze hatte, die ich einmal für ihn gemacht hatte. Ich spürte, wie mir wieder alles außer Kontrolle geriet, aber trotzdem konnte ich nicht so leicht aufgeben. »Logan«, fing ich wieder an, »ich lebe jetzt bei der echten Mutter meiner Mutter. Ich hatte keine Ahnung, daß Großmütter in mittleren Jahren so jung aussehen können und nicht nur hübsch, sondern einfach umwerfend!«

»Diese Großmutter lebt in einer anderen Welt als die, die du in den Willies kanntest.« Wie schnell er sich doch seine Meinung bildete, als ob er nie an etwas oder jemandem Zweifel hatte. Dann endlich griff er nach seiner Tasse und nippte daran. »Und wie sehr magst du deinen Großvater?« fragte er. »Ist er auch so jung und gutaussehend?«

Ich versuchte, seinen Sarkasmus zu ignorieren. »Tony Tatterton ist nicht mein echter Großvater, Logan, sondern der zweite Mann meiner Großmutter. Der Vater meiner Mutter starb vor zwei Jahren. Schade, daß ich nie Gelegenheit hatte, ihn kennenzulernen.«

Seine tiefblauen Augen blickten abwesend auf einen Punkt hinter meinem Kopf. »Eines Tages, Mitte September, sah ich dich draußen beim Einkaufen mit einem älteren Mann, der dich am Ellbogen hielt und führte, wohin er dich haben wollte. Ich wollte dir so gern zurufen und sagen, daß ich da sei, aber ich konnte es nicht. Benommen folgte ich euch eine

Weile und beobachtete durch die Schaufenster, wie du endlos verschiedene Kleidungsstücke probiertest und sie diesem Mann vorgeführt hast. Es verblüffte mich, wie sehr deine Kleidung dein Äußeres veränderte. Und nicht nur das, ich war perplex, wie sehr es dich von innen heraus veränderte. Jedes neue Stück, das er dir kaufte, zauberte Lachen, Lächeln und eine Art von Glück auf dein Gesicht, wie ich es nie vorher gesehen hatte. Heaven, ich hatte keine Ahnung, daß dieser jung aussehende Mann dein Großvater sein könnte! Eifersucht war alles, was ich empfinden konnte. Als ich dich liebte und Pläne für unsere Zukunft schmiedete, wollte ich derjenige sein, der deine Augen und dein Gesicht freudig aufleuchten lassen würde.«

»Aber ich brauchte doch die warmen Mäntel, die Stiefel und Schuhe, die er mir gekauft hat. Und meine Pelzmäntel sind aus zweiter Hand. Jillian, die Kleidung und alles übrige schnell satt hat, gab sie mir. Ich habe nicht so viel, wie du glaubst. Und so toll ist's auch nicht in Farthinggale Manor, meine Großmutter spricht kaum ein Wort mit mir!«

Logan kam näher und nagelte mich mit seinem harten, starren Blick fest. »Aber der Stief-Großvater ist hocherfreut, dich in der Nähe zu haben, nicht wahr? Das verriet mir schon sein Benehmen an dem Tag, als ich euch beide einkaufen sah. Er hat sich über diese neue Kleidung genauso gefreut wie du!«

Die Art, wie er mich ansah, so ungeheuer eifersüchtig, alarmierte mich. »Paß auf ihn auf, Heaven. Denk dran, was passiert ist, als du mit Kitty Dennison und ihrem Mann in Candlewick gelebt hast – es könnte wieder passieren!«

Ich merkte, wie meine Augen aus Schmerz über seinen Überraschungsangriff riesengroß wurden. Wie konnte er nur so etwas denken? Tony glich nicht im entferntesten Cal! Tony brauchte mich nicht als Begleitung, während seine Frau bis spät in die Nacht hinein arbeitete. Tony führte ein reiches, ausgefülltes Leben, voller Ferien, Geschäften und Hunderten von Freunden, die ihn und Jillian gerne unterhielten. Trotzdem war ich überzeugt, Logan würde mir nicht glauben, selbst wenn ich ihm diese Tatsachen auseinandersetzte. Ich schüttelte den Kopf und wies erbost seine Vermutungen zurück. Ich war enttäuscht, daß er nicht vergeben und vergessen konnte und mir nicht mehr vertraute.

»Hörst du noch von ihm?« platzte er heraus.

»Von wem?« fragte ich verblüfft und wußte nicht, wen er meinte.

»Cal Dennison!«

»Nein!« schrie ich ihn an. »Seit dem Tag, als ich Winnerow verließ, habe ich nichts mehr von ihm gehört! Er weiß nicht einmal, wo ich bin. Ich will ihn nie wieder sehen!«

»Ich bin überzeugt, er wird herausfinden, wo du bist«, sagte Logan tonlos. Er trank seinen Kakao aus und setzte die Tasse mit einem lauten Knall auf die Untertasse zurück. »Es war nett, dich wiederzusehen, Heaven, und zu erfahren, daß du jetzt alles hast, was du wolltest. Es tut mir leid, daß dein echter Großvater starb, ehe du ihn kanntest, und ich freue mich, daß du deinen Stief-Großvater so magst. Ich muß gestehen, in deiner tollen Kleidung und dem Pelz siehst du wunderschön aus, aber du bist nicht mehr das Mädchen, in das ich mich verliebte. Dieses Mädchen ging in Candlewick drauf!«

Ich war sprachlos, getroffen und tief verletzt, so tief, daß ich mich tödlich verwundet fühlte. Mein Mund stand offen, und ich wollte Logan anflehen, mir doch noch eine weitere Chance zu geben. Heiße Tränen schossen mir in die Augen und machten mich blind. Verzweifelt versuchte ich, die richtigen Worte zu finden, aber er hatte sich schon abgewandt und ging auf das Mädchen zu, das noch immer am Fenstertisch auf ihn wartete. Ohne sich ein einziges Mal umzuschauen, setzte er sich zu ihr. Alle Mühe, die ich in der Hoffnung, ihn zu beeindrucken, in die Vorbereitung für dieses Rendezvous gesteckt hatte, war völlig verschwendet. Ich hätte in meinen Lumpen kommen sollen, mit langen, zerzausten Haaren, mit Schatten unter den Augen, die hohl vor Hunger dreinschauten – dann hätte er vielleicht mehr Mitgefühl gezeigt.

Die Wahrheit war: Logan hatte mich nie richtig geliebt! Er hatte nur mit einem hergelaufenen Wesen aus den Bergen Mitleid gehabt und wollte mich als Beschützer mit seiner überreichen Großzügigkeit überschütten! Er hatte mich als Fall für die Nächstenliebe angesehen!

Rasch drehte ich mich um, rannte auf die Straße und winkte ein Taxi heran.

Lebwohl, Logan, murmelte ich schluchzend vor mich hin, als das Taxi losfuhr. Es war ein zärtliches und süßes Gefühl, als ich dachte, du würdest mich wegen meiner selbst lieben, aber von heute an werde ich keinen Gedanken mehr an dich verschwenden!

Du hast es sogar fertiggebracht, daß ich mich wegen Troy schuldig fühle, dabei hast du keine Ahnung von ihm. Lieber, wunderbarer, begabter, hübscher Troy, der ganz anders war als Cal Dennison, der mich nie erregt hatte!

8. KAPITEL
VERSPRECHUNGEN

Als mein Taxi unter den eindrucksvollen schweren Toren von Farthinggale Manor hindurchfuhr, weinte ich noch immer heiße Tränen. Tränen, die meine Stimme so erschütterten, daß ich dem Fahrer nur mühsam erklären konnte, wo er abbiegen mußte, um zur kleinen Hütte zu kommen. Ich hoffte, Troy würde dort sein.

Ich war auf dem Weg zu dem einzigen Freund, der mir noch geblieben war, fast blind vor Tränen und innerlich so aufgewühlt, als ob jeder bisherige Verlust in meinem Leben wiedererlitten und der Schmerz aus allen Ecken zusammenströmen würde. Immer hatte ein kleiner, aber zuversichtlicher Teil in mir daran geglaubt, daß Logan mir ganz zu Recht für immer gehören und ich ihn deshalb auch irgendwie zurückgewinnen würde. Nichts dauerte ewig, auf nichts gab's ein Anrecht! So schrie meine enttäuschte Seele. Nichts!

»Zwölf Dollar und fünfzig Cents«, sagte der Taxifahrer und wartete ungeduldig, während ich mir die Augen abtupfte und versuchte, den exakten Betrag abzuzählen. Ich hatte aber nur eine Zwanzig-Dollar-Note. Diese steckte ich ihm trotzdem in die Hand und verließ schnell den warmen Rücksitz.

»Behalten Sie den Rest«, krächzte ich heiser.

Schneeflocken, scharf wie feine eisige Nadeln, schlugen mir ins Gesicht. Der Wind heulte und zerrte an meinen Haaren, während ich blindlings auf die Hütte zurannte. Ohne Troys Privatsphäre zu beachten, versuchte ich angestrengt, die Türe zu öffnen, aber ich hatte den Wind im Rücken, und das machte es schwierig. Als ich sie endlich offen hatte und hineingehen konnte, schlug der Wind die Türe hinter mir mit einem lauten Knall zu.

Bei diesem Geräusch kehrte ich in die Realität zurück, lehnte mich mit dem Rücken gegen die Tür und versuchte, meine Emotionen wenigstens einigermaßen unter Kontrolle zu bringen.

»Wer ist da?« rief Troy aus einem anderen Zimmer, worauf er im Türrahmen seines Schlafzimmers auftauchte. Seinen nackten Körper hatte er nur mit einem Handtuch bedeckt, das er sich um die Hüften geschlungen hatte, und das Wasser lief ihm noch über die Haut. Seine dunklen Haare waren naß und wirr.

»Heaven!« rief er aus, seine Augen blickten verwundert wegen meines plötzlichen und dramatischen Erscheinens. Er hob das Handtuch in seiner Hand und rubbelte sich kräftig die Haare. »Komm rein, setz dich, mach dir's bequem, und gib mir noch eine Minute, um etwas anzuziehen.«

Kein Wort darüber, daß er mich nicht brauchen könne, auch kein Tadel wegen meines Besuchs ohne ausdrückliche Einladung – nur ein verwirrtes Lächeln seinerseits, bevor er sich umdrehte und verschwand. Verzweiflung machte meine Beine schwer, sie fühlten sich wie angenagelt an den Fußboden. Ich wußte, ich übertrieb in dieser Angelegenheit, aber trotzdem konnte ich meine Atmung nicht genug beherrschen, um das stoßweise Schluchzen zu unterdrücken, das klang, als ob es von jemand ganz anderem käme. Immer noch lehnte ich mich gegen die Tür, die Arme nach hinten gepreßt, während sich meine Finger auf der Suche nach einem Halt ins Holz krallten. Dann kam Troy mit großen Schritten aus seinem Zimmer, komplett angezogen mit seiner weißen Seidenbluse und einer engen, schwarzen Hose. Seine Haare, immer noch ein bißchen feucht, rahmten in schimmernden Wellen sein Gesicht ein. Im Vergleich zu Logans rötlichem, tiefbraunem Teint wirkte Troy außergewöhnlich blaß.

Ohne Worte kam er in meine Richtung, nahm zärtlich meine Hände, zog mich von der Tür weg und nahm mir die

Handtasche von der Schulter, bevor er mir den nassen, schweren Pelzmantel auszog.

»Gut, gut«, beruhigte er mich, »nichts kann doch so schlimm sein, oder? An einem wunderschönen Wintertag wie heute, wenn der Wind heult und einem rät, besser drinnen zu bleiben, gibt's doch nichts Gemütlicheres als ein knisterndes Kaminfeuer, ein gutes Essen und angenehme Gesellschaft.« Er setzte mich in einen Stuhl, den er ans Feuer zog, dann kniete er sich hin, um meine Stiefel auszuziehen, und rubbelte mit seinen Händen meine kalten Füße in den Nylonstrümpfen wieder warm.

Ich war so erschöpft, daß ich mich mit weit aufgerissenen Augen in den Stuhl sinken ließ, während die Tränen langsam nachließen. Der Stein auf meiner Brust hatte etwas von seinem schrecklichen Gewicht verloren, und es tat weniger weh. Erst dann konnte ich mich umsehen. Keine Lampen brannten, nur der milde Feuerschein warf Flecken aus flackerndem Licht und Schatten auf die Wände. Und während ich mich umsah, blieb Troy knien und blickte zu mir hoch, wobei er ein Sitzkissen heranzog. Er hob meine Beine hoch und legte meine Füße darauf, bevor er mich bis zur Taille mit einer leuchtenden afghanischen Wolldecke zudeckte. »Jetzt ist Essenszeit«, meinte er mit einem aufmunternden Lächeln, während er mir zusah, wie ich die letzte Träne mit einem lächerlich kleinen Taschentuch trocknete. Jedes Papiertaschentuch in meiner Handtasche war bereits benutzt worden. »Kaffee, Tee, Wein oder heiße Schokolade?«

Das Wort heiße Schokolade trieb mir sofort wieder neue Tränen in die Augen. Alarmiert schlug er schnell vor: »Ein bißchen Cognac, um dich zuerst aufzuwärmen, anschließend heißen Tee – wie wär's damit?«

Ohne auf meine zustimmende Antwort zu warten, stand er auf, ging auf die Küche zu und hielt nur einen Moment inne, um die Stereoanlage einzuschalten. Leise, klassische Musik erfüllte sein halbdunkles Zimmer, das vom Feuerschein erleuchtet wurde. Eine knappe Sekunde hörte ich innerlich den lauten Krach von Kittys geliebter Country-Musik, und ich zitterte.

Aber dies hier war eine andere Welt, Troys Welt, wo die Realität weit außerhalb der eisernen Tore lag und hier, sicher, behaglich und warm, nur Schönheit und Freundlichkeit und das leichte Aroma von frisch gebackenem Brot zu spüren war. Ich schloß die Augen, und Gedanken an Tony kamen mir in den Sinn. Draußen war es fast schon dunkel, er würde mit einem häufigen Blick auf die Uhr hin und her gehen und auf meine Rückkehr warten. Ganz sicher wäre er ärgerlich, weil ich mein Wort gebrochen hatte. Und dann verjagte der Schlaf wie ein Segen Tony und alle Verzweiflung. Minuten mußten vergangen sein, ehe ich Troys Stimme hörte. »Komm, wach auf und trink den Cognac«, sagte er. Obwohl meine Augen geschlossen blieben, öffneten sich meine Lippen folgsam. Die warme Flüssigkeit brannte auf dem Weg zu meinem Magen, ich fing an zu husten und setzte mich verblüfft von dem Geschmack des Getränks, das ich nie zuvor probiert hatte, auf.

»Das reicht jetzt«, meinte er, wobei er das Gläschen fortzog. Er lächelte, als ob ihn meine Reaktion auf einen winzigen Schluck amüsierte. »Ist nicht mit Gebirgsschnaps zu vergleichen, das wolltest du mir doch sagen?«

»Den habe ich nie probiert«, flüsterte ich rauh, »und ich möchte es auch nicht.« Pas kräftiges, brutales und gut aussehendes Gesicht schoß mir durch den Kopf. Eines Tages, eines Tages würden wir einander wieder begegnen, eines Tages, wenn ich ebenso grausam sein konnte, wie er es jetzt verstand.

»Du bleibst hier sitzen, döst ein bißchen und läßt mich das Abendessen herrichten. Dann kannst du mir ja verraten, was dich mit Tränen in den Augen hierhergebracht hat.«

Ich öffnete den Mund, aber er legte den Zeigefinger auf seine Lippen und ließ damit alles verstummen, was ich sagen wollte.

»Später.«

Ich sah zu, wie er das frische Brot schnitt und schnell die Sandwiches mit geschickten Händen vorbereitete, dieselben

Hände, die seine ganze Hausarbeit mühelos und erfreulich wirken ließ.

Über meinen Schoß legte er ein Tablett und darauf ein mit einer Serviette bedecktes Silbertablett mit Sandwiches und Tee. Er selbst setzte sich mit gekreuzten Beinen vors Feuer. Wir saßen jetzt schweigend da und fühlten uns wohl, während mich ab und zu seine Blicke trafen, um zu beobachten, daß ich auch aß und trank und nicht wieder in diesen Zustand schläfriger Betäubung glitt, der meinen Körper schon wieder überfallen wollte.

Ich fing an, an seinen Sandwiches herumzunagen und hatte, ehe ich mich's versah, alle verspeist und seine dampfende heiße Teetasse leergetrunken. Darüber lächelte er mich wohlgefällig an, ich hatte drei Sandwiches gegessen, und er nur eins.

»Noch eins?« fragte er und war schon drauf und dran aufzustehen und wieder in die Küche zu gehen.

Kopfschüttelnd lehnte ich mich zurück. »Es reicht. Ich hatte keine Ahnung, daß Sandwiches so sättigen können.«

»Eine Kunst, wenn man sich genug Mühe gibt. Wie wär's mit einem Nachtisch, ein Stück selbstgebackener Cremekuchen?«

»Von dir?«

»Nein, Torten oder Kuchen backe ich nie, aber Rye Whiskey schickt mir immer ein riesiges Stück Kuchen, wenn er bäckt. Es reicht für uns beide.«

Aber ich war satt. Kopfschüttelnd lehnte ich den Kuchen ab, obwohl ich bei dem Stück, das er abschnitt, meine Entscheidung irgendwie bereits bedauerte. Aber ich hatte gelernt, daß Troy nie etwas doppelt anbot. Er gab einem nur eine Gelegenheit, anzunehmen oder es zu vergessen.

»Es tut mir leid, daß ich so zu dir hereingeplatzt bin«, murmelte ich bereits wieder schläfrig. »Ich sollte ganz schnell nach Farthy zurückgehen, bevor Tony böse über mich wird.«

»Er wird nicht annehmen, daß du während eines solchen Schneesturms fährst. Er wird denken, du hast dich in irgendeine Hotelhalle verkrochen und wirst bei der erstbesten Gelegenheit nach Hause kommen. Aber du könntest ihn anrufen und seine Sorgen beruhigen.«

Aber das Telephon gab keinen Laut von sich, als ich den Hörer abhob, die Leitungen waren tot.

»Ist schon gut, Heaven, mein Bruder ist kein Narr, er wird Verständnis haben.«

Er ließ seine Augen über mein Gesicht wandern und bemerkte vielleicht meine emotionale Müdigkeit. »Möchtest du darüber sprechen?«

Nein, ich hatte keine Lust, über Logans Zurückweisung zu reden, das tat viel zu weh. Gegen meinen Willen und meine Absicht, meinen Schmerz von ihm fernzuhalten, platzte meine Zunge trotzdem die ganze Geschichte heraus: Wie ich einmal Logan an einem entscheidenden Punkt betrogen hatte und wie er mir jetzt nicht dafür verzeihen konnte. »...und was fast genauso schlimm ist, jetzt ist er wütend darüber, daß ich nicht mehr arm und bemitleidenswert bin.«

Er stand auf, um unsere Teller in seine Spülmaschine zu stecken. Dann setzte er sich wieder auf den Boden, den er offensichtlich seinem bequemen Sofa und den Stühlen vorzog. Der Länge nach streckte er sich rücklings auf dem kuschligen, dicken Teppich aus und verschränkte die Hände hinterm Kopf, ehe er gedankenvoll sagte: »Ich bin überzeugt, Logan wird schon bald seine heutigen Worte bereuen, und du wirst wieder von ihm hören. Ihr seid beide noch sehr jung.«

»Ich möchte nie mehr einen Ton von ihm hören.« Schluchzend versuchte ich, meine Tränen zu verbergen. »Mit Logan Stonewall bin ich fertig, ein für allemal!«

Wieder spielte ein leises Lächeln um seine wunderschön geschnittenen Lippen. Erst als sein Lächeln verschwand, drehte er den Kopf von mir weg. »Es ist lieb, daß du vorbeikamst, um den Schneesturm mit mir zu teilen, egal aus welchem Grund. Ich werde Tony nichts verraten.«

»Warum will er nicht, daß ich hierherkomme?« fragte ich, nicht zum ersten Mal.

Einen kurzen Augenblick schienen Schatten seine Miene zu verdüstern. »Anfangs, als ich dich zum ersten Mal traf, wollte ich nicht in dein Leben verwickelt werden. Jetzt, da ich dich besser kenne, fühle ich mich zur Hilfe verpflichtet. Wenn ich mich nachts zum Schlafen hinlege, verfolgen mich deine Augen. Wie kann ein sechzehnjähriges Mädchen nur so ausdrucksvolle Augen haben?«

»Ich bin nicht sechzehn!« platzte ich mit rauher, abgerissener Stimme heraus. »Ich bin schon siebzehn – aber du darfst Tony das nicht erzählen.« In dem Moment, als ich es ausgesprochen hatte, bedauerte ich's schon. Er war Tony Loyalität schuldig, nicht mir.

»Warum um alles in der Welt solltest du wegen etwas so Unwichtigem wie ein Jahr lügen? Sechzehn, siebzehn, wo liegt da der Unterschied?«

»Am zweiundzwanzigsten Februar nächsten Jahres werde ich achtzehn«, verteidigte ich mich. »In den Bergen sind achtzehnjährige Mädchen normalerweise schon verheiratet und haben Kinder.« Dieses Bekenntnis brachte ihn dazu, in meine Richtung zu schauen. »Ich bin froh, daß du nicht mehr in den Bergen lebst. Und jetzt erzähl mir, warum du Tony gesagt hast, du seist sechzehn.«

»Ich weiß auch nicht, warum ich es tat. Ich wollte meine Mutter einfach davor beschützen, töricht und unüberlegt zu wirken, weil sie meinen Vater geheiratet hat, den sie erst ein paar Stunden, bevor sie seinem Heiratsvorschlag zustimmte, gekannt haben muß. Granny sprach immer von Liebe auf den ersten Blick, was ich nicht verstand und immer noch nicht verstehen kann. Wie konnte ein Mädchen aus einer reichen und prominenten Familie, mit so einem kultivierten Hintergrund, auf einen Mann wie meinen Vater hereinfallen.«

Troys Augen wirkten wie tiefe Waldseen. Man konnte sich darin fallenlassen.

Seine Großvater-Uhr begann acht zu schlagen, und der Schneesturm hielt noch immer an. Eine Spieldose, die ebenfalls eine Uhr gewesen sein mußte, fing an, eine bezaubernde

Melodie zu spielen, während nacheinander zierliche Figuren aus einer kleinen Tür herauskamen. »So eine Uhr habe ich noch nie gesehen.«

»Ich besitze eine Sammlung antiker Uhren«, murmelte Troy abwesend, wobei er sich zur Seite drehte, um mich mit stillem Verständnis betrachten zu können.

»Ich habe schon viel zuviel von deiner Zeit gestohlen. Jetzt muß ich nach Hause, damit Tony wenigstens nicht allzu viele Fragen stellt.«

In Wirklichkeit erwartete ich seinen Protest, daß es unmöglich wäre zu gehen, aber diesmal stand er auf und lächelte mich an. »Nun gut. Es gibt einen Weg, von dem ich eigentlich nicht wollte, daß du ihn kennst. Hier herrscht ein rauhes Klima, und als sich Farthy mit den Stallungen und Scheunen ringsherum ausdehnte, dachten meine praktischen Vorfahren auch an den starken Schneefall. Sie ließen zu den Ställen und Scheunen Tunnels graben, um sich um die Pferde und die anderen Tiere kümmern zu können. Vor langer Zeit befand sich anstelle dieser Hütte eine Scheune mit tiefem Keller – eine Tatsache, die auch jetzt noch dieser Hütte bei unwirtlichem Wetter Zugang zum Haupthaus verschafft. Ich hätte dir das schon früher erzählen können, aber ich wollte, daß du bleibst und mir Gesellschaft leistest.« Seine Augen glitten von meinem Gesicht und wurden leicht abwesend. »Es ist sehr seltsam, wie wohl ich mich in deiner Gegenwart fühle, da du doch fast noch ein Kind bist.« Wieder fixierten mich seine durchdringenden Augen. »Wenn du in den Keller von Farthy gehst und die westliche Tür, die grün gestrichen ist, benützt, bringt dich der Tunnel zum Keller unter dieser Hütte. Die übrigen Türen, blau, rot und gelb, bringen dich nirgends hin, denn Tony hat diese Tunnels zuschütten lassen. Er dachte, daß zu viele – wenn auch noch so geheime – Zugänge Farthy für Diebe anfällig machen würden.«

Aus seinem Gästezimmer brachte er meinen Mantel und die Stiefel. Er hielt mir den Mantel, während ich in die Ärmel schlüpfte, und als er mir den Pelz sachte auf die Schultern hatte gleiten lassen, verharrten seine Hände kurze Zeit auf mir. Er stand hinter mir, so daß ich seine Miene nicht lesen konnte. Als ich mich umdrehte, lächelte er, bevor er nach meiner Hand griff und mich zu einer Tür in seiner Küche führte. Diese ging zu einer tiefen, hölzernen Treppe, die uns beide in den feuchtkalten, riesigen Keller brachte. Und dann zeigte mir Troy die grüne Tür mit dem Torbogen. »Ich werde dich zum Haus begleiten«, meinte er, ging voran und hielt noch immer meine Hand. »Als kleiner Junge haben mich diese unterirdischen Tunnel immer erschreckt. Jedes Mal, wenn der Tunnel abbog, wartete ich auf Monster oder Geister, eben irgend etwas, was ich nicht sehen wollte.«

Sogar jetzt noch, als er voranging und mir mit seiner warmen Hand Sicherheit gab, verstand ich genau, was er meinte. Es erinnerte mich an einen Kohleschacht, den Tom und ich einmal trotz der Schilder »Gefahr! Betreten verboten!« betreten hatten.

Troy ließ meine Hand erst los, als wir am Ende des kalten Tunnels zu einer schmalen, hohen Treppe gekommen waren, die nach oben führte. »Du wirst im rückwärtigen Teil der Küche herauskommen«, flüsterte er. »Hör dich sorgfältig um, ehe du die Tür ganz oben öffnest. Denn Rye Whiskey arbeitet oft noch sehr spät.« Dann streichelte er meine Wange und fragte: »Wie wirst du's Tony erklären?«

»Keine Bange, ich bin eine gute Lügnerin, erinnerst du dich?« Und mit diesen Worten warf ich ihm meine Arme um den Nacken, aber ich küßte ihn nicht, ich preßte nur meine kalte Wange an seine. »Ohne dich wüßte ich nicht, was ich tun sollte.«

Einen kurzen, erregenden Augenblick lang drückte er mich fest an sich. »Denke nur die ganze Zeit daran, daß du Logan liebst und nicht mich.«

Ich rannte die Stufen hinauf, und den ganzen Weg tat es weh, weil er es für so wichtig gehalten hatte, mich zu warnen, Distanz zu bewahren. Was war bloß falsch an mir? Ich brauchte jemanden wie Troy, brauchte verzweifelt seine Sensibilität und sein Verständnis. Es gab Zeiten, an denen ich Tony in Erwägung zog, aber dann zwang ich mich rasch, seinen Charme und sein gutes Aussehen zu vergessen. Er war zu beherrschend, wie Pa.

Als ich den rückwärtigen Teil der riesigen Küche von Farthinggale Manor betrat, fing ich zu schnuppern an. Sogar zu dieser nächtlichen Stunde war Rye Whiskey da und bereitete das Essen vor, das am nächsten Tag serviert werden sollte. Er sang im Takt seiner Nudelrolle und der junge Schwarze, den er ausbildete, schlug hinter ihm mit Löffeln den Rhythmus. Auf Zehenspitzen schlich ich hinter die Küchentür und beschleunigte erst dort meine Schritte. Eine Stunde später lag ich in meinem Bett, starrte zum Fenster hinaus und lauschte dem Wind und meinem eigenen Herzschlag.

9. KAPITEL

Feiertage – einsame Tage

Bereits eine Woche vorher begannen die außergewöhnlichen Vorbereitungen für Thanksgiving. Zwischen Freitag und Montag hatte ich eine Woche lang Ferien. Oben, wo Jillian und Tony fürstlich residierten, schien alles ganz normal, aber drunten in der Küche trudelte allmählich ein solcher Berg von Lebensmitteln ein, daß mir vor Erstaunen fast die Luft wegblieb.

Frische Kürbisse, und gleich drei Stück, hatte man doch nur sechs Gäste zum Essen eingeladen! Aber mit Jillian und Tony, mit Troy und mir waren's zehn. Endlich, endlich schloß man Troy als gültiges Familienmitglied ein!

Thanksgiving brach an, strahlend, sonnig und eiskalt. Ich war so begeistert, daß Troy kam, daß ich mich alle Augenblicke beim Singen ertappte. Ich trug ein ganz besonderes, weinrotes Samtkleid, das Tony ausgesucht hatte. Es schmeichelte mir so sehr, daß ich alle paar Minuten in den Spiegel schaute, um mich selbst zu bewundern.

Troy kam als erster Gast, und ich rannte, um ihm anstelle von Curtis die Tür aufzumachen. Schließlich hatte ich intensiv das Labyrinth beobachtet. »Guten Tag, Mr. Tatterton, was für ein Vergnügen, Sie nach so langer Zeit als Gast an unserem Tisch begrüßen zu dürfen.«

Er starrte mich an, als ob er mich nie vorher gesehen hätte. Machte ein Kleid so viel aus? »Ich habe dich noch nie so hübsch wie in dieser Minute gesehen«, meinte er, während ich ihm seinen Mantel ausziehen half. Hinten in der großen Eingangshalle blickte Curtis ziemlich sarkastisch in unsere Richtung, aber was kümmerte das mich. Er war nur eine anwesende Figur, die höchst selten sprach.

Sorgfältig hängte ich seinen Mantel in einen Schrank und achtete darauf, daß die Schulternähte auch korrekt saßen. Dann drehte ich mich um und ergriff seine beiden Hände. »Ich bin so glücklich, daß du hier bist, es zerreißt mich fast. Jetzt muß ich wenigstens nicht mit sechs Gästen allein am Tisch sitzen, die ich noch nie getroffen habe.«

»Es werden nicht alles Fremde sein, einige hast du schon früher auf anderen Einladungen getroffen... und dann gibt's noch einen ganz besonderen Gast, der nur um dich zu treffen den weiten Weg von Texas hierher geflogen ist.«

»Wer denn?« fragte ich mit erstaunt aufgerissenen Augen.

»Jillians Mutter, die schon sechsundachtzig ist. Jillian wollte wohl die Stories, die sie über dich erzählt hatte, wieder reduzieren, und das machte deine Urgroßmutter so neugierig, daß sie anrief, um ihren Besuch trotz einer Hüftknochenfraktur anzukündigen.«

Er lächelte und zog mich auf ein Sofa im größten Salon. »Schau nicht so betroffen, sie ist ein zäher, alter Vogel und die einzige, die dir nicht eine Lüge nach der anderen auftischt.«

Vom ersten Moment an, als sie mit zwei Männern durch die Tür kam, die sie an beiden Seiten stützten, überwältigte sie mich. Sie war kaum größer als eineinhalb Meter, ein zierliches Bündel von einer alten Frau, deren Haare noch immer ziemlich golden schimmerten. An ihren krallenartigen Fingern trug sie vier riesige Ringe: Rubin, Smaragd, Saphir und Diamant. Ihre Edelsteine waren alle von Brillanten eingerahmt. Ein leuchtend blaues Kleid hing ihr lose von den Schultern, und ein schweres Saphir-Collier zierte ihren Nacken. »Ich hasse enge Kleidung«, meinte sie mit einem Blick auf mich und bewegte sich gebückt auf Troy zu.

Genausowenig konnte sie Krücken ausstehen, auf die man sich doch nicht verlassen konnte. Rollstühle waren ihr ein Greuel. Kissen, Stolen und Wolldecken wurden draußen vom Auto hereingebracht, und innerhalb von dreißig Minuten saß sie bequem. Erst dann richtete sie ihre scharfen, schmalen Augen auf mich.

»Hallo, Troy, es ist nett zu sehen, wie du dich verändert hast«, konstatierte sie, ohne auch nur zu ihm hinzusehen. »Aber ich bin nicht den ganzen Weg geflogen, um mit einer Familie zu reden, die ich schon kenne.« Wieder musterten mich ihre Augen eindringlich von Kopf bis Fuß. »Ja, Jillian hat recht, das ist Leighs Tochter. An dieser Augenfarbe gibt's keinen Zweifel – genau wie meine aussahen, bevor mir die Jahre den schönsten Teil meines Äußeren geraubt haben. Und diese Figur ist ganz wie Leighs, wenn sie sie nicht unter irgendeinem formlosen Sack versteckte. Ich begriff nie, wie sie bei solch miserablem Winterwetter so etwas anziehen konnte.« Ihre schmalen, von Falten umgebenen Augen verengten sich, als sie plötzlich fragte: »Warum ist meine Enkelin so jung gestorben?«

In dem Moment schwebte Jillian die Treppe herab, in ihrem weinroten Kleid sah sie umwerfend schön aus. Bis auf einen reich bestickten Halsausschnitt ähnelte es sehr dem meinen. »Liebe, liebe Mutter, wie schön dich wiederzusehen. Weißt du überhaupt, daß seit deinem letzten Besuch schon fünf Jahre vergangen sind?« – »Ich hatte auch nicht die Absicht noch einmal zu kommen«, antwortete Jana Jankins, während sie auf ihren Platz gebettet wurde. Troy war so lieb gewesen, mir ihren Namen zu verraten. Während ich Jillian und ihre Mutter beobachtete, konnte ich die feindselige Stimmung zwischen den beiden fast riechen.

»Mutter, als wir von deinem Besuch trotz deines gebrochenen Beines erfahren hatten, war Tony sehr aufmerksam und hat für dich einen wunderbar bequemen Stuhl besorgt, der einmal dem Präsidenten von Sidney Forestry gehört hat.«

»Glaubst du vielleicht, ich setze mich in einen Stuhl, den ein Killer von Bäumen benützt hat? Und jetzt vergiß dieses Thema, ich möchte mehr über dieses Mädchen hier wissen.« Und dann bombardierte sie mich schneller als ich antworten konnte mit Fragen: Wie hatte meine Mutter meinen Vater kennengelernt, wo hatten wir gewohnt, und ob mein Vater Geld gehabt hatte? Und ob es auch noch andere Familienmitglieder gäbe, die sie treffen könne.

Die Türklingel rettete mich vor noch mehr Lügen, Tony trat wie ein Dressman aus seinem Büro, und Thanksgiving begann trotz Jana, die es einfach nicht schaffte, jeden zu überschreien. Zu meinem Entsetzen bemerkte mich Jillian endlich, wie ich still und sittsam und so nahe wie möglich neben Troy saß. Jillians Augen weiteten sich. »Heaven, wenigstens hättest du mir nicht nachspionieren dürfen, welche Farbe ich bei unserer Einladung tragen würde.«

»Ich gehe und ziehe mich auf der Stelle um!« bot ich an und, obwohl ich dieses Kleid wirklich mochte, war ich drauf und dran, aufzuspringen, um mich so schnell wie möglich umzuziehen.

»Setz dich hin, Heaven«, befahl Tony. »Jillian wird wieder lächerlich. Dein Kleid ist nicht bestickt oder auch nur annähernd so üppig wie das von meiner Frau. Ich mag das Kleid an dir und wünsche, daß du es trägst.«

Es wurde ein seltsames Thanksgiving-Essen. Zuerst mußte Jillians Mutter hereingetragen und ans Ende der Tafel gesetzt werden (auf den Platz der Gastgeberin, da Tonys Stuhl zu nahe an der Wand stand). Und als Jana einmal in die Rolle der Gastgeberin geschlüpft war, gab sie den Ton an und sonst niemand. Meine Urgroßmutter war grob, dominant und völlig ehrlich. Es amüsierte mich, daß Tony und Troy sie offensichtlich mochten. Trotzdem war es ein ermüdendes Mahl, ein erschöpfender Abend, an dem ich mit tausend Fragen geplagt wurde, die ich nur mit Lügen beantworten konnte. Auf Janas Frage, wie lange ich denn in Farthinggale Manor bleiben würde, wußte ich keine Antwort. Hoffnungsvoll sah ich zu Tony und bemerkte neben ihm Jillians versteinerte Miene. Auf halbem Weg zum Mund hielt sie ihre Gabel inne, drehte sich zu Tony und starrte ihn an, während er mich erlöste.

»Heaven kam, um so lange, wie sie möchte, zu bleiben«, verkündete er, indem er zuerst mich anlächelte und sich dann mit einer gebieterischen Bewegung Jillian zuwandte. »Sie hat schon mit der Schule in Winterhaven angefangen und hat tatsächlich ihre Aufnahmeprüfungen so toll bestanden, daß sie eine Klasse höher als ihre Altersgenossinnen eintrat. Außerdem haben wir uns schon für Radcliffe und Williams beworben, damit sie für ein erstklassiges College nicht zu weit wegfahren muß. Wir beide sind so glücklich, Heaven hier zu haben, es ist, als ob ein Stück von Leigh endlich zu uns zurückgekommen ist, stimmt's Jill?«

Während seiner kleinen Rede hatte Jillian Essen in ihren Mund gestopft, um ihn so voll zu machen, daß keine verräterische Silbe herauskonnte. Sie sagte keinen Ton, starrte mich nur an. Ach, wie sehr wünschte ich mir, sie könnte lernen, mich zu lieben. Ich brauchte so dringend eine echte Mutter, jemanden, mit dem ich mich wirklich unterhalten konnte, jemanden, der mir beibringen konnte, eine richtige Frau zu werden. Aber ich fing an zu begreifen, daß Jillian nie so sein würde. Vielleicht wenn sie mehr von Jana gehabt hätte – grob und übertreibend, aber wenigstens daran interessiert, mich kennenzulernen. Gott sei Dank hatte Jana wenig Gelegenheit dazu. Das ganze Essen hindurch war ich aufgeregt. Ich hatte Angst, sie würde erneut anfangen, nach meiner Vergangenheit zu fragen. Ich hatte Angst, irgendein wahres Wort käme aus Versehen heraus und würde dem, was ich Tony erzählt hatte, widersprechen. Aber das Mahl ging unter einem Schwall von belanglosem Gerede zu Ende, und bald danach brach Jana zu ihrem eleganten Hotel in Boston auf.

»Schade, daß ich nicht bleiben und dich besser kennenlernen kann, Heaven, aber bei einem Aufenthalt in Farthy habe ich mich noch nie wohlgefühlt« – hier warf sie Jillian einen anklagenden Blick zu – »und morgen muß ich nach Texas zurück. Vielleicht wirst du ja mal zu Besuch kommen.« Vor ihrem Abschied küßte sie mich auf beide Wangen und gab mir das Gefühl, daß mich wenigstens ein weibliches Wesen in der Familie akzeptiert hatte.

Woche für Woche wurde ich reicher. Tony überwies mir Geld auf ein Konto, das er für mich eröffnet hatte, und er gab mir ein äußerst großzügiges Taschengeld. Ich lebte sparsam und legte, was ich konnte, auf ein Sparbuch, das langsam interessant wurde. Bei seltenen Gelegenheiten gab mir Jillian Zwanzig-Dollar-Scheine, als ob's Kleingeld wäre. »Ach, sei doch nicht so verdammt dankbar!« schrie sie, wenn ich mich vielleicht etwas zu überschwenglich bei ihr bedankte. »Es ist doch nur Geld!«

Das gesparte Geld war für den Tag bestimmt, an dem ich meine Familie wieder beisammen hätte, für mich selbst gab ich nur wenig aus. Wenn ich in diesem Jahr einkaufen ging, dann für uns alle, als ob wir schon wieder beisammen wären. Einen wunderschönen, handgestrickten weißen Pulli für Tom, dann eine Kamera mit Dutzenden von Filmen, damit einer seiner Freunde Bilder von ihm machen würde, die er dann wiederum mir schicken konnte.

Ich versprach mir selbst, daß ich eines Tages die Freude hätte, ihnen beim Auspacken meiner Geschenke zuzuschauen... eines Tages. Am frühen Weihnachtsmorgen trafen Troy und ich uns in seiner Hütte, lange bevor Jillian und Tony auf waren. Er hatte schon sein Frühstück vorbereitet, den Baum hatten wir gemeinsam geschmückt, und darunter lagen unsere Geschenke füreinander. »Komm rein, frohe Weihnachten! Du siehst aber hübsch aus mit rosigen Wangen. Ich hatte solche Angst, du würdest zu spät kommen. Ich habe für uns das köstlichste Schwedische Weihnachtsbrot vorbereitet.«

Später packten wir wie zwei kleine Kinder unsere Geschenke aus. Troy schenkte mir einen blauen Kaschmir-Pulli, der genau zu meiner Augenfarbe paßte. Ich schenkte ihm ein reich verziertes, in braunes Leder gebundenes Tagebuch, dessen Ränder vergoldet waren. »Was in aller Welt ist das? Ein Tagebuch für mich, um meine lächerlichsten oder bemerkenswertesten Sprüche festzuhalten?« Er machte Witze, aber mir war es todernst. »Ich möchte, daß du darin alles aufschreibst, angefangen vom ersten Tag, an dem dir Tony etwas von Jillian erzählt hat. Alles, was sie dir über meine Mutter vor ihrer Hochzeit erzählten. Wie sie zu ihrem Vater und zu der Scheidung stand. Schreibe über das erste Mal, als du sie sahst, was sie zu dir sagte und du zu ihr. Erinnere dich, was sie anhatte, an deine ersten Eindrücke.«

Seine Miene wirkte fremd, während er nickte und das Buch von mir entgegennahm. »Nun gut, ich werde mein Bestes versuchen. Trotzdem mußt du dir ins Gedächtnis rufen, daß ich erst drei war – hörst du, Heaven, erst drei. Und sie war zwölf.«

»Tony erzählte mir, daß du in deinen geistigen Fähigkeiten deinem Alter weit voraus warst. Aber viel jünger, wenn's darauf ankam, daß man dich alleine ließ.«

Ich hatte andere Geschenke für ihn, die ihm mehr gefielen. Seine Geschenke schätzte ich mehr als alles andere, was Jillian und Tony unter einen der riesigen Christbäume vor jedem Hauptfenster von Farthinggale Manor legten.

Jillian, Tony und ich gingen zu einer verrückten Weihnachtsparty ins Haus einer ihrer Freunde. Es war das erste Mal, daß sie mich irgendwohin mitnahmen, aber irgendwie reichte es nicht aus, um mich an diesem Tag nicht doch schrecklich einsam zu fühlen. Ebenso ging's mir den Rest der Woche bis Neujahr und die Woche danach, als ich wieder zur Schule mußte. Tony ging jeden Tag zum Arbeiten fort, und fast jede Nacht gingen er und Jillian gemeinsam aus. Untertags bekam man Jillian kaum zu Gesicht. Und wenn ich sie schon gelegentlich im Musikzimmer bei einem Solitaire-Spiel beobachtete, lud sie mich nicht mehr ein, mit ihr Karten zu spielen. Jillian hatte sich völlig von mir zurückgezogen, seit Tony an Thanksgiving öffentlich verkündet hatte, ich werde auf Dauer in Farthy wohnen. Für sie war ich ein Mitbewohner, aber kein Familienmitglied.

Offensichtlich paßte es Jillian, daß ich so beschäftigt war und wenig Zeit hatte, ihre Lebensweise zu teilen, die eine gesellschaftliche oder caritative Veranstaltung nach der anderen bedeutete. Und das ganze Zusammensein, von dem ich angenommen hatte, sie und ich würden es irgendwann mal teilen, schwand mit dem Bewußtsein, daß wir uns doch nie nahestehen würden. Sie machte keine Anstalten, mich zu mögen oder selbst etwas zu empfinden, damit sie mich später einmal nicht vermissen würde. Ach, leider kannte ich sie jetzt schon viel zu gut.

Sooft ich nur konnte, entwischte ich, um Troy zu besuchen – was nicht häufig vorkam, denn ich hatte den Eindruck, Jillian wußte ziemlich genau, wo ich war, obwohl ich sie nicht sah. Regelmäßig fuhr ich nach Boston in die Bibliothek oder in die Museen. Einige Male ging ich an der »Roten Feder« und an der B. U. vorbei in der Hoffnung, »zufällig« Logan zu begegnen, aber ich sah ihn kein einziges Mal. Vielleicht war er für die Ferien nach Winnerow gefahren – und das war der Punkt, an dem mir die Tränen kamen. Denn Logan hatte mir nicht einmal eine Weihnachtskarte geschickt und auch sonst niemand aus meiner Familie. Manchmal hatte ich den Eindruck, Farthinggale Manor wäre genauso arm dran wie die Willies – nur auf andere Art und Weise. Denn hier herrschte ein Mangel an Liebe, an Zuwendung, Interesse und an Freude. Sogar in unserer verfallenen Hütte hatten wir diese Dinge gekannt. Hier war alles, was man gab, Geld, und so sehr ich mich danach gesehnt hatte, jetzt fing ich an, Liebe und Gefühle mehr zu vermissen.

Im Februar war mein achtzehnter Geburtstag, von dem Tony und Jillian noch immer annahmen, es sei mein siebzehnter. Tony traf alle Vorbereitungen für eine Geburtstagsparty. »Lade alle diese eingebildeten Mädchen von Winterhaven ein, und wir werden sie total verblüffen.« Endlich hatten alle Mädchen von Winterhaven Gelegenheit, die Reichtümer von Farthinggale Manor zu bestaunen. Das verschwenderische Essen auf der Tafel raubte mir den Atem. Und die Geschenke, die ich in diesem Jahr erhielt, noch viel mehr. Sie hinterließen ein seltsames Schuldgefühl. Denn wie war wohl der Rest meiner Familie dran? Die erfolgreiche Party beeindruckte die albernen Mädchen so sehr, daß man endlich akzeptierte, ich sei für eine anständige Behandlung gut genug.

Anfang März tobte ein so wütender Sturm, daß ich am Montag, an dem ich nach Winterhaven zurückgefahren werden sollte, zu Hause eingeschlossen blieb. Tony und Jillian befanden sich außerhalb der Stadt, was mir eine perfekte Gelegenheit gab, den unterirdischen Tunnel zu benutzen, der Farthinggale Manor mit Troys Hütte verband. Außer Atem kam ich an, denn ich war den ganzen unheimlichen und düsteren Weg gerannt. Während ich die Kellertreppe hinaufstieg, machte ich ziemlich viel Lärm, um ihm mein Kommen anzukündigen. Wie immer war er beschäftigt, schien meinen Besuch aber trotzdem erwartet zu haben. Er hob den Kopf von seiner Arbeit, um in meine Richtung zu lächeln.

»Bin froh, daß du da bist. Du kannst ein Auge auf das Brot im Ofen haben, bis ich hiermit fertig bin.«

Später machten wir es uns vor dem Kaminfeuer bequem, und ich reichte ihm einen seiner eigenen Gedichtbände. »Bitte, lies mir was vor.« Er wollte nicht und versuchte, das Buch wegzulegen, aber ich bettelte weiter. Endlich gab er nach und las.

Ich hörte die Emotionen in seiner Stimme, hörte die Traurigkeit und war nahe daran zu weinen. Von Poesie hatte ich nicht viel Ahnung, aber er las auf eine wunderbare Weise. Und das sagte ich ihm.

»Das ist das Problem mit all meinen Gedichten«, erwiderte er mit überraschender Ungeduld. Er stieß das Buch beiseite.

»Aber ich verstehe nicht, was du zu sagen versuchst. Ich spüre, daß hinter allen deinen Worten etwas Morbides und Dunkles liegt, obwohl du sie wunderschön komponierst. Wenn du mir nicht erzählen magst, was deine Gedichte bedeuten, dann überlaß mir dieses Buch, um es so lange zu lesen, bis ich seine Bedeutung begreife.«

»Es wäre klüger, wenn du nicht versuchen würdest, zu verstehen.« Einen Augenblick lang wirkten seine Augen gequält, dann hellten sie sich auf. »Es ist wunderbar, dich hier zu haben, Heaven. Ich gestehe, daß ich meine Einsamkeit hinter meiner Arbeit verstecke. Aber jetzt kann ich es kaum erwarten, bis du auftauchst.«

Weil wir sehr dicht beieinander saßen, legte ich impulsiv den Kopf auf seine Schulter und drehte ihm das Gesicht zu. Meine Lippen warteten sehnlichst auf den ersten Kuß von ihm. Während ich wartete und wartete, dehnten sich seine Pupillen und wurden dann starr, als er lange so schaute. Dann drehte er sich abrupt um und ließ mich verwirrt zurück.

Ich fühlte mich abgewiesen und fand kurz darauf ein paar fadenscheinige Entschuldigungen: Ich hätte noch Hausaufgaben zu machen. Wieder war ich also am Verlieren! Nichts konnte ich richtig machen, um irgendeinem Mann genug zu gefallen! Zornig über ihn und noch zorniger über mich selbst kehrte ich nach Farthy zurück, um im warmen Wasser des Hallenbades zu schwimmen. Zwanzig Mal die Längsseite des Pools rauf und dann wieder runter, aber trotzdem konnte ich meinen Zorn nicht fortschwimmen. Ich zog mich an und las vor einem riesigen Kamin, dessen flackerndes Feuer für mich angezündet worden war, solange meine Haare noch naß waren. Ich war so unglücklich! Und das gestattete mir nicht, mich auf die geschriebenen Buchstaben zu konzentrieren.

Um mich herum beobachteten die toten Vorfahren der Tattertons argwöhnisch jede meiner Bewegungen. Ich bildete mir ein, zu hören, wie ihre gemalten Lippen flüsterten, ich würde nicht hierher gehören, warum ich nicht wieder gehen und ihr Ansehen durch mein Casteel-Erbe nicht beflecken würde! Ich wußte, es war albern, aber irgendwie wirkte die Bibliothek mit ihren üppigen Ledersesseln feindlich. Und bevor ich recht wußte, war ich schon vom Fußboden aufgestanden und rannte die Treppe hinauf in die gemütliche familiäre Umgebung meiner eigenen Räume.

Ende März fing der stürmisch kalte Wind an nachzulassen. Der Schnee schmolz, und Anzeichen für den Frühling ließen meine Sehnsucht nach den Willies wachsen.

Tom schrieb und riet mir, die Berge und die Zeit damals zu vergessen. »Bitte, Heaven, verzeihe Pa. Er ist jetzt anders, wie ein neuer Mensch. Und seine Frau hat ihm den dunkelhaarigen, ihm ähnlich schauenden Sohn geschenkt, den Ma immer gewollt hatte und nie bekam.«

Im April konnte ich zum ersten Mal ein Fenster öffnen und dem Geräusch der Brandung zuhören, ohne nervös zu werden.

Logan hatte nicht einmal einen Versuch unternommen, mit mir Kontakt aufzunehmen, und jeden Tag wurde er mehr zu einer bloßen Erinnerung. Trotzdem tat es weh, wirklich weh, wenn ich seinem seltsamen Verhalten mehr als nur einen flüchtigen Gedanken widmete. Ich hatte keine Sehnsucht danach, einen neuen Freund zu suchen, und schlug die meisten Rendezvous aus. Ab und zu ging ich mit einem Jungen ins Kino oder zum Essen, aber unvermeidlich gab er bei mir auf, sobald er begriff, daß nach dem »ersten Schritt« nichts mehr folgte. Ich wollte mich einfach nicht mehr engagieren, nur um wieder verletzt zu werden. Später, später würde ich mir den Kopf über Liebe und Romantik zerbrechen, jetzt war ich damit zufrieden, mich auf meine schulischen Ziele zu konzentrieren.

Der einzige Mann, von dem ich viel sah, und auch der einzige, der Logans Platz in meinem Herzen einnahm, war der Mann, von dem ich mich fernhalten sollte – Troy Tatterton. Wenigstens einmal pro Woche, sobald Tony und Jillian fort waren, schlüpfte ich hinüber und verbrachte Stunden im Gespräch mit ihm. Es war so ein Vergnügen, jemanden zum Reden zu haben, jemanden, der sich tatsächlich um mich kümmerte und Bescheid wußte, wer ich war.

Unbedingt wollte ich mit Tony über Troy reden, aber es war ein gefährliches Thema, das Tonys Augen sofort mißtrauisch werden ließ. »Ich hoffe bei Gott, du beachtest meine Warnung und hältst dich von meinem Bruder fern. Er wird nie eine Frau glücklich machen können.«

»Warum sagst du das? Liebst du ihn denn nicht?«

»Ihn nicht lieben? Troy war immer meine größte Verantwortung und die wichtigste Person in meinem Leben. Aber er ist nicht leicht zu verstehen. Er wirkt auf eine rührende Art verletzlich, und das zieht die Frauen an, als ob sie merken würden, daß Sensibilität bei so einem gutaussehenden, begabten jungen Mann selten ist. Aber er ist nicht wie andere Männer, Heaven, denk daran. Sein ganzes Leben lang war er rastlos, immer auf der Suche nach etwas, das außer Reichweite liegt.«

»Wonach sucht er denn?«

Tony gab seine Zeitungslektüre auf und runzelte die Stirn. »Laß uns mit dieser Unterhaltung aufhören, die doch nirgendwo hinführt. Wenn die Zeit reif ist, werde ich drauf schauen, den richtigen jungen Mann für dich zu finden.«

Ich lehnte seine Worte ab! Ich würde selbst meinen richtigen jungen Mann finden! Ich lehnte alles Kritische, was er über seinen Bruder sagte, ab, denn ich fand Troy so bewundernswert! Welche Frau wäre nicht entzückt, einen Mann mit so vielen häuslichen Fähigkeiten zu besitzen? Glücklich, glücklich würde das Mädchen sein, das Troy heiratete. Verwunderlich dabei war nur, daß er nicht einmal eine Freundin hatte.

Bald standen Vorbereitungen für die Abschlußfeier an erster Stelle von allen Aktivitäten in Winterhaven. Endlich, endlich war ich auf meinem direkten Weg zum College und zur Selbstachtung. Mehr als alles wünschte ich mir, Tony und Jillian kämen zur Abschlußfeier, um zu hören, wie mein Name als zukünftiger Student aufgerufen würde.

Jillian runzelte die Stirn, als sie die dicke, weiße Einladung las. »Ach, Heaven, du hättest mir das früher erzählen müssen. Ich habe Tony versprochen, in dieser Woche mit ihm nach London zu reisen.«

Die Enttäuschung trieb mir beinahe die Tränen in die Augen. Kein einziges Mal hatte sie den leisesten Versuch unternommen, mein Leben zu teilen. Mit einer stummen Bitte drehte ich Tony den Kopf zu. »Tut mir leid, meine Liebe«, antwortete er sanft, »aber meine Frau hat recht. Du hättest uns auf das Datum deiner Abschlußfeier gut vorbereiten müssen. Ich dachte, sie wäre Mitte Juni, und nicht in der ersten Juniwoche.«

»Sie haben das Datum vorverlegt«, flüsterte ich mit erstickter Stimme. »Könnt ihr eure Reise nicht verlegen?«

»Es handelt sich um eine Geschäftsreise, und obendrein um eine sehr wichtige. Aber glaube mir, wir werden dich für unsere Vernachlässigung mit mehr als nur durch Geschenke entschädigen.«

Selbstverständlich kam das Geldverdienen vor allen familiären Verpflichtungen, das hatte ich bereits herausgefunden. »Du wirst es schon richtig machen«, meinte Tony vertrauensvoll. »Du bist jemand, der überlebt, genau wie ich. Und ich werde darauf achten, daß du alles hast, was immer du brauchst.«

Ich brauchte eine Familie, jemanden im Zuschauerraum, der mich beachtete, während ich die Urkunde erhielt! Aber ich lehnte es ab, noch länger zu betteln.

Nachdem ich begriffen hatte, Jillian und Tony würden an einem der entscheidendsten Tage meines Lebens verreist sein, schlüpfte ich bei der ersten Gelegenheit zur Hütte hinter dem Labyrinth hinüber. Troy war mein Trost, meine Zuflucht, und ohne Hemmungen platzte ich mit meinem Schmerz heraus. »Die meisten Graduierten von Winterhaven erwarten nicht nur ihre Eltern, sondern ihre ganze Familie – Tanten, Onkel, Cousinen und Freunde.«

Bei diesem Gespräch befanden wir uns außerhalb seiner Hütte. Auf unseren Knien jäteten wir beide seine Blumenbeete. Zuvor hatten wir uns schon um seinen kleinen Gemüsegarten gekümmert. Als wir mit dem Jäten und Pflanzen fertig waren, sagte ich: »Es heißt ja nicht, daß ich nicht schrecklich dankbar für alles wäre, was Tony und Jillian für mich getan haben. Dankbar bin ich schon, aber immer wenn etwas Besonderes ansteht, fühle ich mich so einsam.«

Ohne zu antworten, warf mir Troy einen verständnisvollen Blick zu.

Dabei hätte er zumindest sagen können, er würde gerne wenigstens einen Platz im Zuschauerraum ausfüllen, aber er bot sich nicht freiwillig an! Öffentliche Plätze und Veranstaltungen konnte er nicht leiden.

Am Freitag meiner Abschlußfeier fuhr mich Miles nach Winterhaven, und die Mädchen kamen zusammen, um den neuen Rolls-Royce zu bewundern, den Tony Jillian zu ihrem einundsechzigsten Geburtstag geschenkt hatte. Es war ein wunderschöner, weißer Wagen mit einem cremefarbenen Top und ebensolcher Innenausstattung. »Deiner?« fragte Pru Carraway mit großen, tief beeindruckten Augen.

»Ich kann ihn benutzen, bis meine Tante Jillian wieder zu Hause ist.«

Der helle Wahnsinn herrschte an diesem frühen Morgen bei meinem Eintreten in Winterhaven. Mädchen rannten umher, teilweise oder kaum angezogen, einige hatten noch Lokkenwickler im Haar. Nur wenige lebten so wie ich in einer Entfernung, die man noch mit dem Auto zurücklegen konnte. Während ich die anderen Graduierten beobachtete, wie sie ihre Familien vorstellten, hatte ich ein grollendes und ziemlich bitteres Gefühl. Würde es denn immer so mit mir sein, daß meine Familie aus den Bergen Tausende von Meilen entfernt und nur in meinen Gedanken anwesend wäre, meine Bostoner Familie dagegen irgendwelche Entschuldigungen finden würde, um an meinen kleinen Triumphen nicht teilzunehmen? Natürlich war es Jillian, der ich Vorwürfe machte. Leicht konnte mich meine Großmutter mit Großzügigkeit überschütten, aber wenn's darauf ankam, mir ein bißchen von sich selbst und ihrer Zeit zu geben, hätte ich draufgehen können. Und Troy wirkte manchmal so abwesend, wenn er ein neues Projekt, das seine Gedanken beherrschte, begonnen hatte. Ach, an diesem Tag bemitleidete ich mich selbst, während ich mein schönes, weißes Seidenkleid anzog, das breite

Bänder aus Cluny-Spitze am Saum des weiten Rocks und an den Puffärmeln hatte. Miss Marianne Deal hatte mir einmal erzählt, sie habe genauso ein Kleid am Tag ihres High-School-Abschlusses getragen. Als sie es damals beschrieb, hatte ich mir jedes Detail eingeprägt, mit dem Gedanken, Logan würde dann da sein, um mich zu bewundern.

Während wir vierzig Mädchen uns in einem Vorzimmer aufreihten und unsere schwarzen Roben und Hüte anzogen, konnte ich durch die Tür, die ständig auf- und zuging, kurze Blicke in den überfüllten Zuschauerraum werfen, der von der hellen Junisonne erleuchtet wurde. Es war wie ein Traum, der für mich wahr wurde, nachdem ich so lange gefürchtet hatte, dieser Tag würde nie kommen. Schon wollten mir Tränen in die Augen steigen und übers Gesicht laufen. *Ach, ich hatte so gehofft, Tom hätte Pa von diesem Tag erzählt!* Wenn ich nur nicht so allein gewesen wäre... Einige der Mädchen hatten zehn Verwandte und mehr unter den Zuschauern. Die Jüngsten würden mit den Füßen stampfen, wie wild applaudieren und pfeifen (obwohl das schon in Winnerow als unfein gegolten hatte). Und für mich würde es nicht einmal ein einsames Händeklatschen geben. Das Mittagessen würde auf der Wiese unter hübschen gelb-weiß gestreiften Schirmen serviert werden. Wer würde an meiner Tafel sitzen? Sollte ich ganz allein an der für mich reservierten Tafel essen müssen, würde ich wieder einmal vor Demütigung sterben... aber ich würde einfach unerkannt fortschlüpfen und alleine weinen.

Die Leiterin des Festaktes gab ihr Zeichen und, wie die anderen, straffte ich meine Schultern, hob den Kopf und fing mit kerzengerade nach vorn gerichteten Augen zu gehen an, langsam und im Takt. So würden wir zu unseren Plätzen kommen. Hintereinander schritten wir in einer Reihe vorbei. Ich war die achte nach der Anführerin, weil wir nach dem Alphabet aufgestellt worden waren. Ich bemerkte nur, wie sich eine verschwommene Masse von Köpfen umdrehte, alle sahen zu ihrer Graduierten, kein vertrautes Gesicht war darunter. Und wenn er nicht halb gestanden hätte, hätten meine starren Augen vielleicht sogar über Troy hinweggesehen. In diesem Moment machte mein Inneres Luftsprünge, weil ich es so sehr zu schätzen wußte, daß er es *nicht* vergessen hatte, daß ihm wirklich etwas daran lag. Ich wußte, er haßte gesellschaftliche Anlässe. Im allgemeinen wollte er die Bostoner Welt glauben lassen, er stecke in irgendeiner verlassenen Gegend der Welt – und trotzdem war er gekommen. Als endlich mein Name aufgerufen wurde und ich aufstand, um zum Podium zu gehen, war's nicht nur Troy, der sich erhob, sondern eine ganze Reihe Männer, Frauen und Kinder stand auf zum Applaudieren!

Später hatten alle Graduierten unter hübschen Markisen Platz genommen, wo es Sonne und Schatten gleichzeitig warm und kühl sein ließen. Hier fühlte ich mich von einem Glücksgefühl überwältigt, wie ich es vorher nicht gekannt hatte. Troy war gekommen und hatte einige Manager der Tatterton Toy Company mit ihren Familien gebeten, als meine Familie aufzutreten. Sie hatten so völlig »richtige« Kleider an, daß die Mädchen mit offenem Mund und ungläubigen Augen auf meine »Hinterwäldler«-Verwandtschaft starrten.

»Bitte, bedanke dich nicht nochmals«, sagte Troy, als er uns zwei spät nachts nach Hause fuhr, nachdem der Tanz vorbei war und mich alle Mädchen um meinen gutaussehenden »älteren Herrn« beneidet hatten. Man hatte ihn sehr bewundert und hielt ihn für einen echten Fang. »Dachtest du wirklich, ich würde nicht kommen?« fragte er mich. »Es war wenig genug, was ich tun konnte.« Er kicherte, ehe er fortfuhr. »Ich habe nie ein Mädchen gekannt, das eine Familie mehr braucht als du, also wollte ich dir eine riesige Sippschaft verschaffen. Und außerdem sind sie doch auch irgendwie alle eine Familie, oder? Einige sind über der Arbeit für die Tattertons alt geworden. Sie freuten sich riesig, zu kommen, hast du's nicht gemerkt?«

Ja, sie hatten sich wirklich gefreut, mich kennenzulernen. Plötzlich saß ich scheu und stumm da, aber überglücklich und trotzdem verwirrt über meine Gefühle. Ich mußte mir selbst eingestehen, daß ich dabei war, mich in Troy zu verlieben. War es denn richtig, daß mir das Tanzen mit Troy zehnmal so viel Spaß gemacht hatte als damals, als Logan mir das Tanzen beigebracht hatte? Verstohlen musterte ich sein Profil und fragte mich, was er wohl gerade dachte.

»Nebenbei«, meinte er noch immer munter und auf den Verkehr konzentriert, »das Detektivbüro, das meine Anwälte verpflichteten, um deinen jüngeren Bruder und deine Schwester zu finden, meint einen Anhaltspunkt zu haben. Sie haben nach einem Anwalt in Washington mit Vornamen Lester gesucht. Es gibt wenigstens zehn Lesters und vierzig, die mit L anfangen in diesem Raum, dazu zwanzig oder mehr in Baltimore. Sie prüfen auch die R's, die seine Frau verwendet hatte... vielleicht dauert's also nicht mehr allzu lange, bis wir deinen Bruder und deine Schwester aufspüren können.«

Ich atmete schneller – ach, »Unsere« Jane wieder im Arm zu halten, Keith herzen und küssen zu können! Sie wiederzusehen, ehe sie ihre Schwester »Hev-lee« ganz vergessen hatten. Aber waren sie wirklich der wahre Grund, warum mein ganzer Körper erschauerte? Mir selbst zum Trotz rückte ich näher an Troy heran, so daß sich meine Hüfte an seine preßte und seine Schultern meine streiften. Er schien zu erstarren, ehe er verstummte, und dann bogen wir schon von der Schnellstraße auf die Straße ab, die ich beim ersten Mal mit Jillian und Tony gefahren war. Sie glich einem silbernen Band, das sich auf die hohen, schwarzen Eisentore zuschlängelte. Jetzt waren sie mein Zuhause, diese Straße und das riesige Haus, das dem Blick entzogen wurde, bis man beinahe unmittelbar davorstand.

Ich hörte das Tosen des Meeres, das Geräusch der Brandung, roch den Salzgeschmack, und mit jeder Minute wurde diese Nacht reicher und erfüllter.

»Ach, laß uns jetzt nicht gute Nacht sagen, nur weil's nach ein Uhr ist«, meinte ich und hielt Troy an der Hand, als wir ausgestiegen waren. »Laß uns im Garten spazierengehen und reden.«

Vielleicht hatte diese laue, samtene Nacht für ihn denselben Charme, denn zustimmend schob er meine Hand unter seinem Ellbogen durch. Die Sterne schienen zum Greifen nahe, betäubender Duft füllte meine Nase und machte mich schwindelig. »Was ist das, was so süß riecht?«

»Der Flieder, es ist Sommer, Heavenly, oder wenigstens fast.«

Wieder hatte er mich Heavenly genannt, so wie einst Tom.

»Wußtest du, daß die Mädchen heute nach dem Mittagessen freundlicher als je zuvor zu mir waren? Klar wollten sie, daß ich sie dir vorstellte... aber dazu hatte ich keine Lust. Trotzdem würde ich gerne wissen, wie du es geschafft hast, mit dem anderen Geschlecht so wenig in Kontakt zu kommen.«

Er kicherte und senkte verlegen den Kopf. »Ich bin nicht schwul, wenn's das ist, was du meinst.«

Vor Empörung würde ich rot. »Daran habe ich nie gedacht! Aber die meisten Männer in deinem Alter verabreden sich so oft wie möglich, wenn sie nicht schon vergeben sind.«

Wieder lachte er. »Erst in ein paar Monaten werde ich vierundzwanzig«, bemerkte er leichthin, »und Tony gab mir immer den Rat, mich nicht vor Dreißig fest zu binden. Außerdem, Heavenly, hatte ich schon ein paar Erfahrungen mit Mädchen, die mir mit Heiratsabsichten nachliefen.«

»Was hast du gegen die Ehe?«

»Nichts, sie ist eine alte und ehrwürdige Institution, gedacht für andere Männer, nicht für mich.« Und die kühle, abstrakte Art, wie er das sagte, trieb meine Hand aus seinem Arm. Wollte er mich warnen, nur eine Freundin zu bleiben und nicht mehr werden zu wollen? Konnte es denn möglich sein, daß mir nie ein Mann die Liebe und Wärme geben wollte, nach der ich mich so sehnte?

Und der ganze Zauber dieser perfekten Sommernacht löste sich in Nichts auf. Die Sterne schienen sich zu entfernen, und hinter den silbernen Wolken kamen dunklere hervor und verbargen den Mond.

»Jetzt sieht's nach Regen aus«, kommentierte Troy mit einem Blick nach oben. »Schon als Kind pflegte ich den Eindruck zu haben, meine ganzen Erwartungen auf künftiges Glück wären verwelkt, bevor sie auch nur eine Chance zum Aufblühen gehabt hatten. Das Gefühl, immer wieder betrogen zu werden, ist schwer zu ertragen, bis man letztlich akzeptieren muß, was man nicht ändern kann.«

Er drehte sich auf dem Absatz um und zermalmte dabei kleine Steinsplitter auf dem Plattenweg unter seinen Schuhen. Der Zauber dieser Nacht machte es ihm schwer, sich auf taktvolle Weise von mir zu entfernen. Also gratulierte er mir nochmals aus zehn Schritt Entfernung und wünschte mir dann eine gute Nacht. Sehr schnell ging er auf das Labyrinth und die dahinterliegende Hütte zu.

»Troy«, rief ich und rannte ihm nach, »warum gehst du rein? Es ist noch früh, und ich bin kein mißchen müde.«

»Weil du jung, gesund und voller Träume bist, die ich unmöglich teilen kann. Nochmals gute Nacht, Heaven.«

»Danke, daß du zu meiner Abschlußfeier gekommen bist«, rief ich tief verletzt und zitternd, denn offensichtlich hatte ich etwas falsch gemacht, und ich hatte keine Ahnung was.

»Das Mindeste, was ich tun konnte.« Mit diesen Worten verschwand er in der Dunkelheit. Jetzt verdeckten Wolken den Mond, die Sterne verschwanden rasch, und ein Regentropfen fiel auf meine Nasenspitze. Hier also war ich, lange nach Mitternacht, saß auf einer kalten Steinbank in einem verlassenen Rosengarten und erlaubte dem leise fallenden Regen, meine Haare zu durchnässen und das hübscheste Kleid aus meinen Schränken zu ruinieren. *Es machte mir nichts aus, gar nichts. Ich brauchte Troy nicht, nicht mehr als ich Logan brauchte. Ganz alleine würde ich es schaffen... ganz alleine.*

Ich war achtzehn Jahre alt und glaubte, Logan wäre für immer gegangen. Das Bedürfnis nach Zärtlichkeit füllte alle meine Gedanken. Bald mußte die Liebe für mich aufblühen, oder ich wäre niemals fähig, zu überleben. *Warum nicht ich, Troy? Warum nicht?*

10. KAPITEL

Sünde und Sünder

An einem frühen Juniabend, bevor Jillian und Tony aus London zurückkehrten, hörte ich aus dem Musikzimmer die raschen Notenfolgen eines Klavierstücks von Chopin. Diese Art Musik hatte ich nur im freiwilligen Musikunterricht von Miss Deale jeden Freitag gehört, romantische Melodien, die mich bezauberten, verwirrten und mit einer solchen Sehnsucht erfüllten, daß es mich zu den Stufen und hinunter zog, um Troy am großen Konzertflügel sitzen zu sehen. Seine langen, schlanken Finger glitten mit einer Meisterschaft über die Tasten, daß ich mich wunderte, wie er ein solches Talent vor der Welt hatte verbergen können.

Sein bloßer Anblick bewegte mich. Seine Schulterhaltung, die Art, wie er den Kopf über die Tasten beugte, die Leidenschaft und Sehnsucht, die er in seine Musik legte, schienen mir so viel zu erzählen. Er war hier, wo er doch wissen mußte, daß ich ihn hören würde. Er brauchte mich, er wußte es nur nicht. Und ich brauchte ihn. Während ich zitternd unter der Türe stand und mich in Nachthemd und Negligé gegen den Rahmen lehnte, ließ ich die Musik auf mich einwirken.

Auf eine merkwürdige Art wirkte er jünger als Logan und zehnmal so sensibel und verletzlich, wie ein Knabe, der erwartet, auf den ersten Blick geliebt zu werden – also schlug er um sich, um nicht wegen seines Aussehens, seines Reichtums oder seiner Talente geliebt zu werden. Während ich darüber nachdachte, spürte Troy meine Gegenwart und hörte zu spielen auf. Mit einem scheuen Lächeln drehte er sich zu mir um. »Ich habe dich hoffentlich nicht aufgeweckt.«

»Bitte hör nicht auf.«

»Ich bin eingerostet, weil ich jetzt nicht mehr jeden Tag spiele.«

»Warum hast du aufgehört?«

»Wie du weißt, habe ich kein Klavier in meiner Hütte.«

»Aber Tony erzählte mir, dies wäre dein Klavier.«

Sein Lächeln wirkte kurz und gequält. »Mein Bruder möchte mich von dir fernhalten. Seit deiner Ankunft habe ich auf diesem Klavier nicht mehr gespielt.«

»Warum verbietet er unsere Freundschaft, Troy? Warum?«

»Ach laß uns nicht darüber sprechen. Laß mich zu Ende spielen, womit ich angefangen habe, und dann werden wir reden.«

Immer weiter spielte er, bis mir so schwach wurde, daß ich mich hinsetzen mußte. Erst dann hörte das Zittern auf. Während seines Spiels geriet ich in eine romantische Träumerei. Ich stellte mir vor, wir wären wieder beisammen und tanzten so wie in der Nacht meiner Abschlußfeier.

»Du schläfst ja!« rief er, als das Musikstück beendet war.

»War es denn so schlecht?«

Sofort öffneten sich meine Lider, und ich blickte ihn sanft und träumerisch an. »Ich habe noch nie zuvor eine Musik wie deine gehört. Sie erschreckt mich. Wie kommt es eigentlich, daß du nicht berufsmäßig spielst?«

Gleichgültig zuckte er mit den Schultern. Seine Haut schimmerte erhitzt durch sein dünnes weißes Hemd. Der Kragen stand offen, so daß ich einen leichten Flaum dunkler Haare auf seiner Brust sehen konnte. Wieder schloß ich die Augen, verwirrt von all den Gefühlen, die mich durchströmten.

»Ich habe deine Besuche vermißt.« Sanft und zögernd drang seine Stimme zu mir. »Ich weiß, daß ich deine Gefühle in der Nacht von deiner Abschlußfeier verletzt habe. Es tut mir leid, aber ich versuche doch nur, dich zu beschützen.«

»Und dich selbst«, flüsterte ich bitter. »Du weißt, daß ich

nichts weiter als Hinterwäldler-Abfall bin und dich und deine Familie früher oder später in Verlegenheit bringen werde. Ich habe daran gedacht, fortzugehen. Genug Geld habe ich bis jetzt gespart, um mich durchs erste College-Jahr zu bringen. Und wenn ich einen Job finde, kann ich die übrigen Jahre nebenbei arbeiten.«

Betroffen sagte er etwas, was ich nicht ganz verstehen konnte, obwohl ich meine Lider genug öffnete, um seine Unruhe und Bestürzung zu bemerken. »Das kannst du nicht machen! Tony, Jillian und ich schulden dir eine Menge.«

»Du schuldest mir überhaupt nichts!« schrie ich und sprang auf. »Laß mich bloß von jetzt an alleine, ich werde deine Privatsphäre nicht mehr stören!«

Er zuckte zurück, strich sich dann mit seinen langen Fingern durch seine Lockenpracht. Kurz flackerte sein entwaffnendes, knabenhaftes Lächeln auf. »Meine Musik war meine Art von Entschuldigung dafür, daß ich dich im Garten allein gelassen hatte. Mein Geständnis, daß ich dich viel zu lieb gewonnen habe, um nicht einen Versuch zu unternehmen, dich zurückzubringen. Wenn du nicht in der Hütte bist, kommt es mir so vor, als ob ich dich dort spürte, und oft drehe ich mich in der Hoffnung, dich zu finden, abrupt um und fühle mich dann so enttäuscht, weil ich alleine bin. Also bitte, komm wieder.«

Und so ging ich mit Troy zu seiner Hütte zurück und verbrachte das Abendessen mit ihm. Aber ich hatte es satt, ständig mit ihm in der Hütte eingesperrt zu sein.

»Troy, könnten wir denn nicht abwechslungsweise etwas draußen an der frischen Luft unternehmen? In den Ställen stehen wunderschöne Araberpferde, die nur von den Stallknechten bewegt werden, wenn Jillian und Tony fort sind. Bring mir doch das Reiten bei, oder geh mit mir im Pool schwimmen. Laß uns gemeinsam ein Picknick im Wald machen, aber laß uns nicht immer in deiner Hütte eingesperrt bleiben, solange das Wetter so wunderschön ist. Jillian und Tony werden bald nach Hause kommen, und wir werden wieder füreinander verboten sein. Laß uns jetzt tun, was wir dann nicht mehr machen können.«

Unsere Augen trafen sich und hielten einander fest. Er errötete übers ganze Gesicht. Das trieb ihn dazu, sich halb abzuwenden und die Verbindung zwischen unseren Augen zu lösen. »Wenn du es unbedingt tun möchtest. Wir treffen uns morgen um zehn bei den Ställen. Du kannst auf der zahmsten Stute dort anfangen.«

Ich fühlte mich verzaubert, als ob ich eine starke Droge geschluckt hätte. Am nächsten Morgen, kurz vor zehn, traf ich Troy bei den Ställen. In Reitbekleidung wartete er auf mich. Der Wind hatte seine Haare zerzaust und die Sonne eine gesunde Farbe auf seine Wangen gebracht. Der traurige Ausdruck, der immer in seinen Augen vorhanden gewesen war, war verschwunden. Glücklich, daß er mir sofort mit einem Lächeln antwortete, rannte ich zu ihm. »Wir werden den tollsten Tag haben!« meinte ich und umarmte ihn kurz, bevor ich neugierig zu den Ställen hinübersah. »Ich hoffe nur, die Stallknechte werden Tony nichts erzählen.«

»Sie haben Besseres zu tun, als zu tratschen«, antwortete er leichthin, meine Vorfreude schien ihm zu gefallen. »Du siehst großartig aus, Heaven, einfach großartig.«

Ich drehte mich im Kreis, um ihm einen kompletten Anblick zu ermöglichen, breitete die Arme aus und schüttelte meine Haare. »Tony schenkte mir diesen Reitdreß an Weihnachten. Ich trage ihn zum ersten Mal.«

Eine Woche lang gab mir Troy jeden Tag Reitunterricht und brachte mir den Unterschied zwischen dem englischen und dem Coyboy-Stil bei. Es machte mehr Spaß, als ich je erwartet hatte (wenn's auch jeden Abend beim Hinsetzen weh tat), zu lernen, mit dem Wind zu galoppieren, sich unter niedrigen Ästen zu ducken und die Absätze in die Flanken meiner Stute zu drücken, wenn ich anhalten wollte. Nach kurzer Zeit hatte ich meine Angst vor Pferden und ihrer beeindruckenden Höhe verloren. Jeden Morgen nach meinem Unterricht gingen wir zum Mittagessen in seine Hütte, und dann schickte er mich ins Haupthaus zurück mit der Begründung, er habe zu arbeiten. Ich merkte, wie er sich dagegen sträubte, zu viel Zeit mit mir zu verbringen, trotzdem wußte ich, daß er es eigentlich gewollt hätte. Deshalb vermied ich es, ihn abends zu sehen, in der Hoffnung, er würde mich vermissen und sich nach mir sehnen. Tatsächlich wirkte er auch jeden Morgen so glücklich, mich wiederzusehen, daß ich überzeugt war, bald, sehr bald, würde er sich seine Liebe zu mir eingestehen.

Acht ganze Tage nach Beginn meines Reitunterrichts gewann Troy den Eindruck, ich könnte einen langen Ausritt in die umliegenden Wälder von Farthinggale Manor unternehmen. Ab und zu sah er prüfend zum Himmel. »Die Morgennachrichten haben heftige Gewitterstürme vorhergesagt, wir sollten uns also nicht zu weit entfernen.«

Wir hatten einen Picknickkorb dabei, voller guter Sachen, die Troy selbst vorbereitet hatte und dazu noch einige Spezialitäten, die Rye Whiskey zu unserer Freude vom Haupthaus herübergeschickt hatte.

Troy war derjenige, der einen sonnengefleckten kleinen Hügel unter einem der schönsten Strandbäume, die ich je gesehen hatte, auswählte. Ein gurgelnder Bach war ganz in der Nähe, und darüber flatterten Vögel zwischen den sanft bewegten Zweigen hin und her. Der wunderbare Eindruck eines Sommertages ließ mich innerlich singen und über jede meiner Bewegungen freuen, während sich Troy hinkniete, um das rot-weiß karierte Tischtuch auf dem Gras auszubreiten. Nicht weit weg waren unsere beiden Pferde angebunden und kauten zufrieden auf dem herum, was sie eben zu fressen fanden. Der Tag war so schön, das Arrangement so hübsch, daß meine Augen bei jedem Blick zu Troy aufleuchteten. Und auch er mußte mir ganz fasziniert bei der unwichtigsten Geste zusehen. Ich war mir meiner Wirkung wohl bewußt, während ich Teller und Plastikbesteck arrangierte, und dreimal stellte ich den Kartoffelsalat, das gebackene Huhn und die Sandwiches um.

Als ich schließlich alles hübsch gestaltet hatte, setzte ich mich in die Hocke zurück und lächelte ihn an. »Hier, sieht's denn nicht hübsch aus? Aber bitte rühr nichts an, bevor ich nicht gebetet habe, wie's Granny immer zu tun pflegte, wenn Pa nicht zu Hause war.« Ich fühlte mich heute so glücklich, daß ich unbedingt jemandem danken mußte.

Er wirkte wie verzaubert. Mit verwirrtem Ausdruck nickte er nur und beugte dann leicht den Kopf, während ich die vertrauten Worte sprach.

»Lieber Gott, wir danken dir für das Essen vor unseren Augen. Wir danken dir für die guten Gaben, die uns liebevolle Hände zubereitet haben. Wir danken dir für deinen Segen und die Freuden, die uns dieser Tag und alle unsere künftigen bringen werden. Amen.«

Ich ließ meine Hände sinken, hob den Kopf und sah auf. Troy blickte mich fragend an. »Das Gebet deiner Granny?«

»Ja, wir hatten zwar weder Segen noch gute Gaben, aber Granny schien das nie zur Kenntnis zu nehmen. Sie wartete immer darauf, daß sich eines Tages alles zum Guten wenden würde. Ich vermute, wenn man an nichts gewöhnt ist, erwartet man auch nicht allzu viel. Während sie das Gebet sprach, betete ich immer im stillen, Gott möchte sie doch von ihren Schmerzen und Qualen befreien.«

Darauf wurde er still und wirkte gedankenverloren, während wir beide unser köstliches Picknick verzehrten. Ich selbst hatte den gelben Kuchen mit dicker Creme in Troys Küche gebacken. »Das ist der beste Kuchen, den ich je gegessen habe!« Er leckte sich die Schokolade von den Fingern. »Bitte, noch ein Stück.«

»Wäre es nicht schön, wenn wir immer so wie jetzt zusammensein könnten? Du und ich, ich würde aufs College gehen, während wir in der Hütte leben könnten.«

Seine Augen überschatteten sich vor lauter Qual, der sonnige Tag wurde plötzlich dunkel.

Er liebte mich nicht! Er brauchte mich nicht! Ich war dabei, ihn zu verführen, zumindest versuchte ich es, so wie mich Cal

Dennison auf Grund seiner eigenen Bedürfnisse und Sehnsüchte verführt hatte, ohne Rücksicht auf die meinigen. Ich gab ihm sein zweites Stück Kuchen, zu empört, um ihn auch nur anzuschauen. Damit er mich nicht leiden sehen konnte, säuberte ich mit gesenktem Kopf das Tischtuch. Als ich vorher das Wasser gesehen hatte, hatte ich geplant, das schmutzige Geschirr und Besteck im Bach zu waschen. Aber jetzt warf ich alles auf einen großen Haufen in den Picknickkorb zurück, so daß ich nicht einmal mehr den Deckel schließen konnte. Fürchterlich verärgert schob ich den Korb in seine Richtung.

»Hier ist dein Korb!« schluchzte ich.

Seine verblüffte Miene trieb mich dazu, aufzuspringen, dann rannte ich zu meinem Pferd. »Ich gehe nach Hause!« schrie ich kindisch. »Ich begreife, daß du niemanden wie mich brauchst, der für immer in deinem Leben bleibt! Alles, was du brauchst, ist Arbeit und nochmals Arbeit. Danke für die letzten zehn Tage, und verzeih mir für meine impulsive Art. Ich verspreche dir, daß ich deine Zeit nie wieder vergeuden werde!«

»Heavenly!« rief er. »Halt! Warte doch...«

Aber ich wartete nicht. Irgendwie kam ich in den Sattel, wobei es mir egal war, ob auf korrekte Art oder nicht. Ich preßte meine Absätze in die Flanken meiner Stute, und sie machte einen Satz vorwärts, während ich von albernen Tränen blind war und mich mehr über mich selbst als über ihn ärgerte. Meine Stute wurde dadurch verwirrt und unsicher. Um meine Fehler wieder gutzumachen, riß ich hart an den Zügeln. Darauf stieg sie fast senkrecht hoch, schnaubte, hieb mit den Vorderhufen durch die Luft und stürmte dann vorwärts. Ab ging's im wildesten Galopp durch die Wälder. Tiefhängende Zweige kamen mir nahe, einer nach dem anderen, Zweige, die mich aus dem Sattel schleudern und mir Hals, Rückgrat und Beine brechen konnten. Mit mehr Glück als Verstand brachte ich es fertig, mich unter jedem Zweig zu ducken. Und je stärker ich mich im Sattel bewegte, desto wahnsinniger raste mein Pferd! Meine Schreie wehten wie lange, dünne Schals hinter mir her. Fast zu spät fiel mir Troys Rat wieder ein, wie ich mich an einem durchgehenden Pferd festhalten sollte. Ich ließ mich nach vorne fallen und klammerte mich an die dicke, braune Mähne der Stute. Über Hohlwege und Rinnen raste mein zügelloses Pferd und sprang über tote Bäume, die der Sturm gefällt hatte. Ich preßte meine Augen fest zusammen und fing an, immer wieder ihren Namen zu rufen, ein Versuch, sie zu beruhigen.

Das nächste, was ich wußte, war, daß die Stute strauchelte. Direkt von ihrem Rücken landete ich in einer seichten Rinne, halb mit schleimigem, grünem Regenwasser gefüllt. Sie kletterte wieder auf die Füße, wieherte, schüttelte sich und warf mir einem abschätzenden Blick zu. Dann galoppierte meine Stute nach Hause und ließ mich verblüfft, durchgeschüttelt und verletzt zurück. Mein zweiter Stiefel war mir ebenfalls verloren gegangen. Ich fühlte mich wie ein kompletter Narr, wie ich so auf dem Rücken mitten im Brackwasser lag und durch das Blätterdach hinauf direkt in die helle Sonne starrte, die mir ins Gesicht schien.

Gottes Strafe, dachte ich sauer, für allzu kühne Pläne! Ich hätte es besser wissen müssen, als vor dem erstbesten Mann, der mein Blut beschleunigte und heiß werden ließ, auf die Knie zu fallen, noch dazu nach Cal und der Abfuhr von Logan! Kein Casteel hatte je einen Preis gewonnen! Wie konnte ich annehmen, ich sei etwas Besseres!

Noch andere dumme Gedanken schossen mir durch den Kopf, bis ich genug Verstand besaß, mich aufzusetzen und das Dreckwasser aus meinen Haaren zu schütteln. Dann säuberte ich mein Gesicht mit dem Hemdsärmel vom Schlamm. Wilde Honigbienen fühlten sich angezogen, vielleicht von meinem Parfüm oder vom leuchtenden Gelb meiner einstmals hübschen Bluse.

»Heaven, wo bist du?« hörte ich Troy aus einiger Entfernung rufen. *Du kommst zu spät, Troy Tatterton! Jetzt will ich dich nicht mehr!* Trotzdem begann ich zu zittern, so sehr strengte es mich an, nicht zu antworten. Ich wollte nicht, daß er mich fand, nicht jetzt. Irgendwie würde ich schon zu diesem riesigen, einsamen Haus zurückfinden, und nie mehr wieder würde ich Tony nicht Gehorsam leisten, um mich zu Troys Hütte hinüberzustehlen. Also blieb ich im Wasser sitzen, verhielt mich ruhig und schlug nach den Insekten, die mich idiotischerweise attraktiv fanden. Eine endlose Zeit verging, bis er aufhörte, zu rufen und durch die Wälder zu streifen. Wind kam auf und fing an, in den Blättern zu rascheln. Dunkle, massige Wolken ballten sich zusammen, wie sie's anscheinend immer taten, wenn ich kurz davor war, etwas wirklich Wertvolles zu finden. Mein verdammtes Glück!

Ach verflixt noch mal, ich tat mir selbst so leid, daß ich nicht einmal bevor es leicht zu regnen anfing, mein Schluchzen unterdrücken konnte. Da ertönte plötzlich ein leises Geräusch hinter mir, gefolgt von einer amüsierten Stimme. »Ich wollte schon immer mal eine Jungfrau in Not retten.«

Mein Kopf wirbelte herum, und ich sah Troy ungefähr drei Meter von mir weg sitzen. Wie lange er mir schon zugeschaut hatte, konnte ich nicht ahnen. An einigen Stellen war seine Reitkleidung aufgerissen, und ein langer Dorn hatte einen Ärmel von der Schulternaht bis zum Ellenbogen aufgeschlitzt. »Weshalb bleibst du denn hier sitzen? Bist du verletzt?«

»Hau ab!« rief ich schrill und drehte den Kopf weg, damit er mein schlammverschmiertes Gesicht nicht sehen konnte. »Nein, ich bin nicht verletzt! Ich muß nicht gerettet werden! Ich brauche *dich* nicht, ich brauche *niemanden!*«

Ohne Antwort trat er mitten in die nasse Rinne und versuchte, meine Beine nach Knochenbrüchen abzutasten. Ich versuchte, ihn zu verjagen, aber nach drei Versuchen schaffte er es trotzdem, mich aufzuheben. »Jetzt sei mal ernsthaft, Heaven. Sag mir, ob du irgendwo verletzt bist.«

»Nein! Laß mich bloß runter!«

»Du hast Glück, daß du noch lebst. Wenn es harter Boden statt Wasser und aufgeweichter Schlamm gewesen wäre, könntest du sehr gut schwer verletzt sein.«

»Ich kann aber gehen. Bitte stell mich auf meine Füße.«
»Nun gut, wenn du's unbedingt willst«, er befolgte meinen Befehl und stellte mich vorsichtig hin. Ich schrie laut auf, denn ein höllischer Schmerz war durch meinen linken Knöchel geschossen. Sofort nahm er mich wieder in seine Arme. »Wir müssen uns beeilen, für Spielereien ist jetzt keine Zeit. Ich mußte absteigen, um deiner Spur zu folgen. So wie der geschwollene Knöchel aussieht, hast du ihn dir ohne Zweifel verstaucht.«

»Das macht mich noch lange nicht zum Krüppel! Ich kann immer noch laufen. Wie oft bin ich schon die sieben Meilen nach Winnerow marschiert mit etwas, das mehr schmerzte, als dieser Knöchel!«

Wieder kräuselten sich seine Lippen amüsiert. »Sicher, mit knurrendem Magen und nicht mit einem verstauchten Knöchel.«

»Was verstehst *du* denn schon davon?«

»Nur was du mir erzählt hast. Und jetzt hör mit der Streiterei auf und benimm dich. Wenn ich nicht bald mein Pferd finde, wird uns beide der heraufziehende Sturm überraschen.«

Geduldig wartete sein angebundenes Pferd, während Troy mich hinaufhob und vor ihn in den Sattel setzte. Ich kam mir schäbig und häßlich vor, als er sich hinaufschwang und hinter mich setzte. Vorsichtig führte er sein Pferd, sogar als er seinen rechten Arm frei machte und ihn mir beschützend um die Taille legte.

»Es regnet ja schon.«

»Ich weiß.«

»Wir werden es nie zum Haus zurück schaffen, ehe der Sturm voll losgeht.«

»Ich fürchte nein. Darum steuere ich auch auf einen alten verlassenen Stadel zu, in dem das Korn, das frühere Tattertons angebaut haben, gelagert wurde.«

»Das heißt, deine Vorfahren konnten also noch etwas anderes als Spielzeug machen?«

»Ich vermute, jeder hat Vorfahren, die über mehr als eine Fähigkeit verfügten.«

»Sicherlich hatten deine Vorfahren Diener für die ganze Landwirtschaft.«

»Vielleicht hast du recht, trotzdem braucht's auch ein bißchen Talent, um das Geld zu machen, mit dem man Lohnarbeiten bezahlen kann.«

»Man braucht mehr als nur Talent, um in der Wildnis zu überleben.«

»*Touché*. Und jetzt halt dich still und laß mich die Richtung finden.« Er strich sich das nasse Haar aus der Stirn, sah sich um und lenkte dann das Pferd nach Osten.

Schwarze Gewitterwolken türmten sich von Südwesten auf, und bald folgten zuckende Blitze. Trotz meiner Absicht, ihm davonzulaufen, war es ein angenehmes Gefühl, seinen Arm um mich zu haben, mit dem er mich festhielt, bis endlich der Stadel in Sicht kam.

In dem verfallenen Gemäuer, das halbvoll mit verrottendem Heu war, roch es alt und säuerlich. An Hunderten von Stellen leckte der Regen durch, platschte auf den dreckigen Boden und bildete Pfützen. Durch die Löcher im Dach konnte ich den immer dunkler werdenden Himmel beobachten, der jetzt von riesigen Blitzen zuckte. Sie schienen direkt über uns zusammenzutreffen. Ich sank auf die Knie, während Troy sich um das Pferd kümmerte, es absattelte und mit der Satteldecke trockenrieb. Dann kam er zu mir und stocherte mit seinen Händen so lange im Heu, bis er auf eine Lage stieß, die trocken war und nicht so stank. Darauf setzten wir uns.

Als ob es gar keine Unterbrechung gegeben hätte, fuhr ich in meiner wütenden Art fort: »Es ist ja ein Wunder, daß reiche Leute wie die Tattertons diesen Stadel nicht schon längst haben abreißen lassen.«

Er ignorierte meine Bemerkung, lehnte sich auf den Heuhaufen zurück und sagte mit weicher Stimme: »Als kleiner Junge habe ich immer in diesem Stadel gespielt. Ich hatte einen erfundenen Freund, den ich Stu Johnson rief, und mit dem sprang ich immer dort droben vom Heuboden herunter.« Er deutete in die Richtung, um mir zu zeigen wo. »Ich sprang immer auf den Heuhaufen, auf dem wir jetzt sitzen.«

»Was für ein albernes und gefährliches Spiel!« Ungläubig starrte ich den offenen Heuboden und seine enorme Höhe an. »Du hättest tot sein können.«

»Ach, daran dachte ich nicht. Damals war ich fünf und brauchte unbedingt einen Freund, wenn's auch nur einer in der Phantasie war. Deine Mutter war fortgelaufen und hatte mich einsam zurückgelassen. Jillian weinte die ganze Zeit und rief Tony im Ausland an und flehte ihn an, nach Hause zu kommen. Und wenn er's dann tat, stritten sie jeden Tag.«

Atemlos wandte ich mich ihm zu, weil er sich ein bißchen an meine Mutter erinnerte. »Warum ist meine Mutter fortgelaufen?«

Anstelle einer Antwort setzte er sich auf, nahm ein Taschentuch aus seiner Tasche, tauchte es in eine Pfütze mit Regenwasser und fing dann an, mir verschmierten Schlamm vom Gesicht zu wischen. »Ich weiß es nicht«, antwortete er und beugte sich dabei vor, um meine Nasenspitze mit seinen Lippen zu berühren. »Ich war zu jung, um die Vorgänge zu begreifen.« Er küßte mich auf die rechte Wange, dann auf die linke. Sein Atem glitt mir warm und erregend über Gesicht und Nacken, während er weiter küßte und erzählte. »Ich wußte nur, daß mir deine Mutter zu schreiben versprach, als sie wegging. Sie sagte, eines Tages, wenn ich groß wäre, würde sie zurückkommen.«

»Das hat sie dir erzählt?«

Ein sanfter Kuß fand meine Lippen. Logan hatte mich oft geküßt, aber nicht ein einziges Mal hatte ich mich bei seinen linkischen, knabenhaften Annäherungsversuchen so erregt gefühlt, wie bei einem Mann, der offensichtlich genau wußte, was er tun mußte, um meine Haut kribbeln zu lassen. Obwohl ich es besser hätte wissen sollen, antwortete ich viel zu rasch und zuckte dann zurück. »Du mußt kein Mitleid mit mir haben und mir Lügen erzählen.«

»Ich würde dich nie über etwas so Wichtiges belügen.«
Seine beiden Hände umfaßten meinen Kopf. So konnte er ihn in eine Richtung biegen, die für ihn angenehm war. Der nächste Kuß auf meinen Lippen war noch intensiver. Ich konnte kaum noch atmen. »Je mehr ich zurückdenke, desto mehr wird mir klar, wie sehr ich deine Mutter geliebt habe.«

Zärtlich legte er mich auf den Heuhaufen zurück, hielt mich an seine Brust gedrückt, während sich meine Arme wie von selbst hoben, um ihn zu umarmen. »Mach weiter, erzähl mir mehr.«

»Nicht jetzt, Heaven, nicht jetzt. Laß mich nur dich halten, bis der Sturm vorüber ist. Laß mich eher darüber nachdenken, was zwischen uns beiden vorgeht. Ich habe mich energisch gewehrt, mich in dich zu verlieben. Ich mochte einfach nicht noch ein Mann sein, der dich verletzt.«

»Ich habe keine Angst.«

»Du bist erst achtzehn, ich bin dreiundzwanzig.«

Ich konnte kaum glauben, was ich als nächstes antwortete. »Jessie Shackleton war fünfundsiebzig, als er Lettie Joyner heiratete, die zehn Meilen außerhalb der Willies lebte. Sie gebar ihm noch drei Söhne und Töchter, ehe er im Alter von neunzig starb.«

Er stöhnte und vergrub sein Gesicht in meinem nassen Haar. »Erzähl mir nichts mehr. Wir beide müssen nachdenken, bevor's zu spät ist, um das zu stoppen, was bereits begonnen hat.«

Ein wunderbares Gefühl durchströmte mich. Er liebte mich! Man spürte es aus dem Klang seiner Stimme, aus der Art, wie er mich hielt und mich zu warnen versuchte.

Der Regen trommelte über unseren Köpfen, Ströme von Wasser flossen durch die Löcher im Dach, der Donner krachte, und die Blitze zuckten. Währenddessen lagen wir uns schweigend in den Armen, streichelten uns, und unsere Lippen fanden sich von Zeit zu Zeit. Es war süßer als alles, was ich zuvor gekannt hatte. Er hätte mich auf der Stelle nehmen können, und ich hätte keinen Widerstand geleistet. Aber er hielt sich zurück und ließ dadurch meine Liebe zu ihm nur noch wachsen.

Eine Stunde lang hielt der Regen an. Dann setzte er mich auf sein Pferd, und langsam ritten wir auf das große Haus zu, dessen Kamine und Türme wir schon über den Baumwipfeln sehen konnten. Auf den Stufen vor dem Seiteneingang zog er mich nochmals in seine Arme. »Ist es denn nicht merkwürdig, Heaven, wie du in mein Leben kamst, als ich dich weder wollte noch brauchte, und jetzt kann ich mir ein Leben ohne dich nicht vorstellen.«

»Dann tu's auch nicht. Ich liebe dich, Troy. Versuche nicht, mich aus deinem Leben zu streichen, nur weil du mich für zu jung hältst. Ich bin nicht zu jung. Niemand in meinem Alter wird in den Bergen als jung angesehen.«

»Deine Berge wirken ehrfurchtgebietend, aber ich kann nicht heiraten, weder dich noch sonst jemanden.«

Seine Worte verletzten mein Herz.

»Dann liebst du mich nicht?«

»Das habe ich nicht gesagt.«

»Du mußt mich nicht heiraten, wenn du nicht willst. Liebe mich nur so lange, wie ich mich wohl fühle.« Schnell stellte ich mich auf die Zehenspitzen und preßte meine Lippen auf seine, während meine Finger sein feuchtes Haar kraulten. Fest legte er seine Arme um mich, während ich an all die Frauen dachte, die früher in seinen Armen gelegen haben mußten. Reiche, wilde, schöne und kluge Frauen! Frauen mit Charme, Verstand und Kultur. Juwelengeschmückt, modisch gekleidet, geistreich, selbstsicher – was für eine Chance hatte denn eine Hillbilly-Casteel, einen Mann wie Troy festzuhalten, wenn sie alle gescheitert waren?

»Ich sehe dich dann morgen«, sagte er, löste sich und ging rücklings die Stufen hinunter. »Das heißt, wenn nicht Jillian und Tony zurückkommen. Ich weiß auch nicht, was sie so lange fernhält.«

Auch ich hatte keine Ahnung, aber es tat gut, die Treffen mit Troy nicht so verheimlichen zu müssen. Je mehr ich darüber nach dem Zubettgehen grübelte, desto unruhiger wurde ich. Ich wollte jetzt bei Troy sein, hatte keine Lust, noch länger zu warten. Wortlos suggerierte ich ihm, zu mir zu kommen, jetzt. Endlose Stunden brachte ich immer am Rand des Schlafs zu, konnte aber nie das friedliche Vergessen finden, das ich verzweifelt suchte. Ich wälzte mich von einer Seite auf die andere, versuchte es auf dem Rücken, auf dem Bauch. Dann hörte ich plötzlich meinen Namen rufen. Hellwach setzte ich mich auf und starrte auf die elektrische Uhr auf meinem Nachttisch. Zwei Uhr – das sollte die ganze Zeit gewesen sein, die vergangen war? Ich stand auf und zog mir einen dünnen, grünen Mantel, der genau zu meinem Nachthemd paßte, über. Dann ging ich durch die obere Halle zur Treppe und fand mich, ohne es zu wissen, plötzlich barfuß im Labyrinth wieder. Das Gras war feucht und kühl. Was ich hier verloren hatte, wollte ich lieber nicht analysieren.

Der Gewittersturm hatte die Luft so völlig reingefegt, daß jetzt das Mondlicht die Dunkelheit erhellte. Die hohen Hekken spiegelten mit ihren Millionen Blättern kleine Bruchstücke des Sternenlichts wider und funkelten. Und dann war ich da, zögerte vor seiner verschlossenen Tür und wünschte mir, ich hätte den Mut, anzuklopfen oder die Tür einfach zu öffnen und hineinzugehen. Oder nur die Energie, mich umzudrehen und dorthin zurückzugehen, wohin ich gehörte. Ich senkte den Kopf, bis ich die Stirn ans Holz pressen konnte, dann schloß ich die Augen und fing leise an zu weinen. Alle Kraft war aus meinem Körper gewichen, ich sackte erschöpft zusammen. In dem Moment ging die Türe auf, ich ließ mich nach vorne fallen – direkt in Troys Arme.

Er sagte kein Wort, während er mich auffing. Er hob mich in seine Arme und trug mich in sein Schlafzimmer.

Mondlicht fiel über sein Gesicht, während er seinen Kopf zu mir beugte, und diesmal forderten seine Lippen mehr. Seine Küsse, seine Hände brannten wie Feuer. Aber alles geschah zwischen uns so natürlich und schön, daß ich nichts von den Schuld- und Schamgefühlen spürte, die Cal Dennisons Liebeskünste hervorgerufen hatten. Wir kamen zusammen, als ob es so sein müßte, oder wir würden sterben. Als es vorbei war, lag ich in seinen Armen und zitterte vor den Erregungen des ersten Orgasmus in meinem Leben.

Als wir wach wurden, herrschte Morgendämmerung, und ein feuchter, kühler Wind blies durch das geöffnete Fenster. Der süße Morgengesang von schläfrigen Vögeln trieb mir Tränen in die Augen. Dann setzte ich mich auf und griff nach der Decke, die am Fußende des Bettes zusammengefaltet lag. Rasch zogen mich Troys Arme zurück. Sanft verteilte er kleine Küsse auf meinem Gesicht, während seine freie Hand mein Haar streichelte. Dann barg er mich wieder an sich.

»Vergangene Nacht lag ich hier auf meinem Bett und dachte an dich.«

»Ich hatte Mühe, einzuschlafen.«

»Ich auch.«

»Erst als ich schon fast schlief, setzte ich mich plötzlich hellwach auf und meinte zu hören, wie du meinen Namen riefst.«

Tief aus seiner Brust kam ein unterdrückter Laut, er drückte mich noch fester an seinen warmen Körper. »Ich war auf meinem Weg zu dir, als du durch die Tür fielst wie die Antwort auf ein Gebet. Und trotzdem hätte ich nicht zulassen dürfen, daß es passiert ist. Ich habe solche Angst, du wirst es bedauern. Ich möchte dir nie weh tun.«

»Du kannst mir gar nicht weh tun, niemals! Ich habe noch nie einen so zärtlichen und liebenswürdigen Mann getroffen.«

Er lachte tief in sich hinein. »Wie viele Männer hast du denn schon im zarten Alter von achtzehn gekannt?«

»Nur den einen, von dem ich dir erzählt habe«, flüsterte ich und versteckte mein Gesicht, als er mir in die Augen schauen wollte.

»Möchtest du mir von ihm erzählen?«

Er hörte zu, ohne eine Frage zu stellen; seine schlanken Hände liebkosten mich die ganze Zeit, und als ich zu reden aufhörte, küßte er meine Lippen und danach jede einzelne meiner Fingerspitzen.

»Hast du von diesem Ca! Dennison etwas gehört, seit du nach Farthy gekommen bist, um hier zu leben?«

»Ich möchte nie mehr von ihm hören, niemals!«

Wie heftig ich das hinausschrie!

Schweigend verbrachten wir die erste Mahlzeit an diesem Tag und verhielten uns wie zwei erwachsene Kinder, die gerade dabei waren, einander zu finden. Nie vorher hatte ich Sandwiches mit Spiegelei und gebratenem Speck gegessen, und ich hatte keine Ahnung, daß Erdbeermarmelade den Geschmack von Ei und Speck noch steigerte. »Es war purer Zufall, wie ich diese Feinschmeckerspezialität kennengelernt habe«, fing er zu erklären an, »ich war ungefähr sieben und dabei, mich von irgendeiner der Kinderkrankheiten zu erholen, die mich so oft plagten. Jillian hatte mich ausgeschimpft, weil ich bei Tisch immer herumkleckste, und da fiel mir der Toast mit Erdbeermarmelade in meinen Teller. »Das ißt du aber auf alle Fälle!« schrie sie. Und als ich's tat, entdeckte ich zum ersten Mal, daß ich Eier und Schinken und...«

»Jillian hat dich oft angeschrien?« Ich war erstaunt, denn ich hatte geglaubt, ein Großteil ihres rüden Verhaltens beruhe auf der Tatsache, daß sie die Gegenwart eines jüngeren weiblichen Wesens übelnahm.

»Jillian hat mich nie gemocht... hörst du... es donnert wieder. Der Wetterbericht hat für die ganze Woche Sturm vorhergesagt, erinnerst du dich?«

Ich hörte, wie der Regen auf das Hausdach trommelte. Bald war Troy dabei, ein Feuer herzurichten, um die morgendliche Kühle und Feuchtigkeit zu vertreiben. Auf dem Fußboden ausgestreckt beobachtete ich ihn dabei. Wie er die Holzspäne akkurat aufschichtete, amüsierte mich. Trotzdem machte es mir Spaß, ihn zu beobachten, wenn er mal nichts tat. Wie schön, daß uns das Wetter in seiner Hütte einschließen würde. Heiß und hell loderte das Feuer auf. Das Schweigen zwischen uns dehnte sich und begann vor Emotionen zu vibrieren. Der orangene Widerschein des Kaminfeuers auf seinen Gesichtszügen ließ meinen Körper erschauern. Ich bemerkte, wie er mich bei meinen Gedanken beobachtete, wie er mein Gesicht musterte, während ich auf seine Hände starrte ... und dann bewegte er sich, stützte sich auf seinen Ellbogen, und sein Gesicht kam immer näher. Vielleicht wollte er wieder mit mir schlafen – mein Puls beschleunigte sich.

Aber statt Küsse schenkte er mir nur Worte.

Statt mich innig zu umarmen, ließ er sich zurückfallen und verschränkte wieder die Arme hinter dem Kopf, in seiner Lieblingsposition. »Weißt du, was mir im Kopf herumgeht, wenn's Sommer ist? Ich denke daran, daß bald Herbst sein wird und die buntesten und hübschesten Sommervögel alle fortfliegen werden. Nur die dunkelsten und mausgrauen bleiben hier. Ich hasse es, wenn die Tage kürzer werden. Während der langen Winternächte kann ich nicht gut schlafen. Irgendwie scheint die Kälte durch die Mauern und in meine Knochen zu kriechen. Ich drehe und wälze mich herum und gerate immer wieder in Alpträume. In der Winterzeit träume ich zu viel. Der Sommer ist die Zeit für angenehme Träume. Sogar wenn du hier direkt neben mir bist, erscheinst du mir wie ein Traum.«

»Troy ...« protestierte ich und drehte mich zu ihm.

»Nein, bitte gestatte mir zu sprechen. Ich habe selten jemanden, der mir so aufmerksam zuhört wie du, und ich möchte, daß du besser über mich Bescheid weißt. Wirst du mir zuhören?«

Über den ernsten Ton in seiner Stimme erschreckt, nickte ich.

»Die Winternächte dauern für mich zu lange. Sie lassen mir zuviel Raum zum Träumen. Ich versuche, den Schlaf bis zum Morgengrauen fernzuhalten, und manchmal habe ich Erfolg. Wenn nicht, werde ich so unruhig, daß ich aufstehen und mich anziehen muß. Dann gehe ich im Freien spazieren, lasse meine düsteren Gedanken von der frischen, kalten Luft fortwaschen. Ich folge den Pfaden zwischen den Pinien, und erst wenn mein Kopf wieder klar ist, komme ich hierher zurück. Bei der Arbeit kann ich die nächste Nacht und die Alpträume, die mich verfolgen, vergessen.«

Ich konnte ihn nur noch anstarren. »Kein Wunder, daß du im letzten Winter Schatten unter den Augen hattest«, bemerkte ich gequält, weil er gerade jetzt so melancholisch sein konnte. *Jetzt hatte er doch mich.* »Ich dachte immer, du seist arbeitswütig.«

Troy rollte sich zur Seite, schaute ins Feuer und streckte den Arm nach einer Flasche Champagner aus, die er zum Kühlen in einen silbernen Kübel gestellt hatte. Er goß die sprudelnde Flüssigkeit in zwei Kristallkelche. »Die letzte Flasche vom Besten«, meinte er, drehte sich wieder zu mir und hob sein Glas so hoch, daß es meines leicht streifte.

Im vergangenen Winter hatte ich mich an Champagner gewöhnt, da er so oft bei Jillians Einladungen gereicht wurde, aber ich war immer noch Kind genug, um mich bereits nach einem Glas beschwipst zu fühlen. Nachdenklich nippte ich an meinem Champagner und wunderte mich, warum seine Augen weiterhin meinen Blick mieden. »Was meinst du mit der letzten Flasche? Du hast doch einen Weinkeller unterm Haus mit genug Champagner fürs nächste halbe Jahrhundert.«

»Ganz literarisch«, antwortete er. »Ich habe es poetisch gemeint. Der Versuch, dir zu erzählen, daß Winter und Kälte die morbide Seite zum Vorschein bringen, die ich meistens vor dir zu verheimlichen suche. Mir liegt zu viel an dir, ich möchte nicht, daß du dich zu intensiv in unsere Beziehung verwickelst ohne zu begreifen, wer und was ich bin.«

»Ich weiß, wer und was du bist!«

»Nein, das tust du nicht. Du kennst nur das, was ich dir zu sehen gestattet habe.« Seine dunklen Augen drehten sich zu mir und befahlen, keine Fragen zu stellen. »Hör zu, Heaven, ich versuche dich zu einem Zeitpunkt zu warnen, an dem du dich noch zurückziehen kannst.«

Ich öffnete die Lippen zum Antworten, bereit zum Widerspruch, aber er legte mir seine Finger auf die Lippen, um mich verstummen zu lassen.

»Warum glaubst du wohl, hat Tony dir befohlen, mich zu meiden? Für mich ist es sehr schwierig, auf der fröhlichen, optimistischen Seite zu bleiben, die nur gedeiht, wenn die Tage länger werden und die Wärme zurückkommt.«

»Wir können immer in den Süden ziehen!« rief ich heftig und haßte seine ernsthafte Art, den verdüsterten Ausdruck seiner Augen.

»Ich habe das schon versucht, habe Winter in Florida, Neapel, Italien verbracht. Ich bin durch die ganze Welt gereist und versuchte zu finden, was anderen so leicht gelingt, aber ich trage meine winterlichen Gedanken in mir.« Er lächelte, aber mir war nicht wohl dabei. Es war kein Scherz, obwohl er leichthin zu reden versuchte. Hinter seinen Pupillen lauerte die Dunkelheit, tief wie ein bodenloser Abgrund.

»Aber der Frühling kommt doch immer wieder, gefolgt vom Sommer«, antwortete ich rasch, »so wenigstens habe ich's mir immer vorgesagt, wenn wir froren und hungerten und der Schnee anderthalb Meter hoch lag, und Winnerow sieben Meilen weg war.«

Seine weichen, warmen Augen liebkosten mich und trieben mir die Wärme ins Gesicht. Er schenkte mir noch mal Champagner in mein Glas. »Ich wünschte, ich hätte dich damals gekannt, und Tom und die anderen. Ihr hättet mir so viel von eurer Energie weitergeben können.«

»Troy! Hör auf, so zu reden!« begehrte ich erschreckt auf, weil ich seine Stimmung nicht begriff. Ich war zornig, weil er mich jetzt eigentlich küssen sollte, meine Kleider ausziehen sollte, anstatt zu reden. »Was versuchst du denn, mir zu erzählen? Daß du mich nicht liebst? Daß du es bedauerst, mit mir geschlafen zu haben? Gut, ich bedauere gar nichts. Mir wird's nie leid tun, daß du mir wenigstens eine Nacht mit dir geschenkt hast! Und wenn du meinst, du könntest mich ausradieren, dann liegst du falsch. Ich bin ein Teil deines Lebens, Troy, ganz tief drinnen. Und wenn dich der Winter traurig und morbide macht, werden wir gemeinsam der Sonne folgen, und während all dieser Nächte werden dich meine Arme so festhalten, daß du nie wieder einen Alptraum haben wirst.«

Aber als ich mich sehnsüchtig nach ihm ausstreckte, trieb mein Herz an den Rand eines Abgrundes, jeden Moment bereit, hinunterzustürzen und zu sterben, wenn er mich zurückweisen würde!

»Ich möchte nichts mehr hören!« rief ich, ehe ich meine Lippen auf seine preßte. »Nicht jetzt, bitte, jetzt nicht!«

ZWEITER TEIL

11. KAPITEL
Januar im Juli

Einige Male versuchte Troy, mir wieder seine traurige Geschichte von Winter, Schwachheit und Tod zu erzählen, aber ich stellte mich schützend vor unsere Freude und unsere Leidenschaft. Immer und immer wieder brachte ich ihn mit Küssen zum Verstummen. Drei Nächte und zwei Tage lang waren wir ein glühendes Liebespaar, das es nicht ertragen konnte, länger als ein paar Minuten getrennt zu sein. Die Gärten, die Farthy umgaben, verließen wir nicht und riskierten es auch nicht, nochmals durch die Wälder zu reiten. Für unsere Pferde wählten wir keine riskanten Wege mehr und entfernten uns nie zu weit. Denn wir wollten so rasch wie möglich wieder in die Hütte zurückkehren, zu dem sicheren Gefühl, das wir bei unseren Umarmungen hatten. Am frühen Abend eines Tages hatte sich der Regen übers Meer hinaus verzogen, und die Sonne war endlich wieder am Horizont aufgetaucht. Troy hielt mich auf dem Boden vor seinem Kaminfeuer eng umschlungen. Aber diesmal war er sehr hartnäckig.

»Du mußt mir zuhören, versuche nicht, mich wieder wegzuschieben. Ich möchte nicht dein Leben ruinieren, nur weil ein Schatten über meinem liegt.«

»Wird denn deine Geschichte das zerstören, was uns jetzt gehört?«

»Ich weiß es nicht, die Entscheidung wird bei dir liegen.«

»Und du riskierst es tatsächlich, mich zu verlieren?«

»Nein, ich hoffe, dich nie zu verlieren, aber wenn ich es tun muß, werde ich es tun.«

»Nein!« schrie ich, sprang auf und stürzte in seinen Flur.

»Laß mich diesen Sommer ganz genießen, ohne Gedanken an den Winter!«

Mit großen Schritten lief ich zur Hütte hinaus und direkt ins Labyrinth, durch den feuchten Abendnebel, der sich zwischen den schmalen Wegen der Hecken sammelte. Zu meiner großen Bestürzung wäre ich beinahe kopfüber mitten in eine kleine Gruppe vor der Haupttreppe von Farthinggale Manor geplatzt, die dabei war, Tonys lange, schwarze Limousine auszuladen. Jillian und Tony waren zurück! Rasch duckte ich mich wieder hinter dem Labyrinth. Ich hatte keine Lust, daß sie mich auf meinem Rückweg von Troys Hütte ertappten.

Während der Chauffeur das Gepäck hineintrug, hörte ich, wie Tony Jillian dafür tadelte, daß sie mich nicht benachrichtigt hatte. »Das heißt also, du hast Heaven nicht, wie versprochen, gestern angerufen?«

»Wirklich, Tony, ich habe mehrmals daran gedacht, aber dann kam immer wieder etwas dazwischen. Außerdem wird sie sicher mehr überrascht und erfreut sein, wenn wir unerwartet zurückkommen. Ich in ihrem Alter wäre entzückt über all die hübschen Dinge gewesen, die wir für sie aus London mitgebracht haben, da bin ich mir sicher.«

Sobald sie im Haus verschwunden waren, rannte ich zum Seiteneingang und die hintere Treppe zu meinen Zimmern hoch. Dort verkroch ich mich sofort im Bett und weinte herzzerreißend. Als Tony an meine Türe klopfte und meinen Namen rief, trocknete ich rasch meine Tränen.

»Wir sind wieder zu Hause, Heaven, darf ich reinkommen?« Irgendwie freute ich mich, ihn wiederzusehen. Er lächelte und war so guter Laune, während er mich mit Fragen überschüttete: Was ich denn so gemacht habe und wie ich's geschafft hätte, daß es mir gut ging, ich beschäftigt war und mich unterhalten konnte. Ach, meine Lügen hätten Granny sich im Grabe umdrehen lassen. Hinter meinem Rücken hielt ich meine Finger gekreuzt. Er stellte Fragen über meine Abschlußfeier und betonte wieder, wie leid es ihm getan hätte, daß er sie versäumt hatte. Er fragte mich nach den Parties, auf denen ich gewesen war, wen ich gesehen und ob ich irgendwelche jungen Männer getroffen hätte. Kein einziges Mal sah er mich mißtrauisch an, während mir die Lügen nur so von der Zunge gingen. Warum nur vermutete er nicht, daß mir Troy am meisten zusagte? Hatte er denn alle seine Regeln, die er mir zu befolgen gegeben hatte, völlig vergessen?

»Prima«, meinte er, »ich bin froh, daß dir das Sommerprogramm im Fernsehen Spaß gemacht hat. Ich finde TV tödlich langweilig, aber ich bin ja auch nicht in den Willies aufgewachsen.« Sehr charmant lächelte er mich strahlend an, wenn auch ein wenig spöttisch. »Hoffentlich hattest du auch Zeit, ein paar gute Bücher zu lesen.«

»Fürs Lesen finde ich immer Zeit.«

Seine blauen Augen verengten sich, während er sich vorbeugte, um mich kurz zu umarmen, bevor er sich wieder zur Tür drehte. »Vor dem Abendessen würden Jillian und ich dir noch gerne alle unsere Geschenke geben, die wir sehr sorgfältig für dich ausgesucht haben. Und wie wär's jetzt, wenn du dir noch die Tränenspuren vom Gesicht waschen würdest, bevor du dich für den Abend umziehst?«

Ich hatte ihn nicht zum Narren halten können, hatte nur mich selbst in dem Glauben getäuscht, er würde nicht mehr so genau hinsehen wie früher.

Als ich in der Bibliothek war und mich Jillian in einem langen Hauskleid anstrahlte, während ich meine Geschenke aus London auspackte, stellte er trotzdem keine Frage, warum ich denn geweint hätte. »Gefällt dir alles?« fragte Jillian, die mir Kleider, Kleider und noch mehr Kleider geschenkt hatte. »Die Pullis werden doch passen, oder?«

»Alles ist ganz wunderschön, die Pullis werden passen.«

»Und was ist mit meinen Geschenken?« wollte Tony wissen. Er hatte mir extravaganten Schmuck und eine mit blauem Samt ausgeschlagene Schatulle geschenkt. »Heutzutage können sie Toilettengegenstände nicht mehr so anfertigen wie zur Viktorianischen Zeit. Dein Set hier ist antik und sehr kostbar.«

Spät in dieser Nacht, lange nachdem das Abendessen vorbei war und sich Jillian und Tony zurückgezogen hatten, schlich ich heimlich durchs Labyrinth zur Hütte zurück. Dort fand ich Troy, der niedergeschlagen in seinem Wohnzimmer auf und ab ging. Als Willkommensgruß lächelte er plötzlich strahlend, was meine Stimmung hob. »Sie sind zurück«, informierte ich ihn atemlos, schloß die Tür und lehnte mich dagegen. »Du solltest all die Sachen sehen, die sie mir mitgebracht haben. Ich habe genug Kleidung für ein Dutzend College-Mädchen.«

Er schien meinen Worten nicht zuzuhören, sondern nur auf das zu lauschen, was ich unausgesprochen ließ. »Warum siehst du so verstört aus?« fragte er und streckte seine Arme aus, damit ich in sie hineinlaufen konnte.

»Troy, ich bin bereit, zu hören, was du mir sagen mußt, egal was es ist.«

»Was hat Tony zu dir gesagt?«

»Nichts. Er stellte ein paar Fragen, wie ich meine Zeit verbracht hätte, während er und Jillian fort waren, aber dich hat er nicht erwähnt. Ich fand es seltsam, daß er nicht fragte, wo du seist und ob wir uns getroffen hätten. Es wirkte fast so, als ob du nicht existieren würdest, und das tat mir weh.« Kurz preßte er seine Stirn gegen meine und zog sich dann mit unbewegter Miene zurück. Während ich jetzt bereit war, ihm zuzuhören, zögerte er anscheinend anzufangen. Eher zärtlich als leidenschaftlich küßte er mich und streichelte mein Haar. Er ließ seinen Zeigefinger über meine Wange gleiten, hielt mich fest und drehte sich dann zum Fenster, von dem aus man das ganze Meer sehen konnte. Sein Arm glitt um meine Taille, um meinen Rücken enger gegen seine Brust drücken zu können. »Stell keine Fragen, bis ich mit meiner Sache fertig bin. Höre unvoreingenommen zu, denn ich meine es ernst.«

Ich wartete, nach einer langen Pause begann er zu sprechen.

»Es ist nicht so, daß ich dich nicht liebe, Heavenly, weil ich unbedingt darauf bestand, zu sagen, was ich sagen mußte. Ich liebe dich sehr. Es ist nicht so, daß ich eine Entschuldigung zu finden suche, um dich nicht zu heiraten. Es ist nur ein kläglicher Versuch meinerseits, dir zu helfen, einen Weg zu finden, um dich selbst zu retten.«

Ich begriff nichts, aber dennoch wußte ich in diesem Moment, ich hatte geduldig zu sein und mußte ihm seine Chance geben, zu tun, was er für »richtig« hielt.

»Du besitzt einen Charakter und eine Energie, um die ich dich gleichermaßen bewundere und beneide. Du bist ein Überlebenskünstler, aber alles, was mir je zugestoßen ist, sagt mir, daß ich's nicht bin. Zittere jetzt nicht. Das Leben formt unsere Ecken und Kanten während unserer Kindheit. Und ich weiß ganz genau, es wird sich zeigen, daß du und dein Bruder Tom aus härterem Material geschnitzt seid als ich.« Er drehte mich zu sich um und sah mit seinen tiefen und verzweifelten Augen zu mir herunter.

Ich biß mir auf die Zunge, um Fragen zu verhindern. Noch war es Sommer, der Herbst hatte noch nicht einmal die Bäume tief grün gefärbt. *Ich bin hier, du wirst keine einsamen Nächte mehr verbringen müssen, wenn du nicht willst* – aber ich sagte keine Silbe davon.

»Ich möchte dir von meiner Kindheit erzählen«, fuhr er fort. »Meine Mutter starb kurz nach meinem ersten Geburtstag, und ehe ich zwei war, starb mein Vater. Deshalb ist der einzige Elternteil, an den ich mich in meinem Leben erinnern kann, mein Bruder Tony. Er war meine Welt, mein ein und alles. Ich betete ihn an. Für mich ging die Sonne unter, wenn Tony zur Tür hinausging, und sie ging auf, wenn er wieder hereinkam. Ich hielt ihn für einen Gott, der imstande war, mir alles, was ich wollte, zu geben, ich mußte es nur eindringlich genug wünschen. Er war siebzehn Jahre älter und hatte schon vor meines Vaters Tod die Verantwortung dafür übernommen, daß ich glücklich blieb. Von allem Anfang an war ich ein kränkliches Kind. Tony hat mir erzählt, meine Mutter hatte es sehr schwer, mich zur Welt zu bringen. Immer war ich kurz davor, wegen irgend etwas zu sterben, und das hat Tony so oft in Angst und Schrecken versetzt, daß er mitten in der

Nacht in mein Zimmer kam, um nachzusehen, ob ich überhaupt noch atmete. Während meiner Klinikaufenthalte kam er drei bis viermal täglich zu Besuch und brachte mir Leckereien, Tiere, Spiele und Bücher. Als ich dann drei Jahre alt war, glaubte ich, jede Sekunde seines Lebens gehöre mir. Er war mein Eigentum. Wir brauchten sonst niemanden. Und dann kam der fürchterliche Tag, an dem er Jillian VanVoreen fand. Zu diesem Zeitpunkt hatte ich keine Ahnung von ihr, er hielt sie völlig geheim vor mir. Als er mir schließlich erzählte, er würde Jillian heiraten, drehte er es so, daß es aussah, als ob er's nur täte, damit ich eine neue, liebevolle Mutter bekäme. Und eine Schwester dazu. Ich war aufgeregt und zornig zugleich. Mit drei Jahren kann ein Kind die einzige Person in seinem Leben, die sich um es kümmert, als persönliches Eigentum betrachten. Ich war eifersüchtig. Lachend hat er mir später erzählt, daß ich regelrechte Wutanfälle produzierte, denn ich wollte nicht, daß Tony Jillian heiratete – besonders nicht, nachdem sie mir begegnet war. Ich lag krank im Bett, und er dachte, ein so zerbrechlicher, liebenswürdiger kleiner Junge, der sie wirklich brauchte, würde Jillian rühren. Er sah nicht, was ich sah. Kinder scheinen die Gedanken von Erwachsenen besonders gut lesen zu können. Ich wußte, sie war über die Vorstellung, sich um mich kümmern zu sollen, entsetzt... und trotzdem brachte sie ihre Scheidung hinter sich, heiratete Tony und zog mit ihrer zwölfjährigen Tochter in Farthy ein. Ganz schwach kann ich mich an die Hochzeit erinnern, keine Einzelheiten, nur Eindrücke.

Ich war unglücklich, und deine Mutter ebenso. Ich habe andere Erinnerungen, wie Leigh versuchte, mir eine Schwester zu sein, einen Großteil ihrer Freizeit an meinem Bett verbrachte und versuchte, mich bei Laune zu halten. Wie dem auch sei, was sich mir am tiefsten eingeprägt hat, war, daß Jillian ganz offensichtlich gegen jeden Moment war, den Tony mir widmete und nicht ihr.«

Eine ganze Stunde sprach er und mir wurde alles klar: Die Einsamkeit eines kleinen Jungen und eines jungen Mädchens, die von Umständen, die außer ihrer Kontrolle lagen, zusammengeworfen worden waren. So hatten sie allmählich einander immer mehr gebraucht, und dann passierte eines Tages etwas Furchtbares, das er nie verstand. Die neue Schwester, die er langsam geliebt hatte, lief fort.

»Tony war in Europa, als Leigh von hier fortrannte. Als Antwort auf Jillians verzweifelte Anrufe kam er zurückgeflogen. Ich wußte, sie beauftragten Detektivagenturen, sie zu finden, aber Leigh war wie vom Erdboden verschwunden. Beide erwarteten, daß sie in Texas, wo ihre Großmutter und Tanten lebten, auftauchen würde, aber Leigh tauchte nie auf. Jillian weinte die ganze Zeit, jetzt weiß ich, daß ihr Tony Vorwürfe wegen des Verschwindens deiner Mutter machte. Ich wußte, daß Leigh gestorben war, lange bevor du mit deinen Neuigkeiten hierherkamst. Ich wußte es bereits an dem Tag, an dem es geschah, denn mir träumte davon; du hast nur noch die Wahrheit meines Traums bestätigt. Meine Träume werden immer wahr.

Nachdem Leigh weggegangen war, erkrankte ich an rheumatischem Fieber und war fast zwei Jahre ans Bett gefesselt. Tony verlangte von Jillian, ihre gesellschaftlichen Aktivitäten aufzugeben und ihre ganze Zeit meiner Pflege zu widmen, obwohl ich ein englisches Kindermädchen namens Bertie hatte, das ich anbetete. Mir wäre es zehnmal lieber gewesen, wenn man mich mit Bertie alleingelassen hätte als mit Jillian. Jillian machte mir Angst mit ihren langen Fingernägeln und ihren raschen, unbedachten Bewegungen. Ich spürte ihre Ungeduld mit einem kleinen Jungen, der einfach nicht gesund bleiben konnte.

›Keinen einzigen Tag meines Lebens bin ich krank gewesen‹, pflegte sie zu mir zu sagen. Das war der Beginn meiner fixen Idee, ich sei tatsächlich ein mißratenes, unpassendes Kind, das anderer Leute Leben verdarb. Und ab dann begannen die Träume. Manchmal waren sie wunderbar, aber viel öfter waren es grauenvolle Alpträume, die mich dazu brachten, zu glauben, ich würde nie wirklich glücklich sein, nie richtig gesund, und würde auch nichts von alldem je haben, was anderen so leicht zufliegt – normale Dinge, die jeder im Laufe seines Lebens erwartet: Freunde zu besitzen, sich zu verlieben und lange genug zu leben, um die eigenen Kinder heranwachsen zu sehen. Ich fing an, von meinem eigenen Tod zu träumen – mein eigener Tod als junger Mann. Während ich älter wurde und mit der Schule anfing, zog ich mich von allen zurück, die sich mit mir anzufreunden versuchten. Ich hatte Angst davor, schließlich verletzt zu werden, wenn ich mich selbst zu verwundbar machte. Einsam und andersartig hörte ich meinen eigenen Trommler, lauschte meiner persönlichen Musik und widmete mich ganz meinem einsamen Kurs durchs Leben, bis es endlich vorbei wäre. Ich war überzeugt, es würde nicht allzu lange dauern. Ich wollte niemanden mit meinem Leid belasten, so daß es ihn verletzen könnte, wie ich von dem Bewußtsein verletzt wurde, daß das Schicksal gegen mich war.«

Unfähig länger zu schweigen, brauste ich auf: »Troy, ein Mann mit deiner Intelligenz kann doch nicht glauben, daß das Schicksal alles bestimmt!«

»Ich glaube an das, woran ich gezwungen wurde zu glauben. Nichts, das in meinen Alpträumen vorhergesagt worden ist, ist nicht eingetreten.«

Kühl und feucht wehte der Sommerwind vom Meer her durch die geöffneten Fenster. Möwen und Tölpel schrien klagend, während die Wellen an die Küste klatschten. Mein Kopf lag an seiner Brust, und durch seine dünne Pyjama-Jacke konnte ich sein Herz klopfen hören. »Es waren doch nur Träume eines kleinen, kranken Jungen«, murmelte ich und wußte doch, während ich es noch aussprach, daß er schon viel zu lange an seinem Glauben festgehalten hatte, als daß ich es jetzt ändern könnte. Er schien mich gar nicht zu hören.

»Niemand hätte einen liebevolleren Bruder haben können als ich. Aber da war noch immer Jillian, die ihren Kummer um den Verlust ihrer Tochter dazu benutzte, um mir Tony mehr und mehr zu entfremden. Sie mußte auf Reisen gehen, um ihren Kummer zu vergessen. Sie mußte zum Einkaufen nach Paris, London und Rom, um den Erinnerungen an Leigh entfliehen zu können. Aus allen Teilen der Welt schickte mir Tony Postkarten und kleine Geschenke, um mich davon zu überzeugen, daß auch ich einmal, als Erwachsener, die Sahara sehen und auf die Pyramiden klettern würde. Die Schule war keine echte Herausforderung für mich. Die höheren Klassen erreichte ich viel zu früh, so daß sich die Freunde, die ich vielleicht hätte gewinnen können, von dem, was die Lehrer ein Wunderkind nannten, abwandten. Ich glitt durchs College, ohne auch nur jemals von irgendeinem akzeptiert worden zu sein. Ich war Jahre jünger und brachte die älteren Jungs in Verlegenheit. Die Mädchen neckten mich, weil ich noch ein Kind war. Immer stand ich draußen und sah hinein. Und dann machte ich mit achtzehn meinen Abschluß in Harvard, mit Auszeichnung. Geradewegs von der Prüfung ging ich zu Tony und erzählte ihm, ich wolle die Welt so erleben wie er damals.

Er wollte nicht, daß ich gehe, und bat mich, doch zu bleiben, bis er mich begleiten könne... aber er mußte sich um Geschäfte kümmern, und mich trieb die Zeit zur Eile an; unentwegt, denn bald würde es zu spät sein. Also ritt ich letztendlich vielleicht auf denselben Kamelen durch den Sand der Sahara wie Tony und Jillian, kletterte vielleicht dieselben bröckeligen Stufen der Pyramiden hinauf. Und zu meinem großen Kummer entdeckte ich, daß die exotischen Reisen, die ich in meiner Phantasie gemacht hatte, während ich im Bett lag und mir ausmalte, wie es wohl sein würde, bei weitem die besten Reisen gewesen waren.«

Diesmal ließ mich seine Stimme vor Schreck erstarren. Als er zu sprechen aufhörte, kam ich mit einem schmerzhaften Schlag wieder zu mir. Alles, was er nicht ausgesprochen hatte, hatte mich verwirrt. Alles war ihm zu Füßen gelegen, die Hälfte eines enormen Vermögens, seine Intelligenz, sein gutes Aussehen, aber er hatte es zugelassen, daß ihm kindische Träume die Hoffnung auf eine lange und glückliche Zukunft raubten! Schuld war dieses Haus, redete ich mir selbst ein, dieses riesige Haus mit seinen vielen, endlosen Hallen und geisterhaften Räumen. Schuld war ein kleiner Junge mit viel zu viel Zeit für sich selbst. Trotzdem, wie konnte das passieren, wenn doch die Casteel-Geschwister, die so wenig besessen hatten, sich immer so wildentschlossen an den Glauben geklammert hatten, die Zukunft würde für alles entschädigen?

Ich hob den Kopf und versuchte all das mit Küssen auszudrücken, was ich nicht in Worte fassen konnte. »Ach, Troy, es gibt so viel, was wir zwei noch nicht ausprobiert haben. Alles, was dir fehlte, war ein Reisebegleiter für dich, und du hättest jeden Platz genauso toll gefunden, wie du's dir ausgemalt hattest. Ich bin sicher, das stimmt. Ich will einfach nicht glauben, daß alle Träume, die Tom und ich über Entdeckungsreisen in der Welt hatten, während wir aufwuchsen, in Wirklichkeit eine Enttäuschung sein werden.«

Seine Augen schienen wie dunkle Waldseen, in denen sich die Ewigkeit spiegelte. »Du und Tom, ihr seid nicht zu demselben verurteilt wie ich. Ihr habt die Welt noch vor euch; meine Welt wird immer von den Träumen überschattet sein, die ich hatte und die sich erfüllten. Und auch von meiner Überzeugung, daß auch noch die anderen wahr werden, denn schon so oft habe ich von meinem Tod geträumt. Ich habe meinen eigenen Grabstein gesehen, obwohl ich nicht mehr darauf entziffern kann, als meinen eingemeißelten Namen. Du siehst, Heavenly, ich war nie wirklich für diese Welt geschaffen. Ich bin immer kränklich und melancholisch gewesen. Deine Mutter war wie ich – und deshalb wurden wir auch füreinander so wichtig. Und als sie verschwand, als ich von ihrem Tod träumte und wußte, mein Traum hatte die Wahrheit erzählt, konnte ich nicht begreifen, wieso ich denn noch weiterlebte. Denn wie Leigh sehne ich mich nach Dingen, die man in dieser Welt nicht finden kann. Wie sie werde ich jung sterben. Ehrlich, Heaven, ich habe keine Zukunft. Wie kann ich jemanden, der so jung, strahlend und verliebt ist wie du, auf den dunklen Pfad ziehen, der meiner ist? Wie könnte ich heiraten, nur um dich zur Witwe zu machen? Wie könnte ich ein Kind zeugen, das ich bald ohne Vater zurücklassen würde, so wie ich vaterlos zurückgelassen wurde? Möchtest du wirklich einen dem Tod geweihten Mann lieben, Heaven?«

Dem Tod geweiht? Ich zitterte und klammerte mich an ihn. Plötzlich überfiel mich die verblüffende Erkenntnis, was seine Poesie bedeutete. Sterblichkeit! Unsicherheit! Der Wunsch nach einem frühen Tod, weil das Leben eine Enttäuschung war! Aber ich war jetzt hier!

Nie wieder würde er Sehnsucht haben, sich einsam oder enttäuscht fühlen. Mit verzweifelter Leidenschaft begann ich, seine Jacke aufzuknöpfen, während ich meine Lippen auf seine preßte. Dann waren wir endlich nackt und naß, und die Sinnlichkeit kam zu ihrem Recht. Und auch wenn es draußen schneien würde, statt nur leicht zu regnen, würde unser brennendes Bedürfnis, einander immer und immer wieder zu besitzen, ihn in die Zukunft führen, bis wir beide so alt wären, daß der Tod willkommen wäre.

In dieser Nacht blieb ich bei Troy, obwohl Tony und Jillian zurück waren. Ich wollte ihn nicht wieder in seinen morbiden Phantasien versinken lassen. Tony hin oder her, ich würde bei Troy bleiben und ihn von einer Heirat zu überzeugen versuchen. Und Tony hätte das zu akzeptieren. Am anderen Morgen erwachte ich spät mit dem Bewußtsein, Troy hatte schließlich beschlossen, mir zu vertrauen, mich zu heiraten. Ich konnte ihn in der Küche herumarbeiten hören. Der Duft von frischem, selbstgebackenem Brot stieg mir in die Nase. Noch nie hatte ich mich so lebendig gefühlt, so schön, so weiblich und vollkommen. Mit über der Brust verschränkten Armen lag ich im Bett und lauschte, wie sich Küchenschränke öffneten und schlossen, als ob ich Schuberts *Serenade* zuhörte. Das Zuknallen des Kühlschranks klang wie ein Becken, das zum richtigen Zeitpunkt zusammenschlug. Musik, die gar nicht da war, bewegte die Haare auf meinem Kopf und auf meiner Haut. Mein ganzes Leben lang hatte ich nach dem gesucht, was ich jetzt empfand. Und dann weinte ich aus dem erleichterten Bewußtsein, daß die Suche vorbei war.

Er würde mich heiraten! Er würde mir die Chance geben, den Rest seines Lebens mit Regenbogenfarben anstelle von Grau auszumalen. Langsam und schlaftrunken, aber fast unsinnig vor Glück, schlenderte ich zur Küche. Troy drehte sich vom Herd weg, um mir zuzulächeln. »Wir werden Tony von unseren Heiratsplänen erzählen müssen, und zwar bald.«

Eine Welle von Panik ließ mein Herz schneller schlagen, aber jetzt war ich auf Tonys Unterstützung nicht mehr angewiesen. Wenn Troy und ich erst einmal Mann und Frau wären, würde alles ein gutes Ende finden – für ihn und für mich.

Noch an diesem Nachmittag gingen wir Hand in Hand durchs Labyrinth nach Farthinggale Manor und direkt in die Bibliothek, in der Tony hinter seinem Schreibtisch saß. Die späte Nachmittagssonne schien durch die Scheiben und fiel in glänzenden Flächen auf den farbenprächtigen Teppich. Troy hatte ihn angerufen, um ihm zu erzählen, wir wären auf dem Weg. Vielleicht war es ein schlaues Lächeln, das ich auf seinem Gesicht bemerkte und kein warmherziges, erfreutes. »Nun gut«, meinte er, als er uns Hand in Hand sah, »ihr habt mir also alle beide nicht gefolgt und jetzt kommt ihr zu mir und seht drein wie zwei sehr verliebte Menschen.«

Tony nahm mir den Wind aus den Segeln; nervös zog ich meine Hand aus der von Troy. »Es ist einfach passiert«, flüsterte ich leise.

»Wir werden an meinem Geburtstag heiraten«, verkündete Troy entschlossen. »Am neunten September.«

»Jetzt warte mal eine Minute!« schrie Tony los, stand auf und stützte beide Handflächen auf seinen Schreibtisch. »Troy, immer hast du mir erzählt, du würdest nie heiraten! Und daß du auch keine Kinder haben wolltest!«

Troy griff nach meiner Hand und zog mich nahe an seine Seite. »Ich habe nicht angenommen, jemanden wie Heaven zu treffen. Sie macht mir Hoffnung und Mut, weiterzumachen, ohne Rücksicht auf das, was ich glaube.«

Während ich mich an Troys Seite drückte, lächelte Tony auf seltsame Art und Weise. »Ich nehme an, es wäre Zeitverschwendung, wenn ich Einwände hätte und anmerken würde, Heaven sei noch zu jung und ihr Hintergrund zu verschieden, um sie zur passenden Frau für dich zu machen.«

»Das stimmt«, erwiderte Troy standhaft. »Noch ehe die Herbstblätter zu Boden fallen, werden Heavenly und ich auf unserem Weg nach Griechenland sein.«

Wieder machte mein Herz einen Luftsprung. Troy und ich hatten uns nur vage über Flitterwochen unterhalten. Ich hatte an einen Ort in der Nähe gedacht, wo wir ein paar Tage bleiben konnten, und dann auf nach Radcliffe, wo ich Englisch studieren würde. Aber bald saßen wir alle drei zu meinem größten Erstaunen nebeneinander auf einer langen Ledercouch und schmiedeten Pläne für die Hochzeit. Keine Minute lang hatte ich glauben können, Tony würde die Hochzeit wirklich zulassen.

»Nebenbei, meine Liebe«, wandte er sich freundlich an mich. »Winterhaven hat dir ein paar Briefe ohne Absender schicken lassen.«

Der einzige, der mir schrieb, war Tom.

»Jetzt müssen wir nach Jillian schicken und ihr eure freudige Nachricht mitteilen.« Lag da Sarkasmus hinter seinem Lächeln? Ich konnte es nicht sagen, denn Tony war jemand, den ich nicht durchschauen konnte.

»Danke, Tony, daß du es so gut aufgenommen hast«, sagte Troy. »Besonders aufgrund deines Berichts, wie ich mich benommen habe, als du mir von deiner bevorstehenden Heirat mit Jillian erzählt hast.« In diesem Moment schlenderte Jillian ins Zimmer und ließ sich graziös in einen Sessel sinken.

»Was höre ich da... jemand heiratet?«

»Troy und Heaven«, erklärte Tony und warf seiner Frau einen scharfen Blick zu, als ob er ihr befehlen wollte, nicht etwas zu sagen, was einen von uns alarmieren könnte. »Sind das nicht wunderbare Neuigkeiten zum Abschluß eines perfekten Sommertages?«

Sie sagte nichts, kein einziges Wort. Sie drehte mir nur ihre kornblauen Augen zu. Sie wirkten leer, völlig ausdruckslos.

Noch am selben Abend wurden die Hochzeitspläne und die Gästelisten aufgestellt. Die Geschwindigkeit, mit der Tony und Jillian die Situation akzeptiert hatten, machte mich völlig sprachlos. Ich hatte angenommen, keiner von beiden würde es zulassen. Als Troy und ich uns im Foyer einen Gutenachtkuß gaben, waren wir beide von dem Tempo von Tonys Plänen überwältigt. »Ist Tony nicht einfach wunderbar?« fragte er. »Ich hatte echt angenommen, er würde alle möglichen Einwände vorbringen, aber er hatte keinen einzigen. Mein ganzes Leben lang versuchte er, mir alles, was ich wollte, zu geben.« Verwirrt zog ich mich aus, ehe ich mich an die beiden Briefe erinnerte, die Tony auf meinen kleinen Schreibtisch gelegt hatte. Beide Briefe waren von Tom, der etwas über Fanny erfahren hatte:

»Sie lebt in irgendeiner billigen Pension in Nashville und möchte, daß ich dich um Geld anschreibe. Du kannst drauf wetten, daß sie dich selbst anrufen würde, aber es sieht so aus, als hätte sie ihr Adreßbuch verloren. Und sie hatte ja nie das Gedächtnis, sich Nummern zu merken, das weißt du ja.

Außerdem, sie bleibt in Verbindung mit Pa und bettelt ihn an, ihr Geld zu schicken. Ich wollte nicht wieder Fanny deine Adresse ohne deine Erlaubnis geben. Sie könnte alles zerstören, Heavenly, ich weiß, daß sie's könnte. Sie will ihren Anteil von dem, was du bekommen hast, und sie wird alles dransetzen, um es zu bekommen. Denn anscheinend hat sie die Zehntausend, die sie von der Familie Wise erhielt, in Kürze durchgebracht.« Es war genau das, was ich am meisten gefürchtet hatte: Fanny konnte überhaupt nicht mit Geld umgehen.

Sein nächster Brief enthielt noch mehr verwirrende Nachrichten für mich: »Ich glaube nicht, daß ich aufs College gehen werde, Heavenly. Ohne dich an meiner Seite, die mich antreibt, habe ich einfach nicht den Willen oder das Bedürfnis, weiterzustudieren. Pa geht's finanziell ziemlich gut, und er hat ja nicht einmal die Grundschule zu Ende gebracht. Ich habe mir gedacht, ich werde in sein Geschäft eintreten und eines Tages dann heiraten, wenn ich das richtige Mädchen treffe. Es war nur ein Spaß dir zuliebe, dieses Gerede davon, Präsident unseres Landes zu werden. Niemand würde doch je für einen Kerl wie mich stimmen, mit einem Hillbilly-Akzent.« Und mit keinem Sterbenswörtchen auch nur eine Anspielung, welches Geschäft denn Pa jetzt betrieb!

Dreimal las ich die beiden Briefe von Tom durch. Alles Schöne passierte mir, während Tom dort in irgendeinem Provinznest in Südgeorgia festsaß und seine Träume, jemand Wichtiges zu werden, aufgab... Das war weder in Ordnung, noch fair. Ich konnte es einfach nicht glauben, daß Pa je bei einer wirklich wichtigen Sache Erfolg haben könnte. Wie denn auch, hatte ich doch Pa sagen hören, er habe nie ein Buch zu Ende gelesen, und eine einfache Rechnung hatte bei ihm Stunden gedauert. Was für eine Arbeit konnte er schon machen, die sich auszahlte? Tom opferte sich selbst auf, um Pa zu helfen – das war der Schluß, den ich daraus zog.

Wieder rannte ich durch die mondbeschienenen Pfade des Labyrinths und riß Troy aus dem Schlaf, als ich seinen Namen rief.

Mitten aus seinen Träumen hatte ich ihn herausgerissen, und er sah so verwirrt aus wie ein kleiner Junge, ehe er lächelte. »Wie schön, daß du gekommen bist«, murmelte er schlaftrunken.

»Es tut mir leid, dich aufgeweckt zu haben, aber ich konnte nicht bis morgen warten.« Ich knipste seine Nachttischlampe an und gab ihm die beiden Briefe von Tom. »Bitte, lies sie und sag mir dann, was du davon hältst.«

In Sekundenschnelle war er mit beiden Briefen fertig. »Ich kann nichts drin finden, was Grund für deinen verzweifelten Gesichtsausdruck wäre. Alles, was wir tun müssen, ist, deiner Schwester das Geld zu schicken, das sie braucht, und Tom können wir auf diese Weise ebenso helfen.«

»Tom würde weder von dir noch von mir Geld annehmen.

Fanny wird's selbstverständlich tun. Aber am meisten mache ich mir Sorgen um Tom. Ich will nicht, daß Tom da drunten hängenbleibt und dasselbe macht wie Pa, was immer es sein mag. Ich will nicht, daß er sein Leben aufgibt, um Pa bei der Unterstützung für seine neue Familie zu helfen.«

»Troy«, fuhr ich fort und war kühn genug, mit meinem Plan zu enttäuschen. »Ich muß meine Familie noch unbedingt vor unserer Hochzeit besuchen.« Ich griff nach seinen Händen und bedeckte sie über und über mit Küssen. »Verstehst du das, Liebling? Ich bin so glücklich, mein Leben ist so schön, da muß ich einfach etwas unternehmen, um ihnen zu helfen, bevor ich mein wunderbares, neues Leben mit dir beginne. Ich kann ihnen beiden helfen, schon allein durch meinen Besuch, dadurch daß ich ihnen zeige, daß ich mich noch immer um sie sorge und sie immer auf mich zählen können. Und das können sie doch, nicht wahr, Troy? Du wirst doch nichts dagegen haben, wenn meine Familie uns nach unserer Hochzeit besuchen kommt, oder? Du wirst sie doch in unserem Haus willkommen heißen, oder?« Mit bittenden Augen wartete ich auf seine Antwort. Troy nahm meine beiden Hände, die seine umklammert hielten, und zog mich ans Kopfende seines Bettes nieder. »Ich habe ein paar Tage lang gewartet, dir meine Neuigkeiten mitzuteilen, Heaven. Hoffentlich wirst du mir verzeihen, daß ich sie hintangestellt habe, aber ich konnte es einfach nicht ertragen, daß unsere Idylle zu Ende ging. Ich war nämlich sicher, du würdest eilends aufbrechen, sobald ich es dir erzählt hätte.« Immer wieder küßte er mich, dann lächelte er und fuhr fort: »Ich habe von den Anwälten gehört, Liebling. Ich habe gute Nachrichten für dich. Jetzt wirst du nämlich deine ganze Familie besuchen können, denn wir haben Lester Rawlings gefunden! Er lebt in Chevy Chase, Maryland, und ist der Vater von zwei Adoptivkindern namens Keith und Jane!«

Ich hatte Mühe, überhaupt noch Luft zu schnappen und nach allem, was so rasend schnell passierte, nicht überschwemmt zu werden.

»Ist ja gut, ist ja gut«, beruhigte mich Troy, als ich zu weinen anfing. »Du hast noch jede Menge Zeit vor unserer Hochzeit, um alles in Ordnung zu bringen. Ich werde glücklich sein, dich zu begleiten, die Familie Rawlings zu besuchen und deinen jüngeren Bruder und deine Schwester zu sehen. Dann können wir in Ruhe entscheiden, was du unternehmen willst, wenn überhaupt.«

»Sie gehören mir!« schrie ich ganz grundlos. »Ich muß sie einfach wieder unter meinem Dach haben!«

Erneut küßte er mich. »Entscheide das doch später. Und nachdem wir Keith und Unsere-Jane gesehen haben, werden wir weiterreisen, um deinen Bruder und deinen Vater zu besuchen. Mit einem Besuch bei Fanny wird unsere Reise zu Ende gehen. Und inzwischen laß uns Fanny ein paar tausend Dollar telegraphisch anweisen, damit sie sich bis zu unserer Ankunft über Wasser halten kann.«

Unglücklicherweise sollte es ganz anders kommen. Während ich geborgen und sicher auf Farthinggale Manor in meinem Bett schlief und daran dachte, Troy und ich sollten bis zu unserer Heirat unsere Leidenschaft zügeln, versank Troy bei sperrangelweit offenen Schlafzimmerfenstern in Tiefschlaf. Ein fürchterlicher Nordostwind stürmte vernichtend mit Regen, Hagel und Sturmböen über uns hinweg. Der Tumult von Wind und Regen weckte mich aber nicht vor sechs Uhr früh. Bei einem Blick aus meinen Schlafzimmerfenstern sah ich, daß die schönen Wiesen verwüstet waren, mit entwurzelten Bäumen, abgebrochenen Ästen und anderem Unrat übersät. Und als ich zu Troys Hütte rannte, fand ich ihn fiebrig und mit Blut befleckt. Er war kaum noch zum Atmen fähig.

Ich war zutiefst beunruhigt, während ich Tony anrief und ein Krankenwagen Troy eiligst ins Krankenhaus brachte. Gerade als er am glücklichsten hätte sein müssen, war er tödlich an einer Lungenentzündung erkrankt. Hatte er es unbewußt so weit kommen lassen, weil er unfähig war, die Liebe und das Glück, das ihm zustand, zu ertragen? Nie wieder würde ich so etwas zulassen. Sobald wir verheiratet waren, würde ich immer da sein, um ihn vor seinen schlimmsten Ängsten zu beschützen, die jetzt offensichtlich doch noch einen Weg gefunden hatten, sich zu bestätigen.

»Ich will es so«, flüsterte Troy einige Tage später aus seinem Krankenhausbett. »Der schlimmste Teil meiner Lungenentzündung ist geheilt und mir ist klar, daß du darauf brennst, Keith und Unsere-Jane wiederzusehen. Es gibt keinen Grund, daß du hier herumhängst, während ich wieder zu Kräften komme. Wenn du zurück bist, werde ich wieder ganz in Ordnung sein.« Ich wollte ihn nicht im Stich lassen, obwohl er rund um die Uhr durch private Krankenschwestern die beste Pflege hatte. Immer wieder protestierte ich, aber er bestand weiter darauf, ich sollte bekommen, wonach ich mich so lange gesehnt hatte, meine Chance, Keith und Unsere-Jane wiederzusehen. Und während er mich drängte und mir versicherte, ihm würde es gut gehen, trieb mich innerlich irgend etwas an, mich zu beeilen, ganz rasch, bevor es zu spät sei.

»Du verläßt ihn?« schrie Tony empört, als ich ihm von meinem Plan für die kurze Reise erzählte. Ich wollte Tony nicht die Wahrheit sagen, wohin ich reise, aus Angst, er würde mich daran zu hindern versuchen. »Jetzt, wenn er dich bräuchte, bist du in New York, um deine Brautausstattung zu kaufen? Heaven, ich dachte, du liebst meinen Bruder! Du versprachst mir, seine Rettung zu sein!«

»Ich liebe ihn wirklich, ganz sicher, aber Troy besteht darauf, daß ich mit unseren Hochzeitsvorbereitungen weitermache. Und er ist doch jetzt außer Gefahr, oder?«

»Außer Gefahr?« wiederholte Tony dumpf. »Nein, er wird erst an dem Tag, an dem sein erster Sohn zur Welt kommt, außer Gefahr sein. Vielleicht kann er dann seine Überzeugung aufgeben, er würde nicht lange genug leben, um sich selbst fortzupflanzen.«

»Du liebst ihn«, flüsterte ich und der Schmerz, den ich in seinen blauen Augen sah, tat weh. »Du liebst ihn wirklich.«

»Ja, ich liebe ihn. Seit ich siebzehn war, war er in meiner Verantwortung und war die Last, die ich trug. Ich habe alles getan, was ich konnte, um meinem Bruder das bestmögliche Leben zu geben. Ich habe Jillian geheiratet, die zwanzig Jahre älter war, trotz ihrer Lüge über ihr Alter, das sie mit dreißig und nicht mit vierzig angab. Mit der Naivität eines jungen Mannes glaubte ich, sie wäre wirklich die Frau, die sie damals zu sein vorgab – die süßeste, freundlichste und wunderbarste Frau auf der ganzen Welt. Erst später fand ich heraus, daß sie Troy vom ersten Augenblick an nicht ausstehen konnte. Aber zu diesem Zeitpunkt war's bereits viel zu spät, um meine Ansicht zu ändern, denn ich hatte mich verliebt, töricht, verrückt und unheilbar verliebt.«

Er verbarg seinen gebeugten Kopf in beiden Händen. »Mach nur, Heaven, mach, was du meinst, tun zu müssen, denn letztlich wirst du's doch tun. Aber denk daran, schnell zurückzukommen, wenn du Troy heiraten willst. Und bring ja keinen aus deiner Hillbilly-Familie mit.« Er hob den Kopf, um mit seinem Augenausdruck zu signalisieren, daß er Bescheid wußte. »Jawohl, albernes Mädchen, ich weiß alles, und nein, Troy hat mir nichts verraten. Ich bin weder leichtgläubig noch dumm.« Wieder grinste er mich teuflisch an. »Und außerdem, liebes Kind, wußte ich immer Bescheid, wenn du durchs Labyrinth schlüpftest, um meinen Bruder zu besuchen.«

»Aber... aber«, stammelte ich verwirrt, unbeholfen und verlegen, »warum hast du dann dem ganzen kein Ende bereitet?«

Ein zynisches Lächeln kräuselte seine Lippen. »Verbotene Früchte sind die begehrtesten. Ich hatte die aberwitzige Hoffnung, daß in dir, jemandem, der grundverschieden von allen Mädchen oder Frauen war, die er zuvor getroffen hatte, jemand, der süß, unverbraucht und ungewöhnlich schön war, daß in dir Troy zu guter Letzt einen guten Grund zum Weiterleben finden würde.«

»Du hast es geplant, daß wir uns verlieben?« fragte ich verblüfft.

»Ich hatte Hoffnung, das ist alles«, erwiderte er schlicht

und wirkte zum ersten Mal völlig ehrlich und aufrichtig. »Troy ist wie ein Sohn, den ich nie haben kann. Er ist mein Erbe, derjenige, der das Tatterton-Vermögen erben und die Famillientradition fortsetzen wird. Durch ihn und seine Kinder hoffe ich, die Familie zu haben, die mir Jillian nicht geben konnte.«

»Aber du bist doch nicht zu alt dafür!« schrie ich.

Er zuckte zusammen. »Schlägst du denn vor, ich solle mich von deiner Großmutter scheiden lassen und eine jüngere Frau heiraten? Glaube mir, ich würde es, wenn ich's könnte, ich würde es. Aber manchmal kann man sich selbst so tief verstricken, daß es keinen Ausweg gibt. Ich bin der Hüter einer Frau, die von ihrem Wunsch, jung zu bleiben, besessen ist. Und ich besitze noch genug Gefühl für sie, um sie nicht in eine Welt hinauszustoßen, in der sie ohne meine Hilfe keine zwei Wochen überleben würde.« Er seufzte schwer. »Also, mach voran, Mädchen. Aber komm auf alle Fälle zurück, denn wenn nicht, wird dich, was mit Troy geschieht, für den Rest deines Lebens mit solchen Schuldgefühlen belasten, daß du vielleicht nie wieder glücklich sein wirst.«

12. KAPITEL

GEWINNER UND VERLIERER

Nach meiner Ankunft in Baltimore hatte ich Tony gegenüber ein dankbares Gefühl, weil er telefoniert hatte, um das Hotel für mich zu reservieren.

So war das Ganze also keine wirklich unvorbereitete Suche, nicht wenn eine Limousine mit Fahrer auf mich wartete. Sogar auf dieser Reise, um meine lang vermißten Geschwister zu finden, lenkten noch immer Kontrolle und Einfluß von Farthinggale Manor die Fäden von Heaven Leigh Casteel.

Ich würde immer eine Casteel sein. Dessen war ich mir sogar bewußt, als ich tief einatmete, von meinem Tisch aufstand und zu einer Telefonkabine ging. Ich malte mir aus, wie es sein würde: Keith und Unsere-Jane wären begeistert, mich wiederzusehen. »Hev-lee, Hev-lee!« würde Unsere-Jane quietschen und vor Freude über ihr ganzes hübsches Gesichtchen strahlen. Dann würde sie in meine ausgebreiteten Arme stürzen und vor Erleichterung weinen, weil sie wüßte, ich würde mich noch immer um sie sorgen und sie mögen.

Hinter ihr käme dann Keith, langsamer und scheuer, aber auch er würde mich erkennen, auch er wäre froh und glücklich. Weiter konnte ich nicht planen. Der Rechtsstreit, um Keith und Unsere-Jane diesen Ersatzeltern wieder wegzunehmen, würde vielleicht Jahre dauern, zumindest nach den Auskünften der Anwälte. Außerdem wünschte Tony mir keinen Erfolg. »Es wäre unfair, Troy mit zwei Kindern zu belasten, die ihn vielleicht ablehnen würden. Und du weißt doch, wie sensibel er ist. Wenn du seine Frau bist, widme dich ganz ihm und den Kindern, die *er* zeugen wird.«

Während ich den Hörer dicht an mein Ohr preßte, wurde ich nervös und besorgt, als das Telephon immer weiter läutete. Was wäre, wenn sie in Urlaub gefahren waren? Außer Atem ließ ich ihr Telephon immer weiterklingeln und wartete, daß jemand abhob. Ich wartete auf die süße Stimme von Unserer-Jane. Daß Keith auf einen Anruf antworten würde, erwartete ich nicht, vorausgesetzt, er wäre noch immer der schweigsame kleine Junge, den ich so gut kannte.

Dreimal wählte ich die Nummer, die mir Troy gegeben hatte, aber niemand nahm den Hörer ab. Ich bestellte noch ein Stück Blaubeertorte, das mich an die Kuchen erinnerte, die Granny bei seltenen Anlässen zu backen pflegte, und trank meine dritte Tasse Kaffee. Um drei Uhr verließ ich das Restaurant. Ein Aufzug brachte mich in den fünfzehnten Stock des tollen Hotels. Es war genauso ein schickes Hotel, von dem Tom und ich geträumt hatten, wenn wir auf Bergwiesen lagen und unsere außergewöhnliche Zukunft planten. Ich hatte die Absicht, nur übers Wochenende in Baltimore zu bleiben, aber trotzdem hatte es Tony unbedingt für nötig gehalten, daß ich eine Suite statt eines Einzelzimmers bewohnte. Darin gab es ein hübsches Wohnzimmer und gleich anschließend eine komplett eingerichtete kleine Küche, ganz schwarz und weiß und auf Hochglanz poliert.

Stunden vergingen. Es war zehn Uhr, als ich es bei der Familie Rawlings aufgab und dafür Troy anrief.

»Aber schau«, beruhigte er mich, »vielleicht haben sie die Kinder auf einen besonderen Ausflug mitgenommen, der den ganzen Tag dauert. Morgen werden sie dann wieder zu Hause sein. Ganz sicher habe ich Recht. Tatsächlich freue ich mich zum ersten Mal in meinem Leben richtig auf die Zukunft und auf alles, was sie für uns beide bereithält. Ich war ein Narr, Liebling, stimmt's? Zu glauben, das Schicksal habe sogar noch vor meiner Geburt beschlossen, mich vor meinem fünfundzwanzigsten Lebensjahr zu töten. Gott sei Dank bist du zur rechten Zeit in mein Leben getreten, gerade rechtzeitig, um mich vor mir selbst zu retten.«

Träume von Troy machten meinen Schlaf unruhig. Immer wieder schrumpfte er auf Kindergröße und schwebte fort von mir, wobei er, wie einst Keith, »Hev-lee, Hev-lee!« schrie.

Früh wachte ich am nächsten Morgen auf und wartete ungeduldig, bis es acht Uhr wurde. Als ich diesmal anrief, antwortete eine weibliche Stimme. »Bitte Mrs. Lester Rawlings«, sagte ich.

»Wer spricht denn?«

Ich nannte meinen Namen und sagte, ich wolle gerne meinen Bruder und meine Schwester, Keith und Jane Casteel besuchen. Die Art, wie sie hörbar einatmete, verriet ihren Schock. »Oh, nein!« flüsterte sie, dann hörte ich den Hörer klicken. Mir blieb nur noch das Belegtzeichen. Sofort rief ich sie wieder an.

Das Telephon läutete in einem fort, bis Rita Rawlings schließlich antwortete. »Bitte«, bat sie mit tränenerstickter Stimme, »zerstören sie nicht den Frieden von zwei wunderbar glücklichen Kindern, die sich erfolgreich an eine neue Familie und an ein neues Leben gewöhnt haben.«

»Mrs. Rawlings, sie sind meine Blutsverwandten! Sie gehörten zu mir, lange bevor sie zu ihnen gehörten!«

»Bitte, bitte«, flehte sie mich an. »Ich weiß, daß Sie sie lieben. Ich erinnere mich sehr gut an Ihren Gesichtsausdruck an dem Tag, als wir sie fortbrachten, und ich verstehe ihre Gefühle. Als sie anfangs bei uns lebten, waren Sie es, nach der sie immer weinten. Aber seit über zwei Jahren haben sie nicht mehr nach Ihnen verlangt. Jetzt rufen sie mich Mutter oder Mammi und meinen Mann Vati. Es geht ihnen gut, seelisch und physisch... Ich werde ihnen Fotografien schicken, Zeugnisse und ärztliche Untersuchungsberichte, aber ich flehe Sie an, kommen Sie nicht, um die beiden an alle Mühsal zu erinnern, die sie während ihres Lebens in dieser erbärmlichen Baracke in den Willies erdulden mußten.«

Jetzt war ich an der Reihe, zu bitten. »Aber Sie verstehen mich nicht, Mrs. Rawlings! Ich muß sie wiedersehen! Ich möchte mich davon überzeugen, daß sie gesund und glücklich sind, oder ich kann meinerseits nicht glücklich werden. Jeden Tag meines Lebens habe ich geschworen, Keith und Unsere-Jane zu finden. Meinen Vater hasse ich für seine Tat, es frißt Tag und Nacht in mir. Sie müssen mir gestatten, die beiden zu sehen, auch wenn sie mich nicht sehen können.«

Das Zögern, das sich in ihrer späten Antwort zeigte, hätte jemanden, der nicht so hartnäckig wie ich war, von seinem Entschluß abrücken lassen.

»Nun gut, wenn Sie es unbedingt tun müssen. Aber Sie müssen mir versprechen, sich vor den Kindern zu verstecken. Sollten Sie Ihnen anschließend nicht gesund, glücklich und wohlbehütet erscheinen, dann werden mein Mann und ich alles tun, was in unserer Macht liegt, um die Situation zu verbessern.« In diesem Augenblick wurde mir klar, daß es sich um eine Frau mit starkem Willen handelte, die entschlossen war, ihre Familie heil zu erhalten. Sie würde mit dem Teufel kämpfen, um die Kinder für sich behalten zu können.

Den ganzen Samstag lang streifte ich durch kleine Geschäfte, auf der Suche nach den richtigen Geschenken für Fanny, Tom und Großpa. Sogar für Keith und Unsere-Jane kaufte ich ein paar Sachen; ich wollte sie zu den anderen legen, die ich für den Tag aufhob, an dem wir wieder eine Familie sein würden. Am Sonntagmorgen erwachte ich hoffnungsvoll und aufgeregt. Um zehn Uhr hielten Limousine und Fahrer, die mir zur Verfügung standen, langsam vor einer Episkopalkirche in mittelalterlichem Stil. Ich wußte bereits, wo sich die beiden Kinder, die ich so gern wiedersehen wollte, aufhalten würden, in der Klasse ihrer Sonntagsschule. Rita Rawlings hatte mir ausführlich beschrieben, wie ich ihr Klassenzimmer finden und was ich, dort angekommen, tun mußte. »Und wenn Sie sie lieben, Heaven, halten Sie Ihr Versprechen. Denken Sie an ihre Bedürfnisse und nicht an Ihre eigenen, bleiben sie außer Sichtweite.«

Im Inneren der Kirche war es kühl und düster, die mächtige Halle zog sich in die Länge, gutgekleidete Leute lächelten mir zu. Irgendwo im hinteren Teil wußte ich nicht weiter... aber dann hörte ich Kinder singen. Und scheinbar konnte ich über allen anderen Stimmen das süße Stimmchen von Unserer-Jane heraushören, ähnlich dem Sopran von Miss Marianne Deal, als diese mit uns in Winnerows einziger protestantischen Kirche Choräle sang.

Die süßen Gesangsstimmen führten mich zu ihnen. Im Eingang hielt ich inne und drückte die Tür auf, um den Gottesdienstliedern zu lauschen, die von so vielen Kindern fröhlich gesungen wurden. Nur ein Klavier begleitete sie. Kurz darauf betrat ich den riesigen Raum, in dem wenigstens fünfzehn Kinder zwischen zehn und zwölf mit Gesangsbüchern in den Händen dastanden und lauthals sangen.

Die Kinder von Winnerow hätten sich vor dieser Gruppe in ihren hübschen, pastellfarbenen Sommerkleidern geschämt. Meine beiden standen nebeneinander, Keith und Unsere-Jane. Beide hielten dasselbe Gesangsbuch, beide sangen begeistert, mehr aus Spaß daran, sich selbst auszudrücken, als aus frommem Eifer. Ich aber stand leise schluchzend da, obwohl ich mich über ihre offensichtliche gute Gesundheit und ihr Wohlergehen riesig freute. Gott sei Dank hatte ich lange genug gelebt, um sie wiederzusehen.

Ihre einst mageren Beinchen und Ärmchen waren jetzt kräftig und von der Sonne gebräunt. Ihre blassen, schmalen Gesichter hatten sich in strahlende, glänzende verwandelt. Mit Lippen, die jetzt eher lächelten als schmollten oder traurig nach unten hingen. Mit Augen, die nicht mehr Hunger und Kälte widerspiegelten. Der Anblick der beiden ließ Licht in all die Schatten fallen, die ich mir sorgfältig gemerkt hatte. Das Lied ging zu Ende, und ich bewegte mich leise auf die Säule zu, neben der ich sitzen und mich vor ihren Blicken verbergen konnte.

Die Kinder setzten sich und legten ihre Gesangsbücher in die rückwärtigen Taschen oder in die Stuhlreihen vor ihnen. Als ich sah, wie sich Unsere-Jane stolz in ihrem hübschen pink- und weißfarbenen Kleid plusterte, vertrieb ein Lächeln meine Tränen. Jede Plisseefalte mußte sorgfältig zurechtgerückt werden, damit sie hinterher ja nicht zerknittert war und sich aufstellte. Sie verwandte große Mühe darauf, zu beachten, daß ihr kurzer Rock die braungebrannten Knie bedeckte, die sie ordentlich wie eine große Dame zusammenhielt. Ihr helles Haar war kunstvoll frisiert, so daß es kaum ihre Schultern berührte, bevor es sich in hübschen Locken wie zufällig nach oben drehte. Als sie ihren Kopf zum Profil drehte, konnte ich die fedrigen Ponyfransen auf ihrer Stirn sehen. Ihr Haar kannte die meisterhafte Pflege, die mir und Fanny in diesem Alter fremd gewesen war. Ach, wie lieb sie aussah! So voller Gesundheit und Vitalität, daß sie direkt zu strahlen schien.

Neben ihr saß Keith und blickte feierlich nach vorne zur Lehrerin, die die Geschichte vom Knaben David zu erzählen begann.

Ein paarmal mußte ich aufstehen und mich bewegen, um die zwei so besser sehen zu können. Er strahlte genauso viel Gesundheit und Vitalität wie Unsere-Jane aus. Seitdem ich sie zum letzten Mal gesehen hatte, waren sie ganz schön gewachsen, ihre beiden Gesichter waren reifer und ausgeprägter geworden. Trotzdem hätte ich sie überall erkannt, denn einiges hatte die Zeit nicht verändern können. Immer wieder sah Keith zu seiner jüngeren Schwester hinüber, darauf bedacht, daß es ihr gut ging und sie glücklich war. Er legte eine bemerkenswerte Menge männlicher Fürsorge an den Tag. Unterdessen hatte Unsere-Jane ihr kindliches Verhalten, das ihr in der Vergangenheit so viel Beachtung gesichert hatte, beibehalten.

Ich betete, keiner möge kommen, um mich nach dem Grund meines Hierseins zu fragen.

Die Geschichte von David ging zu Ende. Ich lauschte den folgenden Fragen und Antworten und hörte, wie die süße, zarte Stimme von Keith immer erst dann antwortete, wenn er direkt aufgerufen wurde. Dagegen hob Unsere-Jane ständig ihre kleine, zierliche Hand und war versessen darauf, ihre

Frage oder ihre Antwort loszuwerden. »Wie konnte denn ein kleiner Stein einen gewaltigen Riesen töten?« fragte sie. Auf die Antwort der Lehrerin hörte ich nicht.

Das aufgeregte Geschnatter der aufbrechenden Kinder hätte beinahe übertönt, was Unsere-Jane danach sagte, aber meine Ohren waren für ihre Stimme geschärft.

»Schnell, Keith!« drängte sie. »Wir gehen am Nachmittag zu Susans Party, und wir dürfen uns doch nicht verspäten.«

In einigem Abstand folgte ich den beiden Kindern, von denen ich sooft geträumt hatte. Eifersüchtig sah ich zu, wie sich Unsere-Jane in Rita Rawlings ausgebreitete Arme warf. Lester Rawlings stand, fett und kahl wie je, knapp hinter seiner Frau. Wie besitzergreifend legte er eine Hand Keith auf die Schulter, ehe er den Kopf drehte und mich direkt ansah. Über drei Jahre waren vergangen, seit er mich gesehen hatte. Damals hatte ich mich an die Wand der Berghütte gedrückt, mit dreckigen, zerlumpten Kleidern und barfuß. Trotzdem schien er mich wiederzuerkennen. Von dem verwahrlosten Kind war ich meilenweit entfernt, aber immer noch kannte er mich. Vielleicht hatten mich die Tränen, die mir übers Gesicht liefen, verraten. Er sagte irgend etwas zu seiner Frau, die die beiden Kinder in einen Cadillac drängte. Dann lächelte er mich mit offensichtlicher Sympathie an.

»Ich danke Ihnen«, sagte er schlicht.

Zum zweiten Mal in meinem Leben beobachtete ich, wie der Rechtsanwalt und seine Frau in einem Cadillac wegfuhren und zwei Teile von mir selbst mitnahmen. Ich starrte ihnen nach, bis der leichte Regen verdampft war, die Sonne wieder strahlend heiß schien und sich ein Regenbogen über den Himmel spannte. Erst dann ging ich langsam auf mein eigenes Auto zu, das immer noch wartete. Noch nicht, noch nicht, ertönte irgendeine leise Stimme warnend in mir. Später kannst du auf sie Ansprüche haben. Trotzdem wies ich meinen Fahrer an, dem dunkelblauen Cadillac vor uns zu folgen, denn ich wollte unbedingt das Haus sehen, in dem die Familie Rawlings lebte. Nach einer zehnminütigen Fahrt bog der Cadillac vor uns in eine stille Straße, die von Bäumen gesäumt war, und kam dann in einer langen, gebogenen Auffahrt zum Stehen. »Halten sie an der Straße gegenüber«, befahl ich meinem Fahrer in dem Glauben, der dunkle Schatten und die vielen dicken Baumstämme würden die Limousine verstecken, falls sich die Familie Rawlings zufälligerweise umsehen würde, ob ihnen jemand folgte. Offensichtlich taten sie's nicht.

Sie besaßen ein hübsches Haus im Kolonialstil, groß, aber nicht so riesig wie Farthinggale Manor. Die roten Ziegelsteine waren schon alt und zum Teil mit Efeu überwachsen, die Rasenfläche war groß und gut gepflegt, mit Blumen und Sträuchern in vollster Sommerblüte. Ach, im Vergleich zu der hoch am Berghang klebenden Hütte war das tatsächlich ein Palast. Es gab keinen Grund, warum mir das Herz schwer wurde. Hier hatten sie es besser, auf alle Fälle, unbedingt. Sie brauchten mich nicht, jetzt nicht. Vor langer Zeit schon hatten sie aufgehört, meinen Namen auszusprechen, sicherlich hatten sie auch keine schlechten Träume mehr. Ach, diese nächtlichen Schreie vor Hunger, die ich vom ebenerdigen Strohsack der zwei Kinder immer gehört hatte! Einmal hatte ich gedacht, sie gehörten mir.

»Hev-lee, Hev-lee, wo gehst'n hin?« hatten sie gefragt, nachdem ihre eigene Mutter sie im Stich gelassen hatte. Ihre umschatteten Augen flehten mich an, sie nicht zu verlassen.

»Möchten Sie jetzt ins Hotel zurückfahren, Miss?« fragte mein Fahrer, nachdem eine halbe Stunde vergangen war. Aber ich konnte mich einfach nicht losreißen.

Kurzentschlossen öffnete ich die Tür und betrat den Gehsteig. »Warten Sie hier auf mich, ich bin in ein paar Minuten zurück.« Ich brachte es nicht fertig, wegzufahren, ohne mehr zu sehen, ohne mehr zu wissen. Nicht nach all den Schmerzen, die ich seit dem grauenvollen Tag, an dem Pa seine beiden Jüngsten verkaufte, aushalten mußte.

Verstohlen schlich ich in den Garten an der Seite, wo ein buntes, häufig benutztes Klettergerüst auf die Kinder zu warten schien. Leise stahl ich mich in einen großzügigen, gepflasterten Innenhof, wo sich Stühle und ein Tisch mit einem hübsch gestreiften Sonnenschirm ganz nah an einen nierenförmigen Swimming-pool drängten. Weil ich mich so nahe an der Hauswand aufhielt, befand ich mich gerade unter der Brüstung von vielen rückwärtigen Fenstern. Mein Warten lohnte sich, denn bald drangen Kinderstimmen durch das offene Fenster eines Zimmers. Der schöne Raum war von Sonnenlicht durchflutet, weich gepolsterte Sessel und ein Sofa waren mit hübsch geblümten Chintzkissen bedeckt. Von der Decke hingen Zimmerpflanzen, und auf dem Boden lagen dicke, meergrüne Teppiche. Auf dem größten Teppich saßen Keith und Unsere-Jane bei einem Spiel mit Glasmurmeln. Beide Kinder hatten ihre Kleidung für die Kirche mit bequemerer getauscht. Sie bewegten sich vorsichtig, da sie offensichtlich versuchten, sich für die kommende Party hübsch und sauber zu halten.

Ich konnte den Blick nicht abwenden. Es war ganz deutlich zu spüren, daß auf ihre Kleidung sehr viel Sorgfalt verwendet worden war.

Als ich endlich meine Augen von ihnen lösen konnte, um auch die Zimmereinrichtung zur Kenntnis zu nehmen, entdeckte ich einen langen Tisch mit einem kleinen Computer. Daneben stand ein weiterer Tisch mit einem Drucker. In einer der Ecken lehnte eine Malerstaffelei, ein Tischchen und eine Palette. Ich wußte, für wen die Staffelei gedacht war – für Keith, der das künstlerische Talent seines Großvaters geerbt hatte! Plötzlich tauchten zu meinem Entsetzen hinter der unteren Glasreihe direkt vor mir zwei kleine Pfoten und das freundliche Gesicht eines kleines Hundes auf. Aufgebracht wedelte er mit dem Schwanz, als er mich da so auf Händen und Knien liegen sah, wie ich fast meine Nase gegen die Scheibe preßte. Er winselte und sperrte mehrmals die Schnauze jaulend auf – und die Kinder, von denen ich nicht angenommen hatte, sie würden sich zu mir umdrehen, richteten ihre erstaunt aufgerissenen Augen direkt auf mich! Ich hatte keine Ahnung, was ich jetzt tun sollte!

Der Hund jaulte noch lauter, und aus Angst, daß die Rawlings nun gewarnt waren, stand ich rasch auf und ging durch die unversperrte Tür. Weder Keith noch Unsere-Jane sagten einen Ton. Stocksteif wirkten sie, wie sie da auf dem Boden vor ihrem bunten Murmelkreis saßen.

Jetzt war es zu spät, ungesehen zu entwischen. Ich versuchte ermunternd zu lächeln. »Ist schon gut«, sagte ich weich und blieb unmittelbar hinter dem Türrahmen stehen. »Ich werde nichts unternehmen, um euer Leben zu stören. Ich wollte nur euch beide wiedersehen.«

Immer noch starrten sie mich an, ihre rosigen Lippen waren leicht geöffnet, die riesigen Augen wurden immer dunkler, als sich Schatten über die türkisfarbenen Augen von Unserer-Jane legten und den Goldton in denen von Keith noch vertieften. Das Hündchen strich mir schwanzwedelnd um die Füße, schnüffelte an meinen Knöcheln und stellte sich dann auf die Hinterpfoten, um an meinem Rock zu kratzen.

Sanft, ganz sanft, um sie nicht noch mehr zu ängstigen, sagte ich: »Keith, Unsere-Jane, schaut mich an. Sicher habt ihr doch nicht vergessen, wer ich bin?«

Ich lächelte, weil ich noch immer annahm, sie würden begeistert losschreien, sobald sie mich erkannt hätten. Genauso wie ich sie schon so oft in meinen Träumen hatte rufen hören: »Hev-lee! Du bist da! Du hast uns gerettet!«

Aber keiner von ihnen sagte so etwas. Ein bißchen linkisch stand Keith auf. Die Pupillen seiner goldbraunen Augen erweiterten sich mit jedem Herzschlag. Besorgt warf er einen Blick auf Jane, zupfte an seiner grünen Krawatte, preßte die Lippen zusammen, sah dann wieder mich an und wischte sich mit der Hand übers Gesicht. Sein ganzes Leben hatte er es so gemacht, wenn er durcheinander und verwirrt war.

Unsere-Jane verhielt sich nicht so schweigsam. Blitzartig sprang sie auf die Beine, wobei sie die Murmeln in alle Richtungen zerstreute. »Geh weg!« schrie sie, schlang die Arme um Keith und drückte sich fest an ihn. »Wir wollen dich nicht!« Sie öffnete den Mund zum Schreien.

Ich konnte die Furcht, die beide zeigten, einfach nicht glauben. Konnte nicht glauben, daß keiner wußte, wer ich sei. Sie hielten mich für eine Fremde, vielleicht eine Vertreterin, und man hatte sie gewarnt, ja niemanden hereinzulassen. Verblüfft fing ich zu sprechen an und nannte ihnen meinen Namen. Der Brocken in meinem Hals ließ meine Stimme fast versagen, so daß mein Name rauh, fremd und kaum hörbar herauskam.

Das reizende Gesicht von Unserer-Jane färbte sich beunruhigend weiß und nahm einen hysterischen Gesichtsausdruck an. Einen schrecklichen Augenblick lang dachte ich, sie würde zu spucken anfangen, wie so oft in der Vergangenheit. Keith sah in ihr Gesicht und wurde ebenfalls einige Grade blasser. Wütend starrte er mich an, während in seinen Augen immer wieder zornige kleine Lichter an- und ausgingen. Erkannte er mich? Versuchte er, sich zu erinnern?

»Mami!« jammerte Unsere-Jane mit hoher, dünner Stimme und klammerte sich an Keith. »Vati...!«

»Schschscht!« warnend legte ich den Zeigefinger über meine Lippe. »Ihr braucht keine Angst zu haben, ich bin keine Fremde und werde euch nichts tun. Als ihr noch in den Bergen gelebt habt, kanntet ihr mich sehr gut. Erinnert ihr euch noch an die Berge, die die Willies heißen?«

Ich schwöre bei Gott, Unsere-Jane wurde noch blasser. Sie schien kurz davor zu sein, bewußtlos zu werden. Meine Gefühle wirbelten durcheinander. Ich konnte keinen Entschluß fassen. Diese Reaktion hatte ich mir vorher nicht ausgemalt. Sie sollten doch entzückt sein, mich zu sehen! »Vor langer Zeit hattet ihr beide eine Familie in den Bergen und jeden Werktag trotteten wir durch die Wälder zur Schule und wieder nach Hause. Sonntags gingen wir zur Kirche. Wir hatten Hühner, Enten, Gänse, manchmal eine Kuh und immer jede Menge Hunde und Katzen. Ich bin's, eure Schwester, die ihr immer Hev-lee gerufen habt! Ich wollte euch nur sehen und von euch erfahren, daß ihr glücklich seid!« Das Geschrei von Unserer-Jane war wahnsinnig laut, wurde jetzt panisch!

Bevor Keith einen Schritt nach vorne machte, schob er seine Schwester beschützend hinter sich. »Wir kennen dich nicht«, meinte er mit seiner rauhen, zitternden Knabenstimme.

Nun war ich an der Reihe, blaß zu werden. Seine Worte kamen wie Ohrfeigen, eins, zwei, drei, vier.

»Mach, daß sie weggeht!« schrie Unsere-Jane laut.

Es war der schlimmste Augenblick meines Lebens.

Jahrelang hatte ich mich nach ihnen gesehnt, hatte davon geträumt, sie zu finden und zu retten, und jetzt wollten sie mich nicht. »Ich gehe schon«, antwortete ich rasch und ging rückwärts zur offenen Tür. »Ich habe einen schrecklichen Fehler begangen, und es tut mir leid. Ich habe keinen von euch je zuvor gesehen!«

Dann rannte ich, rannte, so schnell es meine hohen Absätze erlaubten, direkt auf die wartende Limousine zu. Als ich mich dann auf den Rücksitz geworfen hatte, brach ich in Tränen aus. Unsere-Jane und Keith hatten an dem Tag, als Pa sie verkaufte, nichts verloren. Sie waren als Sieger aus dem Spiel der Chancen hervorgegangen.

13. KAPITEL

Familienbande

Keine Stunde länger hielt ich es in dieser Stadt aus. Ich sammelte meine sieben Sachen aus dem Hotel zusammen, und die Limousine brachte mich zum Flughafen, wo ich das nächste Flugzeug nach Atlanta bestieg. Ich fühlte mich verzweifelt, weil ich unbedingt an der Vergangenheit festhalten wollte, aus der ich sonst eilends flüchten wollte – denn ich wollte keinesfalls mein neues Leben mit Troy beginnen, nur um herauszufinden, daß ich meine Familie verloren hatte. Zu Tom würde ich gehen, und dort die herzliche Begrüßung finden, nach der ich mich sehnte. Dort wäre der liebevolle Bruder, der versprochen hatte, mir immer ein echter Blutsbruder zu sein.

Drei-, vier-, fünfmal läutete das Telefon, ehe eine tiefe, vertraute Stimme antwortete. Einen qualvollen Moment lang hatte ich das Gefühl, Pa könne mich durch die Telephonleitung hindurch sehen. Wie versteinert stand ich in der Telephonzelle. »Ich würde gern Tom Casteel sprechen«, brachte ich endlich fertig, heiser zu flüstern. Es geschah mit einer so fremden Stimme, daß ich darauf vertraute, der Mann, den ich haßte, würde seine Erstgeborene nicht wiedererkennen. Mein Dasein hatte er schließlich in seinem Leben noch nie mit irgendeinem Gefühl von Wärme zur Kenntnis genommen. Beinahe konnte ich sein Indianergesicht vor mir sehen, als er zögerte, und einen herzzerreißenden Augenblick lang dachte ich, er könnte fragen: »Bist du's, Heaven?«

Aber er tat's nicht. »Wen darf ich denn Tom melden?«

Oho, hört, hört! Irgend jemand brachte Pa passende Ausdrücke und gutes Benehmen bei. Ich schluckte und erstickte fast. »Eine Freundin.«

»Bitte, bleib dran«, antwortete er, als ob er das jeden Tag hundert Mal für Tom machen würde. Ich hörte, wie er den Hörer niederlegte, hörte seine Schritte auf hartem Untergrund, und dann brüllte er in typischer Hillbilly-Art los: »Tom, da ist wieder mal eine von deinen anonymen Freundinnen am Telephon. Ich wünschte, du würdest ihnen sagen, sie sollten mit dem Anrufen aufhören. Jetzt rede aber nicht länger als fünf Minuten. Wir müssen die Show fertigmachen.«

Das dumpfe Geräusch von Toms Füßen, der heranlief, war über die vielen Meilen, die uns trennten, deutlich zu hören.

»Hallo!« grüßte er atemlos.

Ich war verdutzt, wie sehr sich seine Stimme verändert hatte; er klang ganz ähnlich wie Pa. Ich hatte Mühe mit dem Sprechen, und während ich noch zögerte, mußte Tom wohl der Geduldsfaden gerissen sein. »Wer du auch bist, sprich jetzt, denn ich habe keine Minute zu verschenken.«

»Ich bin's, Heaven... Bitte sprich meinen Namen nicht aus, und verrate Pa nicht, wer dran ist.«

Überrascht atmete er ein. »He, das ist ja toll! Super! Gott, was bin ich froh, von dir zu hören. Pa ist nach draußen in den Hof gegangen, um bei Stacie und dem Baby zu sein. Du brauchst also nicht zu flüstern.«

Ich wußte nicht, was ich sagen sollte.

Tom überbrückte das verlegene Schweigen: »Heavenly, 's ist das drolligste Wutzel, hat schwarze Haare und tiefbraune Augen mitbekommen, weißt schon, genauso ein Sohn, wie ihn Ma Pa schenken wollte...« Abrupt hörte er zu reden auf, aber ich wußte genau, er hatte hinzufügen wollen: »Er sieht Pa heruntergerissen ähnlich.« Statt dessen meinte er: »Warum sagst du denn gar nichts?«

»Wie schön, daß Pa immer bekommt, was er will«, kommentierte ich verbittert. »Einige Leute haben diesbezüglich Glück.«

»Los, Heaven, hör auf damit! Sei fair. Das Kind hat doch keine Schuld. Es ist so verflixt drollig, und sogar du müßtest das zugeben.«

»Wie hat denn Pa seinen dritten Sohn genannt?« fragte ich aus purer, gehässiger Rachsucht.

»Eh, ich kann den kalten Ton in deiner Stimme nicht ausstehen. Warum kannst du nicht die Vergangenheit in Frieden begraben, wie's ich getan habe? Ich durfte dem Baby einen Namen geben. Erinnerst du dich noch, wer vor langer Zeit unsere Helden gewesen sind? Walter Raleigh und Francis Drake! Na gut, wir haben daraus Walter Drake gemacht, rufen ihn aber Drake.«

»Ich erinner' mich«, sagte ich mit eisiger Stimme.

»Ich finde, es ist ein Supername. Drake Casteel.« Noch mehr Ware für Pa zum Verkaufen, war mein schäbiger Gedanke, ehe ich unversehens das Thema wechselte. »Tom, ich bin in Atlanta. Ich habe vor, ein Auto zu mieten und dann zu euch zu fahren. Aber ich möchte nicht auf Pa treffen.«

»Das ist ja wunderbar, Heavenly!«

»Ich möchte Pa nicht sehen, wenn ich komme. Kannst du es bewerkstelligen, daß er außer Haus ist?«

Toms Stimme klang gequält, als er versprach, sein Bestes zu tun, um eine Begegnung zwischen Pa und mir zu verhindern. Dann gab er mir genaue Anweisungen, wie ich die kleine Stadt, in der er lebte, erreichen könne. Es war ungefähr zwanzig Meilen von dem Ort entfernt, wo mich mein Flugzeug im südlichen Georgia absetzen würde.

»Tom«, brüllte Pa aus einiger Entfernung. »Ich sagte fünf Minuten, keine zehn!«

»Muß jetzt gehen«, meinte Tom dringlich. »Bin mordsglücklich, daß du kommst, aber muß doch noch sagen, hast 'nen Riesenfehler gemacht, als de Logan aus deinem Leben gestoßen hast und dafür 'nen Kerl wie Troy rangelassen hast. Paßt nicht zu dir. Dieser Troy Tatterton, den de mir beschrieben hast, wird dir nie so verstehen können wie Logan. Oder dich auch nur halb so lieb haben.«

Sein Provinzdialekt war wieder da, wie immer, wenn er innerlich beteiligt war. Rasch verbesserte ich ihn. Nicht ich war's gewesen, die Logan beiseite gestoßen hatte, Logan hatte seine Einstellung geändert.

»Ade, Heavenly... seh' dich dann morgen, so gegen elf.« Ohne weiteren Kommentar legte er auf.

Diese Nacht blieb ich in Atlanta, am nächsten Morgen in der Früh nahm ich einen Leihwagen und fuhr nach Süden.

Dabei grübelte ich über alle Briefe von Tom nach, die mich hätten warnen sollen. »Ich dachte, nichts würde je zwischen dich und Logan kommen. Es ist das Leben in dem reichen Haus, ich weiß, daß es schuld daran ist. Das verändert dich, Heavenly! Du schreibst und sprichst ja nicht einmal mehr wie du selbst!«

»Du bist nicht Fanny«, hatte er einmal geschrieben. »Mädchen wie du verlieben sich nur einmal und ändern ihre Ansichten nicht.«

Wofür hielt er mich denn? Für einen Engel? Für eine Heilige ohne Makel? Ich war kein Engel oder eine Heilige. Dazu hatte ich die falsche Haarfarbe. Ich war ein schwarzer Engel, durch und durch eine nichtsnutzige, lumpige Casteel! Pas Tochter! Er hatte mich zu dem gemacht, was ich war – was immer das sein sollte.

Mit Troy hatte ich erst vergangene Nacht gesprochen, und er hatte mich aufgefordert, meine ganze Familiengeschichte rasch in Ordnung zu bringen und dann schnell zurückzukehren.

»Solltest du Tom überreden können, zu unserer Hochzeit zu kommen, ohne Rücksicht auf Tonys Ansicht, dann hättest du wenigstens nicht das Gefühl, alle Gäste kämen von meiner Seite. Vielleicht möchte aber auch Fanny kommen.«

Ach, Troy hatte keine Ahnung, wonach er fragte, als er meine Schwester Fanny einlud! Alle möglichen sonderbaren Gedanken gingen mir durch den Sinn, während ich in den frühen Morgen hinein zu einer kleinen Stadt fuhr, die ich auf einer Umgebungskarte rot eingekreist hatte. Ich starrte auf den roten Staub entlang der Straße und ließ mich davon in die Zeit zurückversetzen, die ich mit Kitty und Cal Dennison verbrachte. Zum ersten Mal, seit ich aus West-Virginia fortgeflogen war, blieben meine Gedanken bei den Erinnerungen an Cal hängen. Ob er noch immer in Candlewick lebte? Hatte er wohl das Haus, das Kitty gehört hatte, verkauft? War er wieder verheiratet? Sicher hatte er die richtige Entscheidung getroffen, als er mich in das Flugzeug nach Boston setzte und mich im Glauben ließ, Kitty würde trotz ihres schweren Tumors überleben.

Ich schüttelte den Kopf, denn ich wollte nicht über Cal nachdenken, wenn ich mich doch auf meine Begegnung mit Tom konzentrieren mußte. Irgendwie mußte ich ihn davon überzeugen, Pa zu verlassen und seine Ausbildung fortzusetzen. Troy würde die Kosten dafür übernehmen und ihm auch Kleidung, und was er sonst noch brauchte, bezahlen. Aber sogar während ich dies durchdachte, mußte ich Toms störrischen Stolz beiseite schieben, denselben, den ich auch hatte. Dann hatte ich mich plötzlich auf irgendwelchen Landstraßen verfahren. Ich mußte zurückstoßen und wenden, um die richtige Straße zu finden, die mich zu Tom und dem Haus bringen würde, in dem Pa mit seiner neuen Familie lebte. Ein Stück von Florida war hier heimlich nach Georgia eingedrungen und gab der Landschaft einen fast tropischen Anstrich. Als ich mich meinem Ziel näherte, hielt ich den Wagen an der Straßenseite an, um mein Make-up aufzufrischen. Zehn Minuten später kam mein langer, dunkelblauer Lincoln vor einem niedrigen, ausgedehnten Landhaus im modernen Stil zum Stehen.

Innerlich hatte ich eine dumpfe Ahnung von einem sensationellen Ereignis und das gab mir ein unwirkliches Gefühl: Die vielen Meilen gefahren zu sein, um mich wieder in die Reichweite von Pa's Grausamkeit zu begeben. Was für ein Narr war ich bloß?

Ich schüttelte den Kopf, blickte noch mal kurz in den Rückspiegel, um mein Äußeres zu prüfen, und dann sah ich wieder zu dem modernen Haus hinüber. Es war aus rötlichen Zedernholzschindeln gebaut. Das flache Dach ging über die vielen Fenster hinaus, um Schatten zu spenden. Viele Bäume warfen Schatten auf das Dach, gut gepflegte Sträucher säumten die Mauern, während sich von den Sträuchern weg Blumenbeete nach draußen hinzogen. Ach, sicher wollte Pa mit diesem Haus, das vier bis fünf Schlafzimmer haben mußte, der Welt etwas beweisen. Und kein einziges Mal hatte Tom auch nur eine Andeutung fallen lassen, womit Pa denn genug Geld verdiente, um so ein Haus bezahlen zu können.

Wo war bloß Tom? Warum kam er nicht zur Tür heraus, um mich zu begrüßen? Schließlich wurde ich ungeduldig, stieg aus dem Auto und ging den Fußweg zur zurückgesetzten Tür entlang. Ich hatte Angst, Pa selbst könnte es sein, der auf mein Klopfen antwortete, gegen Toms Versprechen, uns nicht zusammenzubringen. Aber mit mir war alles in Ordnung. Mein Designer-Kostüm, das über tausend Dollar gekostet hatte, war so gut wie eine Rüstung. Meine kostbaren Ringe, Ketten und Ohrringe waren mein Schild und mein Schwert. In meiner Kleidung hätte ich Drachen erschlagen können – oder so etwas Ähnliches, dachte ich. Ungeduldig drückte ich auf die Türklingel, drinnen hörte ich ein Glockenspiel ein paar Noten spielen. Mein Herz klopfte nervös und mein Magen flatterte vor Panik. Dann hörte ich Schritte näher kommen. Als die Tür aufging, hatte ich Toms Namen auf den Lippen.

Jedoch es war nicht Tom, wie ich mir erhofft und erbeten hatte. Es war auch nicht die gefürchtete Gestalt von Pa. Statt dessen stieß eine sehr hübsche, junge Frau mit blonden Haaren und strahlend blauen Augen die Tür auf und lächelte mich an, als ob sie sich noch nie vor Fremden gefürchtet hätte oder irgend jemanden nicht ausstehen könnte.

Sie machte mich mit ihrem frischen, unschuldigen Eindruck sprachlos, wie sie da reglos hinter der Sicherheitstüre stand. Mit einem Lächeln wartete sie darauf, daß ich mich vorstellte. Sie hatte weiße Shorts und ein blaues Stricktop an.

Ganz selbstverständlich hielt sie auf einem Arm ein Kleinkind, das schläfrig wirkte. Das also mußte Drake sein, der Sohn, der Pa so ähnlich sah... sein dritter Sohn.

»Ja, bitte...?« forderte sie mich auf, während ich die Sprache verloren hatte.

Verblüfft stand ich da und starrte auf eine Frau und einen kleinen Jungen, deren Leben ich leicht vernichten konnte, wenn ich nur wollte.

Und jetzt, da ich hier war, wußte ich auf Grund eines Schocks, daß ich nicht nur gekommen war, um Tom zu retten. Ich hatte ein tiefergehendes Motiv: Das Glück zu zerstören, das Pa sich aufgebaut hatte. Alles, was ich hätte herausschreien können, um sie dazu zu bringen, Pa zu hassen, steckte mir wie ein Kloß im Hals, so daß ich Schwierigkeiten hatte, meinen Namen zu murmeln.

»Heaven?« fragte sie mit einem erfreuten Ausdruck. »Du bist Heaven?« Ihr Begrüßungslächeln wurde noch tiefer. »Du bist die Heavenly, von der Tom immer erzählt? Ach, wie schön, dich endlich kennenzulernen. Komm herein, komm herein!«

Sie öffnete die Vorsatztür, setzte dann den kleinen Jungen auf die Couch und zog selbstbewußt ihr blaues Top nach unten. Ihre Augen blickten rasch in den nächsten Wandspiegel, um ihr Äußeres zu prüfen. Daraus konnte ich schließen, Tom hatte ihr nicht erzählt, ich würde um elf Uhr erwartet werden. Keinen Gedanken hatte ich an diese Frau verschwendet, als ich meine Pläne machte.

»Leider hat es einen Notfall gegeben, so daß Tom mit seinem Vater fort mußte«, erklärte sie atemlos und war jetzt dabei, sich umzusehen, ob das Haus aufgeräumt wäre. Aus der Eingangsdiele ging sie in ein großes, gemütliches Wohnzimmer voraus. »Ich habe am Morgen bemerkt, daß Tom einige Male kurz davor war, mir etwas zu beichten, aber sein Vater trieb ihn zur Eile an, so daß ihm keine Zeit blieb. Ich bin sicher, dein Besuch war sein Geheimnis. Bitte, setz dich und mach dir's bequem, Heaven. Kann ich irgend etwas für dich tun? Bald werde ich das Mittagessen für mich und Drake vorbereiten, und du mußt natürlich bleiben. Aber darf ich dir jetzt etwas Kaltes anbieten? Es ist so ein heißer Tag.«

»Eine Cola wäre sehr nett«, gestand ich. Meine Kehle war vor Beklemmung und vor Durst gleichermaßen ausgetrocknet. Ich konnte es nicht glauben, daß Tom nicht auf mich gewartet hatte. War ich denn auch für ihn nicht mehr wichtig? Bald war die Frau aus der Küche mit zwei Gläsern zurück. Der scheue kleine Junge – ungefähr ein Jahr alt – blickte mich unverwandt aus braunen Kulleraugen an, die von langen schwarzen Wimpern eingerahmt waren. O ja, er war der Sohn, um den Sarah gebetet hatte, als ihr fünftes Kind deformiert und tot zur Welt gekommen war. Arme Sarah! Nicht zum ersten Mal fragte ich mich, wo Sarah jetzt wohl wäre und was sie tat.

Ich schlüpfte aus meiner viel zu warmen Jacke und fühlte mich ganz schön lächerlich. Ich wünschte, ein sensibleres Gefühl gehabt zu haben, anstatt so angeberisch aufzutreten. Stacie Casteel lächelte mich so strahlend an, wie ich es noch selten gesehen hatte. »Du bist so hübsch, Heaven, genau wie dich Tom schon viele, viele Male beschrieben hat. Du hast Glück, einen Bruder zu besitzen, der dich so sehr bewundert. Ich selbst habe mir immer Geschwister gewünscht, aber meine Eltern waren der Meinung, ein Kind würde genügen. Sie leben ungefähr zwei Straßen von hier entfernt, so daß ich sie oft sehe, und sie sind wunderbare Baby-Sitter. Dein Großvater ist gerade mit meinem Vater draußen beim Fischen auf einem nahe gelegenen See.«

Großpapa. Ich hatte Großpapa völlig vergessen.

Sie fuhr fort, als ob sie unbedingt jemanden brauchte, um über ihre Familie zu sprechen. »Luke hätte gerne, daß wir nach Florida umsiedeln, um näher an seiner Arbeitsstelle zu sein, aber ich bringe es nicht übers Herz, so weit von meinen Eltern wegzuziehen. Ich weiß, sie möchten ihren Lebensstil nicht mehr ändern, wo sie jetzt so alt und zufrieden sind. Sie sind völlig verliebt in Drake.«

Sie saß mir jetzt gegenüber und erlaubte ihrem kleinen, sehr braven Sohn, ein-, zweimal an ihrem kalten Getränk zu nippen. »Drake, Schatz, das ist deine Halbschwester Heaven. Ist das nicht ein passender Name für eine so reizende junge Dame?«

Trotz meines Entschlusses, gerade dieses Kind nicht zu mögen, fand ich mich selbst auf den Knien wieder, um so auf einer Augenhöhe mit ihm zu sein. Ich brachte ein Lächeln fertig. »Hallo Drake. Dein Onkel Tom hat mir von dir erzählt. Er sagte, du magst gern Eisenbahnen, Boote und Flugzeuge. Irgendwann in Kürze werde ich dir einen riesigen Karton voller Eisenbahnen, Boote und Flugzeuge schicken.«

Etwas verlegen sah ich aus den Augenwinkeln zu Stacie hinüber. »Die Tattertons sind seit Jahrhunderten Spielzeugmacher. Sie fertigen solches Spielzeug, das man nicht in normalen Spielwarenläden kaufen kann. Wenn ich wieder zurückfahre, schicke ich Drake alles, womit er spielen kann.«

»Das wäre ganz reizend von dir«, sagte sie, wieder mit einem einnehmenden, netten Lächeln, das mir direkt durchs Herz fuhr. Denn ich hätte schon vor langer Zeit Drake eine Menge zum Spielen schicken können, aber nicht einmal hatte ich an so etwas gedacht.

Während die Minuten vergingen und sie neben den Vorbereitungen fürs Mittagessen weiterplauderte, entdeckte ich bald, daß sie den Mann, den ich haßte, liebte, sehr sogar. »Er ist der freundlichste, tollste Ehemann«, meinte sie begeistert, »und immer versucht er sein Bestes, um darauf zu schauen, daß seine Familie alles Nötige hat.« Sie warf mir einen bittenden Blick zu. »Ich begreife, Heaven, daß du ihn vielleicht nicht so siehst, aber dein Vater hat ein sehr schwieriges Leben hinter sich. Um zu sich selbst zu finden, mußte er weg von diesen Bergen und dem Erbe der Casteels. Er ist kein fauler, träger Mensch. Er nahm es nur übel, in etwas gefangen zu sein, was einem endlosen Kreis der Armut glich.«

Nichts von ihren Worten deutete an, daß sie wußte, wie sehr mich Pa gehaßt hatte und vielleicht noch immer tat.

Meine Mutter oder Sarah erwähnte sie nicht, und deswegen fing ich an, sie für eine zweite, unschuldige und leichtgläubige Leigh Tatterton zu halten. Dabei schoß mir blitzartig durch den Kopf, daß mein Vater eine Vorliebe hatte, sich in denselben Typ von zierlichen Frauen zu verlieben. Genauso wie er für gelegentliche Bettgeschichten Rothaarige – wie Sarah und Kitty – bevorzugte.

Sollte er ab und zu auch Brünette ins Bett bekommen haben, müßte ich das erst noch erfahren.

Nach unserem Mittagessen, das aus Thunfischsalat und grünem Salat, dekoriert mit Käsewürfeln, und aus heißem Gebäck mit Eistee bestanden hatte, gingen wir ins Wohnzimmer zurück. Unser Dessert war ein Schokoladenpudding, den Drake über sein ganzes hübsches Gesicht zu verschmieren verstand.

Keine trockenen Kekse und keine Sauce, dachte ich bitter. Meine Bitterkeit vertiefte sich noch, als wir in das helle, fröhliche Wohnzimmer zurückkehrten. Ich sah zu den breiten Fenstern hinüber, die auf einen rückwärtigen Garten voll üppig blühender Pflanzen blickten. Ich tat mein Möglichstes, mir Luke Casteel vorzustellen, wie er in einem derart hübschen, modernen Haus lebte, wie er auf diesem langen, schönen Sofa hinter einem Tischchen ohne Staub und Fingerabdrücke saß.

»Das ist das Lieblingszimmer deines Vaters«, meinte sie, als ob sie gespürt hätte, wie voreingenommen meine Gedanken waren. Stolz schwang in ihrer Stimme mit: »Luke sagte mir, ich könne es nach Belieben ausstatten, aber ich wollte einen Raum, wo er ohne Scheu seine Füße hochlegen, und ein Sofa, auf das er sich ohne Rücksicht auf zerknitterte Kissen legen kann. Tom und dein Großvater genießen diesen Raum ebenso.« Es sah so aus, als ob sie noch etwas sagen wollte, denn sie errötete und sah eine Sekunde lang schuldbewußt und verwirrt drein. Dann berührte sie leicht meinen Arm und lächelte warmherzig. »Es ist wirklich schön, dich endlich unter unserem Dach zu haben, Heaven. Luke spricht nicht viel über seine ›Familie in den Bergen‹, er meint, es würde ihm zu sehr weh tun.«

O ja, ich konnte mir gut vorstellen, wie sehr ihm das weh tat! »Hat er dir von meiner Mutter erzählt, die erst vierzehn war, als er sie heiratete?«

»Ja, er erzählte, wie sie sich in Atlanta getroffen hatten, und er sagte, er habe sie sehr geliebt. Aber nein«, erläuterte sie ernsthaft, »so richtig spricht er nie von ihr, so daß ich mir das Leben der beiden in dieser Berghütte vorstellen könnte. Ich weiß, daß ihn ihr frühzeitiger Tod auf eine Art verwundet hat, von der er sich nie erholen wird. Ich weiß auch, er hat mich geheiratet, weil ich ihn an sie erinnere. Wenn ich mich abends zum Beten niederknie, flehe ich, daß er eines Tages aufhören wird, an sie zu denken. Ich weiß, er liebt mich, und ich habe ihn bereits glücklicher machen können, als er damals bei unserer ersten Begegnung war. Aber er wird sich nie ganz am Leben und an dem bescheidenen Erfolg, den er für sich geschaffen hat, freuen können, wenn du ihm nicht verzeihen kannst und er den frühzeitigen Tod deiner Mutter nicht akzeptieren lernt.«

»Hat er dir erzählt, was er getan hat?« schrie ich fast. »Glaubst du, es war in Ordnung, daß er seine fünf Kinder für fünfhundert Dollar das Stück verkauft hat?«

»Nein, natürlich halte ich das nicht für richtig«, antwortete sie ruhig und nahm dadurch meinem Angriff den Wind aus den Segeln. »Er hat mir davon erzählt. Es war eine schreckliche Entscheidung, die er treffen mußte. Ihr fünf hättet verhungern können, während er seine Krankheit auskurierte. Ich kann sein Vorgehen nur dadurch rechtfertigen, indem ich sage, er hat das getan, was ihm zu diesem Zeitpunkt am besten erschien. Und keiner von euch hat doch bleibenden Schaden davongetragen, oder?«

Ihre Frage blieb in der Luft hängen, während sie mit gesenktem Kopf dasaß und wartete, daß ich sagte, ich würde meinem Vater verzeihen. Glaubte sie denn, das Schlimmste, was er uns angetan hatte, wäre der Verrat am Weihnachtstag gewesen? Nein, das war nur die Krönung des Ganzen! Und ich konnte einfach nicht frei heraus reden und etwas sagen, um seine Grausamkeit auszulöschen. Die Hoffnung, die kurz auf ihrem Gesicht aufgeleuchtet war, verschwand. Ihre Augen glitten zu ihrem Sohn und ihr Gesicht blickte noch trauriger. »Ist schon gut, wenn du ihm heute nicht verzeihen kannst. Ich hoffe nur, du wirst eines Tages, in naher Zukunft dazu fähig sein. Denk darüber nach, Heaven. Das Leben gibt uns nicht viele Chancen zum Verzeihen. Die Gelegenheiten kommen und gehen vorüber, die Zeit verrinnt und dann ist's zu spät.«

Ich sprang auf. »Ich dachte, Tom würde hier sein, um mich zu treffen. Wo kann ich ihn finden?«

»Tom bat mich, dich hier festzuhalten, bis er gegen vier Uhr dreißig zurückkäme. Dein Vater wird erst wesentlich später nach Hause kommen.«

»Ich habe keine Zeit, bis um vier Uhr dreißig zu warten.« Ich hatte Angst zu bleiben, Angst, sie würde mich davon überzeugen, dem Mann zu vergeben, den ich haßte. »Von hier aus fliege ich nach Nashville, um meine Schwester Fanny zu sehen. Also bitte, verrate mir, wo ich Tom finden kann.« Zögernd gab sie mir eine Adresse, ihre Augen baten mich immer noch um Güte und Verständnis, auch wenn ich nicht verzeihen konnte. Aber ich verabschiedete mich höflich, küßte Drake auf die Wangen und machte dann, daß ich von der jungen Frau mit den Scheuklappen fortkam.

Ich hatte Mitleid mit einer solch naiven Frau, die eigentlich unter die Oberfläche eines hübschen, ziemlich ungebildeten Mannes hätte schauen können, der Frauen gebrauchte und sie ab und zu auch zerstörte. Ich kannte eine ganze Reihe abgelegter Frauen hinter ihm, Leigh Tatterton, Kitty Dennison, und weiß Gott, was Sarah zustieß, nachdem sie von ihren vier Kindern und mir fortging. Erst als ich in dem Leihwagen saß und auf die Grenze von Florida losbrauste, dachte ich daran, daß ich eigentlich von meiner Fahrt hätte abbiegen sollen, um Großpapa zu begrüßen.

Eine Stunde später erreichte ich das Provinzstädtchen, in dem Tom jeden Tag während seiner Ferien arbeitete, zumindest hatte es Stacie mir so erzählt. Mißbilligend sah ich rings auf die kleinen Häuser, auf das unpassende Einkaufszentrum mit dem Parkplatz, auf dem eine Menge uralter Autos herumstand. Was war das nur für ein Ort für Tom und seine hochgesteckten Ziele? Wildentschlossen, mein Möglichstes zu tun, um Luke Casteels Pläne für seinen Ältesten zu zerschlagen, lenkte ich wie ein Racheengel mein luxuriöses Auto in die Außenbezirke dieser unbedeutenden Stadt und fand die hohe Mauer, von der mir Stacie erzählt hatte. Niemand hinderte mich am Betreten einer riesigen grasbewachsenen Arena, in der viele ausgetretene Pfade die Wiesen durchkreuzten. Was war das nur für ein Ort, dachte ich mit rasendem Herzschlag, enttäuscht von dem Gedanken, mein Bruder Tom würde sich für... für... entscheiden. Und dann war mir plötzlich klar, was für eine Zukunft Tom für sich selbst geplant hatte, um Pa zu gefallen!

Tränen quollen mir aus den Augen. Ein Zirkusgelände! Ein kleiner, billiger, ordinärer, unwichtiger Zirkus, der ums Überleben kämpfte. Tränen begannen mir über die Wangen zu laufen. Tom, armer Tom!

Häufig hatte Tom in seinen Briefen angedeutet, Pa würde etwas Zauberhaftes tun, von dem er sein ganzes Leben lang geträumt hatte. Zirkusarbeit? Ein kleiner, zweitklassiger Zirkus?

Fast betäubt vor Verzweiflung bewegte ich mich vorwärts und starrte in Käfige, wo Löwen, Leoparden, Tiger und andere große Raubkatzen eingesperrt waren und anscheinend auf den Transport in eine andere Gegend warteten. Vor einem der alten Tierkäfige hielt ich inne und starrte auf das Tigerposter, das an der Seite, wo rote Farbe abblätterte, angeklebt worden war.

Ein Zeitstrom riß mich zurück in die Baracke. Es hätte das Original des Tiger-Posters sein können, das mir Granny so oft beschrieben hatte. Das Poster, das ihr Jüngster, Luke, von einer Wand in Atlanta geklaut hatte, als er damals im Alter von zwölf Jahren dorthin gereist war, und sein Onkel aus Atlanta das Versprechen, seinen Hillbilly-Neffen in den Zirkus mitzunehmen, vergessen hatte.

Und Luke Casteel, zwölf Jahre alt, war fünfzehn Meilen zum Zirkusgelände außerhalb der Stadtgrenzen gelaufen und war ohne Bezahlung ins Zirkuszelt geschlüpft.

Fast blind vor Tränen senkte ich jetzt meinen Kopf und benützte ein Taschentuch, um mir das Gesicht abzutupfen. Als ich wieder den Kopf hob, sah ich als erstes einen großen, jungen Mann in meine Richtung kommen. Er trug etwas, das einer Mistgabel glich und hatte unter den linken Arm eine riesige Schüssel mit rohem Fleisch geklemmt. Für die großen Katzen war Futterzeit, und als ob sie's wußten, fingen Löwen und Tiger an, die zottigen Schädel zu schütteln, bleckten lange, scharfe, gelbliche Zähne. Sie schnüffelten und nagten an Knochen, zermalmten sie knirschend und krallten sich in das blutige, rohe Fleisch, das der Junge mit der Gabel durch die Gitterstäbe schob. Aus ihren Kehlen ertönten tiefe, gurgelnde Laute, die ich als vergnüglich deuten mußte.

O mein Gott! Lieber Gott! Es war mein eigener Bruder Tom, der behutsam das Fleisch in die Nähe der wilden Pranken warf, die es näher heranzogen, ehe die Zähne zu mahlen anfingen.

»Tom«, rief ich beim Vorwärtslaufen, »ich bin's! Heavenly!« Und für einen Augenblick war ich wieder ein Kind aus den Bergen. Die teure Kleidung, die ich trug, verwandelte sich in schäbiges, ausgetragenes, formloses Zeug, das vom häufigen Waschen mit Schmierseife auf einem metallenen Waschbrett grau geworden war. Ich war barfuß und hungrig, als sich Tom langsam zu mir umdrehte und seine tiefgrünen Augen aufriß, bis sie vor Freude blitzten.

»Heavenly! Bist's ja, echt du? Kamst, mich zu sehen, endlich, bist den ganzen Weg gefahren!«

Wie immer, wenn er sich freute, vergaß Tom seine gute Sprache und fiel wieder in den Provinzdialekt. »Was'n toller

Supertag! 's ist endlich passiert! Hab' so für gebetet!« Er ließ die große Schüssel, die jetzt ohne Fleisch war, sinken und die Gabel fallen und breitete seine Arme aus.

»Thomas Luke Casteel«, rief ich, »du weißt es doch besser, als deine Abkürzungen es immer so undeutlich ausdrückten. Haben denn Miss Deale und ich unsere Zeit verschwendet, um dir ordentliche Grammatik beizubringen?« Dann stürzte ich mich in seine Arme, schlang meine um seinen Nacken und klammerte mich fest an den Bruder, der vier Monate jünger war. Und die lange Zeit, die seit unserem letzten Treffen vergangen war, schien ausgelöscht.

»Jesus, Maria und Joseph«, flüsterte er mit rauher Stimme, tief bewegt, »schilt und korrigiert mich wie in alten Tagen.« Er hielt mich eine Armlänge von sich und starrte mich ehrfüchtig bewundernd an. »Ich dacht' nie, du könntest noch hübscher werden, aber jetzt bist du mehr als das!« Sein Blick wanderte über meine teure Kleidung, hielt inne, um die Golduhr, die lackierten Fingernägel, die Zweihundert-Dollar-Schuhe und die Zwölfhundert-Dollar-Handtasche in Augenschein zu nehmen, dann sah er mir wieder direkt ins Gesicht. Mit einem langen Pfiff atmete er aus. »Irre! Du schaust wie eins von den unwirklichen Mädchen auf Illustriertentiteln aus.«

»Ich sagte dir doch, ich würde kommen. Wieso wirkst du so erstaunt, daß ich da bin?«

»Wahrscheinlich hielt ich es für zu schön, um wahr zu sein«, war seine ziemlich seltsame Antwort, »und vermutlich wollte ich andererseits nicht, daß du kommst, um zu verderben, was Pa so mühsam aufzubauen versucht. Er ist eben nur ein Mann ohne Schule, Bildung, Heavenly, der sein Bestes versucht, um seine Familie zu erhalten. Ich weiß ja, daß das, was er tut, für jemanden wie du jetzt bist, nicht viel ist, aber es war schon immer Pas großes Ziel, beim Zirkusleben mitzumachen.«

Ich wollte nicht über Pa sprechen. Ich konnte nicht glauben, daß Tom Pas Partei ergriffen hatte. Nun, es sah ganz so aus, als ob sich Tom mehr um Pa sorgte, als um mich. Aber ich wollte Tom nicht gehen lassen, wollte nicht, daß er mir entfremdet wurde.

»Du siehst... siehst, nun ja, größer, kräftiger aus«, antwortete ich und vermied es, zu sagen, er sähe Pa noch mehr ähnlich. Denn er wußte ja, wie ich Pas hübsches Gesicht haßte. Alles Magere war aus Toms Körper verschwunden, wie auch die tiefen, dunklen Schatten unter seinen Augen. Er wirkte gut ernährt, glücklich und zufrieden. Das konnte ich ohne Frage feststellen.

»Tom, ich komme gerade von einem Besuch bei Pas neuer Frau und seinem Kind. Sie nannte mir den Weg zu diesem Ort. Warum hast du mir denn nichts gesagt?« Wieder warf ich einen Blick auf das Gelände, wo sich Zelte mit feststehenden Gebäuden mischten. »Was treibt denn Pa hier eigentlich?«

Er strahlte übers ganze Gesicht, seine Augen glänzten stolz: »Er ist der Animateur, Heavenly. Und ein ganz großartiger! Er macht seinen Job ganz toll, wenn er die Vorstellung so ankündigt, daß die Zuschauer angelockt werden. Du siehst, wie's hier tagsüber öde aussieht. Aber bleib einmal bis heut' abend. Dann tauchen aus fünfhundert Meilen im Umkreis Zuschauer auf und rücken ihr Geld raus, um die Tiere zu sehen, die Show-Girls und die Clowns mit ihren komischen Nummern. Und wir haben sogar Maschinen«, erklärte er stolz, wobei er auf ein Riesenrad deutete, das ich bis dahin nicht bemerkt hatte.

»Wir hoffen, dieses Jahr sogar noch ein Karussell dazustellen zu können. Du weißt schon, eins von der Sorte, worauf wir als Kinder immer fahren wollten.«

»Heavenly«, brach es plötzlich aus ihm heraus, während er mich am Arm nahm und in eine andere Richtung zog. »Der Zirkus ist jetzt Pas Welt. So wenig wie ich hattest du eine Ahnung, daß der Zirkus für ihn schon als Knabe immer sein Traum war. Tausende Male ist er von den Bergen fortgerannt, um sich in den Zirkus zu schleichen. Ich schätze, es war seine Art, der häßlichen Umgebung und der Armut in dieser Berghütte zu entfliehen, wo er aufwuchs. Erinnere dich, wie sehr er die Kohleminen haßte, und deshalb fing er mit der Schwarzbrennerei an. Außerdem ist er vor dem Spott geflüchtet, den jeder für die Casteels übrig hatte, die offensichtlich nichts Besseres konnten, als im Gefängnis zu enden, ertappt bei geringfügigen Vergehen. Wenn die Söhne der Casteels wenigstens dafür Bewunderung geerntet hätten, für ein größeres und schlimmeres Verbrechen eingesperrt zu werden, so was wie Mord.«

»Aber Tom, das ist doch nicht dein Traum! Es ist seiner! Du kannst doch nicht deine College-Ausbildung sausen lassen, nur um ihm aus der Klemme zu helfen!«

»Schließlich möchte er den Besitzer auszahlen, Heavenly, und dann wird dieser Zirkus ihm gehören. Als ich herausfand, was Pa plante, war ich mindestens so verdutzt, wie du jetzt. Ich wollte es dir erzählen, ehrlich, und trotzdem zögerte ich dabei, denn ich war mir ziemlich sicher, du würdest nur Spott für seine Unternehmungen übrig haben. Ich begreife ihn mehr als früher, und ich möchte, daß er einmal in seinem Leben Erfolg hat. Ich hasse ihn nicht, so wie du. Ich kann auch gar nicht so hassen, wie du's tust. Er ist auf der Suche nach seiner Selbstachtung, Heavenly, und wenn auch das, was er jetzt tut, in deinen Augen nur Schrott ist und nichts bedeutet, dann ist's doch die größte Sache, die er in seinem Leben versucht hat. Wenn du ihn siehst, gib ihm nicht das Gefühl, ein Niemand zu sein.«

Wieder blickte ich mich um. Einige Frauen hatten sich vor kurzem in ihren winzigen Duschkabinen in den Wohnwagen geduscht und standen jetzt, in Handtücher gewickelt, in Gruppen beisammen und starrten herüber, wo Tom und ich standen. Ich hatte mich noch nie so auffällig gefühlt. Andere Frauen arbeiteten an zerrissenen Kostümen. Alle plauderten in guter Stimmung, hübsche Mädchen, die schon ins Zirkusleben hineingeboren worden waren, warfen Tom und mir manch neugieriges Lächeln zu. Muskulöse Akrobaten übten auf dreckigen Leinwandmatten, und wenigstens ein Dutzend

Zwerge rannten mit den kuriosesten Beschäftigungen herum. Meiner Vermutung nach war dies genau der richtige Platz für jemanden wie Pa, um sich dort zu verbergen, denn keinen hier würde es kümmern, woher er käme oder wie schäbig sein Hintergrund war. Jedoch wußte ich genau, was Tony empfinden würde, wenn er sehen könnte, was ich sah. Vielleicht wußte er ja sogar Bescheid und hatte mir deshalb verboten, auch nur einen einzigen Casteel mit zurückzubringen.

»Ach, Tom, das ist für Pa in Ordnung. Viel solider und besser, als Schnapsbrennerei. Aber es ist nichts für dich!« Ich zog ihn auf eine schmale Bank im Schatten einer tropisch anmutenden Baumgruppe. Auf dem Boden lagen Essensreste verstreut, an denen Vögel pickten, die dreist genug waren, sich sogar zu unseren Füßen niederzulassen und zu fressen. Die Hitze und die Gerüche hatten mich matt gemacht. Meine Juwelen wirkten wie eine schwere, klebrige Last. »Troy hat mir mehr als genug Geld gegeben, um dich durch vier Jahre College zu bringen«, begann ich außer Atem. »Du mußt deine Träume nicht aufgeben, nur damit Pa seine wahrmachen kann.«

Toms schlankes Gesicht wurde ganz rot, bevor er den Kopf sinken ließ. »Du verstehst mich nicht. Ich war schon am College und habe versagt. Ich wußte schon immer, daß meine Träume nicht wirklich werden würden. Ich wollte nur dir einen Gefallen tun. Mach du weiter, erwirb deine akademischen Grade und denk nicht mehr an mich. Ich mag's sogar noch lieber, wenn Pa und ich genug verdienen, um den Zirkusbesitzer auszuzahlen. Nun, eines Tages könnten wir ja sogar mit der Show weiter herumreisen als nur durch Georgia und Florida.« Ich konnte ihn nur noch anstarren, zutiefst betroffen, daß er so leicht klein beigeben würde. Je länger ich ihn anstarrte, um so röter wurde er. »Bitte, Heavenly, mach mich nicht verlegen. Ich besaß nie deine geistigen Fähigkeiten, nur du selbst hast dir eingeredet, es wäre so. Ich habe keine besonderen Talente mitbekommen, und ich bin hier so glücklich, wie ich es überhaupt erwarten kann.«

»Warte«, platzte ich heraus. »Nimm das Geld... mach damit, was du willst, irgend etwas, um dich aus dieser Falle zu befreien! Geh weg von Pa und laß ihn für sich selbst sorgen!«

»Bitte, hör auf«, flüsterte er. »Pa könnte dich hören. Er steht gerade dort drüben beim Küchenzelt.«

Einige Male hatte ich schon über einen großen, eindrucksvollen Mann hinweggesehen, dessen schwarzes Haar modisch geschnitten war, obwohl er ausgewaschene, knappe Jeans trug. Sein weißes Hemd war mehr oder weniger die gleiche Art, die Troy so bevorzugte. Es war Pa!

Pa, der sauberer, kräftiger und gesünder wirkte, als ich ihn je gesehen hatte. Sollte er auch nur um einen Tag gealtert sein, hätte ich es aus der Entfernung nicht sagen können, denn zwischen uns lagen fünfundzwanzig Meter. Er redete mit einem stämmigen, lustig dreinschauenden, weißhaarigen Mann im roten Hemd und gab ihm offensichtlich Anweisungen. Er sah sogar zu Tom herüber, wie um zu prüfen, warum sein Sohn nicht dabei war, die Tiere zu füttern. Seine dunklen, intensiven Augen glitten flüchtig über mich, ohne zurückzukehren und mich anzustarren, wie's die meisten Männer taten, wenn sie mich zum ersten Mal sahen. Das allein verriet mir, daß Pa kein Interesse hatte, junge Mädchen aufzureißen. Sein beiläufiges Verhalten verriet mir außerdem, daß er mich keinesfalls erkannt hatte. Väterlich und gratulierend lächelte er Tom zu, dann drehte er sich um, um wieder mit dem Mann im roten Hemd zu reden. »Das ist Mr. Windenbarron«, flüsterte Tom. »Der derzeitige Besitzer. Er war mal Clown bei den Ringling Brothers. Jeder behauptet, in diesem Land sei nicht genug Platz für zwei größere Zirkusunternehmen, aber Wuy Windenbarron denkt, mit Pas Hilfe könnten beide wirklich groß werden. Weißt du, er ist alt und wird nicht mehr lange leben. Er braucht zehntausend Dollar als Erbe für seine Frau. Sieben haben wir bereits gespart. Also dürfte es nicht mehr allzu lang dauern, und Mr. Windenbarron wird, so lang's geht, bleiben, um uns aus dem Gröbsten herauszuhelfen. Er war für Pa immer ein echter Freund, und für mich auch.«

Toms Begeisterung machte mich fast krank. Erst jetzt begriff ich, daß sein Leben weitergegangen war, genau wie meines, und er neue Freunde und Ideale gefunden hatte.

»Komm am Abend zurück«, lud mich Tom ein, als ob er mich schleunigst aus Pas Reichweite bringen wollte, »hör dir Pas Auftritt an und schau dir den Zirkus an. Wenn dann die Lichter an sind und die Musik spielt, packt vielleicht auch dich ein bißchen das Zirkusfieber, das eine Menge Leute kennen.«

Mitleid für ihn war alles, was ich fühlte. Trauer um jemanden, der dazu bestimmt war, sich selbst zu zerstören.

Die restlichen Nachmittagsstunden verbrachte ich in einem Motelzimmer, wo ich versuchte, mich auszuruhen und meine Befürchtungen leichter zu nehmen. Anscheinend gab es nichts, was ich tun konnte, um Toms Einstellung zu ändern, aber trotzdem mußte ich's noch einmal versuchen.

Am Abend, gegen sieben, zog ich ein bequemes Seidenkleid an und machte mich wieder in die Richtung des umzäunten Zirkusareals auf. In meinen ganzen achtzehn Lebensjahren war ich noch nie in einer Zirkusvorstellung gewesen. Meine Erfahrung mit dem Zirkus war die eines Fernsehzuschauers. Aber das hatte nicht unmittelbar meine Sinne betroffen mit dem Geräusch, dem Anblick und dem Geruch von Tieren, Menschen, Heu, Mist und Schweiß. Und über allem lag der überwältigende Duft von Hotdogs und Hamburgern, von Eis und Popcorn, der aus einem Dutzend Richtungen quoll.

Ich wanderte übers Zirkusgelände und schaute in Zusatzzelte, in denen stark geschminkte Mädchen herausfordernd mit den Hüften wackelten und Mißgeburten erstaunlich unbeteiligt ihre Deformationen zur Schau stellten. Da begann ich zum ersten Mal zu verstehen, was einen zwölfjährigen Jungen aus den tiefsten Willies angezogen hatte, was ihn so fasziniert hatte, daß er sich selbst nach seiner Rückkehr in die Berge einredete, zu glauben, dies sei die beste aller möglichen

Welten. Besser als die dunklen, düsteren Kohleminen und die flackernden Lichter. Besser als Schnaps schwarzzubrennen und zu verkaufen und dem Staatsanwalt die Stirn zu bieten. All das war tausendfach besser als diese scheußliche Berghütte und die ganzen anderen Umstände, wo ein schlechter Ruf nie starb und vergangene Fehler einem immer auf der Spur waren. Fast bedauerte ich den dummen Jungen. Gut für Pa, das Ganze, weil er jetzt zu alt für höhere Ziele war. Aber gar nicht in Ordnung für Tom, nichts von allem, denn irgendwann einmal würde es ihm langweilig werden, wenn er von den Eindrücken und Gerüchen die Nase voll hätte. Ich war nicht gekommen, um mich verführen zu lassen.

Zuerst brauchte ich eine Eintrittskarte, und dazu mußte ich mich in einer Reihe anstellen, die sich langsam auf ein hohes Podest zu bewegte. Darauf stand ein Mann, der die Höhepunkte der Zirkusvorstellung, die drinnen stattfand, anpries. Ich wußte, wer er war, sogar noch ehe ich seine Stimme hörte. In der Schlange festgehalten, starrte ich zu ihm hinauf, zu seinen Füßen, die in fast kniehohen schwarzen Lacklederstiefeln steckten. Dann kamen seine kräftigen, langen Beine in so knapp als möglich sitzenden weißen Hosen. Seine Männlichkeit war deutlich zu sehen, sie erinnerte mich an die Schulzeit, in der die Kinder bei Bildern von Herzögen, Generälen und anderen Berühmtheiten immer gekichert hatten, die sich selbst ganz offen in engen Hosen, wie die von Pa, zur Schau stellten. Sein scharlachroter Frack war an den Ärmeln mit goldenen Streifen verziert, auf den Schultern saßen Epauletten, und er wurde mit einer Doppelreihe goldener Knöpfe geschlossen. Oberhalb seiner frisch gestärkten weißen Krawatte befand sich dasselbe hübsche Gesicht wie in meiner Erinnerung, bemerkenswert unverändert. Seine Sünden hatten sich nicht in seinem Gesicht abgezeichnet, und auch die Zeit hatte ihm nicht dasselbe wie bei Großpa geraubt. Nein, kräftig und eindrucksvoll stand Pa da, voll Energie und gesünder, als ich ihn je gesehen hatte. Er wirkte besser gepflegt, sein Gesicht war so glatt rasiert, daß nicht einmal ein Schatten von Barthaaren zu entdecken war. Seine schwarzen Augen funkelten und gaben ihm ein anziehendes Aussehen mit großer Ausstrahlung. Ich merkte, wie Frauen zu ihm hinaufstarrten wie zu einem Gott.

Ab und zu nahm er seinen schwarzen Zylinder ab und benutzte ihn für großartige Gesten. »Fünf Dollar, meine Damen, meine Herren, mehr kostet's nicht, eine fremde Welt zu betreten, eine Welt, von der sie vielleicht nie mehr die Chance haben, sie zu erobern... eine Welt, in der Mensch und Tier einander herausfordern, in der schöne Frauen und kühne Männer ihr Leben in der Luft riskieren, alles zu Ihrer Unterhaltung. Zwei Dollar und fünfzig Cents für Kinder unter zwölf, Babys auf dem Arm sind frei! Kommen Sie und sehen Sie Lady Godiva auf ihrem Pferd reiten, wie sie vom Pferd aus in die Luft springt, um fünfzehn Meter höher zu landen... und ihr Haar ist in Bewegung, meine Herren, es bewegt sich!« Immer weiter schwatzte er, während die Kasse einen Meter rechts von ihm klingelte und den Geldstrom melodisch begleitete. Ich hörte von den gefährlichen Abenteuern des Königs des Dschungels, der sich in Bälde zum Peitschenknall drehen würde, während ich mich zentimeterweise immer mehr Pa näherte. Bis jetzt hatte er mich noch nicht gesehen. Auf meinem Kopf trug ich einen breitrandigen Strohhut, der von einem blauen, unterm Kinn gebundenen Seidentuch festgehalten wurde. Außerdem hatte ich eine Sonnenbrille dabei. Aber es war Nacht und irgendwie hatte ich vergessen, die Gläser aufzusetzen. Dann war ich da, am Anfang der Reihe, und Pa sah zu mir herunter. »Also, ein junges Ding wie du muß doch nicht sein Licht unter den Scheffel stellen«, rief er laut, beugte sich vornüber und zupfte an dem blauen Seidenschal. Mein Hut fiel nach hinten. Unsere Gesichter waren nur Zentimeter auseinander.

Ich hörte, wie er scharf einatmete.

Ich merkte seinen Schock. Einen Augenblick lang wirkte er sprachlos, wie gebannt. Aber dann lächelte er. Er reichte mir meinen Hut mit dem daran befestigten blauen Seidenstück.

»Nun«, legte er dröhnend los, damit's alle hören konnten, »solch ein hübsches Gesicht sollte man nie in den Schatten stellen...« – und damit war ich entlassen.

Wie schnell er seine Überraschung verbergen konnte! Wieso war ich dazu nicht fähig? Meine Knie wurden weich, meine Beine zitterten. Ich wollte schreien, ihn beschimpfen und diesen vertrauensseligen Leuten zu verstehen geben, was für ein übles Monster er war! Statt dessen wurde ich vorwärts geschoben und zur Eile angetrieben. Ehe ich wußte, was geschah, fand ich mich auf einer ausgebleichten Bank wieder, und mein eigener Bruder Tom grinste mich an. »Puh, das war'n Ding, wie Pa deinen Hut gelüftet hat. Ohne Hut hättest du nicht entfernt seine Aufmerksamkeit auf dich gelenkt... bitte, Heavenly, hör auf, so dreinzuschauen! Es gibt keinen Grund zu zittern. Er kann dir nicht weh tun und würde es auch gar nicht.« Kurz drückte er mich an seine Brust, so wie er es immer gemacht hatte, wenn ich in Panik geriet. »Da steht jemand hinter dir, der dir unbedingt Hallo sagen möchte«, flüsterte er. Ich hob die Hände zum Hals, während ich mich langsam umdrehte, um direkt in die verwaschenen, blauen Augen eines runzeligen, alten Mannes zu sehen. Großpapa!

Großpapa, gekleidet, wie ich ihn noch nie zuvor gesehen hatte, mit sportlicher Sommerkleidung und festen, weißen Sommerschuhen an den Füßen. Seine wäßrigen, seltsamen Augen schwammen in Tränen. Auf Grund der Art, wie er mich intensiv ansah, war klar, daß er versuchte, mich in seine Gedanken einzuordnen. Während er damit beschäftigt war, bemerkte ich, daß er zugenommen hatte. Gesunde Farbe tönte seine Wangen.

»Ach«, rief er endlich, als er die richtigen Knöpfe gedrückt hatte, »'s ist Heaven-Kind! Hat's dich endlich zurückgetrieben zu uns! So wie sie's immer gesagt hat! Annie«, flüsterte er und versetzte der Luft neben ihm einen leichten Stoß mit dem Ellenbogen, »sieht's nicht prima aus, was, Annie?« Er streckte den Arm aus, als ob er Annie, die so viele Jahre an seinem rechten Arm gegangen war, umarmen wollte. Der Gedanke, er könnte nur mit der Vorstellung, sie wäre noch am Leben, existieren, tat weh, schrecklich weh.

Ich warf ihm die Arme um den Hals und drückte meine Lippen fest an seine Wange.

»Ach, Großpapa, es tut so gut, dich wiederzusehen, so gut!«

»Solltest deine Granny erst umarmen, Kindl, solltest's wirklich«, mahnte er.

Pflichtbewußt umarmte ich den Schatten meiner toten Granny und gab der Luft dort, wo ihre Wange sein könnte, einen Kuß. Dabei schluchzte ich wegen allem, was ich verloren hatte, und noch mehr wegen dem, was noch zu tun war. Wie konnte ich die Luft packen und Sturheit und Stolz, wie sie alle Casteels besaßen, überzeugen, um Tom zur Besinnung zu bringen?

Der halbseidene Zirkus war kein Platz für Tom, vor allem, wenn ich mehr als genug Geld zur Verfügung hatte, um ihn durchs College zu bringen. Während ich meinen Großvater anstarrte, war mir, als ob ich einen schwachen Punkt in Toms Schutzwall aus Hillbilly-Stolz entdeckte.

»Hast du noch immer Heimweh nach den Hügeln, Großpapa?«

Das hätte ich nicht fragen dürfen.

Sein rührendes, altes Gesicht verlor jeden Glanz. Stiller Kummer verwischte den gesunden Eindruck, und er schien zu schrumpfen.

»'s gibt kein' besseren Platz zum Leben als dort, wo wir hingehören. Annie sagt's die ganze Zeit... bring mich zurück zu meinem Platz, zurück, wo wir hingehören.«

14. KAPITEL

LUFTSCHLÖSSER

Frustriert und ärgerlich fuhr ich von Tom und Großpapa weg, entschlossen, jetzt wenigstens Fanny vor dem Schlimmsten zu bewahren, wenn ich sonst schon niemanden retten könnte. In Großpapas Hosentasche steckte ich ein loses, zusammengerolltes Bündel Geldscheine, das er sich nicht einmal zu zählen bemüht hatte. »Du gibst das Tom, nachdem ich fort bin«, hatte ich ihm klargemacht. »Du siehst zu, daß er's nimmt und für seine Zukunft verwendet.« Aber allein der Herr im Himmel wüßte genau, was ein seniler alter Mann mit so viel Geld anstellen würde.

Wieder einmal flog ich, westwärts nach Nashville, wohin Fanny am Tag, nachdem sie ihr Baby an Reverend Wayland Wise und seine Frau verkauft hatte, gezogen war. In der Stadt angekommen, nannte ich einem Taxifahrer Fannys Adresse, dann lehnte ich mich zurück und schloß die Augen. Offensichtlich gab's nur Niederlagen um mich herum und nichts, was ich richtig machen konnte. Der einzig sichere Hafen in Sichtweite war Troy, ich sehnte mich schmerzlich nach seiner Energie an meiner Seite – trotzdem war dies etwas, was ich alleine durchstehen mußte. Nie durfte ich Fanny einen Platz in meinem Privatleben einräumen, niemals.

Schwül und heiß war es in Nashville, das einen altmodischen und sehr hübschen Eindruck machte. Sturmwolken ballten sich droben zusammen, als mein Taxi eine mit Bäumen gesäumte Straße hinabfuhr, vorbei an verzierten Viktorianischen Häusern und an einigen modernen, die atemberaubend schön waren. Als das Taxi aber vor der Adresse, die ich genannt hatte, hielt, war's ein vierstöckiges, heruntergekommenes Haus, das vielleicht einmal vornehm gewesen war. Die Farbe blätterte ab und die Jalousien hingen herunter, wie bei allen Häusern in dieser Gegend, die zu den schlimmsten in dieser berühmten Stadt gehören mußte.

Meine Absätze klackten auf verfallenen Stufen und brachten einige junge Leute, die sich in Verandasesseln und Schaukelstühlen gelümmelt hatten, dazu, langsam die Köpfe zu drehen und in meine Richtung zu starren. »Alle Achtung«, pfiff ein gut aussehender junger Mann in Jeans und mit nichts als Schweiß auf dem Oberkörper. Er sprang auf die Füße, verbeugte sich ironisch in meine Richtung. »Schaut, was da kommt! Vornehme Gesellschaft!«

»Ich bin Heaven Casteel«, begann ich und versuchte mich von sieben Augenpaaren, die mich feindselig anstarrten, nicht eingeschüchtert zu fühlen. »Fanny Louisa ist meine Schwester.«

»Jaaa«, meinte derselbe junge Mann, der aufgesprungen war, »ich erkenne dich von den Fotos wieder, die sie immer von ihrer reichen Schwester, die ihr nie einen Pfennig Geld schickt, herzeigt.«

Ich wurde blaß. Fanny hatte mir nie geschrieben! Sollte sie Fotos besitzen, dann mußten es die sein, die ich zuerst an Tom geschickt hatte. Und zum ersten Mal kam mir der Gedanke, Tony hatte mich vielleicht aus weiser Überlegung davon abgehalten, einen Briefwechsel zu führen, der ihm unnötig erschien.

»Ist Fanny da?«

»Neee«, antwortete eine hübsche Blondine in Shorts und Bikinioberteil, der eine Zigarette von den vollen, roten Lippen baumelte. »Fanny denkt, sie hat schon eine heiße Nummer geschafft, die eigentlich mir zustünde – aber sie wird's nicht packen. Ihre Singerei, ihre Schauspielkünste und ihre Tanzerei sind keinen Pfifferling wert. Ich habe gar keinen Zweifel, daß sie morgen mich drannehmen werden.«

Das war echt Fanny, einen anderen um den Job zu bringen

versuchen – aber das sagte ich nicht. Ich hatte Fanny vorsorglich angerufen, um ihr mitzuteilen, um wieviel Uhr ich ankommen würde. Aber sie war noch immer nicht höflich genug, um zu warten. Mein Gesichtsausdruck mußte meine Enttäuschung verraten haben.

»Sie war so aufgeregt, vermutlich hat sie einfach vergessen, daß du kommst«, erklärte ein anderer, nett aussehender junger Mann, der bereits festgestellt hatte, ich redete nicht wie Fannys Schwester.

Zu diesem Zeitpunkt stand schon eine Menge junger Leute auf der Veranda im Kreis um mich herum und sperrte Mund und Augen auf. Erleichtert konnte ich endlich entkommen, denn ein plötzlicher Donnerschlag trieb mich hinein. »Zimmer 404«, rief ein Mädchen namens Rosemary.

Der bereits angekündigte Regen fing an herunterzuprasseln, als ich Fannys unverschlossene Tür betrat. Es war ein kleines, aber einigermaßen hübsches Zimmer. Zumindest hätte es das sein können, wenn Fanny sich darum gekümmert hätte, ihre Kleider aufzuräumen und manchmal Staub zu wischen und zu saugen. Rasch machte ich mich dran, ihr Bett mit den sauberen Laken, die ich in einer Kommode entdeckte, zu beziehen. Das gleichmäßige Rauschen des Regens, Donner und Blitz durch das offene Fenster ließen mich in leichten Schlaf sinken. Troy und ich rannten nebeneinander in die Wolken hinein, kämpften mit Nebelschwaden und fünf alten Männern, die uns jagten. »Du rennst weiter«, befahl Troy und schob mich vorwärts, »und ich werde sie ablenken, indem ich in eine andere Richtung renne.«

Nein! Nein! schrie ich mit meiner stummen Traumstimme. Aber die fünf alten Männer ließen sich nicht ablenken. Sie folgten dorthin, wohin er rannte, und nicht in meine Richtung! Mit einem Schlag erwachte ich.

Der Regen hatte das Zimmer, das vorher unerträglich stickig gewesen war, frischer und kühler gemacht. Die staubigen Schatten des späten Nachmittags steigerten die Aussicht und gaben den alten Häusern mit ihren phantasievollen Vorhallen und Veranden einen leicht romantischen Anstrich. Ich fühlte mich verunsichert, während ich mich in dem kleinen Zimmer mit seinen billigen Möbeln umsah. Wo war ich?

Bevor ich zu einem Entschluß kommen konnte, sprang die Tür auf. Tropfnaß und lauthals mit sich selbst übers Wetter und den Verlust ihres letzten Kleingeldes schimpfend, stürzte meine Schwester Fanny, sechzehn Jahre alt, über den kleinen Zwischenraum, der uns trennte, und warf sich in meine Arme.

»Heaven, du bist's! Du bist echt kommen! Hast doch was für mich übrig!« Eine kurze Umarmung, ein Schmatz auf meine Wange, dann stieß sie sich ab und starrte an sich selbst hinunter. »Verdammter Regen, hat mein bestes Kleid ruiniert!« Fanny drehte sich und riß ihr durchgeweichtes Kleid herunter, dann ließ sie sich in einen Sessel fallen und zog ihre schwarzen, halbhohen Plastikstiefel aus, von denen das Wasser tropfte. »Verdammt, meine Füße tun so weh, daß ich's bis zum Arsch spüre!«

Ich erstarrte, Kitty tauchte vor meinen Augen auf. Oft hatte sie solche Worte gebraucht, aber letztlich verwendeten alle Leute aus den Tälern und Bergen in den Willies mehr oder weniger dieselben Ausdrücke.

»Verdammter Agent, treibt mich da raus, wo ich doch vorhatte, dazubleiben und zu warten, bis de auftauchst. Und als ich da war, war alles, was sie wolltn, ich soll lesn. Hab' ihnen doch schon gesagt, daß ich noch nicht gut les'n kann. Ich möchte eine Rolle mit Tanzen oder Singen! Aber nix ham se mir gegeb'n, nur Fitzel ohne Zeilen... und dafür hab' ich mir nun 'n halbes Jahr oder länger die Hacken abgelaufen!«

Fanny hatte schon immer ihre Frustration wie ein Kleidungsstück loswerden können, das man einfach auszieht. Und das tat sie jetzt. In meine Richtung warf sie ihr tollstes Lächeln, das kleine, weiße, ebenmäßige Zähne enthüllte. Sie knipste ihren Charme an. Ach, die glücklichen Casteel-Kinder, die mit ihren gesunden Zähnen geboren wurden!

»Bringst mir doch was? Tust's doch? Tom hat's geschrieb'n

und gesagt, daß de Berge von Geld zum Ausgeb'n hast, daß de ihm 'nen Haufen Weihnachtsgeschenke geschickt hast, und Geschenke für Großpapa. Also, Großpapa braucht kein Geld! Keine Geschenke! Bin die einzige, die alles braucht, was de hergeb'n kannst!«

Seit ich sie das letzte Mal gesehen hatte, war sie dünner und hübscher geworden und anscheinend auch größer, aber vielleicht wurde ihre Länge nur durch den knappen, schwarzen Slip, den sie trug, betont. Sie wirkte wie ein gespitzter Bleistift. Ihr schwarzes Haar hing in langen, nassen Strähnen um den Kopf, aber sogar naß und zerzaust machte sie noch immer genügend Eindruck, um manche Männeraugen auf sich zu ziehen. Meine Empfindungen ihr gegenüber verwirrten mich – ich liebte sie, weil sie blutsverwandt war, und hatte das Gefühl, mich um sie kümmern zu müssen.

Als ich aus der großen, ledernen Einkaufstasche nacheinander die Geschenke nahm, die ich ihr gebracht hatte, stieß mich die offene Gier in ihren schwarzen Augen ab. Noch bevor ich die letzte Schachtel aus der Tasche hatte, riß sie schon das erste Geschenk auf, das sie sich geschnappt hatte. Die schöne, teure Verpackung und die Bänder wurden nicht beachtet, so wenig wie alles andere, außer dem Inhalt. Fanny quietschte beim Anblick des scharlachroten Kleides.

»Oh, oh! Hast mir genau gebracht, was ich zur Party nächste Woche brauch'! 'n rotes Tanzkleid!«

Sie stieß das Kleid beseite und riß ihr zweites Geschenk auf. Ihr Gequietsche stieg und fiel mit dem Vergnügen, die scharlachrote Abendtasche zu entdecken, die mit breiten Straßbändern gesäumt war. Die roten Satinslipper waren ein wenig zu schmal, aber irgendwie brachte sie es fertig, ihre Füße hineinzupressen. Ihr schönes, exotisches Gesicht bekam einen entzückten Ausdruck, als sie endlich die weiße Fuchsstola herauszog.

»Hast das alles mir gekauft? Mein eigner neuer Pelz? Ach, Heaven, dacht' nie, du möchtest mich, aber tust's doch! Mußt mich schon mögen, wenn de mir soviel schenkst.«

Dann sah sie mich – vermutlich zum ersten Mal – bewußt an. Ihre schwarzen Augen verengten sich, bis das Weiße nur noch zwischen den Lidern mit den dichten Wimpern aufblitzte. Ich hatte mich ziemlich verändert, meine Spiegel hatten mir's verraten. Die Schönheit, die nur andeutungsweise vorhanden gewesen war, als ich in den Bergen lebte, hatte sich verstärkt. Ein geschickter Friseur hatte Wunder zustande gebracht, die meinem Gesicht schmeichelten. Mein teures Kleid schmiegte sich ausgeprägten Kurven an und betonte einen schlanken Körper. Während sie mich musterte, war mir klar, daß ich mich für dieses Treffen mit meiner Schwester besonders sorgfältig gekleidet hatte.

Ihre dunklen Augen flogen über meinen Kopf zu den Schuhen und wieder zurück zu meinem Gesicht. Sie zog den Atem mit einem pfeifenden Geräusch ein. »Na, schau, schau, mein Schwesterchen, die alte Jungfer, hat's doch geschafft, sexy auszuschaun.«

Heiße, verlegene Röte stieg mir ins Gesicht. »Wir leben nicht mehr in den Bergen. Bostoner Mädchen heiraten nicht mit zwölf, dreizehn oder vierzehn. Kannst mich also schlecht eine alte Jungfer nennen.«

»Redst vielleicht komisch«, stellte sie fest und Feindseligkeit stand jetzt deutlich in ihren Augen. »Alles, was de mir gebracht hast, is Kram! Und Großpapa haste Geld geschickt und daweil hat er gar kein' Ort, wo er's ausgeb'n kann!«

»Schau in deine Börse, Fanny.«

Wieder quietschte sie vor Vergnügen, riß die zierliche, kleine Börse auf, die zweihundert Dollar gekostet hatte. Dann starrte sie auf die zehn Hundert-Dollar-Scheine, als ob sie mehr erwartet hatte. »Oh, Jesus, Maria und Joseph«, schnaufte sie, mit Zählen beschäftigt, »schau, waste gemacht hast... mein Leben gerettet. War hin... hatte grade noch genug übrig bis zum Ende der Woche.« Sie sah auf, und in ihren dunklen Augen blitzten rote Lichter vom Kleid. »Dank dir, Heaven.«

Sie lächelte, und wenn Fanny lächelte, funkelten ihre weißen Zähne im Kontrast zu ihren Indianerfarben. »Na, los, erzählst ma jetzt, waste in der alten Miststadt getrieb'n hast. Hab' gehört, alle Damen ham dort blaue Strümpfe an, und de Männer sind schärfer auf Politik als aufs Vögeln.«

Ich war ein Narr an diesem Tag, war sorglos und hatte ganz vergessen, was für eine Sorte Mädchen Fanny war.

Vielleicht war's aus dem Grund, weil Fanny mir zum ersten Mal in ihrem Leben wirklich aufmerksam zuhörte. Und erst, als es zu spät war, stockte ich und verwünschte mich selbst, weil ich so vieles enthüllt hatte, was ich besser verschwiegen hätte, besonders vor Fanny.

Zu dem Zeitpunkt, als ich zur Besinnung kam, hatte sie sich aufs Bett gerollt und trug nicht mehr als ihr schwarzes Höschen und einen BH mit Vorderverschluß. Andauernd öffnete sie ihn und machte ihn dann automatisch wieder zu. »Jetzt laß mich mal das verquere Ding gradstell'n – deine Großma Jillian ist einundsechzig, sieht aber jung aus? Was hab'n die dort droben bloß für 'ne Luft?«

Der scharfe Ausdruck in ihren Augen ernüchterte mich und machte mich wachsam. »Sag mir, was du gemacht hast«, fragte ich hastig. »Was hörst du denn so von deinem Baby?«

Offensichtlich hatte ich das Richtige gewählt, um sie abzulenken. Diesem Thema widmete sie sich mit Feuer und Flamme. »Alte Lady Wise schickt mir Schnappschüsse von mei'm Baby die ganze Zeit. Sie ruft sie Darcy. Ist's nicht 'n hübsches Ding«, und dann sprang sie auf, wühlte sich durch eine Kommode voller Kleidungsstücke. Aus einem großen, braunen Umschlag zog sie zwanzig oder mehr Schnappschüsse von einem Baby in verschiedenen Entwicklungsstadien. »Kannst sicher sag'n, wer ihre Ma ist, kannste?« fragte Fanny stolz. »Klar hat se auch was von Waysie mitbekommen, nich viel, aber doch was.«

Waysie? Ich lächelte bei dem Gedanken, den guten Reverend »Waysie« zu rufen. Aber Fanny übertrieb nicht. Das kleine Mädchen, auf das ich hinunterschaute, war ein hübsches Kind. Es verblüffte mich, daß ein Kind aus einer so unheiligen Verbindung so gut gelingen konnte. »Sie ist schön, Fanny, wirklich schön, und hat, wie du schon sagtest, die besten Teile deines Aussehens und von dem ihres Vaters geerbt.«

Fannys Gesicht verzerrte sich dramatisch. Sie warf sich auf das Bett, das sie bereits zerknittert hatte. Dabei zerdrückte sie ihr neues rotes Kleid, die Schuhe und die Tasche, die sie dort liegen gelassen hatten, und fing an, zu jammern und zu heulen, während sie das billige Kissen mit beiden Fäusten bearbeitete.

» 's ist gar nich toll hier, Heaven! 's ist ganz und gar nicht so, wie ich's mir als junger Hüpfer in den Bergen gedacht hatte! Diese Direktoren und Producer an der Oper mög'n mein Aussehen, aber meine Stimme können se nicht ausstehen! Sag'n mir, sollt' Gesangsunterricht nehm'n und zur Schule zurückgeh'n und lernen, wie ma spricht. Oder noch besser, sag'n mir gleich, sollt' Tanz studier'n, dann bräucht' ich *gar nichts* sag'n! Bin einen Tag hingegang'n, hab' 'ne Stunde genommen, um Bewegung zu lernen, wie se mir rieten, aber 's tat so weh, wenn ich meine Muskeln dehnte, daß ich nie mehr zurückkam! Dachte, alles, was ich wiss'n müßte, wär, die Beine zu spreizen und weißt's ja, das hab' ich schon mein ganzes Leben lang gekonnt! Und bei meiner Singstimme hamse so's Gesicht verzog'n, als ob's ihre Ohren zerreiß'n täte. Sag'n, se wär zu *schrill!* Dachte, Country-Sänger könnt'n von nichts zu viel hab'n! Heaven, se sag'n, ich hätt' 'n tolles Gesicht und 'n Körper, wär aber bloß 'n mediokres Talent – was meinen se denn damit? Wenn ich nur halb schlecht bin, heißt's doch, ich bin halb gut und könnt' noch besser wer'n! Tut weh, zuhör'n, wie se über mir lachen. Und jetzt is auch noch mein ganzes Geld futsch. 's ging so schnell, als ich mich mal dran gewöhnt hatte, es auszugeb'n. Hab' immer drauf geschlaf'n, hatte Angst, 's würd' einer klauen. Wennste nicht gekomm' wärst, hätt' ich bloß noch fünfzehn Dollar bis zum Wochenende gehabt. Dann wollt' ich mich auf die Straß'n stell'n und mein Zeug anbiet'n.«

Ihre Augen schielten rasch zu mir, um meine Reaktion zu testen, und als sie keine bemerkte, schnellte sie herum und rieb sich mit den Fäusten die Tränen fort. Als ob man einen Knopf gedrückt hätte, versiegten ihre Tränen und ihr frustrierter, deprimierter Gesichtsausdruck verschwand. Sie lächelte wieder, ein boshaftes, haßerfülltes Lächeln.

»Stinkst nach *Geld* jetzt, Heaven, tust's echt. Wetten, daß das Parfum, das de trägst, 'ne Menge kostet. Hab' auch noch nie so weiches Leder geseh'n als das, aus dem deine Tasche und die Schuhe gemacht sind. Wett't, daß de zehn Pelzmäntel hast! Wetten, daß de Hunderte Kleider, Tausende Schuhe und Millionen Dollar zum Verbrauchen gekriegt hast! Und kommst daher mit Geschenken, die de für 'n Fünfer kriegst. Magst mich auch nicht echt, nich so wie Tom. Sitzt da und bemitleidest mich, weil ich bloß 's Schwarze untern Nägeln habe, während du dir 'n ganzen Honigtopf geschnappt hast! Schau dir mein Zimmer an und denk dran, wo du grad herkommst. Oh, hab' schon von Tom das ganze Zeug gehört, das de mir nich sag'n magst. Hast alles gekriegt, in dem Palast mit fünfzig Zimmern und achtzehn Bädern. Weiß Gott, was de mit allem bloß machst! Hast drei Räume nur für dich allein gekriegt, mit vier Schränken voller Kleider, Handtaschen und Schuhe, dazu noch Schmuck und Pelze und 'ne Collegezeit obendrein. Ich, ich hab' nichts gekriegt, bloß wehe Füße und 'nen Haß auf diese ganze, verdammte Stadt, die überhaupt nicht nett zu mir ist!«

Wieder rubbelten ihre Fäuste brutal an den Augen, bis das Fleisch ringsherum rot und geschwollen aussah. »Hast auch noch den tollen Hecht Logan Stonewall zu 'nem guten Preis gekriegt! Schade, 's is dir nie in dein dummes Hirn gekomm'n, daß ich Logan gern für mich selbst gehabt hätt'. Gingst hin und hast'n mir weggenomm'n, und dafür haß ich dich! Jedes Mal, wenn ich dran denk, was de mir angetan hast, haß ich dich! Sogar wenn ich dich vermiß, haß ich dich! 's ist höchste Zeit, daß de was für mich tust, außer mir 'n Handvoll magerer Scheinchen in de Hand zu drück'n, die für dich eh nichts mehr wert sind! Jetzt reicht's, kannst mir ja ruhig zehn Hundert-Dollar-Scheinchen geben, weil du ja viel mehr da hast, wo's herkommt!«

Bevor ich blinzeln konnte, war sie auf den Beinen und schlug auf mich ein!

Zum ersten Mal in meinem Leben schlug ich bei ihr zurück. Mein überraschender Schlag in ihr Gesicht bewirkte, daß sie sich zurückzog und wimmerte.

»Hast mich noch nie vorher geschlag'n«, schluchzte sie. »Bist gemein geword'n, Heaven Casteel, gemein!«

»Zieh deine Kleider an«, sagte ich scharf. »Ich habe Hunger und möchte essen.« Ich beobachtete sie, wie sie sich in einen roten Minirock zwängte, der wie Leder aussehen sollte. Darüber zog sie einen viel zu kleinen weißen Baumwollpulli. Von ihren durchstochenen Ohrläppchen baumelten goldene Kreolen. Die Füße steckte sie in ausgetretene, rote Plastikschuhe mit dünnen Sohlen, dafür aber schwarzen, zwölf Zentimeter hohen Absätzen. Den Inhalt ihrer kleinen, roten Plastiktasche hatte sie bei meinem Anblick zuvor auf dem Fußboden verstreut. Neben einer zerknüllten Packung Zigaretten lagen fünf kleine Kondome. Ich sah weg. »Es tut mir leid, Fanny, daß ich gekommen bin. Nach dem Essen werd' ich dir Good-bye sagen.«

Während unseres ganzen Essens in einem italienischen Lokal unten in ihrer Straße war sie still. Fanny verschlang alles auf ihrem Teller und verputzte dann noch meine Reste, obwohl ich noch für einen weiteren Gang bezahlt hätte. Ab und zu musterte sie mich verstohlen und abschätzig. Aber ohne zu raten wußte ich, sie war dabei, ihren nächsten Schachzug zu planen. Obwohl ich mich danach sehnte, mich von ihr zu trennen und zu Troy zurückzukehren, gestattete ich ihr, mich dazu zu überreden, in ihr kleines Zimmer zurückzugehen. »Bitte, Heaven, bitte, wegen der alten Zeiten, und weilsde meine Schwester bist und mich doch nich einfach aufgeb'n und mir selber überlassen kannst.«

In dem Moment, als wir wieder in ihrem Zimmer waren,

drehte sie sich frontal zu mir. »Jetzt wart mal 'ne Minute!« schrie sie, stemmte die Fäuste in ihre Hüften und spreizte die Beine. »Wer glaubste denn, daß de bist? Kannst nich einfach komm'n und geh'n, ohne mehr für mich zu tun, als mir 'n kostenloses Essen, billige Fetzen und das bißchen Geld zu spendieren!«

Sie machte mich zornig. Nie in ihrem Leben hatte Fanny ein freundliches Wort für mich übrig gehabt, geschweige denn, irgend etwas anderes. »Warum fragst du mich nicht mal nach Tom oder Keith und Unsere-Jane?«

»Kann mich um niemand kümmern, nur um mich!« blaffte sie und versperrte mir den Weg, so daß ich die Tür nur erreichen konnte, wenn ich sie beiseite schob. »Bist mir was schuldig, Heaven, biste! Als Ma wegging, wurde von dir erwartet, daß de dein Bestes für mich tust – und du hast's nich getan! Hast zugelass'n, daß mich Pa an diesen Reverend und sein Weib verkaufte. Und jetzt hab'n se auch noch mein Baby! Obwohl du wußtest, daß ich's nicht hätt' verkauf'n soll'n! Hättest mich dran hindern können, aber hast's nicht genug versucht!«

Mir stand der Mund offen! Ich hatte mein Möglichstes getan, um Fannys Entscheidung, ihr Baby für zehntausend Dollar aufzugeben, zu begreifen. »Ich versuchte es doch, und wie«, erwiderte ich mit steigender Ungeduld. »Jetzt ist's zu spät!«

»'s ist nie zu spät! Und du hast's eben nich genug probiert! Hätt'st die richtigen Worte find'n müss'n, und ich hätt' mich besser ausgekannt! Jetzt hab' ich nichts! Kein Geld und auch kein Baby! Ich möcht' mein Baby so sehr, daß es schon weh tut! Kann nich schlaf'n, weil ich denk', daß se se hab'n und ich nie... und ich liebse, brauchse, magse. Hab' mein eignes Baby nie gehalt'n, nur einmal, denn se haben se mir weggenommen und der alt'n Schachtel Wise gegeb'n!«

Über Fanny und ihre irrationalen Temperamentsausbrüche verblüfft, versuchte ich, Mitgefühl auszudrücken, aber davon wollte sie nichts wissen.

»Versuch nich, mir weiszumach'n, ich hätt's besser wiss'n müss'n. Hab's nich besser gewußt, und jetzt tut's mir leid. Also, das könnts' de mit deinen ganzen Mäusen schon anfangen, die de irgendwo vergrab'n hast... gehste nach Winnerow zurück und gibst dem Reverend und seim Weib die ganzen Zehntausend, die se mir für se gezahlt haben, wieder! Oder du zahlst ihnen doppelt so viel, aber du mußt mein Baby zurückkaufen!«

Ich war sprachlos. Wonach sie fragte, war unmöglich.

Ihre dunklen Augen fraßen sich in meinen fest. »Hörst mich? Mußt zurück, mein Baby wieder kaufen!«

»Du kannst doch nicht wirklich meinen, was du da sagst! Es gibt keine Möglichkeit für mich, dein Baby zurückzukaufen! Du hast mir erzählt, daß du beim Betreten des Krankenhauses Papiere unterschrieben hast, die eine Adoption gestatteten —«

»Nein, hab' ich nich! Hab' nur 'n Wisch unterschrieb'n, daß Mrs. Wise mein Baby behalten kann, bis ich alt genug bin, um mich drum zu kümmern.«

Ich konnte nicht sagen, ob sie log oder nicht. Nie hatte ich Fanny so durchschauen können wie Tom. Trotzdem versuchte ich, vernünftige Gründe anzuführen. »Ich kann nicht dorthin zurückgehen und ein Baby Eltern wegnehmen, die es anbeten und gut dafür sorgen. Du hast mir die Fotos gezeigt, Fanny. Ich kann sehen, daß sie sie genug lieben, um ihr alles zu geben. Aber was kannst du ihr bieten? Ich kann nicht dir und deiner Art zu leben ein hilfloses Baby ausliefern.« Ich breitete die Arme aus, um auf den hoffnungslosen Raum zu deuten, wo eine Babywiege nie hineinpassen würde. »Was würdest du mit einem so kleinen Kind, das so viel fordert, anfangen? Wo würdest du sie lassen, während du rausgehst, um dir deinen Lebensunterhalt zu verdienen? Kannst du mir das verraten?«

»Muß dir gar nichts verraten!« schrie sie mit funkelnden Augen, bevor sie zu weinen anfing. »Hast nur zu tun, was ich sage, oder ich neh'm die Tausend Kröten und flieg' nach Boston rauf! Und wenn ich dann bei deiner Großmutter Jillian bin, die wie ein mißgebildetes Kind aussieht, werd' ich ihr mal reinen Wein einschenken, über ihr kleines Engelsmädchen, das von Boston fortlief. Werd's alles rausspucken, diese Berghütte ohne fließendes Wasser drinnen, und Pa und seine Schwarzbrennerei, und seine fünf Brüder, alle im Knast, und wenn dann Jillian alles von ihrem kleinen Engelsmädchen hört, wie's leben mußte, bevor's starb, schaut sie sicher nicht mehr so jung aus. Werd' ihr von Pa erzähl'n, wie er schon Shirleys Puff besuchte, während er noch mit ihr verheiratet war. Werd' ihr was von den Gerichtsvollziehern erzähl'n, vom Hinterhaus und vom Gestank und vom Hunger, den ihr kleines Mädchen aushalt'n mußt. Und ich werd' ihr Bild vom kleinen Mädchen zerkratzen, wie's auch passiert ist, als sie ohne Arzt entbind'n mußt, nur mit Grannys Hilfe. Und wenn ich dann mit mei'm Red'n fertig bin, mit all den mistigen Sachen über dich, dann wird se dich endlich hass'n – wenn se nich das bißchen Verstand verliert, das se noch übrig hat!«

Wieder konnte ich Fanny nur verblüfft anstarren, betroffen, daß sie mich so sehr hassen konnte, während ich mein Leben lang mein Bestes für sie gegeben hatte. Ich hatte keine Ahnung, wie ich jemandem gegenübertreten sollte, der so besessen wirkte wie sie. Nervös fuhr ich mir mit den Händen übers Haar und wollte in Richtung Tür gehen. »Du gehst jetzt nicht, Heaven Leigh Casteel!« Ihr schriller Sarkasmus weckte vertraute Töne in meinen Ohren, für die ich mich schämte. Oh, sie kannte alle Tricks, um mich zutiefst zu verletzen, indem sie mich daran erinnerte, wer ich war und woher ich kam.

Mir war kälter, als ich mich je gefühlt hatte, dabei war es Hochsommer, und das Sommergewitter hatte den heißen Tag nur erfrischt, aber nicht kühler gemacht.

»Werd' alles tun, um dich zu verletzen – bis du gehst und mein Baby holst und se mir zurückbringst!«

»Du weißt, daß ich das nicht kann«, sagte ich nochmals. Ich hatte Fanny und ihre schrille Stimme so satt, daß ich mir wünschte, nie gekommen zu sein.

»Was kannste denn für mich tun? Eh? Kannste mir alles geb'n, was de selbst bekommen hast? Gibste mir 'n Zimmer in dem Riesenhaus, damit ich auch an dem Spaß hab', was dir gehört? Wennste mich lieb hättest, wie's de immer behauptest, hätt'st mich gern dort, woste mich jeden Tag seh'n könnt'st.«

Mir wurde immer kälter. Die letzte Person, die ich jeden Tag sehen wollte, war Fanny. »Tut mir leid, Fanny«, begann ich mit eisiger Stimme, »ich möchte dich nicht in meinem Leben haben. Einmal im Monat werde ich dir Geld schicken, genug, damit du bequem durchkommst, aber du wirst nie dorthin eingeladen werden, wo ich lebe. Sieh mal, der Mann meiner Großmutter nahm mir das Versprechen ab, nie irgendeinem aus meiner Casteel-Verwandtschaft zu gestatten, seinen perfekten Lebenslauf zu zerstören. Solltest du jetzt versuchen, mich zu erpressen, indem du mir drohst, du würdest ihm erzählen, daß ich dich und Tom getroffen habe, dann vergiß das schnell wieder. Denn er würde mich ohne einen Cent aus seinem Leben streichen, so einfach, wie du mit deinen Augen klimperst – und dann gäb's kein Geld mehr für dich – und auch keines mehr, um dein Baby zurückzukaufen.«

Ihre zusammengekniffenen schwarzen Augen verengten sich noch mehr. »Wieviel wirste mir denn alle Monat' schick'n?«

»Genug!« biß ich zurück.

»Dann schick doppelt so viel, denn wenn ich mal mein Baby hab', werd' ich jeden Cent brauch'n, den du übrig hast. Und wennste mich enttäuscht, Heaven Casteel, werd' ich 'nen Weg in dein Leben finden, und ich werd' mich 'nen Dreck drum scher'n, ob de alles verlierst! Verdienst's eh nich!«

Keinen Moment lang zweifelte ich daran, daß Fanny nicht genau tun würde, was sie gesagt hatte. Schon um es mir heimzuzahlen, daß ich die Erstgeborene war und etwas besaß, was sie für eine Art unsichtbaren Vorteil hielt, während mir nie irgend etwas Günstiges passiert war, bis mich Logan an ihrer Stelle gewählt hatte.

Und erst dann fiel es mir wie Schuppen von den Augen. Ich hatte ihr nicht geglaubt, als sie es gesagt hatte. Logan war der Grund für ihren Haß! Die ganze Zeit hatte sie ihn gewollt, während er sie nie richtig wahrgenommen hatte, trotz all ihrer Versuche, seine Aufmerksamkeit auf sich zu lenken. Ich legte meine Hände an die fiebrigen Wangen und wunderte mich, was nur an den Mädchen aus den Bergen falsch war, die zu schnell erwachsen wurden – und die vorzeitig entschieden, welcher Mann der richtige für sie sei, wenn es noch keiner von uns richtig wissen konnte.

Sarah und ihre erbärmliche Wahl. Einen Mann wie Luke Casteel zu lieben. Kitty Setterton und ihre verrückte Liebe zu einem Mann, der sie nur benutzte, um seine Gelüste zu stillen. Und dann Fanny, die hier vor mir stand, mit ihren dunklen, haßerfüllten Augen und versuchte, mich durch ihren Blick auszulöschen, da Logan mir sowieso nicht mehr gehörte – aber ich wollte verflucht sein, wenn ich ihn ihr zum Vernichten überlassen würde!

»Schon gut, Fanny, reg dich ab«, sagte ich mit so viel Nachdruck als möglich. »Ich werde nach Winnerow gehen, werde mit der Familie Wise darüber sprechen, dein Baby, das du verkauft hast, wieder zurückkaufen. Aber während ich weg bin, setzt du dich hin und denkst lange und intensiv darüber nach, was du tun wirst, um dich um dieses kleine Mädchen zu kümmern und darauf zu achten, daß sie ein gesundes, ordentliches Leben führt. Es braucht mehr als nur Geld, um eine gute Mutter zu sein. Dazu braucht's mehr Hingabe und Sorge für deine Tochter, als für dich selbst. Du wirst deine Hoffnungen auf eine Bühnenkarriere begraben und zu Hause bleiben müssen, um dich um Darcy zu kümmern.«

»Hab' ja doch nich mitgekriegt, was mich zum Superhit an der Oper machen würd', wie ich's immer gedacht hatte«, jammerte sie erbärmlich – und einen Moment lang hatte ich Mitleid mit ihr. »Also kann ich's genauso gut aufgeb'n. 's gibt hier 'nen Kerl, der mich gefragt hat, ob ich 'n heirate. Kann ich ja genausogut tun. Ist zweiundfünfzig und ich lieb' ihn nicht echt, aber er hat 'n guten Job und könnt' mich und mein Kind aushalt'n – mit deiner Hilfe, klar. Werd' hier auf dich wart'n, bis de zurück bist. Wenn's soweit ist, werden er und ich schon lebenslänglich verbunden sein. Werd' auch nich mehr von dem Geld hier, das de mir gegeb'n hast, verbrauch'n, als nötig ist.«

Vielleicht antwortete ich darauf etwas Kluges oder etwas Törichtes, jedenfalls sagte ich es aus der Verzweiflung heraus.

»Sei nicht so dumm, einen so viel älteren Mann zu heiraten. Finde einen jungen Mann, ungefähr in deinem Alter, heirate erst dann und verhalte dich ruhig. Sobald ich dann mit deinem Baby zurück bin, werde ich für dich sorgen, bis du mich nicht länger brauchst.«

Ihr strahlendes, vergnügtes Lächeln erschien. »Klar, werd' bleib'n. Werd' kein Mucks sag'n. Nicht mal zu Mallory. Ist der Kerl, der mich liebt. Du verschwindest und machst, was de kannst... und wirst gewinnen... gewinnst doch immer, Heaven, oder?« Und noch einmal streifte sie mit ihren gierigen Augen über meine Kleidung und den Schmuck, an den ich mich schon so gewöhnt hatte, daß ich ganz vergessen hatte, ihn überhaupt noch anzuhaben.

Aber ich brach nicht nach Winnerow auf, als ich Fanny in Nashville verließ. Es war Tom, den ich anrief. »Fanny möchte, daß ich ihr Baby zurückkaufe, Tom. Nimm ein bißchen von dem Geld, das ich bei Großpapa zurückließ, flieg nach Winnerow und komm mit mir, wenn ich der Familie Wise gegenübertrete.«

»Heavenly, du weißt, daß ich das nicht tun kann! Du warst betrunken, Großpapa das ganze Geld zu geben, denn jetzt findet er's nicht mal! Du weißt doch, daß er nie mehr als einen Dollar in seiner Tasche hat – was hat dich denn dazu getrieben, ihm Bargeld zu geben?«

»Weil du's nicht nehmen würdest!« schrie ich, wegen seiner Sturheit schon den Tränen nahe.

»Ich möchte mir meinen Unterhalt selbst verdienen, und

nicht, daß man ihn mir erkauft«, erwiderte Tom störrisch. »Und wenn du klug bist, wirst du dein Versprechen Fanny gegenüber nicht einlösen und wirst den Wises das kleine Mädchen lassen, von dem jeder glaubt, es sei ihr eigenes. Fanny wird nie eine gute Mutter abgeben, auch wenn du ihr eine Million im Monat zusteckst – und das weißt du.«

»Ade, Tom«, flüsterte ich mit einem bestimmten endgültigen Gefühl. Zeit und Umstände hatten mir den Bruder geraubt, der einmal mein Held gewesen war. Jetzt hatte ich nur noch Troy und der fühlte sich nicht besonders wohl, als ich ihn anrief.

»Ich wünschte, du würdest schleunigst zurückkommen, Heaven«, sagte er mit einer seltsamen Stimme. »Manchmal wache ich nachts auf, und dann denke ich, du bist nur ein Traum und ich werde dich nie wiedersehen.«

»Ich liebe dich, Troy. Ich bin kein Traum! Nach meinem Besuch bei der Familie Wise fliege ich zurück, um deine Frau zu sein.« »Aber du klingst so weit weg und anders.«

»Das ist der Wind in den Telefonleitungen. Ich höre das immer und bin froh, daß es noch jemand tut.«

»Heaven...«, er machte eine Pause, dann meinte er, »vergiß es, ich möchte nicht betteln.«

Ich wartete auf einen Stand-by-Flug, der mich nach West-Virginia bringen sollte. Nach Winnerow, in die Main Street, wo Logan in einem Apartment über Stonewalls Apotheke lebte. Ach, ich forderte das Schicksal zum Schlimmsten heraus, aber das wußte ich damals noch nicht. Ich wußte nur, daß ich bei einem Spiel der Möglichkeiten, das ich spielte, gewinnen wollte... und vielleicht konnte Geld ein kleines Mädchen zurückkaufen, das vielleicht in der Zukunft dafür dankbar wäre...

15. KAPITEL

WIDER ALLE ERWARTUNGEN

Als ich hereinkam, sangen sie gerade in der Kirche. Mit frommen Gesichtern schmetterten sie die herrlichen, geistlichen Lieder, die mich an meine Kindheit erinnerten, als Sarah meine Mutter gewesen war, als das Zuhause aus einer Hütte in den Willies bestand und als das Schönste in meinem Leben meine Liebe zu Logan Stonewall gewesen war und die Stunden, die wir beide sonntags in dieser Kirche verbrachten. Bald fand ich mich stehend in der dritten Reihe im Mittelschiff wieder. Unterdessen waren alle Augen auf mein kühnes Benehmen geheftet. Ich fand einen leeren Kirchenstuhl und zog dort ein Gesangsbuch aus der Tasche des Vordersitzes, schlug automatisch die Seite 216 auf und fing zu singen an. Richtig zu singen – laut, klar, hoch. Denn alle Casteels konnten singen, auch wenn's für sie nichts zu besingen gab.

Jetzt hatte ich mir ihre Aufmerksamkeit verschafft, auf schockierende Weise. Mit offenem Mund und aufgerissenen Augen starrten sie mich an, verblüfft und beunruhigt, daß ich – eine Casteel – mich zu so was erdreistete! Und ich versuchte meinerseits, sie nicht zu ignorieren. Jedem anklagenden Augenpaar hielt ich stand und sah nicht beiseite, während ich das altvertraute Lied sang, das Unsere-Jane so sehr geliebt hatte.

Aber diese Augen wirkten immer noch nicht beeindruckt, oder wenn sie's waren, dann drehten sie sich nicht vor Bewunderung oder verengten sich überrascht. Bei ihnen hatte ein Schweinebauch mehr Chancen, sich in zehn Billionen Goldbatzen zu verwandeln, als ich, um eine angesehene Person zu werden. Dann drehten sich die Köpfe plötzlich wieder und starrten auf einen alten Mann, der mit steifen Knien das Mittelschiff herunterhumpelte. Ich schaute kerzengerade nach vorne, aber trotzdem bemerkte ich ihn am Rande meines Blickfeldes – er kam, um sich neben mich zu setzen.

Es war Großpapa!

Mein eigener Großvater, den ich erst vor zwei Tagen gesehen hatte! Großpapa, der die Hundert-Dollar-Noten mit dem leeren Versprechen eingesteckt hatte, das Geld Tom zu geben. Und hier war er, weit weg von Florida und Georgia, grinste mich scheu an und zeigte dabei den traurigen Zustand seines zahnlosen Mundes. Dann flüsterte er: »Gut, dich zu sehen, Heaven-Mädchen.«

»Großpapa«, flüsterte ich. »Was machst du denn wieder hier?« Ich schlang ihm den Arm um die Taille und drückte ihn, so gut ich konnte. »Hast du das Geld, das ich dir gab, Tom ausgehändigt?«

»Mag keine ebenen Plätze«, brabbelte er statt einer Erklärung und senkte seine blassen Augen, die anscheinend Tränen enthielten, obwohl ich wußte, daß sie auch oft näßten.

»Was ist mit dem Geld?«

»Tom wollt's nicht.«

Ich runzelte die Stirn, denn ich hatte keine Ahnung, wie ich etwas im Gehirn eines alten Mannes, der Realität und Einbildung nicht mehr recht trennen konnte, nachforschen sollte. »Hat dich Pa darum gebeten, zu gehen?«

»Luke ist 'n guter Junge, würde so was nie machen.«

Es gab mir ein gutes Gefühl, ihn an meiner Seite zu haben. Seine bloße Gegenwart half mir. Er hat sich nicht abgewandt wie Keith und Unsere-Jane. Tom mußte ihm verraten haben, daß ich nach Winnerow käme. Und er hatte es geschafft, hierherzukommen, um mir moralische Unterstützung zu geben. Ohne Zweifel hatte jetzt Pa das Geld, das ich für Tom gedacht hatte.

Gemeindemitglieder drehten sich in ihren Kirchenstühlen um, starrten uns kalt an und legten die Finger warnend vor geschürzte Lippen. Das brachte Großpapa dazu, so im Kirchenstuhl zusammenzusacken, daß er bei seinen Bemühungen, gehorsam zu verschwinden, fast auf dem Rückgrat saß. »Setz dich gerade«, zischte ich und gab ihm einen scharfen Stoß mit dem Ellenbogen. »Laß dich nicht von ihnen einschüchtern.« Aber Großpapa blieb, wo er war, und klammerte sich an seinen abgetragenen, alten Strohhut, als ob's ein Schild wäre.

Schweigend, mächtig und eindrucksvoll stand Reverend Wise hinter dem Pult und sah mich unverwandt an. Die Distanz von ihm zu mir betrug ungefähr sechs Meter, aber trotzdem hatte ich den Eindruck, so etwas wie eine Warnung in seinen Augen zu bemerken.

Offensichtlich hatte er den Gottesdienst schon zuvor eröffnet, denn er begann nicht mit einem seiner langatmigen Gebete, die sich immer endlos dahinzogen. Er begann mit geschmeidiger Stimme im Konversationston, weitschweifig und jovial. Nun, er war wie die Bibel – zweideutig –, und seine Worte konnten alles bedeuten. In melodiösem Sing-Sang sprach er weiter, wobei er nie seine Augen von mir wandte. Aber ich mußte meine Blickrichtung ändern oder riskierte, aus purer Ehrfurcht paralysiert zu werden, denn er besaß wirklich hypnotische Kräfte.

Aus der Menge der vielen, verstohlenen Blicke traf ich dann auf zwei vor Wut funkelnde, harte, grüne Augen unter dem schmalen Rand eines grünen Strohhutes – Reva Setterton, die Mutter von Kitty Dennison, starrte verächtlich zu mir her!

Eiswasser lief mir den Rücken hinab. Wie konnte ich auch nach Winnerow zurückkommen, ohne einen einzigen Gedanken an Kittys Familie zu verschwenden? Erst jetzt sah ich mich offen um, ob ich Logan oder seine Eltern entdecken würde. Sie waren nicht da. Gott sei Dank. Ich hob die Hände an die Stirn, die beängstigend heiß wurde, schmerzte und pochte. Ungewohnte Gefühle attackierten mich, machten mich schwindelig und versetzten mich fast in Trance.

Plötzlich richtete sich Großpapa auf, erhob sich zittrig und packte meine Hand, um mich auf die Füße stellen zu können. »Siehst nich so besonders aus«, murmelte er. »Wir gehören auch gar nich hierher.« Ich war schwach, also erlaubte ich ihm, mich auf diese Weise um mein Ziel zu bringen. Trotzdem war für einen alten Mann sein Griff nach meiner Hand so kräftig, daß sich die Ringe an meinen Fingern ins Fleisch gruben. Ich folgte ihm ins Hintere der Kirche, und dort setzten wir uns wieder.

Der pulsierende Schmerz in meinem Kopf wurde stechend scharf. Was tat ich eigentlich hier? Ich, ein Niemand, ein Nichts, kam, um mit dem Mann zu kämpfen, der der siegreiche Gladiator in Winnerows sonntäglicher Arena bleiben mußte. Ziemlich bestürzt sah ich mich in der überfüllten Kirche in der Hoffnung um, ein paar freundliche Augen zu finden... aber was hatte bloß der Reverend gesagt, daß sie mich alle anstarrten?

Gesichter verschwammen zu einem einzigen, gewaltigen Klumpen mit riesigen, feindseligen Augen, und die Sicherheit, die Troys Liebe mir geschenkt hatte, blätterte wie frische Farbe von nassem Holz ab. Zitternd und geschwächt von dem Haß, der mir von allen Seiten entgegenschlug, wollte ich aufstehen, fortlaufen und Großpapa hier herausschleppen, bevor die Löwen aus den Käfigen gelassen würden!

Wie Dornröschen, das in einem feindlichen Lager zu sich kommt, verlor ich den verzauberten Zustand, der an dem Tag, an dem ich Farthinggale Manor betrat, begonnen hatte. Am Tag, an dem ich Troy gefunden hatte, hatte er sich sogar noch verstärkt.

Jetzt wirkten sie weit weg und unreal, nur Einbildungen meiner viel zu heftigen Phantasie. Ich blickte auf meine Hände hinunter, während ich den Verlobungsring mit dem neunkarätigen Diamanten zu drehen anfing. Troy hatte darauf bestanden, daß ich ihn trug, auch wenn wir nie heiraten sollten. Anschließend spielte ich gedankenlos mit meiner Perlenkette, an der ein Anhänger mit Diamanten und Saphiren baumelte – ein besonderes Verlobungsgeschenk von Troy. Merkwürdig, daß ich mich jetzt an diesen harten Juwelen festhalten mußte, um mich selbst zu vergewissern, daß ich nur

Tage vorher in einem der berühmtesten und reichsten Häuser gelebt hatte. In dieser Sonntagnacht in der Kirche hatte die Zeit sich selbst verloren.

Ich wurde alt, und dann wieder jünger. Meine fiebrigen, schmerzenden Knochen brauchten dringend ein Bett.

»Laßt uns gemeinsam die Köpfe senken und beten«, wies der Reverend an, der endlich aufhörte, mich mit Blicken festzunageln. Ich konnte wieder freier atmen. »Laßt uns demütig um Vergebung bitten, damit wir dieses neue Kapitel unseres Lebens betreten können, ohne die alten Sünden mitzuschleppen, den alten Kummer und die alten Versprechungen, die nie gehalten wurden. Laßt uns jeden Tag aufs neue Ehrfurcht denen gegenüber empfinden, die uns vielleicht nach unserer Meinung in der Vergangenheit Übles getan haben. Und laßt uns auch uns selbst dazu verpflichten, nur das den anderen zuzufügen, was wir auch selbst wollen. Wir sind Sterbliche, die auf dieses Ende gestellt wurden, um unser Leben in Demut zuzubringen, ohne Abneigungen und ohne Groll...«, so redete er immer weiter, offensichtlich an mich gewandt. Endlich war die Predigt vorbei, und er hatte nichts gesagt, was ich nicht schon früher gehört hätte. Was also brachte mich auf den Gedanken, er würde mich warnen, Frieden zu bewahren? War er informiert, daß ich darüber Bescheid wußte, daß er das hübsche, kleine Mädchen gezeugt hatte, das von einem rückwärtigen Kinderzimmer hereingebracht und, immer noch schlafend, in die Arme seiner Frau gelegt wurde? Ich stand auf, half Großpapa auf die Füße und ging auf die Tür zu. Ich blieb nicht auf meinem Platz, wie man es von allen lumpigen Hillbillys erwartete, damit sie die Letzten waren, die hinausgehen und die fromme, geheiligte Hand des Reverends schütteln durften.

Kaum waren Großpa und ich draußen auf der Straße, die vor heißer Feuchtigkeit dampfte, als ein Mann rasch auf mich zueilte und meinen Namen rief. Mein erster Gedanke war – Logan... dann sank mir das Herz in die Hose. Es war Cal Dennison, der seine Hand ausstreckte und mich mit einem glücklichen Lächeln anstrahlte. »Heaven, liebe Heaven«, schnaufte er, »wie schön, dich wiederzusehen! Du siehst wunderbar aus, absolut wunderbar... jetzt erzähl mir mal alles von dir, was du gemacht hast und wie dir Boston gefällt.«

»Boston mag ich sehr«, gab ich zur Antwort, wobei ich mich an Großpas Arm klammerte und auf das Hotel zusteuerte, in dem ich abgestiegen war. Die Main Street langsam hinunterzugehen kam einem Spießrutenlaufen gleich. Jeder starrte uns an, dabei hatte ich gar kein Bedürfnis mit Cal Dennison gesehen zu werden!

»Heaven, versuchst du, mich abzuschieben?« fragte Cal. Auf seinem gutaussehenden Gesicht glitzerte der Schweiß, »können wir nicht irgendwo hingehen, uns hinsetzen, etwas trinken und dann reden?«

»Ich habe schrecklich Kopfweh und freue mich außerdem auf ein ausgedehntes, kühles Bad vor dem Schlafengehen«, antwortete ich offen.

Als er meine Ausflüchte hörte, schien seine ganze Haltung zusammenzubrechen. »Du klingst wie Kitty«, murmelte er. Dann ließ er den Kopf hängen, und sofort hatte ich Schuldgefühle. Dann fiel mir wieder ein, daß ja Großpapa noch immer neben mir stand. »Wo bleibst du denn, Großpapa?« fragte ich, als wir draußen vor dem einzigen Hotel in Winnerow standen.

»Luke hat die Hütte wieder für mich und Annie hergerichtet. Ich bleib' dort, natürlich.«

»Großpapa, bleib bei mir im Hotel. Ich kann dir ein anderes Zimmer mieten, sogar eines mit Farbfernseher.«

»Muß schau'n, daß ich zu Annie zurückkomm'... sie wartet schon.«

Ich gab auf. »Aber Großpa, wie willst du denn dahinkommen?«

Seine Verwirrung brachte ihn zum Schwanken, sogar als er dastand und auf mich wartete. »Werd' schau'n, daß mich Skeeter Burl mitnimmt. Er mag mich jetzt.«

Skeeter Burl? Das war der schlimmste Feind, den sich Pa je

in den Bergen gemacht hatte – und der mochte Großpapa nun? Das war, als ob man glauben wollte, daß Sonnenanbeter im Juli den Schnee vom Januar mögen würden.

Manchmal konnte ich schon ein verdammter Narr sein, ohne jeden Funken Verstand. Ich faßte also Großpapa sanft am Arm und zu zweit steuerten wir aufs Hotel zu. »Großpapa, es sieht so aus, als ob du trotz allem diese Nacht im Hotel verbringen müßtest.«

Sofort war er aufgeschreckt. Er hätte noch nie in einem »gemieteten« Bett geschlafen, er wolle das nicht. Annie brauchte ihn! Außerdem habe er Tiere zu Hause, die darunter zu leiden hätten, wenn er nicht zurückkäme.

Seine blassen, tränenden Augen flehten um Mitleid. »Geh du ruhig in dein Hotel, Heaven-Kind. Kümmer dich kein bißchen um mich.«

Verzweiflung gab ihm die nötige Energie. Er entzog sich meinem festen Griff. Großpapa bewegte sich schneller, als ich es glauben konnte, und war schon drauf und dran, wegzuhumpeln, die Main Street hinunter. »Du gehst und erledigst dein Geschäft. Mag keine Betten, die mir nicht gehören!«

»Ich bin froh, daß er fort ist«, meinte Cal, der mich einfach am Arm nahm. Dann führte er mich in die Hotelhalle und zu einer kleinen Cafeteria. »Ich übernachte übrigens auch hier. Bin nach Winnerow gekommen, um einige finanzielle Angelegenheiten mit Kittys Eltern zu regeln. Sie haben mich mit Zähnen und Klauen bekämpft, indem sie behaupteten, ich hätte zum Vermögen ihrer Tochter nichts beigetragen. Deshalb stünde mir auch nicht einmal der Teil zu, den sie mir vermacht hat.«

»Können sie denn ihren letzten Willen außer Kraft setzen?« fragte ich müde, wobei ich mir, weiß Gott, wünschte, ich hätte nicht das Pech gehabt, auf ihn zu treffen.

Wir setzten uns hinter einen kleinen, runden Tisch. Kurz darauf gab Cal schon eine Bestellung für ein spätabendliches kleines Essen auf. Er benahm sich mir gegenüber, als ob sich nichts in unserer Beziehung geändert hätte. Er erwartete sicher, daß ich abends in seinem Bett landen würde. Steif saß ich da und fühlte mich unbequem. Ich wußte, ich würde ihn in dem Moment enttäuschen, sobald er nur den geringsten Annäherungsversuch unternähme.

Ich knabberte an meinem Sandwich mit Speck und hörte Cal nur mit halbem Ohr zu. Er spuckte alle Probleme aus, die er mit seinen Settertonschen Schwiegereltern gehabt hatte. »Und obendrein bin ich so einsam. Das Leben ist einfach nicht in Ordnung ohne eine Frau an meiner Seite. Rechtlich gehört mir alles, was Kitty mir hinterlassen hat. Wenn aber ihre Familie zu prozessieren anfängt, zwingt mich das, Rechtsanwälte zu nehmen. Und das verzögert die ganze Übertragung. Mit Gerichts- und Rechtsanwaltskosten werde ich die Hälfte von Kittys Vermögen verlieren – aber das schert sie nicht. Sie haben dann ja ihre Rache.«

Zu diesem Zeitpunkt waren meine Augen schon sehr schwer geworden. »Aber sie hassen dich doch nicht, Cal, warum tun sie dann so etwas?«

Er seufzte und vergrub den Kopf in seine Hände. »Sie hassen Kitty, weil sie ihnen nichts außer ihren guten Wünschen vermacht hat.« Er sah auf, Tränen schimmerten in seinen Augen. »Gibt es eine Chance, daß sich ein schönes, junges Mädchen wieder mir zuwendet? Diesmal könnten wir heiraten, Heaven, könnten eine Familie haben. Ich könnte meine Ausbildung beenden und du deine. Dann könnten wir beide Lehrer sein.«

Ich war fast betäubt vor Müdigkeit. Deshalb konnte ich mich kaum wehren, als Cal meine Hand nahm und sie an seine Lippen hielt. Dann drückte er meine Handfläche gegen seine Wange. Genau in diesem Moment schlenderte Logan Stonewall in Begleitung eines hübschen Mädchens in die Cafeteria. Er zog einen Stuhl für das Mädchen heran, und ich erkannte, wer sie war: Maisie, Kittys Schwester!

O mein Gott! Ich hatte gehofft, Logan nicht zu begegnen. Er machte einen wunderbar gesunden Eindruck, wirkte aber irgendwie älter als bei unserer letzten Begegnung. Ein gewisser jugendlicher Wesenszug hatte einem zynischen Ausdruck Platz gemacht, der bei ihm ein schiefes Lächeln bewirkte. Hatte ich ihm das angetan? Kurz begegneten seine dunkelblauen Augen meinem Blick, dann hob er zum Grüßen die Hand. Plötzlich drehten sich seine Augen zu Cal, überrascht und geringschätzig. Von da an gab er sich alle erdenkliche Mühe, nicht zu uns herzusehen. Leider war Maisie nicht so diskret. »Logan, Schätzchen, ist das nicht deine alte Freundin, Heaven Casteel?«

Er strengte sich nicht einmal an, ihre Frage durch eine Antwort zu würdigen. Rasch hatte ich mich erhoben. »Mir geht's nicht gut, Cal, bitte entschuldige mich. Ich gehe jetzt direkt in mein Hotelzimmer und ins Bett.«

Es war unnötig und obendrein wollte ich auch gar nicht, daß er mitkam, aber meine Augen schmerzten und die Müdigkeit steckte mir tief in den Knochen. Was war wieder mal nicht in Ordnung mit mir? Gegen all meine Einwände, und das waren nicht wenig, folgte mir Cal in die Hotelhalle und betrat den Aufzug. Dieser brachte uns in den sechsten Stock. Anschließend bestand er noch darauf, meine Tür aufzusperren. Schnell betrat ich den Raum und versuchte, die Tür hinter mir zu schließen, aber er war schneller. Bevor ich realisierte, was geschah, war Cal schon in meinem Zimmer, hielt mich in seinen Armen und bedeckte mein Gesicht mit heißen, leidenschaftlichen Küssen.

Ich sträubte mich, um loszukommen. »Halt! Nein! Ich will das nicht! Laß mich allein, Cal! Ich liebe dich nicht! Ich habe es, glaube ich, auch nie getan! Laß mich los!« Mit der Faust schlug ich nach seinem Gesicht. Es fehlte nicht viel, und ich hätte ihm ein blaues Auge geschlagen.

Mein überraschender, wütender Angriff machte ihn wehrlos. Seine Arme fielen herunter, und er wich zurück, den Tränen nahe. »Heaven, ich habe nie gedacht, du würdest alles Liebe, was ich für dich getan habe, vergessen«, stellte er traurig fest. »Seit ich vor drei Tagen nach Winnerow zurückkam, hoffte, betete und träumte ich davon, dich wiederzusehen.

Die Leute hier haben von deinem erstaunlichen Glück gehört, aber sie wollen's nicht glauben. Außerdem weiß ich, daß sich Logan Stonewall mit einem halben Dutzend Mädchen trifft, einschließlich Maisie.«

»Es ist mir egal, wen er trifft!« schluchzte ich, stieß nach Cal und versuchte, ihn aus meinem Zimmer zu drängen. »Alles, was ich will, ist ein Bad und dann ins Bett gehen – jetzt scher dich raus und laß mich allein!« Daraufhin ging er. Auf dem Hotelflur, außerhalb meiner offenen Tür, blieb er stehen und starrte mich tieftraurig an. »Ich habe Zimmer 310, falls du deine Ansicht ändern solltest. Ich brauche jemanden wie dich. Gib dir selbst eine Chance, mich wieder zu lieben.«

Bilder von Cal und Kitty schossen mir durch den Kopf. Kitty, wie sie seine nächtlichen Annäherungsversuche zurückwies. Seine bittende Stimme, die durch die Wände und in mein Zimmer drang – jawohl, er hatte mich gebraucht! Brauchte jemanden, der jung, leichtgläubig und dumm genug war, anzunehmen, er wäre ein aufrichtiger Freund... aber trotzdem hatte ich Mitleid mit ihm, wie er so mit Tränen in den Augen vor mir stand. »Gut Nacht und lebe wohl, Cal«, antwortete ich leise und zog mich zurück, damit ich die Tür langsam vor seinem Gesicht zumachen konnte. »Es ist aus zwischen uns. Finde jemand anderen.«

Als sich die Tür mit einem Klicken schloß, klang sein Schluchzen ziemlich gedämpft. Ich drehte den Schlüssel herum, schob einen Sicherheitsriegel vor und rannte ins Bad. Mein Inneres war völlig durcheinander – warum war ich bloß nach Winnerow zurückgekommen? Um Fannys Baby zurückzukaufen? Was für eine lächerliche Idee! Ich legte die Hand auf die Stirn. Als die Wanne voll war, stieg ich ins Wasser. Es war ein bißchen zu heiß. Kitty hatte gerne sehr heiß gebadet. Wo war bloß Großpapa hingegangen? Konnte es denn möglich sein, daß er in diese jämmerliche Hütte zurückging?

Nach dem Baden konnte ich Großpapa noch immer nicht aus meinen Gedanken vertreiben. Was hatte er denn mit dem ganzen Geld gemacht, das ich ihm gegeben hatte? Ich mußte

Großpapa finden. Ich würde nicht einschlafen können, bis ich überzeugt war, daß er wohlbehalten in der Hütte war. Als ich das Hotel verließ, pochte mein Schädel.

Die Main Street dampfte vor Feuchtigkeit, kaum ein Lüftchen rührte sich. Ich setzte mich in meinen Leihwagen und fuhr durch die Stadt. Es war halb elf. Alle Geschäfte, außer der Apotheke bei Stonewalls, schlossen nach zehn. Gerade hatte ich die Randbezirke von Winnerow passiert und war dabei, die kurvige Landstraße hinaufzufahren, da fing mein Wagen zu husten und zu spucken an. Und dann starb er ab. Ich hatte keine Ahnung, was jetzt zu tun war, aber ich stieg aus und öffnete die Motorhaube. Wen wollte ich denn zum Narren halten? Von Autos verstand ich nichts. Ich sah mich in einer vertrauten Umgebung um, die wie in einem Alptraum wirkte. Es wäre besser, zum Hotel zurückzugehen, mich ins Bett zu legen und Großpapa und das Geld zu vergessen – so redete ich mit mir selbst. Tom würde nie Hilfe von mir annehmen, und Großpapa brauchte mich nicht, nicht wirklich. Ich zitterte am ganzen Körper. Immer wieder probierte ich, den Wagen zu starten, aber ohne Erfolg. Der Wind wurde stärker und brachte den Geruch nach Regen mit sich. Aber dies würde kein gewöhnliches Sommergewitter werden, sondern ein heftiges mit wilden, gewaltigen Stürmen, die zuerst Hagel und dann sintflutartige Regenfälle brachten. Mir blieb keine Wahl, außer mich mit der Hoffnung ins Auto zu setzen, irgend jemand würde vorbeifahren und anhalten, um mir zu helfen. Mein ganzer Körper schmerzte, und ich fing an, mich zu fragen, ob ich mich nicht bei Troy angesteckt hatte.

Eine halbe Stunde mußte ich wohl dagesessen haben. Dann tauchte, unerwartet langsam, ein Auto auf, der Fahrer hielt an der Seite an und stieg aus dem Wagen. Als ich das Fenster herunterkurbelte, erkannte ich die vertraute Gestalt. Ich war schockiert.

»Was tust du hier draußen, allein um Mitternacht?« fragte Logan Stonewall.

Ich versuchte, die Ereignisse zu erklären, während er mich

argwöhnisch musterte. »Na, los, ich werde dich dort hinauffahren«, meinte er schließlich. Seine Augen blickten hart und herrisch, während er mich zu seinem Auto brachte. Ich hatte das Gefühl, eine völlige Närrin zu sein. So saß ich auf dem Vordersitz neben ihm und hatte keine Ahnung, was ich sagen sollte.

»Ich war gerade auf dem Weg, selbst nach deinem Großpapa zu sehen«, erklärte er in der Minute, als er den Motor startete und vorwärts schoß.

»Er geht dich nichts an!« schrie ich wie ein Kind, meine Stimme kam mir selbst fremd vor.

»Ich würde dasselbe für jeden tun, der in seinem Alter allein dort oben ist.«

Zwischen uns lag ein Schweigen, dicker als ein Nebel. Unbarmherzig peitschte der Wind die Bäume neben der Straße, bis der Hagel herunterprasselte und Logan dazu zwang, seitlich an der Landstraße zu warten, bis das Schlimmste vorüber war. Das dauerte ungefähr zehn Minuten. Während dieser Zeit sagte keiner von uns ein Wort.

Wieder einmal steuerte Logan sein Auto auf eine vertraute, dreckige Straße zu, die jeden Moment abzweigen mußte. Ich konzentrierte meinen Blick auf die Straße vor mir und versuchte, mein Zittern unter Kontrolle zu bringen. Vor langer Zeit hatte ich Winnerows einziges Hotel für etwas ganz Großartiges gehalten, jetzt erkannte ich, daß es schäbig war. Aber es war immer noch viel besser als die Baracke, zu der er mich fuhr! Ich wollte heulen, sehnte mich nach einem bequemen Bett, sauberen Laken und hübschen Decken. Aber anstatt loszuheulen, fuhr ich Logan an:

»Jetzt spielst du also den guten Samariter gegenüber meinem Großvater, nicht wahr? Ich schätze, du brauchst jemanden in deinem Leben, den du bemitleiden und dem du deine großzügige Art beweisen kannst.«

Wieder blickte er mich kurz und verächtlich an. Mein Blick dauerte lang genug, um zu registrieren, daß kein Funke von Liebe mehr vorhanden war, die früher aus seinen Augen geleuchtet hatte. Das Bewußtsein, mein bester Freund hatte sich in einen der schlimmsten Feinde verwandelt, tat weh. Er war ein Feind, der mich mit eisernen Blicken und grausamen Worten töten würde. Die Messer würde er anderen überlassen. Hart drückte ich mich gegen den Sitz und glitt so weit wie möglich von ihm fort. Ich schwor mir, nicht wieder zu ihm hinzusehen, obwohl ich ihn trotz der Dunkelheit immer noch sehr gut erkennen konnte. Ein Gefühl von Unwirklichkeit umklammerte mich mit eiserner Faust. Der Schmerz in meinen Knochen hatte sich in die Brust und hinter die Augen ausgedehnt. Aber auch mein Gesicht brannte und tat weh. Sich zu bewegen wurde immer schwieriger.

»Ich fahre deinen Großvater nach Winnerow, wenn er dorthin möchte«, bemerkte Logan mit einem Seitenblick. »Er kommt oft von Georgia und Florida herauf, um nach seiner Hütte zu sehen.«

»Er meinte, Skeeter Burl würde ihn nach Hause fahren...«

»Skeeter Burl hat ihn ein paarmal zur Kirche und zurück gefahren, aber er wurde bei einem Jagdunfall vor zwei Monaten getötet. Warum bist du denn nicht in Boston? Deine Schule beginnt doch Ende August, oder?«

»Ich habe vor, morgen Nachmittag nach Boston zurückzufliegen...« Meine Antwort klang vage.

»Wenn der Regen aufhört«, entgegnete er schal.

Es goß in Strömen. Solchen Regen hatte ich noch nie gesehen, außer zu Beginn des Frühjahrs. Es war ein heftiger, peitschender Regen, der kleine Rinnsale und Quellen in wilde Flüsse verwandelte, die Brücken zum Einsturz brachten, Bäume entwurzelten und die Ufer überschwemmten. Manchmal hatte der Regen in den Willies eine Woche und länger angehalten. Wenn er dann endlich aufhörte, hatten uns ganze Seen aus Wasser daran gehindert, irgendwohin zu gehen, sogar zur Schule konnten wir oft nicht gelangen.

Dabei wartete Troy darauf, daß ich morgen spätabends zurückkam. Sobald ich wieder in Winnerow war, mußte ich ihn unbedingt anrufen. »Wie geht es deinen Eltern?« fragte ich.

»Gut«, war die knappe Antwort, die mich entmutigte, noch weitere Fragen zu stellen.

»Ich freue mich, das zu hören.«

Jetzt bog er von der breiten Landstraße ab. Wir fuhren durch einen Feldweg mit tiefen Löchern, in denen das Wasser stand. Immer noch strömte der Regen herab, prasselte gegen die Windschutzscheibe und die Fenster an meiner Seite. Logan stellte den Scheibenwischer ab und beugte sich vor, um den Weg vor uns abzutasten. Noch nie vorher hatte ich bei Logan einen so harten, so unnachgiebigen Ausdruck bemerkt. Plötzlich bewegte er sich, griff nach meiner linken Hand und starrte sekundenlang auf den riesigen Diamanten an meinem Ringfinger. »Ich begreife«, sagte er und ließ dabei meine Hand fallen, als ob er mich nie wieder berühren wollte. Ich preßte die Lippen zusammen, ignorierte alles und versuchte, an etwas anderes zu denken, als an die Art und Weise, wie mich Unsere-Jane und Keith abgelehnt hatten. Dieses schreckliche Verlustgefühl hing an mir wie altes, verfaulendes Moos.

Logan konzentrierte sich auf die Straße und sagte keinen Ton mehr. Ich war erleichtert, als er auf den Platz einbog, der den Garten der Berghütte bildete. Ein Wiedersehen damit hatte ich nicht erwartet.

Diesmal kam ich ja mit Bostoner Augen zu der Hütte, in der ich geboren wurde. Meine Empfindungen waren jetzt darin geschult, Schönheit und vollendete Architektur zu schätzen. Mein Geschmack hatte sich verfeinert, und ich konnte das Beste, was das Leben zu bieten hatte, genießen. So vorbereitet saß ich da und wartete darauf, abgestoßen und enttäuscht zu werden. Ich wunderte mich, wie es irgend jemand fertigbringen konnte, zurückzugehen... *Hierher* zurückzugehen!

Vor meinem inneren Auge tauchte alles auf: Die zusammengeflickte, baufällige Baracke mit der kaputten Vorhalle, das alte Holz, das silbergrau geworden war und durch Wasser vom Zinndach streifige Flecken hatte. Der dreckige Garten, mit Unkraut und Gestrüpp verwuchert. – Aber hier würden wenigstens die Regenpfützen das Schlimmste verbergen. Ich wollte keinen Blick auf das Hinterhaus werfen und mir Sorgen machen, wie es Großpapa schaffte, hin und zurück zu schlurfen. Am Vormittag mußte ich den Reverend sprechen und dann zu Troy zurückkehren.

Logan parkte das Auto. Ich aber mußte mich mit der fürchterlichen Vorstellung auseinandersetzen, daß Großpapa hier draußen war, allein im Regen. Daß ihn ein leckendes Dach nur teilweise behüten konnte. Und bei ihm war nur der Geist seiner Frau, noch dazu in einer Nacht, in der der Wind heulte. Und gerade das brachte die Hütte fast zum Einsturz.

Ich saß da und starrte hinaus. Was ich dort sah, konnte ich einfach nicht glauben.

Die zusammengeflickte Hütte war verschwunden!

An ihrer Stelle stand ein kompaktes, solide gebautes Blockhaus. Die Städter nennen so etwas »Jagdhütte«.

Vor Erstaunen war ich fast gelähmt. »Wie...? Wer...?« stammelte ich.

Mit festem Griff umklammerte Logan das Lenkrad, als ob er an sich halten müßte, mich nicht zur Besinnung zu bringen. Er sah auch nicht zu mir hinüber, während wir noch in dem geparkten Auto saßen. Drinnen in der Hütte schien Licht – Elektrizität! Unglaubliches Staunen hielt mich gepackt, ich hatte das Gefühl, zu träumen.

»Soweit ich gehört habe, war dein Großpapa über das Leben in Georgia, wo es eben und erstickend heiß ist, nicht glücklich«, erklärte Logan. »Außerdem kannte er dort keine Menschenseele. Er vermißte die Berge, er vermißte Winnerow. Tom hat mir geschrieben, daß du ihm letzten Oktober Hunderte von Dollars geschickt hast. Davon sollte er sich ein paar Schnitzereien kaufen. Dieses Geld brachte ihn in Fahrt, denn er wollte dorthin zurück, wo er seine Annie sehen konnte. Jetzt hatte er das Geld, das du ihm geschickt hattest, also kam er zurück. Tom hat ebenfalls seinen Teil dazu beigesteuert, er arbeitete Tag und Nacht dafür. Die alte Hütte riß man ab und diese wurde aufgebaut. Es hat nicht mal zwölf Wochen gedauert, aber trotzdem ist's auch von innen eine hübsche Hütte. Möchtest du nicht zum Anschauen hineingehen? Oder hast du vor, den alten Mann mit dem Geist, der sein Zuhause teilt, allein zu lassen?«

Wie konnte ich Logan klarmachen, daß es egal war, ob ich bliebe oder ginge. Großpapa würde immer mit seinem geliebten Geist zusammenleben, egal, was geschah. Aber das brachte ich nicht heraus. Statt dessen starrte ich auf die zweistöckige Hütte. Sogar von draußen konnte man sehen, daß das Innere hübsch war. An der Frontseite gab es zwei dreigeteilte Fenster, die viel Sonnenschein nach drinnen hereinließen. Ich erinnerte mich an die beiden Zimmer, die ständig düster und voll Rauch gewesen waren. Licht oder frische Luft waren nie ausreichend vorhanden.

Ich öffnete die Beifahrertür des Autos und sagte: »Logan, morgen früh kann ich zu Fuß in die Stadt zurücklaufen, du mußt also nicht auf mich warten.«

Daraufhin warf ich die Tür zu. Da ich mich jetzt an neue Zeiten gewöhnt hatte, gaben mir die alten ein unbehagliches Gefühl. Ich rannte gegen den eisigen Regen und betrat das Blockhaus. Die Hütte hatte von draußen klein gewirkt. Um so erstaunlicher war für mich das große Wohnzimmer. Dort sah ich Großpapa auf Händen und Knien, damit beschäftigt, Kaminscheite aufzuschichten. Er wollte sie wohl in dem gemauerten Kamin anzünden, der bis an die Decke reichte und eine ganze Seite des Zimmers einnahm. Ein schönes Kaminbesteck aus massivem Messing war vorhanden, ferner ein hübscher Ofenschirm und ein schwerer Feuerrost. Und im Handumdrehn war das Haus schön warm. Man hatte zwei Schaukelstühle in die Nähe des Kamins gezogen. Es waren die beiden alten, die Granny und Großpapa unter dem Vordach der alten Hütte benützt hatten.

»Annie ... hab' ich's dir nich' gesagt, daß sie hier war?« rief Großpapa begeistert. Er streckte sich, um seine knorrige Hand auf den guten Schaukelstuhl zu legen, in dem seine Frau immer gesessen war. »Sie is' gekomm'n, um da zu bleibn. Unser Heaven Mädchen, gekomm'n, und kümmert sich um uns, wenn wir sie jetzt so sehr brauchn.«

Ach, lieber Gott, ich konnte doch nicht bleiben!

Troy wartete auf mich!

Logan war mir ins Haus gefolgt und beobachtete mich von der Tür aus. Ich versuchte, mich zusammenzureißen und mit meinem elenden Zustand fertig zu werden, was immer auch daran schuld sein mochte. Ich streifte durch die vier unteren Räume, die mit Holz getäfelt waren. In der Küche schaute ich verwundert auf die blitzenden, modernen Elektrogeräte. Hier gab's eine Edelstahlspüle mit zwei Becken und daneben stand eine Geschirrspülmaschine, Falttüren verrieten eine Waschküche mit Waschmaschine und Trockner! Ein hoher Gefrierschrank mit zwei Türen war vorhanden und sogar mehr Schränke, als Kitty in ihrer Küche je gehabt hatte. Vor den Fenstern hingen Gardinen, wie sie auf dem Land üblich waren: Aus blauem Kattun, der mit einer Reihe gelber Gänseblümchen besetzt war. Eine Borte mit weißen Baumwollbällchen säumte den Rand. Auf einem runden Tisch lag eine passende Tischdecke aus Kattun. Der Fußboden war mit hellblauen Fliesen gepflastert, die Sitzkissen an den Stühlen sonnengelb. Nie hatte ich eine so hübsche, gemütlich wirkende Küche gesehen. Und wie das Hillbilly-Kind, das ich mal war, drehte ich die Warm- und Kaltwasser-Hähne auf und hielt meine Hände darunter... hier in den Bergen fließendes Wasser? Ich drehte an elektrischen Schaltern und schüttelte den Kopf, ein Traum, das war's. Noch ein Traum.

Beinahe ehrfürchtig ging ich weiter. Dabei entdeckte ich ein kleines Eßzimmer mit einem breiten Erkerfenster. Von hier aus würde man tagsüber einen außergewöhnlichen Blick übers Tal haben, wenn die Bäume nicht davor stehen würden. Es war immer mein Traum gewesen, einige Bäume fällen zu lassen. Dann würden nämlich die Lichter von Winnerow in der Nacht wie Glühwürmchen funkeln. Heute nacht konnte ich allerdings draußen nur den Regen bemerken.

Hinter dem Eßzimmer führte ein kleiner Flur zu einem Bad und einem daran angrenzenden Schlafzimmer. Es mußte Großpapa gehören. Seine »Schnitzereien« waren gefällig in offenen Regalen dekoriert worden. Ich drehte mich im Kreis, dann ging ich langsam in die Küche zurück. Mitten auf dem Fußboden fing ich dann laut zu weinen an.

»Warum weinst du denn?« fragte Logan mit sanfter, aber fremder Stimme hinter mir. »Ich dachte, du könntest das jetzt mögen, oder hast du dich schon so sehr an riesige Herrenhäuser gewöhnt, daß dir eine gemütliche Hütte in den Bergen viel zu ärmlich vorkommt?«

»Es ist hübsch hier, und mir gefällt es auch«, erwiderte ich und versuchte, meine Tränen zu unterdrücken.

»Bitte, hör mit dem Weinen auf«, bat er mit belegter Stimme. »Du hast ja noch nicht alles gesehen, auch droben sind noch Räume. Spar dir ein paar Tränen dafür auf.« Dann packte er mich am Ellenbogen und zog mich vorwärts, obwohl ich noch beschäftigt war, in meiner Handtasche nach Taschentüchern zu suchen. Ich tupfte meine Tränen ab und schneuzte mich. »Dein Großvater hat ein paar Probleme mit Stufen... er kann sie zwar hinaufklettern, aber er findet, in seinem Haus sollte es keine Stufen geben.«

Irgend jemand hatte an alles gedacht. Aber ich war müde, fühlte mich krank und mußte mich unbedingt hinlegen. Deshalb versuchte ich, von hier wegzukommen. Aber Logan wurde gewalttätig und schob mich fast die Stufen hinauf. »Ist das nicht eine Hütte, wie du sie dir als Kind immer gewünscht hattest? Damals warst du doch überzeugt, man hätte dich um alles Schöne betrogen. Nun gut, hier ist sie, also schau hin! Sollte es aber jetzt zu spät dafür sein, daß du die ganzen Mühen nicht mehr schätzen kannst, die nötig waren, um es bis hierher zu bringen, dann täte es mir leid... aber du siehst dich jetzt gefälligst um, versuch es zu begreifen und *jetzt* zu schätzen, falls du die Hütte nie mehr wieder sehen solltest!«

Hier oben waren zwei Schlafzimmer mittlerer Größe und ein großes Doppelbad.

Logan lehnte sich gegen die Schranktür. »Auch dein Vater hat hier Geld hineingesteckt, jedenfalls schrieb Tom davon. Vielleicht hat dein Pa die Absicht, eines Tages seine Familie hierher zu bringen.« Irgendein Ton tief in seiner Stimme brachte mich dazu, mich umzudrehen und ihm in die Augen zu schauen. Diesmal nahm ich ihn bewußt wahr. Er trug ganz normale Kleidung, als ob er sonntags nicht mehr in die Kirche ginge. Offensichtlich hatte er sich heute nicht rasiert, und die Stoppeln veränderten ihn. Er wirkte älter, sah weniger gut und perfekt aus.

»Ich bin jetzt zum Aufbruch bereit.« Damit ging ich auf die Treppe zu. »Es ist ein sehr hübsches Haus, und ich bin froh, daß Großpapa einen netten Platz hat, wo er bleiben kann und auch immer genug Essen in der Speisekammer ist.«

Diesmal gab er keine Antwort, er folgte mir nur nach unten. Dort verabschiedete ich mich von Großpapa mit einem Kuß auf seine hagere, blaße Wange.

»Gute Nacht, Großpapa, gute Nacht, Granny. Nachdem ich ein paar Dinge erledigt habe, werde ich morgen wieder zu euch auf Besuch kommen.«

Großpapa nickte abwesend, während sein Blick starr wurde. Er fingerte nervös an den Fransen des Schals herum, den er sich um die Schultern gelegt hatte. Es war Grannys Schal!

»War schön, dich zu sehen, Heaven-Mädchen, tat richtig gut, dich zu sehen.«

Er machte keine Anstalten, zu betteln. »Paß auf dich auf, Großpapa, hörst du?« ermahnte ich ihn in dem Provinzslang, in den ich plötzlich wieder gefallen war. »Brauchst du irgendwas, oder kann ich dir was aus der Stadt bringen?«

»Hab' jetzt alles«, murmelte Großpapa, wobei er sich mit seinen feuchten Augen umsah. »Ne Dame kommt aus der Stadt und macht uns das Essen. Jeden Tag macht sie das. Annie meint, 's wär nett von ihr, aber Annie könnt' ja für uns kochen, wenn sie bloß besser seh'n könnt.«

Ich streichelte die Lehne von Grannys Stuhl, die von der

Berührung durch ihre Hände glatt geworden war und glänzte. Dann beugte ich mich vor und tat so, als ob ich ihre Wange küssen würde. Das brachte Großpapas Augen zum Strahlen. Im Vorbau stolperte ich zweimal. Wind und Regen wirkten wie Tiere, die zerstören wollten. Es war so kalt, daß mir die Luft wegblieb; der Regen machte mich blind. Rasch packte mich Logan, um zu verhindern, daß ich die Stufen hinunterfiel. Er brüllte mir etwas ins Ohr, aber der Wind übertönte mit Heulen seine Stimme. Auf den Stufen brach ich zusammen, meine Knie gaben nach. Dann hielt mich Logan schon in seinen Armen und trug mich in die Hütte zurück.

16. KAPITEL

EIN STURM KOMMT AUF

Die Zeit gaukelte mir etwas vor. Ich sah eine alte Frau, die mich an Granny erinnerte. Sie wusch mich, fütterte mich und sprach andauernd davon, daß ihr Haus zum Glück nur einen Katzensprung entfernt wäre. Denn jetzt wären die Brücken eingestürzt, und aus dem Dorf könne kein Doktor kommen.

Immer wieder sah ich Logan, wenn ich tagsüber oder in der Dunkelheit aufwachte. Er war immer da. In meinem Delirium erblickte ich Troy, der ständig meinen Namen rief. »Komm zurück, komm zurück«, sagte er unaufhörlich. »Rette mich, rette mich, rette mich.«

Aber der sintflutartige Regen hielt weiter an. Sogar wenn ich die Augen offen hatte und mehr oder weniger bei Besinnung war, hatte ich deshalb den Eindruck, irgendwo im Fegefeuer gefangen zu sein, das nicht so sehr einem Himmel, sondern eher der Hölle glich. Dann kam jener verblüffende Tag, an dem mein Verstand nicht vom Fieber getrübt war. Ich konnte den Raum rings um mich deutlich wahrnehmen und war sehr erstaunt darüber, wo ich mich befand. Ich lag in einem großen Bett, das sich in einem der oberen Schlafzimmer der wiederaufgebauten Bergbaracke befand. Schwach und blaß lag ich da und begriff, daß ich gerade die schlimmste Krankheit meines Lebens hinter mir hatte. Gesundheitsmäßig war ich nämlich besser dran gewesen als Unsere-Jane, denn mich hatte nur selten etwas dazu gezwungen, auch nur einen einzigen Tag im Bett zu verbringen. Es war eine sehr entmutigende Erfahrung, hilflos dazuliegen und viel zu schwach zu sein, um nur die Hand zu heben oder den Kopf zu drehen. Es war so deprimierend, daß ich die Augen schloß und wieder einschlief. Das nächste Mal erwachte ich in der Nacht und bemerkte wie im Nebel, daß Logan über mir schwebte. Er brauchte eine Rasur. Er wirkte müde und besorgt und mehr als nur ein wenig erschöpft. Als dann später die Sonne aufgegangen war, erwachte ich und entdeckte, daß er dabei war, mein Gesicht zu waschen. Gedemütigt versuchte ich seine hilfreichen Hände wegzuschieben.

»Nein«, versuchte ich zu flüstern, aber statt dessen fing ich so wild zu husten an, daß sogar mein Flüstern erstarb.

»Tut mir leid, aber Shellie Burl ist ausgerutscht und hat sich ihren Knöchel verstaucht. Sie kann also heute nicht kommen. Du mußt mit mir vorliebnehmen.« Mit tiefer, schroffer Stimme und einem steifen Gesichtsausdruck sagte Logan das. Ich konnte ihn nur noch entsetzt anstarren. »Aber ich muß auf die Toilette gehen«, flüsterte ich und wurde rot vor Scham. »Bitte, hol Großpapa, damit ich mich auf ihn stützen kann.«

»Dein Großvater kann die Treppe nicht heraufklettern, ohne schwer zu schnaufen. Außerdem ist er vollauf beschäftigt, selbst auf den Beinen zu bleiben.« Und ohne weitere Umstände half mir Logan behutsam aus dem Bett heraus. In meinem Kopf drehte sich alles, und ohne seine Arme um mich wäre ich gestürzt. Er stützte mich, als ob ich ein kleines Kind wäre. Und ganz langsam, Schritt für Schritt, half er mir ins Bad. Bis er die Tür zugemacht hatte, hielt ich mich an einem Handtuchhalter fest. Doch dann fiel ich fast ohnmächtig auf die Kommode.

Jede Demütigung lernte ich während der nächsten paar Tage kennen, denn Logan mußte mir zur Toilette und zurück helfen. Ich lernte, meinen Stolz hinunterzuschlucken und die Art und Weise, wie er mich mit einem Schwamm abwusch, zu ertragen. Er tat es so züchtig wie möglich, indem er nur das Stück Haut entblößte, das er gerade wusch. Der Rest steckte unter einem Flanellaken. Manchmal wimmerte ich kindisch, weinte und versuchte, ihn davon abzuhalten. Aber allein die

Anstrengung erschöpfte mich so sehr, daß ich mich nur fügen konnte. Schließlich sah ich ein, daß mein Widerstand nichts brachte. Schließlich brauchte ich seine Fürsorge und Pflege. Und von dem Moment an lag ich da, ohne zu jammern und zu klagen. Ich wußte, in meinem Fieberwahn hatte ich nach Troy gerufen. Immer wieder hatte ich Logan angefleht, ihn anzurufen und zu erklären, warum ich nicht zurückgekommen war, um unsere Hochzeitspläne einzuhalten. Ich merkte, wie Logan nickte, und hörte auch, wie er etwas sagte. Er wollte mir seinen Versuch, Kontakt mit Troy aufzunehmen, bestätigen. Aber ich schenkte ihm keinen Glauben, niemals. Sobald ich die Kraft dazu fand, schlug ich nach seinen Händen, als er mir mit einem Löffel Medizin einzuflößen versuchte. Zweimal kroch ich aus dem Bett und unternahm selbst klägliche Versuche, Troy anzurufen. Das einzige Ergebnis war, ich stand da und merkte, wie schwach ich noch war. Beinahe auf der Stelle brach ich auf dem Boden zusammen. Logan mußte deshalb von seiner Matratze, die gleich beim Fußende meines Bettes lag, hochspringen, um mich aufzuheben und wieder in mein Bett zurückzutragen.

»Warum kannst du mir denn nicht vertrauen?« fragte er zärtlich in dem Glauben, ich wäre eingeschlafen. Seine Hände strichen sanft die feuchten Haarsträhnen aus der Stirn. »Ich habe dich mit diesem Cal Dennison gesehen, und ich wollte ihn an die Wand schmeißen. Einmal sah ich dich mit diesem Troy, nach dem du immer rufst, und ich haßte ihn. Ich war ein Narr, Heaven, ein verdammter Narr, aber jetzt habe ich dich verloren. Warum suchst du nicht bei mir das, wonach du dich sehnst? Du hast mir nie Gelegenheit gegeben, mehr als nur ein Freund zu sein. Du hast mich auf Distanz gehalten, hast dich gegen meine Küsse und meine Versuche gewehrt, dein Liebhaber zu sein.«

Ich öffnete die Augen und bemerkte, daß er seitlich an meinem Bett saß. Sein Kopf hing müde nach unten. »Jetzt weiß ich, wie töricht es war, so zurückhaltend zu sein – denn du liebst mich. Ich weiß, daß du mich liebst!«

»Troy«, stöhnte ich leise. Verschwommen sah ich Logan, hinter dem Troy im Schatten stand. Sein Gesicht lag im Dunkeln. »Ich muß Troy retten...«

Er wandte sich von mir ab, hob den Kopf und murmelte dann: »Schlaf wieder und hör auf, dir um diesen Mann Sorgen zu machen. Es wird ihm schon gut gehen. Du hast viel von ihm gesprochen, und meines Wissens sterben Leute im wirklichen Leben nicht aus Liebe.«

»Aber... du kennst Troy nicht... wie ich ihn kenne.«

Logan schnellte herum, seine Geduld hing nur noch an einem seidenen Faden. »Bitte, Heaven! Du kannst nicht wieder auf die Beine kommen, wenn du weiter ablehnst, was ich für dich zu tun versuche. Ich bin kein Arzt, aber von ärztlicher Behandlung verstehe ich doch eine Menge. Ich versuche, mein Bestes für dich zu tun. Vor ein paar Wochen brachte ich deinem Großvater einen ordentlichen Vorrat an Arzneimitteln gegen Erkältung. Nie hätte ich vermutet, daß du diejenige sein würdest, die sie am meisten benötigte. Alle Straßen zur Stadt sind überflutet, es regnet seit fünf Tagen ununterbrochen. Aus dem Hof kann ich nicht hinausfahren, weil die Feldwege so zerfurcht und aufgeweicht sind. Schon dreimal mußte ich mein Auto aus dem Schlamm buddeln, der bis zu den Radkappen reicht.«

Ich überließ mich seiner Hilfe, denn ich hatte keine Ahnung, was ich sonst tun konnte. Alpträume brachten mich zu Troy. Immer ritt er auf einem Pferd von mir weg, und wenn ich rief, ritt er nur noch schneller. Ich jagte ihm in der Nacht hinterher, tief ins Dunkel hinein.

Einige Male tauchte Großpapa in meinem verschwommenen Gesichtsfeld auf. Er atmete kurz und schwer, während sein runzeliges, altes Gesicht über mir schwebte. Er streckte seine Hände aus, um mit schwachen Fingern das feuchte, lange Haar zurückzustreichen. »Siehst schlecht aus, Heaven-Mädchen, echt schlecht. Annie ist dabei und braut dir was Gesundes... ihren Kräutertee. Hat dir auch noch 'n Teller Suppe gemacht. Mußt jetzt essen...«

Endlich kam der Tag, an dem mein Fieber vorbei war. Meine Gedanken wurden klar, und zum ersten Mal begriff ich die tragische Reichweite meiner Situation: Ich war wieder in den Willies, zurück an dem Platz, wo die Hütte gestanden hatte, und weit weg von Troy, der vor Sorge wahnsinnig sein mußte. Matt starrte ich auf Logan, während er frische Laken aus dem kleinen Wäscheschrank nahm. Als er mit langen Schritten auf mich zu ging, lächelte er. Durch seinen Bart wirkte er älter, und obendrein sah er zum Umfallen müde aus.

Als kleines Kind hatte ich oft darauf gehofft, krank zu werden. Und das nur, um Pa zu testen und herauszufinden, ob er sich um mich denn genauso liebevoll kümmern würde, wie ich es einmal bei Fanny erlebt hatte. Aber natürlich hätte er sich nicht einmal gemüßigt gefühlt, mir ein Glas Wasser zu reichen.

»Geh weg!« schluchzte ich, als mir Logan eine andere Tablette und ein frisches Glas Wasser brachte. »Was du getan hast, macht mich verlegen!« Ich krümmte mich unter der Berührung seiner Hände. »Warum hast du nicht nach einer Pflegerin telephoniert, nachdem sich Mrs. Burl den Knöchel verletzt hatte? Du hattest keine Berechtigung, das zu tun!«

Wie ein Taubstummer kümmerte er sich nicht im Geringsten um meine Worte. Er drehte mich zur Seite und legte dann ein Flanellaken auf die Matratze unter mir. Anschließend verschwand er, um mit einer Schüssel warmen Wassers, einigen Handtüchern, Waschlappen und einer Seifenschale wiederzukommen. Ich packte die Decken und zog sie mir bis unters Kinn. »Nein!« Darauf tauchte er den Waschlappen ins Wasser, seifte ihn ein und gab ihn mir dann. »Dann wasche dein Gesicht selbst. Die Telephonleitungen waren das erste, was kaputt ging. Das passierte an dem Abend, als wir hier ankamen. Gerade habe ich die Wettervorhersage aus dem Radio mit Batterien gehört, der Regen soll heute Nacht aufhören. Es wird ein paar Tage dauern, bis die Straßen das Wasser aufgesaugt haben, aber bis dahin solltest du dann auch so weit gesund sein, um reisen zu können.«

Ich riß ihm den Waschlappen aus den Händen und sah ihn unverwandt an, bis er das Zimmer verließ. Die Tür warf er hinter sich zu. Ich aber schrubbte wildentschlossen meine Haut. Ich zog auch ein frisches Nachthemd an, eines aus der Menge, die ich Großpapa geschickt hatte – diesmal ohne Logans Hilfe. Als Logan an diesem Tag ein Tablett mit Suppe und Sandwiches hereinbrachte, aß ich ganz alleine. Er machte keine Anstalten, mich anzuschauen, und ich auch nicht.

»Die Straßen...?« Ich schaffte die Frage, gerade als er das Tablett zur Tür hinaustrug.

»Werden besser, die Sonne scheint. In Kürze werden die elektrischen Leitungen und die Telephone wieder hergerichtet sein. Sobald ich eine Pflegerin für dich besorgen kann, werde ich verschwinden. Sicherlich wird dich das sehr freuen, denn du brauchst mich dann nie mehr wiederzusehen.«

»Jetzt bemitleidest du mich wohl?« Mit dem kümmerlichen Rest an Energie, den ich besaß, schnauzte ich ihn an. »Jetzt kannst du mich mögen, weil ich krank und auf Hilfe angewiesen bin. Aber wenn ich nichts brauche, dann kannst du mich ganz und gar nicht ausstehen. Ich pfeife auf deine Anteilnahme und dein Mitleid, Logan Stonewall! Ich bin mit einem der wunderbarsten Männer auf der Welt verlobt, ich werde nie wieder arm sein! Und ich liebe ihn, liebe ihn so sehr, daß ich innerlich krank bin, weil ich, statt bei ihm sein zu können, bei dir sein muß!«

Jetzt hatte ich es also ausgesprochen, so grausam wie möglich. Er stand da, zufällig von einem schwachen Sonnenschein eingerahmt. Sein Gesicht wurde leichenblaß, ehe er sich abrupt umdrehte und zur Tür hinausging.

Als er fort war, weinte ich, weinte, so lange es ging. Ich weinte um alles, was einmal war, und um alle Träume, die unerfüllt blieben. Aber es war in Ordnung so, ich hatte ja Troy. Er bemitleidete mich nicht, sondern liebte mich, brauchte mich und würde ohne mich sterben.

Am Nachmittag zwang ich mich dazu, allein ins Bad zu gehen. In der Wanne nahm ich ein Bad und wusch mir die

Haare. In ein, zwei Tagen würde ich diesen Ort verlassen, um nie mehr zurückzukommen.

Aber es dauerte länger, als ich erwartet hatte, bis meine Kräfte wieder zurückkehrten. So wie es auch länger dauerte, bis die Straßen ohne Wasser waren, länger, als Logan vorhergesagt hatte. Er rannte auch nicht in dem Moment, als der Schlamm trocken wurde, davon. Geduldig wartete er unten, bis eines Tages der Postbote mit der Nachricht auftauchte, alle Straßen nach Winnerow hinunter wären jetzt passierbar. Nur dürfte es ihm nichts ausmachen, wenn er ab und zu im Schlamm stecken bleiben würde. Gegen vier Uhr an diesem Tag schaffte ich es, die Treppe allein zu bewältigen und half in der Küche, ein einfaches Essen vorzubereiten. Logan hatte sich inzwischen auf dem Sofa im Wohnzimmer ausgestreckt und döste. Großpapa wirkte sehr zufrieden. Als ich Logan an den Küchentisch rief, sagte er kein Wort, aber ich spürte, daß mir seine Blicke bei jeder Bewegung folgten.

Logan fuhr mich zum nächsten Flughafen und blieb in der Halle bei mir sitzen, bis mein Flug aufgerufen wurde. Ernst sah er mir in die Augen und beteuerte nochmals, ich hätte die richtige Entscheidung getroffen, als ich Fannys Baby in den Armen von Rosalynn Wise zurückließ.

»Du hast es richtig gemacht«, betonte Logan zum dritten Mal, als ich ihm gegenüber meine Zweifel formulierte, ob denn meine Gründe logisch gewesen waren. »Fanny ist kein Muttertyp, das weißt du, und ich auch.«

In irgendeinem Winkel meines Gehirns hatte ich den Gedanken gehegt, Fannys Baby mit mir zurück nach Farthinggale Manor zu nehmen. Gegen jede Wahrscheinlichkeit hatte ich inständig gebetet, ihre süße Unschuld und Schönheit könnten Troy überzeugen, daß er sie als seine eigene Tochter großziehen würde. Was für ein närrischer, idiotischer Gedanke. Was für ein Idiot wäre ich nur gewesen, wenn ich auch nur den Versuch unternommen hätte. Fanny verdiente kein Kind wie Darcy, und ich vielleicht auch nicht.

»Auf Wiedersehen«, meinte Logan, während er aufstand und über meinen Kopf hinweg schaute. »Ich wünsche dir alles erdenklich Gute und viel Glück.« Er drehte sich rasch auf dem Absatz herum und war mit großen Schritten weggegangen, bevor ich mich nochmals bei ihm für seine Fürsorge bedanken konnte.

Er schaute zurück und lächelte verkniffen. Über fünfzehn Meter Entfernung starrten wir einander an. Dann drehte ich mich um und eilte zum Flugzeug.

Stunden später kam ich in Boston an. Erschöpft, halbkrank und reif fürs Bett glitt ich in ein Taxi und flüsterte mit rauher Stimme die Adresse. Dann schloß ich die Augen und dachte an Logan, dachte daran, wie er mich angelächelt hatte, als ich ihm sagte, wie ich mit der Familie Wise verblieben bin.

»Ich verstehe, warum du so gehandelt hast. Aber ruf dir immer in Erinnerung, daß Fanny einen Weg gefunden hätte, das kleine Mädchen zu behalten, wenn sie es nur wirklich gewollt hätte. *Du* hättest einen Weg gefunden.«

Alles wirkte so unwirklich, so schrecklich unwirklich. Das Lächeln von Butler Curtis, als er die Tür öffnete, weil ich meinen Schlüssel nicht finden konnte. Es paßte überhaupt nicht zu ihm, sowenig wie seine Begrüßungsworte: »Es ist gut, sie zurückzuhaben, Miss Heaven.«

Ich war verblüfft, daß er mich angesprochen und bei meinem Vornamen genannt hatte. Dann sah ich zu, wie er mit meinen Koffern verschwand. Ich drehte mich um und blickte staunend in den riesigen Raum. Man hatte ihn geschaffen, indem die Flügeltüren zum Großen Salon und zu dem dahinter geöffnet worden waren. Eine Party. Gedankenverloren wunderte ich mich darüber, was denn gefeiert würde? Aber schließlich war Tony zurück und demnach jeder Tag ein Anlaß zum Feiern.

Ich wanderte von Zimmer zu Zimmer und starrte auf die riesigen Sträuße aus frischen Blumen, die überall verteilt waren. Kristall, Silber und Messing glänzten, und in der Hauptküche, wo die Vorspeisen zubereitet wurden, lächelte mich

Rye Whiskey an, als ob er meine Abwesenheit nicht einmal bemerkt hätte. Ich ging aus der Küche, denn beim Anblick des ganzen Essens wurde mir schlecht. Ich steuerte auf die Treppe zu. »So, du bist also zurück!« rief eine kräftige, befehlsgewohnte Stimme. Mit großen Schritten kam Tony aus seinem Büro, sein gutaussehendes Gesicht schaute grimmig drein. »Wie kannst du es wagen, so zu handeln? Du hast dein Wort gebrochen. Weißt du, was du Troy angetan hast, weißt du das?«

Ich merkte, wie ich blaß wurde. Meine Knie fingen zu zittern an. »Es geht ihm doch gut, oder? Ich war krank. Ich wollte ja zurückkommen.«

Tony kam näher, seine vollen Lippen hatte er zu einer langen, dünnen Linie zusammengepreßt. »Mädchen, du hast mich enttäuscht, und, was noch entscheidender ist, du hast Troy enttäuscht. Er steckt mit einer so abgrundtiefen Depression dort drüben in seiner Hütte und weigert sich, ans Telephon zu gehen. Sein Bett verläßt er nicht, nicht einmal, um seine angefangene Arbeit zu beenden.«

Meine Knie gaben nach, und ich sackte auf einer Stufe zusammen. Da saß ich und erklärte matt: »Ich hatte Grippe, meine Temperatur stieg bis vierzig. Weil es täglich regnete, die Brücken zusammenbrachen und die Straßen überflutet waren, konnte auch der Arzt nicht kommen.« Er hörte mir zu, ganz geduldig. Eine Hand ruhte auf dem Treppenpfosten, während er dort hinaufsah, wo ich mich auf den Stufen verkrochen hatte. In seinen Augen bemerkte ich etwas, was ich vorher noch nie gesehen hatte, etwas, das mich erschreckte. Ich brauchte zu lange für meine Entschuldigungen, deshalb wedelte er mit der Hand und erließ mir den Rest. »Geh in dein Zimmer und erledige alles Nötige, aber komm dann in mein Büro. Jillian gibt heute abend ein Fest für eine ihrer Freundinnen, die in Kürze heiratet. Aber wir beide müssen noch ein paar Dinge klären.«

»Ich muß Troy sehen!« rief ich, während ich wackelig aufstand. »Er wird mich verstehen, auch wenn du's nicht tust!«

»Troy hat so lange gewartet, er kann auch eine Stunde länger warten.«

Ich rannte die restlichen Stufen hinauf und spürte, wie mir seine Blicke folgten, bis ich in meinem Zimmer verschwunden war. Percy, das Zimmermädchen, war gerade dabei, in meinem Zimmer mein Gepäck auszupacken. Sie schenkte mir ein kleines Lächeln. »Ich bin froh, daß Sie wieder zu Hause sind, Miss Heaven.«

Zerstreut sah ich sie an, zu Hause? Würde ich mich je in diesem riesigen Haus zu Hause fühlen?

Schnell wusch ich mir das Gesicht und wechselte die Kleider. Dann versuchte ich, mein Haar in Ordnung zu bringen, das seit einer Wäsche in der Hütte nicht mehr eingedreht worden war. Der Spiegel in meinem Ankleidezimmer zeigte Schatten unter meinen Augen, mein Gesichtsausdruck wirkte matt, aber um die Lippen war ein Anflug von Energie.

Mein Make up bestand nur aus einer dünnen Puderschicht. Ich ging die Treppe hinunter und hörte, wie die Klingel läutete. Curtis lief rasch zur Tür und bat einige Frauen herein, die wunderschön verpackte Geschenke trugen. Sie waren so sehr mit der ganzen Einrichtung der Party beschäftigt, daß sie mich anscheinend nicht bemerkten. Gott sei Dank, denn ich hatte keine Lust, von irgendeiner Freundin von Jillian gesehen zu werden. Sie stellten immer viel zu viele Fragen.

Dann klopfte ich an die Tür zu Tonys Büro. »Komm herein, Heaven«, rief er. Er saß hinter seinem Schreibtisch. Durch das Bogenfenster hinter ihm konnte man sehen, wie die Schatten der Nacht die zart-violetten Farben der Dämmerung vertrieben. Der erste Stock von Farthy begann mindestens viereinhalb Meter über dem Erdboden. Deshalb boten seine Fenster eine perfekte Aussicht auf das Labyrinth. Dabei wirkte es so abgeschlossen, wenn man drinnen war. Das Labyrinth war für mich ein Symbol für das Geheimnis und die romantische Art von Troy, aber auch für die Liebe, die wir gefunden hatten. Ich war nicht fähig, den Blick von der drei Meter hohen Hecke zu wenden.

»Setz dich«, befahl er. Sein Gesicht lag im Schatten und war kaum zu erkennen. »Und jetzt erzähl mir über dein vergnügliches Einkaufen in New York. Erzähl mir noch einmal von den Tagen mit den sintflutartigen Regenfällen, als die Brücken zusammenstürzten, die Straßen überflutet waren und der Doktor nicht kommen konnte.«

Während Logan mein Gesicht gewaschen und meine Haare gebürstet hatte, hatte er mir eine Menge übers Wetter erzählt. Deswegen konnte ich ungeniert von dem schrecklichen Gewittersturm reden, der die ganze Ostküste, bis in den Norden von Maine hinauf, verwüstet hatte. Und Tony hörte mir ohne eine einzige Frage zu, bis ich mich völlig verheddert hatte.

»Ich verachte Leute, die lügen«, konstatierte er, als mir die Stimme versagte. Ich konnte nur noch mit verschränkten Händen dasitzen und versuchte, sie nicht zu bewegen. Ebenso versuchte ich, nicht aus Nervosität mit den Füßen zu scharren. »Es ist eine ganze Menge passiert, seit du fort gingst. Ich weiß, daß du nicht nach New York geflogen bist, um das Brautkleid zu kaufen. Ich weiß, daß du nach Georgia geflogen bist, um deinen Halbbruder Tom zu besuchen. Dann bist du nach Florida gefahren, um deinen Vater zu treffen. Später flogst du dann auf Besuch nach Nashville, zu deiner Schwester Fanny, die mit Künstlernamen Fanny Louisa heißt.«

Seinen Gesichtsausdruck konnte ich nicht erkennen, denn zu diesem Zeitpunkt lag der Raum tief im Schatten, und er machte keine Anstalten, auch nur eine Lampe anzuzünden. Ganz schwach konnte ich durch die Wände hindurch die Stimmen der Frauen hören, die sich versammelten. Keines ihrer Worte war zu unterscheiden. Wie besessen wünschte ich mir, bei ihnen dort draußen zu sein, statt hier drinnen mit ihm. Ich seufzte schwer und wollte aufstehen.

»Setz dich«, kalt und befehlend klang sein Ton. »Ich bin noch nicht zu Ende. Da sind noch ein paar Fragen, die du beantworten mußt, aber ehrlich. Zuerst mußt du mir mal dein tatsächliches Alter verraten.«

»Ich bin achtzehn.« Meine Antwort kam ohne Zögern.

»Ich habe keine Ahnung, warum ich bei meiner Ankunft über mein Alter Lügen verbreitete und behauptete, ich wäre sechzehn. Es hatte mich nur immer schon ein wenig in Verlegenheit gebracht, daß sich meine Mutter Hals über Kopf in eine Ehe mit meinem Vater gestürzt hatte. Dabei hatte sie ihn vor dem Tag ihrer Begegnung in Atlanta noch nie gesehen.«

Sein Schweigen war so plastisch, daß die Luft davon zitterte. Verzweifelt sehnte ich mich nach Licht.

»Außerdem, was für einen Unterschied macht schon ein Jahr?« fragte ich. Es war beängstigend, wie er im Dunkeln dasaß und kein Wort sagte. Ich wagte kaum noch zu atmen. »Troy habe ich von Anfang an erzählt, daß ich siebzehn war und nicht sechzehn, denn er wirkte nicht so kritisch wie du. Bitte, Tony, laß mich jetzt zu ihm. Er braucht mich, und ich kann ihn aus seiner Depression herausziehen. Ehrenwort, ich war schwerkrank; wenn ich dazu in der Lage gewesen wäre, wäre ich auf allen vieren zu Troy zurückgekrochen.«

Er rückte seinen Stuhl, um die Ellbogen auf seinen Schreibtisch zu stützen. Dann verbarg er den Kopf in seinen Händen. Das Licht vom Fenster hinter ihm bildete einen purpurroten Rahmen. Hinter dunklen Wolkenstreifen tauchte die Mondsichel auf und verschwand wieder, kleine Sterne blinkten und erloschen. Die Zeit verrann, eine Zeit, die mit Troy besser verbracht wäre. »Laß mich jetzt zu Troy gehen, bitte, Tony.«

»Nein, noch nicht.« Seine Stimme klang belegt und rauh. »Setz dich jetzt hierher und erzähl mir, was du über die Begegnung zwischen deiner Mutter und deinem Vater weißt – den Monat, den Tag und das Jahr. Nenne mir den Tag ihrer Eheschließung. Sag mir alles, was deine Großeltern über deine Mutter erzählten. Solltest du dann jede einzelne meiner Fragen beantwortet haben, kannst du zu Troy gehen.«

Im Dunkeln verlor ich jedes Zeitgefühl. Ich sprach zu einem Mann, den ich nur in Umrissen wahrnahm. Unaufhörlich erzählte ich: die Geschichte der Casteels und ihrer Armut; über Leigh VanVoreen und was ich von ihr wußte – und das war erbärmlich wenig. Als ich zu Ende war, hatte Tony tausend Fragen. »Brüder im Gefängnis, fünf an der Zahl...« wiederholte er. »Und sie hat ihn genug geliebt, um ihn zu heiraten. Dein Vater haßte dich aber von allem Anfang an? Ist es dir je gedämmert, warum?«

»Meine Geburt war der Tod für meine Mutter«, war meine schlichte Antwort. Die ganze Sicherheit, die mir meine neue Kleidung gegeben hatte, war verschwunden. Der frühe Abend war dunkel und kühl, und die Party-Gäste waren so weit weg, daß man nicht einmal ihr lautestes Gelächter hören konnte. Und in dieser Stimmung kamen die Berge wieder und umgaben mich. Wieder war ich eine lumpige Hillbilly-Casteel, schlecht, schlecht, bodenlos schlecht. Mein Gott, wieso starrte er mich nur so an? Kleine Teile meiner Zweifel wuchsen zu einem ganzen Berg an. Für die Stonewalls war ich nicht gut genug, also konnte ich unmöglich zu den Tattertons passen. Mit diesen Gedanken saß ich niedergeschlagen da, wartete und wartete.

Nachdem ich seine letzte Frage beantwortet hatte, schienen dreißig Minuten vergangen zu sein. Aber er saß noch immer mit dem Rücken zum Fenster, während das Mondlicht auf mein Gesicht fiel und die rosa Farbe meines Sommerkleides in Asche verwandelte. Seine Stimme klang ruhig, vielleicht zu ruhig, als er endlich sprach. »Als du kamst, hielt ich dich zuerst für eine Antwort auf meine Gebete, dachte, du wärst gekommen, um Troy vor sich selbst zu retten. Ich glaubte, du wärst gut für ihn. Er ist ein introvertierter, junger Mann, und die meisten Mädchen tun sich schwer, ihn kennenzulernen. Ich vermute deshalb, weil er Angst hat, verletzt zu werden. Er ist sehr verletzbar... und dann hat er noch diese merkwürdigen Ideen von seinem Tod in jungen Jahren.«

Ich nickte, hatte aber das Gefühl, ein Blinder in einer Welt zu sein, die nur er klar erkennen konnte. Warum sprach er so vorsichtig? Hatte er uns nicht sogar zum Heiraten ermutigt, indem er keinen Einwand gegen unsere Pläne vorbrachte. Und weshalb war er zum ersten Mal, seit ich ihn kannte, ohne jeden Humor und ganz freudlos?

»Hat er dir seine Träume erklärt?« fragte er.

»Ja, das hat er.«

»Glaubst du das, woran er glaubt?«

»Ich weiß es nicht, aber ich möchte dran glauben, weil er überzeugt ist, daß Träume oft im voraus die Wahrheit erzählen. Aber ich wehre mich, an seinen Traum vom Tod in jungen Jahren zu glauben.«

»Hat er dir denn erzählt... wie lange er, seiner Meinung nach, leben wird?« Seine Stimme klang beunruhigt, als ob ihn ein kleiner Junge, der in der Nacht geweint hatte, teilweise überzeugt hätte – wider besseres Wissen.

»Wenn Troy und ich verheiratet sind und die einsamen, dunklen Nächte in seinem Leben ein Ende haben, dann wird er das Sterben völlig vergessen. Ich werde ihn genau beobachten und dabei lernen, was ihm Vergnügen macht. Ich möchte ihn zum Mittelpunkt meines Lebens machen. Denn dann kann er sich von seinen Ängsten lösen, daß sich nie jemand genug um ihn kümmern wird, um auch bei ihm zu bleiben. Die Furcht vor einem neuen Verlust ist nämlich der tiefe Grund für seine Ängste.«

Endlich schaltete er seine Schreibtischlampe ein. Blau flammten seine Augen auf, so tiefblau, wie ich sie noch nie gesehen hatte. »Glaubst du denn, ich hätte nicht mein Bestes für Troy getan, glaubst du das wirklich? Ich war erst zwanzig, als ich mich Hals über Kopf in eine Ehe stürzte, nur um Troy eine Mutter zu geben. Und zwar eine wirkliche Mutter, nicht nur irgendein blutjunges Mädchen, das mit den Bedürfnissen eines kleinen Jungen, der zerbrechlich und oft ernstlich krank war, nicht belästigt werden wollte. Und dann gab es noch Leigh, die seine Schwester werde sollte. Ich versuchte mein Bestes.«

»Vielleicht hast du ihm bei den Erklärungen über den Tod seiner Mutter das Paradies besser als alles geschildert, was er im Leben finden konnte.«

»Du könntest teilweise recht haben.« In seiner Antwort schwang Trauer mit. Dann zuckte er mit den Schultern, lehnte sich zurück und sah sich suchend nach einem Aschenbecher um. Als er keinen finden konnte, steckte er sein funkelndes Zigarettenetui in die Tasche zurück, nie vorher hatte ich ihn zu einer Zigarette greifen sehen. »Dasselbe habe ich mir auch überlegt – aber was hätte ich mit einem Kind tun sollen, das sich in seine Trauer vergrub und sie nicht loslassen wollte? Nach meiner Heirat mit Jillian klammerte sich Troy an Leigh. Deshalb weinte er, als sie aus diesem Haus fortlief, denn er machte sich Vorwürfe, er sei der Grund dafür. Nachdem sie gegangen war, blieb er drei Monate lang ans Bett gefesselt. Sobald er nachts aufschrie, ging ich zu ihm und erzählte ihm, daß sie eines Tages zurückkommen würde. Daran klammerte er sich wie ein Blutegel. Vermutlich fing er an, sich die Zeit, in der sie wieder nach Hause kommen würde, in Tagträumen auszumalen. Sie war ja nur neun Jahre älter gewesen, also nicht zu alt, um sie so zu lieben, wie er sie lieben wollte... Bis zum Anruf deines Vaters hat Troy so die ganzen Jahre auf seine Gelegenheit gewartet. Er hat darauf gewartet, daß deine Mutter zurückkehrt und die Frau wäre, die er offensichtlich sonst nirgends finden konnte. Und dann tauchtest du auf, nicht Leigh.«

Ich war wie vom Donner gerührt. Jetzt war ich an der Reihe, zusammenzusacken und blaß zu werden! »Versuchst du mir einzureden, ich sei nur ein Ersatz für meine eigene Mutter?« Mit wachsender Hysterie schrie ich das heraus: »Troy liebt mich, wie ich bin, das weiß ich! Mit drei, vier oder fünf Jahren kann sich ein kleiner Junge unmöglich verlieben und es dann auch noch siebzehn Jahre lang bleiben! Diese Vorstellung ist doch wirklich zu lächerlich!«

»Vermutlich hast du recht.« Seine Augen verengten sich, dann seufzte er und griff schon wieder nach demselben Zigarettenetui. Wieder sah er sich abwesend nach seinem Aschenbecher um. »Es kam mir nur in den Sinn, daß Troy Leigh auf einen Sockel gestellt und alle anderen Frauen mit ihr verglichen hat. Offenbar bist du die einzige, die sich damit messen kann.«

Mein Gesicht wurde heiß und rot, meine Hände klammerten sich um meinen Hals. »Du redest Unsinn. Jawohl, Troy hat meine Mutter geliebt, er hat es mir erzählt. Aber nicht so, wie ein Mann eine Frau liebt. Er liebte sie wie ein einsamer, hilfsbedürftiger kleiner Junge, der jemanden ganz für sich allein haben wollte. Ich bin froh, daß ich diejenige bin; ich werde Troy eine gute Frau sein.« Ich strengte mich sehr an, den bittenden Ton aus meiner Stimme zu verbannen, aber trotzdem bettelte ich. »Er braucht jemanden, der nicht in einer kultivierten Auster gelebt und alles besessen hat, aber trotzdem keine Freude empfinden kann. Er braucht jemanden wie mich. Mich hat man beraubt, hungern lassen, geschlagen, verbrannt, gedemütigt und beschämt, aber immer noch finde ich, daß sich das Leben lohnt. Und unter keinen Umständen würde ich es aufgeben. Dasselbe werde ich auch ihm beibringen.«

»Jaah«, antwortete er bedächtig, »vermutlich tätest du ihm gut und *hast* das ja auch bereits getan. Denn nie vorher habe ich ihn so erlebt. Bis du fortgingst und ihn verlassen hast. Vorher machte er einen stabilen und zufriedenen Eindruck. Dafür danke ich dir. Aber wie dem auch sei, du kannst ihn nicht heiraten, Heaven, ich kann es nicht erlauben.«

Das war es also, was ich befürchtet hatte!

»Du sagtest, du würdest mich gern haben!« Erneut schrie ich bestürzt auf. »Was hast du herausgefunden? Wenn du an den Casteelschen Teil in mir denkst, mußt du dir auch ins Gedächtnis rufen, daß ich VanVoreen-Gene besitze!«

Seine Augen waren voll Mitleid, er wirkte ein wenig gealtert, wie er so dasaß und mich so bedauernd anschaute. »Wie reizend du in deinem tragischen Zorn bist, wunderschön und anrührend. Ich kann begreifen, warum dich Troy liebt und haben möchte. Ihr beide habt so viel gemeinsam, auch wenn du die Verbindung nicht kennst. Ich will sie dir auch gar nicht verraten. Sag mir nur, daß du zu ihm gehen und so behutsam wie möglich deine Verlobung lösen wirst, alles mit Rücksicht auf seine Gefühle. Natürlich kannst du nicht weiterhin so leicht erreichbar hier leben, aber ich werde mich um dein finanzielles Wohlergehen kümmern. Ich verspreche dir, du wirst nie etwas vermissen.«

»Du möchtest, daß ich meine Verlobung mit Troy löse?« Ungläubig wiederholte ich den Satz. »Du und deine große Sorge um sein Wohlergehen! Bist du dir denn nicht bewußt, daß er eine Enttäuschung durch mich am wenigsten auf der Welt gebrauchen kann? Er hat das Gefühl, die einzige Frau auf der Welt gefunden zu haben, die ihn begreifen kann! Die einzige, die bei ihm bleiben und ihn bis zu seinem Todestag lieben wird!«

Er erhob sich, sah sich um, weigerte sich aber, mir in die Augen zu schauen. »Ich versuche nur, was ich für das Beste halte.« Seine Ruhe unterstrich nur noch die Leidenschaft, die ich an den Tag gelegt hatte. »Troy ist mein einziger Erbe, die Tatterton Toy Company wird bei meinem Tod in seine Hand oder in die Kontrolle seines Sohnes übergehen. Dreihundertfünfzig Jahre war es so, vom Vater auf den Sohn, oder vom Bruder auf den Bruder... Und so muß es auch sein. Troy muß heiraten und einen Sohn zeugen – denn ich habe eine Frau, die zu alt ist, um Kinder zu gebären.«

»Körperlich fehlt mir nichts, ich kann Kinder bekommen! Troy und ich haben bereits darüber gesprochen und uns auf zwei geeinigt!«

Er schaute noch abwesender drein, stand auf und lehnte sich schwer an seinen Schreibtisch. »Ich hatte gehofft, mir einige Verlegenheit sparen zu können, hatte gebetet, du würdest dich höflich zurückziehen. Jetzt merke ich, daß das nicht geht, aber trotzdem starte ich noch einen Versuch. Du mußt es mir glauben, wenn ich sage, du kannst Troy nicht heiraten. Warum gibst du dich denn nicht damit zufrieden?«

»Wie könnte ich denn? Nenn mir einen einzigen, triftigen Grund, warum ich ihn nicht heiraten kann! Ich bin achtzehn und volljährig, niemand kann mich daran hindern.«

Schwerfällig setzte er sich wieder hin. Er schob seinen Stuhl vom Schreibtisch weg, schlug die Beine übereinander und pendelte mit dem Fuß hin und her. Nicht um alles konnte ich begreifen, wieso ich noch immer seine glänzenden Schuhe und die dunklen Socken, die er trug, bewundern konnte. Seine Stimme klang anders, als er wieder anfing zu reden. »Dein Alter ist schuld daran. Ich hielt dich eben für jünger als du in Wirklichkeit warst. Während du fort warst, erwähnte Troy eines Tages dein wahres Alter. Aber bis zu dem Moment hatte ich keinen Schimmer davon, kein einziges Mal kam mir ein argwöhnischer Gedanke. Wenn ich dich anschaute, warst du ganz wie Leigh, bis auf deine Haare. Wenn du glücklich bist und dich in deiner Umgebung wohlfühlst, verhältst du dich sehr ähnlich wie sie. Aber es gibt auch Gelegenheiten, bei denen du mich an jemand ganz anderen erinnerst.« Wieder starrte er auf meine Haare, die den Sommer über hellere Streifen mit rötlichen Reflexen bekommen hatten. »Hast du je eine Kurzhaarfrisur getragen?« Seine Frage kam ohne jeden Zusammenhang.

»Was hat das denn damit zu tun?« schrie ich ihn an.

»Vermutlich verlieren deine Haare die natürlichen Wellen durch das Gewicht. Deshalb kräuseln sie sich auch bei Regen, wie du erzählt hast.«

»Was hat das damit zu tun?« schrie ich noch mal. »Tut mir leid, daß meine Haare nicht platinblond sind wie bei meiner Mutter und bei Jillian! Aber Troy mag sie, er hat es mir schon oft bestätigt. Er liebt mich, Tony, und er hat so lange dazu gebraucht, bis er's mir gestand. Er hat mir auch erzählt, daß er schon mit seinem Leben abgeschlossen hatte, bis ich erschien. Ich konnte ihn überzeugen, daß seine Vorahnung über einen frühen Tod gar nicht zutreffen muß.«

Zum zweiten Mal stand er auf, dehnte und streckte sich wie eine Katze. Dann beugte er sich vor, um seine Bügelfalte zwischen Daumen und Zeigefinger glattzustreichen. »Ich gestehe, daß ich keine besondere Vorliebe für derart dramatische Geständnisse besitze. Ich würde es vorziehen, wenn alle Dramen auf Bühne oder Leinwand beschränkt blieben, denn ich bin ein sehr beherrschter Mensch. Trotzdem muß ich jemanden wie dich bewundern, jemanden, der leicht explodiert. Vielleicht hast du keine Ahnung davon, aber Troy hat dasselbe Temperament, nur lädt er sich langsam auf. Und wenn er explodiert, geschieht's innerlich und richtet sich gegen ihn selbst. Deshalb auch meine Vorsicht, ich betone nochmals, daß ich meinen Bruder mehr liebe als mich selbst. Er ist wie mein Sohn. Und ehrlicherweise muß ich auch zugeben, er ist der Grund, weshalb ich nie wirklich einen eigenen Sohn haben wollte. Denn der würde Troy um seine Erbschaft bringen. Vermutlich weißt du doch, daß Troy der Genius ist, der hinter Tatterton Toys steckt. Er ist derjenige, der schöpferisch arbeitet, der entwirft und erfindet. Ich dagegen fliege als vielgepriesener Handelsvertreter durch die Welt und bin nur das Aushängeschild. Selbst in zehn Jahren könnte ich keine einzige originelle Idee hervorzaubern, um ein neues Spielzeug oder Brettspiel zu erfinden. Dagegen gelingt Troy das mühelos. Er macht genauso Vorschläge für Spiele, wie er ständig neue Sandwiches erfindet, die er so mag.«

Ich konnte ihn nur noch anstarren. Warum erzählte er mir das alles gerade jetzt?

»Troy gehört der Vorsitz, und nicht irgendeinem Sohn, den ich haben könnte. Deswegen zieh dich bitte mit wenig Tam-Tam aus seinem Leben zurück. Ich werde dableiben und darauf aufpassen, daß er damit fertig wird. Du kannst zu deinem Freund Logan gehen, und ich werde dir auf ein Bankkonto zwei Millionen Dollar überweisen. Stell dir vor, *zwei Millionen Dollar!*«

Er lächelte mich an, charmant, gewinnend, bittend. »Tu's für Troy, für dich und deine Karriere, die du anstrebst. Tu's für mich und für deine Mutter, deine schöne, tote Mutter.«

»Was hat *sie* denn damit zu tun?« Laut kreischte ich los. Ich haßte ihn, weil er so viel schlechten Geschmack besaß, sie hier ins Spiel zu bringen.

»Alles...« Und er wurde immer lauter und zorniger, als ob meine Leidenschaft die Luft verbrauchen und ihm ein Feuer unter den Füßen anzünden würde.

17. KAPITEL

Meine Mutter, mein Vater

»Ich will es wissen, was es auch ist!« schrie ich. Dabei rutschte ich unruhig in meinem Sessel hin und her und beugte mich vor.

Tonys Stimme wurde hart. »Das ist nicht einfach für mich, Mädchen, ganz und gar nicht einfach. Ich versuche, dir einen Gefallen zu tun, aber damit erweise ich mir selbst ganz und gar keinen guten Dienst. Jetzt verhalt dich still, bis ich fertig bin... Dann kannst du mich so hassen, wie ich es auch verdiene.«

Diese eiskalten, blauen Augen lähmten meine Zunge. Regungslos saß ich da.

»Leigh schien mich von allem Anfang an zu hassen. Nie konnte sie mir verzeihen, daß ich ihre Mutter ihrem Vater weggenommen hatte. Ich versuchte, ihre Sympathie zu gewinnen, aber darauf legte sie keinen Wert. Ich tat ihr in keiner Hinsicht weh, aber ihr Vater war tief unglücklich. Und schließlich ließ ich es sein, sie überreden zu wollen. Es war mir klar, daß sie mir die Schuld daran gab. Desillusioniert kam ich aus meinen langen Flitterwochen mit Jill zurück. Aber ich versuchte, es niemandem zu zeigen. Jill ist absolut unfähig, irgend jemanden mehr zu lieben als sich selbst und ihr ewig junges Aussehen. Mein Gott, wie gern schaut diese Frau in den Spiegel! Ich hatte es satt, zuzusehen, wie immer jedes Haar genau an seinem Platz sein mußte, wie sie verstohlen prüfte, ob ihre Nase nicht glänzte und der Lippenstift verschmiert war.« Er lächelte schief und bitter. »Und so begriff ich erst viel zu spät, daß kein Mann an Jillian etwas anderes als ihre Fassade lieben konnte, trotz aller Schönheit, die Jillian besaß. Denn hinter Jill steckte nichts, sie ist nur die Hülle einer Frau. Alles Liebe, Nachdenkliche und Freundliche hatte ihre Tochter bekommen. Und so fiel es mir immer eher auf, wenn Leigh im Zimmer war, als bei ihrer Mutter. Bald bemerkte ich, daß da ein reizendes Mädchen heranwuchs, das nur selten einen Blick in den Spiegel warf. Ein Mädchen, das gern einfache, weite Kleider trug, die bei jeder Bewegung flatterten. Ihr glattes Haar trug sie lang und offen. Obendrein kümmerte sich Leigh mit Vergnügen um Troy. Und dafür liebte und bewunderte ich sie.

Leigh war ein sinnlicher Mensch, ohne es zu wissen. Sie war kerngesund, und das strahlte Erotik aus. Sie bewegte sich mit schwingenden Hüften und ihre kleinen Brüste tanzten ungebändigt unter der flatternden Kleidung. Leigh lehnte mich ab und war ständig böse auf ihre Mutter, bis sie eines Tages endlich entdeckte, daß ihre Mutter ungeheuer eifersüchtig war. Von da an begann Leigh, mit mir ihr Spiel zu treiben. Ich glaube nicht, daß sie es aus böser Absicht tat, es war nur ihre Form von Rache gegenüber einer Mutter, von der sie glaubte, sie hätte das Leben ihres Vaters zerstört.«

Ich wußte, was kommen würde!

Ich wußte es ganz genau! Ich zog mich zurück und hob die Hände, um seine Worte abzuwehren. Aufschreien wollte ich und nein, nein! rufen.

»Leigh fing an, mit mir zu flirten, wagte es, mich zu verspotten und zu necken. Oft tanzte sie um mich herum und zupfte dabei an meinen Händen. Sie stichelte mit Sätzen, die haften blieben, weil sie mich bis ins Mark trafen. ›Du hast eine Papierpuppe geheiratet‹, sang sie mir immer wieder vor. ›Laß Mutter zu meinem Vater zurückgehen‹, bat sie häufig. ›Wenn du's tust, Tony, wenn du's wirklich tust, werde ich hierbleiben! Ich bin nicht so selbstverliebt wie sie.‹ Gott möge mir beistehen, aber ich begehrte sie. Sie war erst dreizehn, aber in einem kleinen Finger steckte bei ihr mehr Sexualität als bei ihrer Mutter im ganzen Körper.«

»Hör auf!« brüllte ich los. »Ich will nichts mehr hören!«
Aber wie ein Fluß bei der Schneeschmelze, der weiterfließen und zerstören muß, sprach er unbarmherzig weiter. »Eines Tages hatte Leigh wieder grausam gestichelt. Da packte ich sie am Arm, zog sie in mein Studio und verschloß die Tür hinter mir. Ich wollte sie nur ein bißchen erschrecken und ihr klar machen, sie könne keine Klein-Mädchen-Spiele mit einem Mann treiben. Ich war immer noch erst Zwanzig. Zornig und verwirrt war ich und verachtete mich selbst dafür, daß ich so unüberlegt in die Falle getappt war, die Jillian aufgestellt hatte. Denn vor unserer Hochzeit hatte sie von ihrem Rechtsanwalt Papiere entwerfen lassen. Sie sahen vor, die Hälfte meines ganzen Vermögens würde auf sie übergehen, falls ich sie je um Scheidung bäte. Das bedeutete, ich konnte mich nie von ihr scheiden lassen und gleichzeitig hoffen, etwas für Troy zu retten. Als ich nun diese bewußte Tür zuschlug und verriegelte, bestrafte ich gleichzeitig Jillian für ihren Betrug an mir und auch Leigh, weil sie mir meine törichten Fehler so unter die Nase gehalten hatte.«

»Du hast meine Mutter vergewaltigt... Meine dreizehnjährige Mutter?« Meine Frage konnte ich nur noch flüstern. »Du, mit deinem Hintergrund und deiner Erziehung, hast dich wie irgendein lumpiger Hillbilly verhalten?«

»Du verstehst das nicht.« Er klang verzweifelt. »Ich wollte sie nur necken und erschrecken, denn ich nahm an, sie würde dann so klug sein, mich nicht mehr auszulachen und einen Narren nennen. In dem Fall hätte ich mich auch nicht produzieren müssen. Aber mit ihrem Erschrecken und ihrer Panik erregte sie mich. Ihr unschuldiges Wesen war so völlig überrascht von dem Gedanken, was ich vorhatte, daß auch das mich erregte. Ich redete mir ein, sie würde Theater spielen. Denn es war ein offenes Geheimnis, daß die Mädchen in Winterhaven süchtig nach Sex waren. Ja, ich habe deine Mutter vergewaltigt, deine dreizehnjährige Mutter.«

»Du Untier! Du grauenvoller Mensch!« Gellend schrie ich auf, sprang hoch und stürzte mich auf ihn. Dann hämmerte ich gegen seine Brust und versuchte, ihm das Gesicht zu zerkratzen, aber er war schneller. »Kein Wunder, daß sie fortgerannt ist, kein Wunder! Du hast sie auch noch meinem Vater in die Arme getrieben, nur damit Berge, Kälte und Hunger sie töten konnten!«

Als ich ihm gegen die Schienbeine trat, ließ er meine Hand los und wich zurück. Aber wieder stürzte ich mich auf ihn und versuchte nochmals, ihm das Gesicht zu zerkratzen. »Ich hasse dich! Du hast sie umgebracht! Du hast sie von hier fort und in eine zweite Hölle getrieben!«

Mühelos packte er meine Fäuste und hielt mich von sich weg. Sein zynisches Lächeln wurde noch ironischer. »Nach dem ersten Mal ist sie nicht weggelaufen, auch nicht beim zweiten oder dritten Mal. Schau mal, deine Mutter fand Spaß an unseren verbotenen Liebesspielen. Sie waren erregend und aufwühlend, für sie genauso wie für mich. Sie kam zu mir, stand wartend im Türrahmen, und wenn ich näher kam, fing sie zu zittern an; manchmal liefen ihr auch Tränen über die Wangen. Bei meiner Berührung wehrte sie sich und schrie, obwohl sie wußte, keiner konnte ihre Schreie hören. Aber sie war eben ein Kind mit zwei Gesichtern unter ihrem engelsgleichen Liebreiz. Und so machte sie eben doch mit.«

Diesmal traf ich ihn mit der flachen Hand ins Gesicht! Mein Schlag hinterließ einen roten Fleck, ich krümmte die Finger und versuchte, ihm die Augen auszukratzen. »Hör auf damit!« befahl er und stieß mich weg, so daß ich rückwärts taumelte. »Ich hab's doch nicht gewollt. Es war nie meine Absicht, dir davon zu erzählen. Ich habe die Monate nicht gezählt, bis ich dein Geburtsdatum erfuhr. Erst jetzt tat ich's: Am achtzehnten Juni ist Leigh aus diesem Haus fortgelaufen und du kamst am zweiundzwanzigsten Februar auf die Welt. Das macht acht Monate. Sie hatte wenigstens zwei Monate lang immer wieder mit mir geschlafen, also muß ich annehmen, daß du ziemlich sicher *meine* Tochter bist.«

Ich hörte auf, mit meinen Armen sinnlos auf ihn einzudreschen. Alles Blut wich aus meinem Gesicht, hinter meinen

Ohren fing es zu kribbeln an, und die Knie wurden mir weich. »Ich glaube dir nicht«, sagte ich gebrochen. Ich fühlte mich wie grün und blau geschlagen. »Das kann nicht wahr sein, ich bin nicht Troys Nichte, ich kann es nicht sein!«

»Es tut mir leid, Heaven, unendlich leid, denn du wärest perfekt gewesen, die einzige, die ihn vor sich selbst hätte retten können. Aber ich bin heute abend hier gesessen und habe von dir die Geschichte gehört, wie Leigh Luke Casteel begegnet ist. Ich habe auch den Tag ihrer Hochzeit erfahren, und demnach ist es unmöglich, daß du Luke Casteels Tochter bist – es sei denn, du wärest eine Frühgeburt. Hat deine Granny je etwas davon erwähnt?«

Ich fuhr zurück und schüttelte benommen den Kopf. Ich war also nicht Pas Tochter. Pa, ein lumpiger Casteel.

»Du hast behauptet, dein Vater hätte dich vom Tag deiner Geburt an gehaßt. Es ist gut möglich, daß Leigh deinem Vater vor der Hochzeit von ihrer Schwangerschaft erzählt hat. Sie war der Typ dazu. Ich jedenfalls bin mir inzwischen sicher, wer du bist, Heaven, es liegt an deinen Haaren und deinen Händen. Dein Haar hat dieselbe Farbe und Struktur wie das von Troy, und auch deine Hände haben dieselbe Form, genau wie meine. Wir haben beide die Tatterton-Finger.« Er spreizte die Hand und zeigte mir seine langen, schmal zulaufenden Finger. Dann blickte ich auf meine hinunter. Es waren dieselben Hände, die ich mein ganzes Leben gesehen hatte, schmal, mit langen Fingern, langen, ovalen Nägeln – und die Hälfte aller Frauen auf der Welt hatte meine Haarfarbe, also nichts Außergewöhnliches. Dabei hatte ich immer geglaubt, Grannys Hände hätten wie meine ausgesehen, wenn sie nicht den größten Teil ihres Lebens damit Dienstbotenarbeiten verrichtet hätte.

Ich war wie betäubt, alles tat mir weh, und obendrein war mir zum Speien übel. In diesem Zustand drehte ich mich um und ging aus seinem Büro. Dann stolperte ich die Stufen hinauf in mein Zimmer und warf mich auf mein Bett. Ich weinte. Ohne anzuklopfen kam Tony langsam in mein Schlafzimmer und setzte sich auf den Bettrand, ganz ans Fußende. Diesmal klang er sanft und freundlich. »Mach's doch nicht so schwer, Liebling. Es tut mir so leid, daß ich deine Romanze mit meinem Bruder zerstöre, obwohl ich begeistert bin, dich zur Tochter zu haben. Du wirst schon sehen, alles wird sich finden. Daß ich dich schockiert und verletzt habe, ist mir bewußt. Zu allem übrigen habe ich dir auch noch erzählt, ich hätte deine Mutter nicht geliebt. Sie war nur ein Kind, aber trotzdem kann ich sie noch immer nicht vergessen. Auf meine Art habe ich dich lieb. Ich bewundere dich und was du für meinen Bruder getan hast. Denk daran, wenn du Troy das nächste Mal siehst, daß ich mehr als großzügig sein werde. Sag ihm irgend etwas, das plausibel klingt, und tu ihm nicht so weh, daß es ihn so weit bringen könnte, seinem Leben ein Ende zu machen. Weißt du denn nicht, daß er gerade davon immer träumt? Er wurde mit einer selbstzerstörerischen Ader geboren! Die Welt hat ihn enttäuscht und ebenso jeder, der starb oder fortging, und ihn damit im Stich ließ. Deshalb sucht er nach Fluchtmöglichkeiten.«

Er bewegte sich und legte mir seine schwere Hand kurz auf die Schulter. Dann stand er auf und drehte sich halb zur Tür. »Sei gut zu ihm, denn er ist zerbrechlich, nicht so wie du, ich oder Jillian.« Mit erstickter Stimme sagte er das. »Er ist ein Unschuldiger in einer Welt voller Geier und hat von Haß keine Ahnung. Das einzige, was er kann, ist lieben. Und damit kann er dann später leiden und sich ungenügend vorkommen. Deshalb gib ihm das Beste, Heavenly, das Allerbeste, was du geben kannst, bitte.«

»Das habe ich bereits!« schrie ich heraus. Dann setzte ich mich auf und schleuderte ein Kissen zur Türe, wo er stand. »Weiß er Bescheid? Hast du ihm erzählt, daß du mein Vater sein könntest?«

Ich merkte, wie Tony am ganzen Körper zitterte. »Ich brachte es nicht übers Herz, ihm das zu sagen. Er respektiert, bewundert und liebt mich. Trotz aller Probleme, die er machte, war er immer das Kostbarste in meinem Leben. Ich flehe dich an, einen anderen Grund zu finden, um deine Verlobung aufzulösen. Wenn er die Wahrheit erfährt, wird er mich hassen – und ich könnte ihm nicht einmal dafür Vorwürfe machen. Du hättest ihn retten können... Aber ich bin verantwortlich dafür, daß du dich ihm entziehst. Ich hoffe und bete, daß du die richtigen Worte findest, denn ich kann es nicht.«

Eine Stunde verging, inzwischen hörte ich auf zu weinen. Eine Stunde lang badete ich mein Gesicht und meine Augen in Eiswasser, dann trug ich sehr sorgfältig Make-up auf. In meinem Kopf waren noch nicht die richtigen Worte, die ihm helfen konnten, auch ohne mich zu überleben. Trotzdem schlich ich durchs Labyrinth und klopfte an Troys blaue Türe. Tony hatte mich vorgewarnt, er würde nicht antworten, und so war es auch.

Es war schon spät, gegen zehn Uhr. Der schönste Abend seit langem. Aber er war drinnen, kapselte sich ab. »Troy«, rief ich, während ich die Tür öffnete und auf der Schwelle zögerte. »Ich bin's, Heaven, ich bin zurück. Es tut mir so leid, daß ich krank wurde und am versprochenen Termin nicht zurückkommen konnte...«

Keine Antwort. Es roch nicht nach frischgebackenem Brot und auch nicht danach, daß vor kurzem welches gebacken worden wäre. Die Hütte wirkte ruhig, zu aufgeräumt – sie machte mir Angst. Ich rannte in sein Schlafzimmer und stieß die Tür auf. Er lag auf dem Bett, den Kopf hatte er dem offenen Fenster zugedreht. Leichte Windstöße blähten seine Vorhänge und hätten fast eine Vase voll Rosen von einem Tisch geweht.

»Troy«, sagte ich wieder und ging näher ans Bett heran. »Bitte, schau mich an, sag mir, daß du mir verzeihst, weil ich mein Versprechen nicht gehalten habe, bitte. Ich wollte es ja unbedingt.«

Aber er sah immer noch nicht zu mir her. Ich ging noch näher heran, setzte mich aufs Bett und drehte seinen Kopf sanft zu mir. Im Mondlicht, das durchs Fenster schien, sah ich seine glasigen Augen, seinen leeren Blick. Er war eine Million Meilen entfernt, tief in einen fürchterlichen Traum verstrickt. Ich war mir sicher!

Sanft preßte ich meine Lippen auf seine, murmelte immer wieder seinen Namen. »Komm zurück zu mir, Troy, bitte, bitte. Du bist nicht allein, denn ich liebe dich und werde dich immer lieben.« Immer wieder rief ich ihn zurück, bis der glasige Ausdruck in seinen Augen verschwand, und er wieder etwas wahrnehmen konnte. Überschwengliche Freude vertrieb den starren Blick, während er seine Finger ausstreckte und mir übers Gesicht strich.

»Du bist zurückgekommen... Ach, Heaven, ich hatte solche Angst, daß du's nicht tun würdest. Ich hatte das unheimliche Gefühl, du wärest wieder zu Logan Stonewall gegangen und hättest gemerkt, daß du ihn liebst und nicht mich.«

»Dich, nur dich!« rief ich leidenschaftlich, während ich sein kühles, blasses Gesicht küßte. »Ich hatte Grippe, mein Schatz, und tagelang hohes Fieber. Die Telephonleitungen waren zusammengebrochen, die Brücken zerstört und die Straßen überflutet. Sobald ich dazu in der Lage war, bin ich zu dir zurückgekommen.«

Er lächelte dünn und matt. »Ich wußte, es war lächerlich, mich in eine solche Depression hineinzusteigern. Im Unterbewußtsein wußte ich nämlich, du würdest zurückkommen.«

Ich kuschelte mich in seine Arme und merkte dabei, wie seine Hände durch mein Haar glitten. Mein Gesicht preßte ich an seine Brust und lauschte seinem langsamen Herzschlag – wie schnell mußte wohl ein Herz normalerweise schlagen? »Ich möchte keine große Hochzeit, Troy, in diesem Punkt habe ich meine Ansicht geändert. Wir werden heimlich von Farthinggale Manor fortgehen und eine kleine Feier nur für uns machen.«

Er drückte mich fest an sich, streichelte meine Haare und küßte mich auf die Stirn. »Ich bin so müde, Heaven, so schrecklich müde. Ich dachte, du möchtest eine große Hochzeit.«

»Nein, ich möchte nur dich.«

»Tony muß aber dabei sein«, flüsterte er, während seine Lippen meine Stirn liebkosten. »Ohne ihn wäre es nichts Richtiges. Er war zu mir wie ein Vater...«

»Alles, was du möchtest«, murmelte ich. Noch fester hielt ich seinen zerbrechlichen Körper. Wie mager er doch geworden war. »Hast du denn deine Lungenentzündung ganz auskuriert?«

»So wie immer, bei all meinen Krankheiten.«

»Du wirst nie mehr krank werden, nicht, wenn ich mich um dich kümmere!«

Die ganze Nacht lang hielt er mich, und ich hielt ihn. Wir sprachen von unseren Träumen und von unserem gemeinsamen Leben. Aber alles wirkte wie Rauch, der zum Fenster hinauszog und in der Nacht verschwand. Wie konnte ich ihn jetzt noch heiraten? Wie konnte ich aber auch darauf verzichten, egal wie unsere verwandtschaftlichen Beziehungen waren?

Gegen morgen erwähnte ich wieder die Puppe mit dem Portrait meiner Mutter. Hatte er eine Ahnung, ob Tony das Modell gemacht hatte? Hatte sich Tony zu irgendeinem Zeitpunkt einmal nicht wie ein Stiefvater ihr gegenüber benommen?

Über seine dunklen Augen fiel ein Schatten. »Nein, nicht in Millionen Jahren! Heaven, Tony konnte jede Frau haben, die er wollte! Außerdem war er völlig verrückt nach Jillian. Es gab in seiner Umgebung keine Frau, die nicht mit ihm flirtete... Seitdem ihm der erste Bart wuchs, mußte er nie einer Frau nachlaufen. Die Frauen verfolgten ihn.«

Während ich in seinen Armen lag, war mir klar, er würde es sich nie eingestehen, daß Tony Frauen einfach benutzt hatte. Er hatte ja auch Jillian auf seine gedankenlose Art benutzt, um seinem jüngeren Bruder eine Mutter und eine Schwester zu verschaffen. Inzwischen ging er seine eigenen Wege und stellte jedem Rock in der Stadt und in ganz Europa nach. Ich hatte Tränen in den Augen, als ich mich umdrehte, um ihn zu umarmen. Anschließend würde ich ins Haupthaus zurückgehen.

»Tut mir leid, daß ich so argwöhnisch bin. Ich liebe, liebe, liebe dich. Sobald ich ein wenig ausgeschlafen bin, werde ich ganz rasch zurück sein. Geh nicht weg, versprichst du es mir?« Er setzte sich auf und umklammerte meine beiden Hände. »Liebes, iß mit mir zu Mittag, gegen eins.«

Ich dachte, ich könnte in mein Bett zurück und den Schlaf des Gerechten schlafen. Statt dessen drehte und wälzte ich mich herum und endete schließlich am Eßtisch im unteren Stock. Dort hatte sich bereits Tony verschanzt und verspeiste eine Honigmelonenscheibe nach der anderen. Sofort fing er an, mir mit Fragen zuzusetzen: Hatte ich Troy gesehen? Hatte ich unsere Verlobung gelöst? Wie hatte er reagiert? Welche Erklärung hatte ich gegeben? Ich war doch freundlich, überlegt und rücksichtsvoll vorgegangen, oder?

»Von dir habe ich so wenig wie möglich gesprochen.« Kalt und feindselig sagte ich das, denn ich haßte ihn in jeder Hinsicht genauso wie Pa. »Aus Rücksichtnahme auf Troy habe ich dich gedeckt. Wenn Troy aber nicht so empfindsam wäre, hätte ich ihm haarklein erzählt, was für ein toller Mann sein geliebter Bruder ist und war.«

»Welchen Grund hast du ihm angegeben?«

»Keinen, wir sind also immer noch verlobt, ich weiß nicht, wie ich das alles kaputtmachen soll, ich bin dazu einfach nicht fähig!«

»Ich merke, wie du einen Berg von Haß gegen mich aufbaust. Vielleicht hast du recht, ein paar Wochen zu warten, und erzählst ihm erst dann, du habest entdeckt, daß du immer noch diesen jungen Mann da liebst. Heißt er nicht Logan? Troy wird über dich hinwegkommen. Ich werde darauf achten, daß er sich wieder erholt. Am besten geschieht das durch Arbeit. Wenn Troy erst einmal akzeptiert hat, daß du jemanden anderen liebst und ihn nicht heiraten willst, wird er Ersatz für deine Liebe finden. Ich werde mein Möglichstes tun, damit er ein anderes Mädchen zum Heiraten findet.«

Es tat so wahnsinnig weh, was er da sagte, daß ich am liebsten die Sonne angeheult hätte. So wie's die Wölfe mit dem Mond machen, und auch Sarah es einmal getan hatte, als ihr letztes Baby starb. In meiner Brust brannte eine offene Wunde und neben mir saß der Mann, der alles ausgelöst hatte.

»Tony Tatterton, du bist eine Person, die man nur verachten kann!«

Er warf mir einen mitleidigen Blick zu. »Bitte... denk daran, du würdest ihn damit vernichten. Troy lebt auf der Basis von Treu und Glauben. Er ist nicht so wie du oder ich, wir würden immer überleben, egal unter welchen Umständen.«

»Vergleiche mich ja nie mehr mit dir!« schrie ich gellend. Er gab keine Antwort, sondern nahm sich noch eine Melone. »Heaven, versprich mir unbedingt, kein Wort davon gegenüber Jillian zu erwähnen.«

Ich stand auf und ging an Tonys Stuhl vorbei, ohne irgendein Versprechen.

»Nun gut!« Ganz plötzlich riß Tony die Geduld und er schrie los. Dabei sprang er hoch, packte mich am Arm und drehte mich blitzschnell herum. Ich sah, wie sich sein normalerweise heiteres und gutaussehendes Gesicht vor Wut verzerrte. »Geh zurück zu Troy, geh und zerstöre ihn! Und wenn du mit ihm fertig bist, dann lauf zu Jill, um auch sie zu zerstören! Und wenn du jeden hier in Farthy durchhast, dann geh zu deinem Vater und ruiniere sein Leben! Ruiniere das von Tom und Fanny und vergiß ja nicht Unsere-Jane und Keith! Heaven Leigh Casteel, du bist auf Rache aus, ich sehe es deinen Augen an. Aber aus diesen unglaublichen blauen Augen spricht mehr der Teufel als ein Engel!«

Blindwütig schlug ich mit der Faust nach ihm, traf aber nur die Luft. Er hatte mich so plötzlich losgelassen, daß ich das Gleichgewicht verlor und zu Boden stürzte.

Schnell raffte ich mich wieder auf und schoß so rasch hinaus, daß er kein Wort mehr herausbrachte. Dann rannte ich die Stufen hinauf in die sichere Umgebung meines Bettes. Mein Platz zum Weinen.

Um ein Uhr war ich wieder in der Hütte, und diesmal war Troy auf. Er machte einen etwas kräftigeren Eindruck. »Komm«, meinte er und winkte mir, »ich möchte, daß du dir diese Eisenbahnanlage ansiehst, die eben fertig wurde. Und dann werden wir essen.«

Was er mir zeigen wollte, nahm eine riesige Ecke seiner Werkstatt ein. Es handelte sich um eine, wie eine Bühne fein gearbeitete Platte, auf der weiche Lichter glühten und verborgene Spots die Platte erleuchteten. Miniatur-Züge nahmen Reisende auf und ließen sie aussteigen, nur um sie wieder aufzusammeln. Unentwegt fuhren die Züge um steile und gefährliche Berge herum. Was versuchte er wohl mit diesen drei kleinen Zügen auszudrücken, die so verworrene Wege durch verschiedene Gebiete fuhren, aber dennoch immer dasselbe Ziel erreichten? Fuhr nicht die ganze Menschheit ein Leben lang Zug, um Höhepunkte zu erreichen und dann wieder tief abzustürzen? Aber statt aufzusteigen oder zu fallen, bewegte sie sich doch auf der Ebene zwischen zwei Extremen. Gedankenverloren kaute ich an meiner Unterlippe und preßte meine Stirn mit den Fingerspitzen zusammen... Dann fiel mein Blick auf ein kleines Mädchen, das zu den Passagieren dazugekommen war, ein dunkelhaariges, kleines Mädchen mit einem blauen Mantel und dazu passenden blauen Schuhen. Sie glich mir so sehr, daß ich darüber lächeln mußte, denn die Züge, die offensichtlich nirgendwohin führten, machten den Passagieren trotzdem Spaß. Am Ziel stieg das kleine blaue Mädchen nicht aus dem Zug, nur eine alte Frau in einem anderen blauen Mantel mit passenden blauen Schuhen. Neugierig ging ich zum Eisenbahndepot zurück und sah wieder das kleine Mädchen in ihrem blauen Mantel. Sie bestieg einen anderen Zug. Beim Konstruieren von Spielzeug war er großartig. Er gab ihm eine imaginäre Bedeutung und legte, ohne Worte, seine Überzeugungen hinein. Während ich mich von den Zügen abwandte, spürte ich, wie mich die vertraute Faszination wieder in seine Arme trieb. »Troy, Troy!« rief ich. »Wo bist du? Wir müssen noch tausend Pläne schmieden!«

Wieder saß er auf einem der Fensterplätze, hatte seine langen Beine angezogen, die Hände umklammerten locker seine Knie. Dabei standen alle Fenster weit offen, und der kalte, feuchte Wind strich durch sein Schlafzimmer! Bestürzt lief ich zu ihm und zog ihn am Arm. Ich versuchte ihn aus dem Niemandsland herauszuziehen, in dem er sich verloren hatte. »Troy, Troy!« rief ich laut. Obwohl ich ihn schüttelte, starrte er noch immer regungslos geradeaus. Ich mußte meine ganze Kraft aufbringen, um die Fenster herunterzuziehen. Als ich es geschafft hatte, lief ich, um Decken zu holen. Ich legte sie Troy über Schultern und Beine, aber noch immer hatte er sich nicht bewegt und auch nicht gesprochen.

Sein Gesicht fühlte sich blaß und kalt, aber weich an. Vor Erleichterung weinte ich los, denn er war nicht tot. Als ich nach seinem Puls fühlte, war dieser so schwach, daß ich trotzdem ans Telephon stürzte und Farthy anrief. Immer wieder klingelte das Telephon, aber keiner antwortete! Ich hatte keine Ahnung, welchen Doktor ich direkt anrufen könnte. Mit zitternden Fingern nahm ich Troys Telephonverzeichnis und blätterte es mit dem Daumen durch. Dabei hörte ich ihn niesen.

»Troy!« schrie ich und eilte zu ihm. »Was tust du denn, versuchst du etwa, dich selbst umzubringen?«

Sein Blick wirkte abwesend und verschwommen. Als er meinen Namen aussprach, klang seine Stimme schwach. Sobald er mich deutlich erkennen konnte, packte er mich, wie ein Ertrinkender nach dem Nächstbesten greift. Hart zog er mich an sich, um sein Gesicht tief in meine Haare zu vergraben. »Du bist zurück! Ach Gott, ich dachte schon, du würdest nie zurückkommen!«

»Natürlich komm' ich zurück.« Ich küßte sein Gesicht. »Troy, ich war doch letzte Nacht hier bei dir, erinnerst du dich nicht?« Noch mehr Küsse auf Gesicht und Hände. »Habe ich dir nicht gesagt, ich würde zurückkommen, damit wir heiraten können?« Ich streichelte seine Arme und seinen Rücken und glättete seine wirren Haare. »Es tut mir leid, daß ich so spät gekommen bin, aber jetzt bin ich da. Wir werden heiraten und unsere eigenen Traditionen einführen, indem wir jeden Tag zum Feiertag erklären...«, weiter sagte ich nichts, denn er hörte nicht wirklich zu.

Der feuchte Raum führte bei uns beiden zu neuen Niesanfällen. Daraufhin zog ich ihn ins Bett, um uns gemeinsam unter Berge von Decken zu kuscheln und abwarten zu können, bis wir zu zittern aufhörten. Wir hielten uns eng umschlungen, als die vielen Uhren sich zu drehen und zu bewegen begannen. Es war Zeit für das Läutwerk. Irgendein versprengter Wind schaffte es hereinzukommen. Er brachte die Kristallprismen am Lüster in Troys Eßzimmer zum Klingeln.

»Ist ja schon gut, Liebling, Liebster«, summte ich und strich sein dunkles, zerzaustes Haar glatt. »Ich habe dich eben mitten in einem deiner... wie nennst du das? Trancezustände angetroffen. Ist das das richtige Wort?«

Er umarmte mich so heftig, daß meine Rippen weh taten. »Heaven, Gott sei Dank bist du hier.« Schluchzend brach seine Stimme, und er schob mich zärtlich von sich. »Ich kann nicht länger so tun, als ob ich mit dir leben oder dich heiraten könnte, egal wie dankbar ich bin. Deine Abwesenheit gab mir Gelegenheit, über unser Vorhaben nachzudenken. Deine Gegenwart aber verführt mich zu dem Gedanken, ich sei ein normaler Mann mit normalen Erwartungen. Aber das bin ich nicht, keinesfalls! Und ich werde es nie sein! Ich bin anders und unfähig, mich zu ändern. Ich glaubte nicht, daß du zurückkommen würdest, wenn du erst einmal die wirkliche Welt betreten und dann entdeckt hättest, daß du eingeschlafen warst. Das hier ist kein echtes Haus, Heaven, keines, das von echten Menschen bewohnt wird. Heaven, wir sind alle Fälschungen, Tony, Jillian und ich. Sogar die Diener lernen die Regeln und machen das Spiel mit.«

Bei meinem Eintreten hatte irgend etwas angefangen, weh zu tun, und jetzt wurde der Schmerz immer stärker. »Welche Regeln denn, Troy? Was für ein Spiel?«

Er lachte, daß mir das Blut gefror. Immer noch hielt er mich und rollte sich um die eigene Achse, rollte weiter und weiter, bis wir beide auf den Boden fielen. Dann riß er mir ungestüm die Kleider vom Leib, und seine Küsse wurden immer heißer.

»Hoffentlich haben wir beide ein Kind gezeugt«, rief er, als es vorbei war. Dann drehte er sich um und fing an, meine zerrissenen Kleidungsstücke aufzuheben. »Hoffentlich habe ich dich nicht verletzt, denn das möchte ich niemals. Aber ich möchte etwas Echtes hinterlassen, etwas von meinem eigenen Fleisch und Blut.« Er drückte mich an sich und fing an zu schluchzen – bitter, rauh und schrecklich.

Ich hielt ihn, liebkoste ihn und küßte ihn tausendmal, ehe wir beide aufs Bett fielen und uns vor der Kälte zudeckten. Ich lag neben ihm und hörte, wie er sein Schluchzen unterdrückte und auch alles, was er sonst noch an Ängsten ausgestanden hatte. Dabei begriff ich, Troy war viel zu kompliziert für mich, um ihn je zu verstehen. Ich mußte ihn eben lieben wie er war. Vielleicht würde er dann eines Tages aus einem traumlosen Schlaf erwachen und mich vor der Morgendämmerung anlächeln. An diesem Tag wären die Gedanken an einen frühen Tod vergessen.

Dann schlief ich ein. Ab und zu war ich halbwach. Es genügte, um die Bewegungen der Luft um mich herum zu spüren, genügte, um zu fühlen, daß mich warme Arme hielten.

Dann kam der nächste Tag. Ich hielt mich in meinem Zimmer auf; ein Brief lag auf meinem Nachttisch, ein Brief von Troy. Briefe konnte ich nicht ausstehen, denn ich kannte keinen einzigen, der ohne Briefmarken gekommen war und nicht traurige Nachrichten gebracht hatte:

Meine einzig wahre Liebe,

vergangene Nacht hast Du mich mitten im Wind angetroffen. Ich saß still da und versuchte herauszufinden, welchen Sinn mein Leben hat.

Wir können nicht heiraten. Und trotzdem schlief ich mit Dir letzte Nacht und tat mein Möglichstes, damit Du schwanger wirst. Verzeih mir meinen Egoismus. Geh zu Jillian, sie wird Dir die Wahrheit erzählen. Bring sie dazu, daß sie's tut. Wenn Du sie hart genug bedrängst, sie ›Großmutter‹ nennst und dazu zwingst, ihre Maske fallen zu lassen, wird sie es sicher tun.

Meine Liebe zu Dir ist das Schönste, was mir je zugestoßen ist. Ich danke Dir für Deine Liebe und daß Du mir so viel gibst, obwohl Du alle meine Schwächen kennst. Aber mein größter Fehler war meine überwältigende Liebe und Hingabe an meinen Bruder. Ich war blind, absichtlich blind.

Jillian kam und hat mir alles erzählt. Um Dich zu retten, muß ich das akzeptieren, was Deine Mutter hätte retten können. Denn Jillian mußte zugeben, daß Tony völlig versessen auf Deine Mutter war. Nachdem Du mich dazu getrieben hast zurückzublicken, weiß ich jetzt, daß sie ihn gehaßt hat. Und er war derjenige, vor dem sie weglief. Heaven, Du bist Tonys Tochter und meine eigene Nichte!

Ich gehe fort, bis ich lernen werde, ohne Dich zu leben. Aber ich hätte Dein Leben auch ruiniert, wenn Du nicht Tonys Tochter und meine Nichte wärest. Ich weiß nicht, wie man mit sich im Einklang leben und jeden Tag so akzeptieren kann, wie er kommt. Ich muß jedem Tag eine besondere Bedeutung geben, denn jeder Tag meines Lebens erscheint mir als der letzte.

Der Brief war mit einem riesigen TLT unterschrieben. Dieser Morgen brachte mir deutlich jenen schrecklichen Tag zurück, an dem ich in den bitteren Apfel gebissen hatte. Dann war ich langsam in das Zimmer gegangen, in dem Sarah eine Nachricht für Pa hinterlassen hatte. Sie schrieb, sie würde ihn verlassen und nie zurückkehren. Indem sie Pa verließ, überließ sie es uns allen, für uns selbst zu sorgen. Und an diesem Punkt war ich also wieder. In einem Haus, das mich nicht länger mochte, mußte ich für mich selbst sorgen.

Der unerträgliche Schmerz über meine zerbrochene Liebe verwandelte sich in rasende Wut, die mir Flügel verlieh. Ich rannte zu Jillians Zimmer, schlug an die Tür und rief ihren

Namen. Ich forderte, man solle mich hereinlassen, obwohl es erst neun Uhr war und Jillian immer bis Mittag oder später schlief. Aber Jillian war schon auf. Sie hatte sich mit größter Sorgfalt gekleidet, als ob sie zum Ausgehen fertig wäre. Zu ihrem modischen, pastellfarbenen Kostüm fehlte nur noch die Jacke. Ihre Haare hatte sie weich aus dem Gesicht frisiert, so wie ich es bei ihr noch nicht gesehen hatte. Sie sah älter aus, aber gleichzeitig liebenswürdiger. Genauer gesagt: Sie wirkte weniger wie eine gespenstische Puppe in Lebensgröße.

»Troy ist fort«, sagte ich anklagend, wobei ich sie unverwandt anstarrte. »Was hast du ihm erzählt, daß er sich dazu entschloß?«

Sie antwortete nicht, sondern drehte sich nur um, nahm ihre Kostümjacke und zog sie an. Erst dann drehte sie sich wieder zurück, um mich anzusehen. Bei meinem Gesichtsausdruck riß sie bestürzt die Augen auf. Ihre blauen Augen flatterten, als ob sie sich in Tonys Arme flüchten wollte. Dann kam der erstaunlich glückliche Ausdruck wieder, der ihre Augen aufleuchten ließ.

»Troy ist fort! Wirklich?« flüsterte sie. Ihre Freude war so groß, daß mir schlecht wurde.

Ohne Anklopfen betrat Tony Jillians Räume. Er ignorierte sie und wandte sich nur an mich. »Wie geht's Troy heute morgen? Was hast du ihm gesagt?«

»Ich? Gar nichts! Aber deine Frau hatte wohl den Eindruck, er müsse die Wahrheit, die ganze häßliche Wahrheit erfahren!«

Jillians strahlendes Lächeln erlosch, ihre Augen wurden ausdruckslos.

Blitzschnell drehte sich Tony um, seine Augen sprühten Funken. Er fixierte seine Frau. »Was hast du ihm erzählt? Was konntest du ihm erzählen? Deine Tochter hat doch ihrer Mutter, die sie verachtete, nie etwas anvertraut!«

Jillian stand da in ihrem hübschen Kostüm, ein Bild makelloser Perfektion. Anscheinend wollte sie den Mund zum Schreien öffnen. »Jillian, kam meine Mutter wirklich zu dir, um dir zu sagen, warum sie fortging? Hat sie's getan? Sag schon?«

»Geh weg, laß mich allein.«

Ich dachte gar nicht daran. »Was hat meine Mutter dazu getrieben, daß sie aus dem Haus fortrannte? War es ein fünfjähriger Junge, oder war's dein Ehemann? Kam meine Mutter zu dir mit Geschichten über die sexuellen Annäherungsversuche ihres Stiefvaters? Hast du vielleicht so getan, als wüßtest du nicht, wovon sie sprach?«

Ihre blassen Hände spielten mit den locker sitzenden Ringen, hin und her, hin und her. Ich hatte sie nie vorher Ringe tragen gesehen. Gedankenlos ließ sie drei davon in einen Aschenbecher fallen. Die Ringe klirrten auf dem Kristallglas und bei diesem Geräusch riß sie die Augen auf. »Ich weiß nicht, wovon du sprichst.«

»Großmutter...«, überdeutlich sprach ich das Wort aus. Danach zitterte sie und wurde totenbleich. »War Tony der Grund, daß meine Mutter aus diesem Haus floh?« fragte ich.

Ihre kornblumenblauen Augen, die den meinen so sehr ähnelten, wurden riesig, ihr Blick starr und leer. Es war, als würde das spinnwebenartige Netz, das den Verstand zusammenhielt, zerreißen. Etwas zerbrach hinter ihren Augen, und ihre Hände bewegten sich nervös zuckend zum Gesicht. Die Handflächen preßte sie fest an beide Wangen, so fest, daß sich die Lippen öffneten. Und dann kamen Schreie, fürchterliche, stumme Schreie, die ihr Gesicht zermarterten – und plötzlich war Tony da und brüllte mich an!

»Sag bloß keinen Ton mehr!« Er ging auf Jillian zu und nahm sie in die Arme. »Geh in dein Zimmer, Heaven, und bleib dort bis ich komme, um mit dir zu reden.« Dann trug er Jillian in ihr Schlafzimmer, und ich sah, wie er sie sorgfältig auf ihre elfenbeinfarbige Tagesdecke legte. Erst dann fand ihre stumme Qual eine Stimme.

Immer und immer wieder schrie sie hysterisch, die Lautstärke nahm zu und wieder ab. Sie schrie, bis sie sich aufbäumte und wild mit den Armen um sich schlug. Ich aber stand da und war wie gelähmt von dem, was ich heraufbeschworen hatte. Ich beobachtete, wie das jugendliche Äußere von ihrem Gesicht abblätterte, als ob sie die ganze Zeit eine Maske getragen hätte. Über meine Tat betroffen, wandte ich mich ab. Kummer überwältigte mich, weil ich etwas zerstört hatte, das so sorgsam gehütet worden war.

In meinen Räumen ging ich dann auf und ab. Außer Troy und seinem Wohlergehen war mir alles andere egal. Gelegentlich schweiften die Gedanken noch zu Jillian. Dann klopfte Tony an die Tür und kam, ohne meine Antwort abzuwarten, herein. Er bemerkte, daß ich gerade meine Koffer packte. Daraufhin zuckte er zusammen. »Jill ist jetzt eingeschlafen«, informierte er mich. »Ich mußte sie zwingen, ein paar Beruhigungstabletten zu schlucken.«

»Kommt sie denn wieder in Ordnung«, fragte ich besorgt.

»Nein, Jill wird nie ›in Ordnung‹ sein, und sie *war's* auch nicht seit dem Tag, als deine Mutter fortlief. Immer hatte sie sich geweigert, mit mir über diesen letzten Tag zu sprechen... Erst jetzt habe ich alle Puzzleteile beisammen.«

Rasch setzte ich mich und beugte mich gespannt vor, denn das Schlimmste hatte ich ja schon gehört – dachte ich wenigstens. Aber ich war immer noch ein Unschuldslamm und mit der Vielschichtigkeit der menschlichen Natur nicht vertraut. Ich hatte keine Ahnung von den abwegigen Methoden, mit denen sie sich ihre Selbstachtung sicherte, auch wenn einiges gar nicht mehr gerettet werden konnte.

Er senkte die Augen, als ob er sich jetzt, da es zu spät war, schämen würde. Dann begann er: »In dem besagten Jahr war ich nach Deutschland zu Gesprächen mit einem Fabrikanten geflogen, der für uns mechanische Kleinteile produziert.«

»In der jetzigen Situation interessieren mich deine Spielsachen überhaupt nicht«, fuhr ich dazwischen.

Da hob er kurz die Augen. »Tut mir leid, daß ich abschweife, aber ich wollte dir zu verstehen geben, warum ich fort war. Jedenfalls hatte deine Mutter unzählige Male mit Jillian zu reden versucht. Sie wollte ihr meine schamlosen Annäherungsversuche klar machen. Und an dem erwähnten Tag schrie sie es Jillian, die keine Lust zum Zuhören hatte, direkt ins Gesicht. Eine ihrer Perioden war ausgeblieben. ›Heißt das, ich bin schwanger, Mutter, heißt es das?‹ Jillian wirbelte herum und ging auf sie los. Sie weigerte sich irgend etwas davon zu glauben. ›Du dreckige, kleine Hure‹, schrie sie. ›Weshalb sollte ein Mann wie Tony ein Mädchen wie dich wollen, wenn er doch mich hat? Solltest du dir das einbilden, dann jage ich dich fort!‹

›Keine Sorge‹, flüsterte Leigh mit totenblassem Gesicht, ›ich werde abhauen und du wirst mich nie wiedersehen! Sollte ich aber schwanger sein, dann bin ich diejenige mit dem Tatterton-Erben.‹«

Diese Worte trafen mich unvorbereitet. »Wie hast du das herausgefunden? Wie?«

Tony verschränkte die Arme, seine Antwort kam gequält. »Schon vor langer Zeit wußte ich, daß Jillian auf Leighs gutes Aussehen neidisch war. Sie brauchte nämlich kein Make-up oder andere Verschönerungen... Aber erst nach ihrem Zusammenbruch vor ein paar Minuten hat sie mir die Wahrheit ins Gesicht geschrien. Leigh war schwanger, als sie hier fortging. Die Unfähigkeit ihrer eigenen Mutter, zu verstehen und zu helfen, hat sie fortgetrieben. Aber mit meiner Liebe zu Leigh habe ich nicht nur sie zerstört, sondern auch meinen Bruder.«

Lange saß ich so da, die Wucht der ganzen Enthüllungen machte mich schwindelig. Ich war also nicht Pas Tochter, keine lumpige Casteel, keine Tochter aus den Bergen. Aber was würde mir das jetzt noch nützen, jetzt, da Troy weg war?

18. KAPITEL
Zeit vergeht

Troy war fort. Ich wartete täglich auf einen Brief von ihm. Niemals ist einer gekommen. Jeden Tag ging ich durchs Labyrinth zu seiner Hütte in der absurden Hoffnung, er wäre zurück und wir könnten wenigstens enge Freunde werden. Die Hütte und ihr schöner Garten sahen allmählich vernachlässigt aus, deshalb schickte ich die Gärtner von Farthy zum Aufräumen hinüber. Eines Tages, Jillian schlief immer noch oben, erzählte mir Tony beim Frühstück, er habe Nachricht von einem seiner Geschäftsführer erhalten. Demnach besichtigte Troy der Reihe nach jede Fabrik in Europa. »Das ist ein gutes Zeichen.« Tony versuchte sich zu einem Lächeln durchzuringen. »Solange er sich in der Welt umsieht, heißt das wenigstens, er liegt nicht irgendwo in einem Bett und wartet auf den Tod.« Irgendwie waren Tony und ich Verbündete in einer gemeinsamen Sache: Troy wieder nach Hause zu bringen und ihm beim Überleben zu helfen. Tony hatte meiner Mutter etwas Schreckliches angetan, egal ob sie ihn dazu getrieben hatte oder nicht. Trotzdem wurde diese Tatsache täglich unwichtiger, während ich mit dem Collegealltag kämpfte und derart intensiv lernte, daß ich manchmal völlig erschöpft ins Bett fiel. In diesem Punkt war Tony eine große Unterstützung, denn er half mir über schulische Hürden, die ich allein nicht genommen hätte.

Jillian war nur noch ein Schatten ihres früheren Ichs. Die volle Wahrheit über ihre Tochter war aus dem Sarg ans Licht gebracht worden, und das ließ Jillian in der Versenkung verschwinden. Sie hatte so gern an Partys und karitativen Veranstaltungen teilgenommen, aber das war jetzt unwichtig. Ihre Selbsttäuschung fesselte sie ans Bett, deshalb war es ihr auch egal, wie sie aussah. Unentwegt schrie sie, Leigh solle zurückkommen und ihr verzeihen, daß sie ihr nicht zugehört, sie nicht verstanden und sich nicht um sie gekümmert habe. Aber für Leigh war natürlich jede Rückkehr zu spät.

Trotzdem, das Leben ging weiter. Ich kaufte wieder neue Kleider ein und schrieb an Tom und Fanny. Jedesmal legte ich für beide einen Scheck dazu. An einem kalten Novembertag – es wollte gerade wieder schneien – kam ein Brief von Fanny:

Liebe Heaven,
Dein Egoismus hat mich dazu gezwungen, meinen reichen, alten Knacker Mallory zu heiraten. Jetzt brauch' ich Dein stinkiges altes Taschengeld nicht mehr. Mallory hat 'n großes Haus, so hübsch wie eines aus den irren Wohnungs-Illustrierten. Er hat auch noch 'ne verrückte, gemeine alte Ma mitgebracht, die mir 'n Tod an Hals wünscht. Macht mir aber nix aus. Der alte Fischkopf wird eh jeden Tag abkratzen, also juckt's mich auch nich, dasse mich nich leiden kann. Mallory versucht mir beizubringen, mich wie 'ne Lady zu benehmen und auch so zu reden.

Ich würd' ja meine Zeit nich mit so was Albernem verplempern, wenn ich nicht sicher wär', eines Tages noch mal Logan Stonewall unter die Augen zu laufen. Und wenn ich dann fein sprechen und mich benehmen kann, verliebt er sich vielleicht doch noch in mich. Ich wollt ja schon immer, daß er mich mag. Wenn er erst mal mir gehört, dann kannst Du ihn in Wind schreiben, für immer.

                         Deine Dich liebende Schwester Fanny

Fannys Brief verwirrte mich. Sie hatte sich immer schadlos gehalten und alle männlichen Wesen mehr oder weniger wie Maschinen behandelt. Wer hätte je geglaubt, daß gerade Fanny sich so in Logan verlieben würde. Dabei war er derjenige gewesen, der sie am meisten verachtet hatte.

Fanny schrieb nur einen einzigen Brief, Tom dafür viele:

Ich habe das Paket mit Geldscheinen gefunden, daß Du Großpapa gegeben hast. Sag mal ehrlich, Heaven, warst Du denn noch bei Sinnen? Er hat's in seine Schnitzschachtel unter sein ganzes Holz gelegt. Ist schon ein erbärmlicher alter Quengler und will immer gerade das, was er nicht hat. Wenn er dann hier ist, jammert er nach seinen Bergen, wo Annie leben möchte. Und sobald er ungefähr zwei Wochen in den Bergen ist, dann will er bei seinen »Kinnern« sein. Ich denke, er fühlt sich dort oben einsam, wenn nur morgens die alte Frau kommt und für den ganzen Tag Essen herrichtet. Gott, Heavenly, was soll man bloß mit so jemandem machen?

Ohne Troy wurde Farthy nur noch zu einem Platz fürs Wochenende. Mit Tony sprach ich so wenig wie möglich, aber trotzdem tat er mir manchmal leid, wenn er so einsam durch die leeren Hallen seines riesigen Hauses schlenderte. Ich machte weiter mit meinem Vorhaben und erinnerte mich selbst täglich daran, daß ich mit einem bestimmten Ziel nach Boston gekommen war. Darauf konzentrierte ich mich jetzt, in dem Glauben, irgendwann einmal das Glück zu finden, das mir zustand.

Die Jahre gingen schnell vorbei, und nur in großen Abständen schrieb Troy nach Hause, und dann immer nur an Tony. Lange Zeit waren Kummer und Unglücklichsein für mich reserviert. Aber dann scheint die Sonne wieder, der Wind geht, und der Regen macht das Gras frisch. Man beobachtet, wie die Blumen, die man im Herbst gepflanzt hat, aufgehen, und ganz allmählich ist man nicht mehr so traurig und unglücklich. Ich hatte jetzt meinen eigenen Traum, meine Zeit am College. Einen sehr stillen, unaufdringlichen, aber nett aussehenden jungen Mann nahm ich zu einer Begegnung mit Tony nach Hause. Ja, der Sohn eines Senators war ideal, auch wenn er mich ziemlich langweilte. Ein, zweimal sah ich Logan in der Nähe der Universität, wir lächelten uns zu und wechselten ein Paar Worte, und ich fragte ihn, ob er etwas von Tom gehört habe. Aber Logan bat mich nie um ein Treffen.

Jillian tat mir leid, deshalb gewöhnte ich mir an, sie so oft zu besuchen, wie es mein hektischer Tagesablauf zuließ. Ich fing an, sie »Großmutter« zu nennen, aber offensichtlich nahm sie es nicht zur Kenntnis. Allein das genügte, um mir klarzumachen, daß sich in ihr etwas drastisch verändert hatte.

Ich bürstete und legte ihr die Haare und erledigte viele Kleinigkeiten für sie, aber auch dies registrierte sie nicht. Und immer saß, so unauffällig wie möglich, eine Pflegerin in der Ecke. Tony hatte sie angestellt, um darauf zu achten, daß sich Jillian nichts antat.

Oft dachte ich daran, Großpapa zu besuchen, der öfters zwischen Georgia und den Willies hin- und herpendelte. Aber es war noch immer bedrohlich für mich, daß Pa bei ihm sein würde. Denn ich war noch nicht fähig dazu, ihm gegenüberzutreten. Wenn ich an Stacie dachte, fiel mir immer der nette kleine Drake ein. Ihm schickte ich alle möglichen tollen Geschenke. Innerhalb weniger Tage schrieb mir dann Stacie einen Brief und bedankte sich, daß ich an Drake gedacht hatte. Denn der glaubte, er wäre ein besonderer Glückspilz, weil er das ganze Jahr über Spielzeug bekam und nicht bis Weihnachten warten mußte.

»Du könntest mir bei Tatterton Toys sehr helfen«, sagte Tony immer wieder. »Das heißt, falls du deine ehrgeizige Absicht, eine zweite Miss Marianne Deale zu werden, aufgegeben hast.« Unverwandt sah er mich an. »Für mich wäre es wunderbar, wenn du deinen Familiennamen offiziell in Tatterton ändern würdest.«

Merkwürdig, wie ich das aufnahm. Ich war nie stolz darauf gewesen, eine Casteel zu sein. Aber trotzdem wollte ich als eine Casteel mit einem Abschlußzeugnis vom College nach Winnerow zurückkehren. Ich wollte ihnen beweisen, daß wenigstens ein lumpiger Casteel nicht so dumm gewesen war, um wie alle anderen im Gefängnis zu enden. Während ich über Tonys Vorschlag nachdachte, wurde mir klar, daß ich momentan eigentlich nicht wußte, was ich für mich selbst vorhatte. Ich war dabei, mich in jeder Hinsicht zu verändern, ganz allmählich. Aber wenn ich träumte, dann träumte ich von Troy. Troy, der irgendwo war, mich brauchte und immer noch liebte. Und am Morgen erwachte ich dann mit Tränen auf dem Gesicht. Wenn ich nur aufhören könnte, mich um Troy zu quälen, würde ich sicher fähig sein, das Leben in gewisser Weise zu akzeptieren. Und dann bereitete mir Tony eines schönen Tages eine tolle Überraschung.

Es war am vierten Juli, und ich hatte noch ein Jahr College vor mir. »Wir machen ein fabelhaftes Picknick am Swimmingpool, zusammen mit ein paar Gästen fürs Wochenende, über die du dich vermutlich riesig freuen wirst. Jillian wirkt ein bißchen besser, also wird sie auch dabei sein – neben anderen besonderen Gästen.«

»Wer sind diese besonderen Gäste?«

»Du wirst erfreut sein«, versicherte er mir mit einem geheimnisvollen Lächeln.

Zwanzig und mehr Gäste saßen rund um den Pool, als ich aus meinem Zimmer herunterkam. Zuerst ging ich zu Jillian, um sie auf die Wange zu küssen. Etwas verwirrt lächelte sie mich an. »Was feiern wir denn, Heaven?« fragte sie und starrte dabei alte Freunde wie Wildfremde an.

In einem anderen Teil der Terrasse erblickte ich Tony; er stand dort im Gespräch mit einer ziemlich dicken, kleinen Frau und mit deren noch dickeren Mann. Irgendwie kamen sie mir überaus vertraut vor, und mein Herz fing nervös zu klopfen an. O nein, nein. Er könnte doch nicht einfach so eine Versöhnung inszenieren, ohne mich vorzuwarnen.

Und doch hatte er es getan.

Hier auf Farthinggale Manor, in meiner unmittelbaren Umgebung, hielten sich Rita und Lester Rawlings aus Chevy Chase auf... Aber dann mußten ja Keith und Unsere-Jane ebenfalls da sein. Mein Herz schlug Purzelbäume. Intensiv sah ich mich nach den beiden jüngsten Casteels um. Bald bemerkte ich Unsere-Jane und Keith, die sich ein wenig von den anderen Kindern abgesondert hatten. Dann zog Unsere-Jane ihren Bademantel aus, schleuderte die Gummisandalen fort und lief auf den Pool zu, dicht gefolgt von Keith. Mit großem Erstaunen registrierte ich, wie ausgezeichnet sie schwimmen und tauchen konnten. Außerdem besaßen sie die Gabe, sich mit Fremden rasch anzufreunden.

»Heaven!« rief Tony quer über die Terrasse. »Komm, wir haben besondere Gäste, die du eigentlich schon kennen müßtest.« Vorsichtig ging ich auf Lester Rawlings und seine Frau zu, denn in mir tauchten noch immer Erinnerungen an den schrecklichen Weihnachtsabend damals in den Willies auf. Außerdem nagten an mir Schuldgefühle und Erinnerungen aus jüngster Zeit, und das machte mich nervös. Denn damals, in Chevy Chase, hatte ich mein Versprechen nicht gehalten. Und dann war da noch die Art und Weise, wie mich die beiden Jüngsten verleugnet hatten – das tat noch immer weh.

Sofort breitete Rita Rawlings die Arme aus und umarmte mich mütterlich. »Ach, meine Liebe, es tut mir so leid, wie sich die Situation beim letzten Mal entwickelt hat. Lester und ich fürchteten uns wahnsinnig davor, daß dein Anblick unsere Lieblinge zurückwerfen und sie wieder Alpträume und Schreikrämpfe bekommen würden. Sie haben sich auch so leicht verändert, ohne daß sie dich an diesem Sonntag gesehen hatten. Sie wirkten nicht mehr so glücklich und zufrieden mit ihrem Leben bei uns. Hättest du uns doch bloß erzählt, daß sich deine Lebensumstände geändert haben. Wir dachten nämlich, du kämst, um unsere Kinder mit zurück in die Berge und in diese fürchterliche Hütte zu nehmen. Aber Mr. Tatterton hat bereits alles geklärt.«

Alle Leute um mich herum fühlten sich wohl, sprangen in den Pool und kletterten wieder heraus. Überall reichten Diener Tabletts mit Essen und Getränken herum... Dann sah ich plötzlich einem der nettesten Teenager in die Augen. Unsere-Jane stand nur ein paar Zentimeter von mir entfernt, ihre türkisen Augen baten mich um Verzeihung. Sie war jetzt dreizehn, ihre rotblonden Haare zogen sich wie Flammen um das schmale, ovale Gesicht. Ganz dicht bei ihr stand Keith, knapp ein Jahr älter. Er war ein gutes Stück größer und hatte kräftige, bernsteinfarbene Haare. Aber auch er starrte mich nur zitternd an. Offensichtlich fürchteten sie sich vor mir, aber nicht so, wie damals, als ich ihnen in ihrem eigenen Haus näher gekommen war. Jetzt fürchteten sie anscheinend, ich könnte sie dafür hassen.

Ich konnte nichts sagen, sondern breitete nur die Arme mit einem Lächeln aus. Mein Herz klopfte wie wild. Sie zögerten, sahen einander an, und dann rannten beide los und kuschelten sich in meine Umarmung.

»Ach, Hev-lee, Hev-lee«, schluchzte Unsere-Jane. »Bitte, hasse uns doch nicht für unser Verhalten! Es tat uns leid, daß wir dich vertrieben haben, schon in dem Moment, als wir dein tieftrauriges, enttäuschtes Gesicht sahen.« Sie preßte ihr Gesicht gegen meine Brust und fing tatsächlich zu weinen an. »Wir haben doch nicht dich abweisen wollen, sondern nur die Hütte, den Hunger und die Kälte. Wir glaubten, du würdest uns wieder dorthin nehmen und wir hätten keine Mammi und keinen Daddy mehr, die uns so gern haben.«

»Ich verstehe es ja«, beruhigte ich sie und küßte sie. Dann umarmte ich Keith innig. Und in dem Moment fing ich zu weinen an. Denn endlich, endlich, hielt ich wieder meine beiden Kleinen in den Armen. Und sie sahen mich genauso liebevoll und bewundernd an wie früher.

Aus der Ferne hörte ich die Stimmen von Rita und Lester Rawlings. Sie saßen unter einem grün-weiß-gestreiften Sonnenschirm, genossen kalte Drinks und erzählten Tony von dem wunderbar teilnahmsvollen Brief, den sie vor ungefähr zwei Wochen erhalten hatten: »Mr. Tatterton, es war ein Brief von ihrem Bruder Troy. Er wollte einige Fäden wieder zusammenknüpfen: Als wir den Brief zu Ende gelesen hatten, hatten wir beide feuchte Augen. Er hat uns keine Vorwürfe deswegen gemacht, weil wir etwas Schreckliches verbrochen hatten. Er hat sich nur bei uns bedankt, daß wir uns so liebevoll um Heavens jüngere Geschwister gekümmert hatten. Sie würde beide doch so sehr lieben. Deshalb mußten wir einfach mit Ihnen Kontakt aufnehmen, unbedingt, denn wir haben einen Fehler gemacht, als wir Geschwister zu trennen versuchten. Dieser Brief hat alles geklärt, auch Heavens jetzige Lebensumstände.«

Troy hatte das mir zuliebe getan! Troy dachte noch immer an mich und tat sein Möglichstes für mein Glück! Ich mußte unbedingt diesen Brief haben, und sei's auch nur als Kopie. »Natürlich, selbstverständlich«, versicherte Rita Rawlings. »Er war so wunderbar formuliert, daß ich ihn sowieso für immer aufgehoben hätte: Aber du, meine Liebe, kannst das Original haben, ich behalte dann die Kopie.«

19. KAPITEL
Träume werden wahr

Im selben Jahr, in dem ich zweiundzwanzig wurde, erhielt ich meine Abschlußurkunde. Es war ein wunderschöner Tag Ende Juni, und Tony und Jillian waren auch dabei. Trotzdem musterte ich den ganzen Zuschauerraum in der Hoffnung, Troy zu finden, aber er war nicht da. Die ganze Zeit hatte ich gehofft und gebetet, er würde dabeisein und klatschen. Statt dessen sah ich Jane und Keith mit ihren Eltern, die in der Nähe von Jillian und Tony saßen. Nur Tom war nicht dabei, und auch Fanny nicht, obwohl ich beiden eine Einladung geschickt hatte.

»Sei schlau und halte Fanny nach Möglichkeit aus deinem Leben heraus«, hatte mich Tom in seinem letzten Brief gewarnt. »Ich würde unbedingt kommen, wenn ich könnte, aber ich bin bis zu den Ohren mit meinem eigenen Examen zugedeckt und muß auch Pa noch helfen. Verzeih mir und denk daran, daß ich in Gedanken bei dir bin.«

Nach der Examensparty fuhren wir nach Farthinggale Manor zurück. Vor dem Haupteingang stand ein weißer Jaguar, den Tony extra für mich hatte ausstatten lassen. »Der ist für den Tag gedacht, an dem du nach Winnerow zurückfährst. Wenn man sich schon nicht von deiner Kleidung und deinem Schmuck beeindrucken läßt, dann tut's ganz sicher dieser Wagen.«

Es war ein Super-Auto, genau wie auch meine anderen Geschenke zum Examen. Jetzt war ich kein Student mehr und hatte so viel Zeit, aber seltsamerweise wußte ich jetzt nichts Richtiges mehr mit mir anzufangen. Ich hatte mein Ziel erreicht. Wenn ich wollte, konnte ich nun eine zweite Miss Marianne Deale werden – aber jetzt war ich mir nicht mehr sicher, ob ich das wollte. Mit dem Sommer wuchs auch meine Unruhe, die mich nicht mehr schlafen ließ und mich ziemlich ungenießbar machte. »Fahr doch alleine weg«, riet Tony. »Ich habe das immer in deinem Alter gemacht, wenn ich mit mir selbst nicht mehr ins reine kam.«

Also fuhr ich die Küste entlang bis nach Maine hinauf und blieb dort zehn Tage in einem Fischerdorf. Aber auch das brachte mich nicht zur Ruhe. Irgend etwas mußte ich tun, irgend etwas wichtiges.

Ich kam aus meinem Urlaub zurück und fuhr wieder einmal unter den verzierten Toren von Farthinggale Manor durch. Aber diesmal kam ich wieder als Fremde, mit neuen Augen, zu der langen, gewundenen Straße, die zu dem riesigen Haus voller Zauber führte.

Es war noch immer dasselbe, eindrucksvoll, beängstigend und schön. Trotz aller Veränderungen, die ich bemerkte, hätte ich wieder sechzehn sein können. Irgendeine innere Stimme flüsterte mir zu, Troy könnte hier sein. Tony hatte ja erwähnt, daß er nicht ewig wegbleiben könne.

Mein Herz schlug schneller, mein Inneres schien aufzuwachen und sich zu strecken. Dann atmete es tief ein und spürte wieder die Liebe, die es in diesem Haus gefunden hatte. Irgendwo ganz nahe konnte ich Troy förmlich sehen, fühlen und spüren. Lange Augenblicke saß ich nur da und atmete tief die besondere, nach Blumen duftende Luft von Farthinggale Manor ein. Dann stieg ich aus und ging auf die hohe Säulenhalle zu. Curtis antwortete auf mein stürmisches Klingeln, bei meinem Anblick lächelte er warm. »Es tut so gut, Sie wiederzusehen, Miss Heaven«, sagte er mit seiner tiefen, kultivierten Stimme. »Mr. Tatterton geht am Strand spazieren, aber ihre Großmutter ist in ihrer Suite.«

Jillian lebte zurückgezogen in ihren Räumen. Im Schneidersitz saß sie auf ihrem elfenbeinfarbenen Sofa. Sie trug eines ihrer lose sitzenden, gleichfarbigen Negligés, das mit lachsrosa Spitze besetzt war. So hatte ich sie schon oft sitzen sehen, als sie mit sich selbst noch glücklich war.

Bei meinem Eintreten schien sie das Türgeräusch aus einer tiefen Meditation zu wecken. Als Jillian mich ziemlich verängstigt anstarrte, versuchte ich zu lächeln. Sollte ich sie durch mein Erscheinen schockiert haben, so war ich's durch ihr Äußeres noch mehr.

Ihr Teint glich zersprungenem Porzellan und war unnatürlich weiß. Ihr zielloser Blick verwirrte mich ebenso wie die Art, in der sie ihre blassen Hände drehte und wie ihr die Haare dreckig und ungepflegt ins Gesicht hingen.

Ich drehte mich um, damit sie meinen Abscheu nicht bemerken konnte. Erst dann entdeckte ich in einer entfernten Ecke eine Frau in der weißen Uniform einer Pflegerin, die an einer Spitzenarbeit häkelte. Sie sah auf und lächelte mir zu. »Ich heiße Martha Goodman«, informierte sie mich. »Ich freue mich sehr, Sie kennenzulernen, Miss Casteel. Mr. Tatterton hat mir erzählt, man würde Sie täglich zurückerwarten.«

»Wo ist Mr. Tatterton?«

»Nun, er ist draußen und geht am Strand spazieren«, war die leise Antwort, als ob sie Jillian nicht auf ihre Anwesenheit im Zimmer aufmerksam machen wollte. Sie stand auf, zeigte in die Richtung, und ich drehte mich um, um fortzugehen.

Da sprang Jillian in die Höhe und fing an, sich mit nackten Füßen immer weiter im Kreis zu drehen. »Leigh«, plapperte sie wie ein Kind, »sag Cleave einen Gruß von mir, wenn du ihn das nächste Mal siehst! Sag ihm, manchmal tut es mir leid, daß ich ihn wegen Tony verlassen habe. Tony liebt mich nicht, niemand hat mich je geliebt, jedenfalls nicht genug, nicht einmal du. Du liebst Cleave mehr, du hast es immer getan... Aber mir ist das egal, völlig egal. Du bist ganz wie er, von mir hast du nur dein Aussehen. Leigh, warum starrst du mich so an? Warum mußt du nur immer alles so verdammt ernst nehmen?« Rückwärts verließ ich das Zimmer, ihr verrücktes Gelächter folgte mir und brachte die Luft zum Zittern.

Als ich endlich die Tür erreicht hatte, konnte ich nicht widerstehen, doch nochmal einen Blick auf sie zu werfen: Das Bogenfenster rahmte sie ein, Sonnenschein strömte durch ihre Haare und ließ ihre schlanke Figur als Silhouette durch den durchsichtigen Stoff ihres langen, losen Kleides scheinen. Sie war alt, aber paradoxerweise wirkte sie auch irgendwie jung, sie war schön und zugleich grotesk, aber vor allem war sie verrückt und deshalb bemitleidenswert. Ich ging mit dem Bewußtsein weg, daß ich sie nie wieder sehen wollte.

Dann schlenderte ich an der felsigen Küste entlang. Troy hatte hier nie neben mir gehen wollen, so sehr fürchtete er das Meer und seine Vorzeichen. Hier lagen Felsen und Steine, die mich überragten, und ein Spaziergang war nicht einfach. Kieselsteine fielen mir in die Schuhe, so daß ich sie bald auszog. Dann rannte ich los, um Tony einzuholen. Ich hatte vor, nur etwa eine Stunde lang zu bleiben, denn jetzt hatte ich ein Ziel im Kopf.

Die Küste machte eine Biegung und als ich daran vorbei war, stieß ich überraschend auf Tony. Er stand auf einem hohen Felsen und starrte aufs Meer. Es war ziemlich anstrengend hinaufzuklettern, doch dann stand ich neben ihm und erzählte von meinen Plänen. »Du willst also nach Winnerow zurück«, erwiderte er dumpf, ohne den Kopf zu drehen. »Ich habe es immer gewußt, du würdest in diese gottverlassenen Berge zurückgehen. Eigentlich solltest du sie ja so sehr hassen, daß du sie nicht wiedersehen möchtest.«

»Sie sind ein Teil von mir«, gab ich zur Antwort, während ich mir den Schmutz von Füßen und Beinen putzte. »Ich hatte immer vor, zurückzugehen und dort zu unterrichten, in derselben Schule, in der Miss Deale Tom und mich immer unterrichtete. Es gibt nicht viele Lehrer, die diese arme Gegend mögen, deshalb wird man mich nehmen. Außerdem habe ich Gelegenheit, die Tradition fortzusetzen, die Miss Deale eingeführt hatte. Mein Großpapa Toby wartet darauf, daß ich bei ihm wohne, solange ich dort als Lehrerin bin. Und solltest du mich dann immer noch sehen wollen, werde ich eben einige Zeit bei dir verbringen. Nur Jillian möchte ich nie mehr wiedersehen, nie wieder.«

»Heaven«, setzte Tony an, verstummte aber wieder und starrte mich nur noch an. In seinen Augen stand großer Schmerz. Ich versuchte das Mitleid zu ignorieren, das in mir aufstieg, als ich die dunklen Schatten unter seinen Augen bemerkte. Er war dünner geworden und gar nicht mehr elegant gekleidet. Früher hatten seine Hosen immer messerscharfe Bügelfalten, jetzt überhaupt keine mehr. Es war deutlich zu sehen, daß die besten Jahre von Townsend Anthony Tatterton hinter ihm lagen.

Er seufzte, ehe er mich fragte. »Hast du denn nichts darüber in der Zeitung gelesen?«

»Worüber denn?«

Wieder ein langer, tiefer Seufzer, während er noch immer aufs Meer hinausstarrte. »Wie du ja weißt, hat sich Troy in der Welt herumgetrieben. Dann kam er letzte Woche nach Hause. Anscheinend wußte er, daß du nicht da warst.«

Mein Herz machte einen Sprung. »Er ist hier? Troy ist hier?« Ich sollte ihn also wiedersehen! Ach Troy, Troy!

Tonys Lächeln wirkte verzerrt, ein Lächeln, das mir das Herz umdrehte.

Er zog die Schultern hoch. Indem er noch immer hinausstarrte, zwang er mich dazu, nach dem zu suchen, was er beobachtete.

Mit ziemlicher Mühe entdeckte ich einen Blumenkranz, der weit draußen im Ozean mit den Wellen auf und abschaukelte. Er war nur noch ein winziger, leuchtender Fleck. Das Meer, immer das Meer hatte Troy gejagt. Wieder schlug mein Herz schneller, und plötzlich begann etwas, schwer auf mir zu lasten.

Gemeinsam mit dem kühlen Wind, der immer vom Meer her wehte, seufzte auch Tony schwer. »Troy kam sehr deprimiert nach Hause. Er freute sich zwar über die Neuigkeit, daß du wieder mit Jane und Keith in Verbindung bist, aber er näherte sich seinem achtundzwanzigsten Geburtstag. Geburtstage hatten ihn schon immer deprimiert, denn er war fest davon überzeugt – ganz ohne Theater –, sein Dreißigster würde auch sein letzter Tag sein. ›Hoffentlich ist's keine qualvolle Krankheit‹, sagte er manchmal, als ob ihn das mehr als alles andere beunruhigen würde. ›Ich fürchte mich zwar nicht vor dem Sterben, nur der Weg dorthin macht mir Angst, denn manchmal kann er schrecklich lang sein.‹ Ich hielt ihm vor, daß er noch zwei weitere Jahre habe, falls seine Vorahnung wahr wäre, und wenn nicht, dann könnte er fünfzig, sechzig oder siebzig werden. Ich hielt mich ständig in seiner Nähe auf, weil ich fürchtete, daß etwas passieren könnte. Wir saßen immer in seinen Räumen, sprachen über dich und wie stark du warst, als du dich um deine Geschwister gekümmert hast, nachdem deine Stiefmutter und dein... dein Vater fortgelaufen waren. Er erzählte mir auch, in den vergangenen Semestern habe er ab und zu dein College besucht und sich auf dem Gelände versteckt, nur um dich sehen zu können.«

Wieder wandte er den Blick ab und schaute aufs Meer. Inzwischen war der Kranz verschwunden. Ich war tief verwundet.

»Ich erzähle dir meine Geschichte, weil ich weiß, daß du ihn immer noch liebst. Bitte, verzeih mir, Heaven. Ich wollte Troy von diesem gefürchteten Geburtstag ablenken und plante deshalb eine Party, die übers ganze Wochenende dauern sollte. Jeden ließ ich hoch und heilig versprechen, ihn nicht eine Sekunde allein zu lassen. Es war auch ein Mädchen da, mit dem er sich ein-, zweimal getroffen hatte. Sie hatte inzwischen geheiratet und war wieder geschieden. Ich dachte, so ein lachendes, fröhliches Ding könnte seine Stimmung heben und ihm vielleicht dabei helfen, nicht mehr über dich nachzugrübeln. Sie wußte jede Menge Klatschgeschichten: Welche berühmten Leute sie getroffen hatte, welche Kleider sie einkaufte und daß sie sich ein riesiges Haus auf ihrer eigenen Südseeinsel bauen wollte... wenn sie erst den richtigen Mann fürs Leben gefunden hätte. Und dieses Mädchen kümmerte sich dann um Troy, der sie aber anscheinend völlig links liegen ließ. Keine Frau kann es ausstehen, so abgeschoben zu werden, und das war auch der Punkt, an dem bei ihr der Spaß aufhörte. Sie wurde spöttisch und benahm sich häßlich. Zuletzt hielt Troy ihre Sticheleien nicht mehr länger aus, er sprang auf und verließ das Haus. Ich beobachtete, wie er auf die Ställe zuging und wollte ihn daran hindern. Wenn mir nicht dieses idiotische Mädchen nach draußen nachgelaufen wäre, hätte ich ihn noch spielend rechtzeitig erreicht, um ihn an seinem Vorhaben zu hindern. Aber sie packte meine Hand und spottete, ich sei wohl der Hüter meines Bruders.

Als ich mich endlich losreißen konnte, hatte Troy schon Abdulla Bar gesattelt, zumindest berichtete der Stalljunge so. Troy galoppierte durchs Labyrinth, immer und immer wieder. Das Labyrinth ist kein guter Platz für ein sensibles Pferd, und nach kurzem brach es auch durch die äußerste Hecke. Die Windungen und Kurven des Labyrinths, das es noch nie vorher gesehen hatte, machten es verrückt – das Pferd raste auf die Küste zu!«

»Abdulla Bar...« wiederholte ich diesen Namen, den ich damals fast schon vergessen hatte.

»Ja, Jills Lieblingshengst, den außer ihr keiner reiten konnte. Ich sattelte mein eigenes Pferd und ritt los, um ihn einzuholen, aber an der Küste ging ein stürmischer Wind. Ungefähr dreißig Meter vor mir flog ein Stück Abfall gegen Abdullas Schädel. Er bäumte sich auf, wieherte zu Tode erschrocken und galoppierte geradewegs in den Ozean! Es war absurd, wie ich da auf meinem Pferd saß, das sich weigerte, gegen den Wind anzulaufen, und zusehen mußte, wie mein Bruder darum kämpfte, das verrückte Pferd zum Strand zurückzubringen! Die untergehende Sonne stand tief am Horizont hinter uns... das Meer färbte sich blutrot... und dann waren Roß und Reiter beide verschwunden.«

Nervös bewegten sich meine Hände zur Stirn und blieben dort. »Troy? O nein, Troy!«

»Wir verständigten die Küstenwache, und alle Männer auf der Party bestiegen die Boote, die ich habe. Dann suchten wir nach ihm. Abdulla Bar schwamm mit leerem Sattel ans Ufer zurück und schließlich fand man, gegen Morgen, Troys Leichnam. Er war ertrunken.«

Nein! Nein! Das konnte nicht wahr sein.

Tony legte seinen Arm um meine Schulter und drückte mich an seine Seite. Dann fuhr er fort: »Verzweifelt versuchte ich, deinen Aufenthaltsort in Maine herauszufinden, hatte aber kein Glück. Jeden Tag habe ich meine eigene kleine Gedenkfeier für ihn abgehalten und darauf gewartet, daß du zurückkommst und dich auf deine Art von ihm verabschiedest.«

Ich dachte, ich hätte bereits alle Tränen um meine Liebe zu Troy vergossen. Aber als ich hier stand und aufs Meer hinaussah, wußte ich trotz allem, daß ich mein Leben lang noch viel mehr um ihn weinen würde.

Die Zeit verging, während ich neben Tony stand und darauf wartete, daß der schwimmende Kranz wieder auftauchte. Ach, Troy, Jahre hätten wir miteinander verbringen können! Fast vier Jahre, die dir einen guten Teil von Leben, Liebe und Normalität gegeben hätten! Vielleicht hättest du dann auch das Leben so liebgewonnen, um zu bleiben!

Ich war jetzt wie betäubt und blind vor Tränen, die ich Tony nicht zeigen wollte. Auf unserem Rückweg zum Haupthaus verabschiedete ich mich rasch von ihm, obwohl er sich an meine Hände klammerte und mich zu dem Versprechen zwingen wollte, ich würde wiederkommen.

»Bitte, Heaven, bitte! Du bist meine Tochter, meine einzige Erbin, denn Troy ist tot. Ich brauche einen Erben, der meinem Leben Sinn und Zweck gibt! Wozu wäre denn sonst alles gut, was wir in Jahrhunderten angesammelt haben? Geh nicht, auch Troy würde wünschen, daß du bleibst! Alles, was er war, steckt hier in diesem Haus und in seiner Hütte, die er dir vermacht hat. Er hat dich geliebt... Bitte, laß mich nicht hier mit Jill allein. Bitte, bleib, Heaven, bitte, mir und Troy zuliebe! Alles, was du um dich herum siehst, wird einmal dir gehören, wird einmal dein Erbe sein. Nimm es an, und sei's auch nur, um es an deine Kinder weiterzugeben.«

Ich entzog ihm meine Hände. »Nun, du kannst doch überall hingehen, wohin du möchtest, auch ohne Jillian«, sagte ich grausam und stieg in mein elegantes Auto. »Du kannst Leute anstellen, die sich um sie kümmern, und du brauchst bis zu ihrem Tode nicht zurückzukommen. Du brauchst mich nicht, und ich brauche dich nicht oder das Geld der Tattertons. Du hast jetzt genau das, was du verdienst – nichts.«

Der Wind blies mir durch die Haare, während er dastand und mich fortfahren sah. Der Mann mit dem traurigsten Gesichtsausdruck, den ich je gesehen hatte – aber das kümmerte mich nicht. Troy war tot, und ich hatte das College abgeschlossen, doch das Leben würde weitergehen, trotz Tony, der mich jetzt brauchte, und trotz Jillian, die nie etwas außer Jugend und Schönheit gebraucht hatte.

20. KAPITEL
Rache

Ich war auf dem Weg nach Hause, zurück nach Winnerow. Endlich war es für mich Zeit, die Vergangenheit zu begraben und die Person zu werden, die ich immer sein wollte. Denn jetzt wußte ich, daß unsere Kinderträume oft die klarsten sind. Mehr als alles andere wollte ich in die Fußstapfen von Miss Marianne Deale treten. Ich wollte eine Lehrerin sein, die einem Kind wie mir eine Chance im Leben eröffnen könnte, die den Zugang zur Welt der Bücher und des Wissens aufstieß. Denn das sorgte für einen Ausweg aus dem engen Blickwinkel und der Unwissenheit in den Bergen. Außerdem fiel es mir nicht sehr schwer, mein Tatterton Erbe aufs Spiel zu setzen, denn ich war ja keine lumpige Casteel mehr, die sich am Rand der Gesellschaft versteckte. Nein, ich war eine Tatterton, eine VanVoreen. Ich hatte zwar nicht vor, auch nur einem einzigen in meiner Familie die Wahrheit über meine Eltern zu verraten, aber trotzdem war ich jetzt dazu bereit, mich mit dem Mann auseinanderzusetzen, dessen Liebe ich als Kind so bitter gebraucht hätte. Er aber hatte mich unbarmherzig und brutal abgelehnt. Jetzt allerdings war ich in keiner Hinsicht mehr auf ihn angewiesen, trotzdem wollte ich, daß er, und nur er, ganz genau erfuhr, wer ich war.

Für meine Fahrt nach Winnerow brauchte ich drei Tage. Unterwegs hielt ich in New York City bei einem der besten Friseure. Dann tat ich etwas, was ich schon jahrelang wollte: Mein ganzes Leben hatte ich mir die silberblonde Haarfarbe meiner Mutter gewünscht. Mein ganzes Leben war ich der schwarze Engel gewesen, war von etwas betrogen worden, das ich für meine Casteelschen Indianerhaare gehalten hatte. Jetzt würde ich der echte, strahlende Engel, das reiche Mädchen aus Boston sein... auf das keiner mehr herabsah. Ich kam als eine andere Frau aus dem Salon, eine Frau mit schimmernden, silberblonden Haaren. Nein, jetzt war ich keine Casteel mehr, sondern die echte Tochter meiner Mutter. Mir war klar, daß ich jetzt wenigstens einem Mann nicht mehr wie die Heaven Leigh Casteel vorkommen würde, die er haßte. Nein, er würde merken, wie ähnlich ich Leigh war, und endlich würde er begreifen, wie sehr er mich mochte, denn in mir würde er wenigstens seinen geliebten Engel wiedersehen.

Als ich zuerst bei der neuen Hütte in den Bergen ankam, hätte mich Großpapa fast nicht erkannt. Beim ersten Hinsehen fürchtete er sich beinahe so, als ob wirklich ein Geist von den Toten auferstanden wäre. Da begriff ich, daß er vermutlich einen Herzschlag bekäme, sollte er seine »Annie« je wieder in echt sehen. »Großpapa«, sagte ich und umarmte seinen vor Angst starren Körper, »ich bin's, Heaven. Gefallen dir meine Haare?«

»Ach, Heaven-Mädel, ich dacht', du wärst 'n Geist!« Erleichtert seufzte er auf. Als ich ihm dann erzählte, ich wäre gekommen, um bei ihm zu leben, war er überglücklich. »Ach, Heaven-Mädel, auf einmal kommen alle heim. Weißte, nächste Woche kommt auch Lukes Zirkus in die Stadt. Alle Casteels kommen zurück nach Winnerow. Ist doch großartig!«

So, ich war also nicht die einzige Casteel, die zurückkam, um zu demonstrieren, wer ich jetzt war. Dann konnte ich ja meine Pläne viel früher als erwartet in die Tat umsetzen, denn inzwischen war mir klar, was ich tun mußte.

Der Zirkus war das einzige Gesprächsthema in ganz Winnerow, so daß sich kaum Zeit fand, über mich und meinen weißen Jaguar zu klatschen. In der Woche, bevor der Zirkus erwartet wurde, hatte ich viel zu tun: Ich gestaltete die Hütte so gemütlich und hübsch wie nur möglich und war beschäftigt, ein altes Kleid zu waschen und sorgfältig zu bleichen, damit es wieder wirklich weiß wurde. Dann mußte es noch gebügelt werden, aber im Umgang mit Bügeleisen hatte ich keine Erfahrung, nicht einmal mit dem teuersten auf dem Markt. So passierte es, daß ich eines Tages gerade dabei war, eine Erfindung namens Bügelbrett aufzubauen, da kam Logan vorbei und brachte Großpapa seine Wochenration an Medikamenten. Bei meinem Anblick zog er die Luft ein.

»Oh«, meinte er und fühlte sich dabei anscheinend unbehaglich. »Ich hätte fast nicht gewußt, wer du bist.«

»Gefällt's dir nicht?« Das fragte ich ganz nebenbei, um ja auf Distanz zu bleiben.

»Du siehst wunderschön aus, aber mit deinen eigenen schwarzen Haaren hast du noch schöner ausgesehen.«

»Natürlich mußtest du das sagen, denn du magst ja alles so, wie's vom lieben Gott kam. Aber ich weiß, daß man die Natur verbessern kann.«

»Fangen wir schon wieder zu streiten an, noch dazu über so etwas Albernes wie deine Haarfarbe? Ehrlicherweise interessiert's mich ganz und gar nicht, was du mit deinen Haaren machst.«

»Das hätte ich auch gar nicht erwartet.«

Er stellte sein Päckchen in die Mitte des Küchentisches und sah sich um. »Wo ist denn dein Großvater?«

»Drunten im Tal, er muß doch mit Pa und dem Zirkus angeben. Man könnte meinen, Pa wäre Präsident der Vereinigten Staaten geworden, so benimmt er sich.«

Logan stand unschlüssig mitten in der Küche und hatte offensichtlich keine Lust, schon zu gehen. »Mir gefällt's, was du aus dieser Hütte gemacht hast. Es wirkt so gemütlich.«

»Danke.«

»Hast du denn vor, eine Weile zu bleiben?«

»Vielleicht, aber ich bin mir noch nicht sicher. Ich habe zwar schon meine Bewerbung bei der Schulbehörde von Winnerow eingereicht, aber bis jetzt habe ich noch nichts gehört.«

Ich startete den Versuch, mein Kleid zu bügeln. »Du hast Troy Tatterton nicht geheiratet, warum?«

»Das geht dich doch wirklich nichts an, Logan, oder?«

»Ich denke schon, denn ich kenne dich nun seit vielen Jahren, hab' dich gepflegt, als du krank warst, und dich außerdem lange Zeit geliebt... Ich denke, das alles gibt mir schon ein paar Rechte.«

Einige Minuten vergingen, bevor ich leise, mit tränenerstickter Stimme antworten konnte: »Troy kam bei einem Unfall ums Leben. Er war ein wunderbarer Mensch mit zu vielen Tragödien in seinem Leben. Ich könnte heulen wegen allem, was er hätte haben sollen und doch nicht bekam.«

»Was ist es denn, was die Superreichen nicht kaufen können?« Seine Frage klang bissig. Mit dem Bügeleisen in der Hand wirbelte ich herum und musterte ihn. »Du glaubst also, wie ich's auch mal tat, mit Geld könne man alles kaufen, aber das geht nicht und wird nie gehen.« Ich drehte mich wieder um und fing zu bügeln an. »Würdest du jetzt bitte gehen, Logan? Ich muß noch tausend Dinge erledigen, denn Tom wird hier bei uns wohnen, und ich möchte, daß das Haus in Ordnung ist, wenn er kommt. Ich muß es wie ein Zuhause gestalten.«

Lange blieb er hinter mir stehen. Er war mir so nah, daß er leicht meinen Nacken küssen konnte, aber er tat es nicht. Seine Gegenwart fühlte ich so bewußt, als ob er mich berührte. »Heaven, findest du denn in deinem vollen Terminkalender einen Platz, in den ich hineinpasse?«

»Wieso? Ich höre, du bist mit Maisie Setterton so gut wie verlobt.«

»Und mir erzählen alle Leute, Cal Dennison sei nur nach Winnerow zurückgekommen, um dich zu sehen!«

Wieder wirbelte ich herum. »Warum bist du nur so versessen darauf, alles zu glauben, was du hörst? Sollte Cal Dennison wirklich in der Stadt sein, dann hat er noch nicht versucht, mit mir Kontakt aufzunehmen, außerdem sehe ich ihn hoffentlich nie wieder.«

Plötzlich lächelte er, seine saphirblauen Augen blitzten auf und ließen ihn wieder wie einen Jungen wirken. Jungen, der mich einmal liebte. »Es ist nett, dich wiederzusehen, Heaven, und ich werde mich auch an deine blonden Haare gewöhnen, falls du dabei bleiben solltest.« Dann drehte er sich um und marschierte zur Hintertür hinaus. Völlig verblüfft starrte ich ihm hinterher.

Dann kam der Tag des Zirkus. Großpapa war so wild darauf, seinen jüngsten Sohn und Tom zu sehen, daß er vor Begeisterung fast hüpfte, während ich ihm die erste Krawatte seines Lebens zu binden versuchte. In dieser Nacht trug ich ein dünnes, blaues Sommerkleid mit passenden Sandalen. Mein weißes Kleid hob ich für die zweite Nacht auf. Die Zirkuskünstler würden vielleicht schon entspannter und eher in der Lage sein, einen Blick ins Publikum zu werfen. In der ersten Nacht würden sich alle Casteels in Winnerow zur Schau stellen, aber in der Nacht darauf würde ich Pa mein wahres Ich enthüllen. Mein Schmuck war echt, und ich wußte, es war närrisch, so etwas bei einer Zirkusvorstellung zu tragen. Aber ich bildete mir ein, niemand würde ihn von Modeschmuck unterscheiden können, es sei denn, er hätte selbst echten.

Endlich war ich abfahrbereit und tauchte auf der Veranda auf. Aber Großpapa hatte ziemlich Mühe, Annie am Nervöswerden zu hindern. »Sieht hübsch aus, stimmt's, Annie«, konstatierte er wohlgefällig, obwohl er sonst immer ganz verwirrt schaute, wenn ihm meine blonden Haare wieder auffielen.

Nachdem wir Granny »todschick« gekleidet hatten, wollte ich, daß Großpapa vorne bei mir saß. So könnte ich ihn wenigstens allen Leuten in Winnerow präsentieren, die sich einbildeten, ein Mann der Casteels könnte nie wie ein Gentleman aussehen.

Dann erschien auf seinem zerfurchten, alten Gesicht ein breites, glückliches Grinsen. »Was haste bloß für 'n Auto, Heaven-Mädel? Bin in meim ganzn Lebn noch nich so weich gefahrn! Nimmst ja die Löcher, als ob se platt wärn. Verdammich noch mal, wenn sich's nich anfühlt, als wenn wir zu Haus im Bett wärn!«

Ganz langsam fuhren wir die Main Street in Winnerow hinunter. Auf der Main Street drehten sie die Köpfe, und wie. Beim Anblick, daß die lumpigen Casteels in einem Jaguar-Cabrio mit Sonderausstattung fuhren, fielen ihnen die Augen aus dem Kopf. Wenn es etwas gab, wo sich jeder Provinzler auskannte, dann waren es Autos. Einmal in seinem Leben kam Toby Casteel zu Ehre und Würde. Stolz und aufrecht saß er da, und erst als wir die Main Street hinter uns hatten, drehte er sich zu seiner Frau um und flüsterte:

»Annie, wach mal auf. Hast'se starrn gesehn, haste? Hast's doch nich verschlafn, oder? War das nich 'n Ding, wie denen die Augn ausm Kopf fieln? 'S gibt echt kein, der's besser hat als wir. Dieses Heaven-Mädel von uns is aufs College gegangn und kommt mit allem raus, was man für Geld kaufn kann. Hab' noch nie gesehn, daß Schule so viel ausmacht, noch nie.«

Großpapa hatte noch nie eine so lange Rede gehalten, auch wenn ihm gar nicht klar war, was er sagte. Es war Tonys Geld gewesen, womit dieses Auto gekauft worden war, und kein Geld von meinem Verdienst.

Über eine Stunde brauchten wir, um hinzukommen, so langsam fuhr ich, aber schließlich waren wir beim Zirkusareal, gleich hinter der Stadtgrenze. Aus fünf Landkreisen waren die Leute herbeigeströmt, um den Zirkus zu sehen, in dem Luke Casteel oben auf einer Plattform stehen und alles ankündigen würde. Als Großpapa und ich hereinkamen, drehten sich die Köpfe und musterten uns. Ich hörte, wie sie flüsterten: »Das ist Toby Casteel, Lukes Vater!«

Großpapa und ich hatten uns noch nicht so recht daran gewöhnt, daß uns so viele Augen anstarrten, da tauchte von hinten eine schlanke Frau auf, ganz in Feuerrot gekleidet. Den ganzen Weg brüllte sie wie ein Stier: »Halt! Wartet doch! Ich bin's, deine Schwester Fanny!« und bevor ich mich noch bekreuzigen konnte, stürzte sie sich schon überschwenglich in meine Arme.

»Heiliger Bimbam, Heaven«, kreischte sie so laut, daß sich

ein Dutzend Leute umdrehten und starrten. »Siehst echt toll aus!« Fanny drückte mich ein paar Mal, dann umarmte sie Großpapa. »Also, Großpapa, hab' dich noch nie so piekfein gesehn! Kenn' dich ja kaum wieder, wennste sonst so alt und verkrumpelt ausschaust.«

Das waren Komplimente, wie sie Fanny regelmäßig austeilte. Ihr rotes Kleid hatte weiße Tupfen und saß so eng, daß es wie aufgemalt wirkte. An beiden braungebrannten Armen trug sie bis zum Ellbogen goldene Armbänder, die schwarzen Haare mit dem Mittelscheitel hatte sie mit weißen Seidenblumen hinter die Ohren gesteckt. Sie wirkte tatsächlich wie eine schöne exotische Katze, die die falschen Farben trug.

Fanny trat inzwischen einen Schritt zurück und starrte mich erschrocken an. »Machst mich ganz krank, echt. Siehst gar nich mehr wie du aus. Wetten, siehst aus wie deine tote Ma. Haste keine Angst, so auszuschaun wie 'n Toter im Grab?«

»Nein, Fanny, ich fühle mich wohl, wenn ich wie meine Mutter aussehe.«

»Konnt' dich noch nie verstehn, nie«, murmelte sie mit einem scheuen Grinsen. »Hör doch auf, dich zu ärgern, Heaven, bitte. Laß uns Freundinnen sein und Pa zuschaun und auf die Vergangenheit pfeifn.«

Ja, dachte ich, für diese Nacht könnte ich es tun, Großpapa und Tom zuliebe, den wir später treffen würden.

»Hab' den altn Mallory los, echt. Hab' ihn ganz schnell abrasiert, als ich kapierte, daß der mich nur geheiratet hat, um 'ne Zuchtstute zu habn. Kannste dir vorstelln, der Mann dacht, ich würd' seine Bälger kriegn, wo ich doch schon eins hab'? Hab's ihm aber gesteckt, daß ich meine Figur nicht ruinieren würd', wenn das Balg rauskäm, und ich dann keine jungen Kerle mehr kriegn könnt. Und weißte was? Der tat ganz irre. Fragte, was ich mir denn zum Teufel dächt', warum er mich geheiratet hätt', wenn nich' als Ma für seine Bälger... Liebe Güte, dabei hat er schon drei Ausgewachsne.«

Sie warf mir ein verschlagenes Lächeln zu. »Dank dir, daßte

damals versucht hast, mein Baby zurückzukaufn. Wußt aber, du würdst's nich hinkriegn. Die würdn meine hübsche Darcy nich fürs ganze Geld rausrückn, das die Tattertons in ihrem Keller zusammengekratzt habn.«

Während wir uns aufs Hauptzelt zu bewegten, drehte sich Fanny ab und zu um und umarmte Großpapa. Dann widmete sie mir wieder mehr Aufmerksamkeit. »Der alte Mallory zahlt 'n netten Unterhalt, aber verflixt, 's macht kein Spaß, wenn man Geld hat und kein damit neidisch machn kann. Heaven, laß uns zwei doch mal den Hohlköppen da zeign, was Geld is. Hab' mir dort drübn aufm Hügel 'n nettes, großes Haus gebaut.« Damit deutete sie in die Richtung. »Und du baust jetzt auf der andern Seite vom Tal. Wenn der Wind gut ist, könn' wir uns dann immer zujodln.«

Als wir die Plattform erreichten, wo Pa sonst seine Vorstellung gab, war es schon spät. Das Hauptzelt war bereits voll, aber Tom hatte uns Karten geschickt und im Handumdrehen waren wir drei unterwegs zu den besten Sitzen. Wir hatten uns gerade hingesetzt, da blies die Kapelle einen lauten Tusch, die Vorhänge wurden aufgezogen, und eine Parade Indischer Elefanten in lustigen Kostümen tauchte auf. Hübsche Mädchen ritten oben auf dem Rücken. Großpapa streckte die Brust heraus, als er sah, wie Pa mit seinem Mikrophon in die Manege stolzierte. Seine Stimme übertönte die Musik, während er jedes Tier samt Reiter vorstellte und von den tollen Dingen erzählte, die noch kommen würden.

»Das is' mein Luke«, rief Großpapa laut und stieß Race McGee, der neben ihm saß, mit dem Ellbogen an. »Issa nich 'n gutaussehender Mann?«

»Schlägt sicher nich dir nach«, gab ein Mann zurück, der Pa schon vieles beim Pokern abgenommen hatte.

Als die Vorstellung halb vorbei war, war Großpapa bereits so restlos begeistert, daß ich fürchtete, er werde das Ende nicht mehr erleben. Fanny benahm sich fast genauso schlimm. Sie kreischte, schrie und klatschte und hüpfte dazwischen so in die Höhe, daß ihr beinahe der Busen aus dem tiefen Ausschnitt fiel. Ich wünschte mir sehnlichst, sie würde nicht selbst noch eine Vorstellung geben. Aber genau das wollte Fanny. Und hatte Erfolg damit.

Dann schlichen die Raubkatzen in die Manege, um auf Befehl des Löwenbändigers ihre Kunststücke vorzuführen. Dieser Teil gefiel mir nicht, ich wurde nervös. Es machte mir Probleme, daß man große Raubkatzen zu so albernen Dingen dressiert, wie auf Podesten zu sitzen. Ich hielt Ausschau nach Tom, konnte ihn aber nicht entdecken und wünschte mir, die Clowns würden endlich verschwinden. Mit ihren närrischen Spielereien versperrten sie mir die Aussicht und lenkten mich von dem ab, was ich viel lieber sehen wollte.

Und dann sah ich Logan.

Er warf keinen Blick auf die Löwendressur, sondern starrte mich über mehrere Bänke hinweg mit finsterer Miene an. Direkt neben ihm saß ein ungewöhnlich hübsches Mädchen mit kastanienbraunen Haaren. Ich mußte vier-, fünfmal hinsehen, bis ich seine Begleitung erkannte: Maisie Setterton, Kittys jüngere Schwester. Oho, er traf sie also *doch* ziemlich oft.

»Hab' gehört, Logan hätt' sich mit Maisie verlobt«, flüsterte Fanny haßerfüllt, als ob sie meine Gedanken lesen konnte. »Kann nich verstehn, was er an der findet. Konnt noch nie echte Rothaarige mit ihrer blassen Haut ausstehn. Kriegn so schnell Sommersprossen. Hab' auch nie von 'ner Rothaarigen gehört, die nich 'ne freche und gemeine Klappe gehabt hätt', sogar die mit gefärbtn Haaren.«

»Deine Mutter war eine«, antwortete ich abwesend.

»Tja«, murmelte Fanny.

Wieder lächelte sie zu Logan hinüber, aber ihr Lächeln verwandelte sich schnell in einen zornigen Blick. »Schau dir mal diesen Logan an. Tut so, als würd' er mich nich mal sehn, wenn er herschaut. Dabei muß er's doch! Würd' eh kein so steifn Klotz wie Logan Stonewall heiratn, nich mal, wenn er vor mir aufn Knien läg und's keine andern Kerle mehr auf der Welt gäb als Race McGee.« Und dabei lachte sie Race McGee mitten in sein fahles, feistes Gesicht.

Bald waren alle Nummern vorbei, aber immer noch hatten wir nur Pa und nicht Tom gesehen. Die Menge begann, sich zu verlaufen, und Großpapa, Fanny und ich machten uns vorsichtig auf den Weg zu dem Platz, wo Tom gemeint hatte, er würde auf uns warten. Aber auch dort sah ich ihn nicht, nur einen großen, dünnen Clown in einem fremdartigen Kostüm. Er stand in der Nähe des Zelts, in dem sich die Zirkuskünstler umzogen. Ich stolperte über einen seiner riesigen, grünen Schuhe mit gelben Tupfen und roten Schnürsenkeln.

»Entschuldigung«, sagte ich und ging um seine Schuhe herum. Da brachte er mich noch mal zum Stolpern, ich drehte mich rasch um und fauchte ihn an. »Warum stellen Sie mir denn Ihre Füße in den Weg?« In dem Moment sah ich seine grünen Augen.

»Tom... bist du das?«

»Wer ist sonst schon so plump und hat so riesige Füße?« fragte er und nahm lächelnd seine struppige, rote Perücke ab. »Heaven, du siehst echt toll aus, allen Ernstes! Aber ich hätte dich nicht erkannt, wenn du mir nicht erzählt hättest, daß du jetzt blond bist.«

»Und was is mit mir?« schrie Fanny und stürzte sich auf ihn. »Haste denn nichts Liebes mehr für mich, deine Lieblingsschwester?«

»Also, Fanny, du bist genauso wie ich's schon immer gewußt hatte, heißer wie ein Feuerwerk!«

Das gefiel ihr.

Fanny war blendend aufgelegt. Sie schmollte, als sie hörte, Pa wäre bereits ins Hotel zu seiner Frau und seinem Sohn gegangen und hätte nicht auf uns gewartet. In einem kleinen Zeltabteil, das nach ranzigem Make-up, Puder und Fettschminke roch, schminkte sich Tom ab und zog normale Kleidung an. Inzwischen unterhielt Fanny uns alle mit brandneuen Geschichten.

»Müßt unbedingt kommn und mein Schloß besichtign!« wiederholte sie mehrmals. »Tom, mußt auch Pa mitbringn und seine Frau und den Kleinen auch. S is nich gut, wenn man 'n hübsches, neues Haus mit Swimmingpool und alles todschick eingericht hat, und dann kommt keiner von der Familie auf Besuch.«

»Ich bin völlig erschlagen«, wehrte Tom ab, wobei er schon ein Gähnen unterdrückte, als er Großpapa aufstehen half. »Und nur weil die Vorstellung vorbei ist, heißt das noch lange nicht, daß die ganze Arbeit gemacht ist. Der Abfall muß auf dem Gelände beseitigt und alle Toiletten so geschrubbt werden, daß sie durch die Hygienekontrolle kommen. Die Tiere gehen halb hungrig in die Vorstellung und wollen jetzt ihr Fressen. Und fürs meiste davon bin ich verantwortlich... Ich seh' euch dann also morgen. Fanny, vielleicht kann ich ja dann dein neues Haus besichtigen. Aber verflixt noch mal, warum hast du dir denn gerade hier ein Haus gekauft?«

»Hatt schon meine Gründe«, antwortete Fanny verärgert. »Und wennste nich diese Nacht mit uns kommst, sagt mir das wie 'n Schlag ins Gesicht, daß Heaven die einzige ist, die für dich zählt... Und ich werd' dich hassn, Tom, für immer, wennste mir das antust.«

Tom kam mit uns. Fannys ganz modern gebautes Haus klebte hoch an einem Hang, direkt gegenüber dem Berg mit der Blockhütte. Trotzdem war das Tal viel zu breit, um herüberschauen zu können. Aber wenn man ins Tal heruntergenerjodelte, war das schon sehr weit zu hören.

»Werd' hier ganz allein lebn!« konstatierte Fanny theatralisch. »Werd' kein Mann und kein Liebhaber und auch sonst kein bei mir habn, der anschafft. Ich werd' mich nie mehr verliebn – werdse bloß hinkriegn, daßse in mich verknallt sind – und wenn ich se dann über hab' – raus damit. Kurz vor vierzig schnapp ich mir dann 'n reichn Knacker und halt ihn mir als Haustier.« Fanny hatte einen exakten Lebensplan, was ich von mir gerade nicht behaupten konnte.

»Wer hätte je gedacht, Fanny Casteel würde es mal so weit bringen, daß sie in so einem Haus lebt?« meinte Tom wie zu sich selbst. »Heavenly, ist das denn ungefähr so großartig wie Farthinggale Manor?«

Was hätte ich sagen können, ohne Fannys Gefühle zu verletzen? Nein, Fannys ganzes Haus hätte in einen einzigen Seitentrakt von Farthinggale Manor gepaßt, aber trotzdem war es ein Haus, um darin zu leben, sich wohl zu fühlen und dabei jeden Winkel genau zu kennen.

Ich schlenderte herum und betrachtete interessiert alle Fotos an den Wänden. Verwundert bemerkte ich eins mit Fanny und Cal Dennison an irgendeinem Strand! Als ich mich zu ihr umdrehte, grinste sie boshaft. »Eifersüchtig, Heaven? Is jetzt meiner, wenn ich will, und er is gar nich so übel, außer wenn er bei sein Eltern rumhängt, dann hat er kein Rückgrat nich mehr. Nach 'ner Zeit werd' ich ihn ablegn, wenn er mir langweilt.«

Inzwischen war ich todmüde und wünschte mir nicht zum ersten Mal, ich hätte mich nicht von Fanny zu einem Besuch überreden lassen. Gähnend stand ich auf, aber erst jetzt erfuhr ich den wahren Grund, warum Fanny in die Willies zurückgekommen war.

»Ich seh' auch ab und zu Waysie«, warf sie unvermittelt in unsere Unterhaltung. »Meint, er wär' mir ziemlich dankbar, wenn ich ihn einmal die Woche zu Besuch kommn ließ. Würd' mir auch Klein-Darcy mitbringn. Habse schon zweimal gesehn, is so hübsch. Klar wird's jeder in Winnerow früher oder später spitz kriegn, was so läuft... Und dann hab' ich meine Rache. Die alte Lady Wise wird'n paar Mal nachts ganz schön flennen, ganz schön.«

Nicht zum ersten Mal stieg in mir eine überwältigende Abneigung gegen Fanny hoch. Sie hatte kein echtes Interesse an Waysie und auch nicht an Darcy, sie war nur auf Rache aus. Ich hatte das Gefühl, sie zur Besinnung prügeln zu müssen, aber sie war so betrunken, daß sie das Gleichgewicht verlor.

Als ich aus dem Haus stürzte, schrie sie mir nach, sie würde auch mich noch kriegen, weil ich ihr die Selbstachtung geraubt hätte. Da war sie also, zwanzig Jahre alt, einmal verheiratet und geschieden, und haßte mich dafür, weil sie kein Mann genug geliebt hatte. Nicht einmal ihr eigener Pa.

Vermutlich hatten Fanny und ich da einiges gemeinsam.

Wie unter einem tiefen Zwang ging ich in der nächsten Nacht wieder zum Zirkus, aber diesmal hatte ich das weiße Kleid an, das ich so sorgfältig gewaschen und gebügelt hatte. Es wirkte wie aus einem Film. Diesmal ging ich allein, ohne Großpapa und Fanny. Noch einmal saß ich mitten in der heißen, schwitzenden Menge, die gekommen war, um den »Helden ihrer Heimatstadt« zu sehen – Luke Casteel, der neue Besitzer, der Conferencier, der alle verzauberte. Nur war heute nacht vieles ein bißchen anders. Diesmal saß Pas hübsche, junge Frau Stacie da und bewegte nervös die Hände, als Pa die Manege betrat und seine lange Begrüßung ohne Stocken und Fehler vortrug. Warum war sie dann nervös? Um mich herum standen Frauen und Mädchen zur Begrüßung auf und schrien begeistert, einige warfen sogar Blumen und Tücher hinunter. Ich sah meinen Bruder Tom, der einmal Präsident hatte werden wollen und sich jetzt darauf beschränkte, ein alberner Clown zu sein. Und das alles nur, weil Pa haben mußte, was er wollte, egal welche Wünsche Tom auch besaß.

Ich dachte an Unsere-Jane, an Keith und an Fanny. Sie war genauso zu dem gemacht worden, was sie war, wie mich das Schicksal geformt hatte. Und dann fielen mir wieder die Worte des guten Reverend Wayland Wise ein: »Du trägst die Saat für deine eigene Zerstörung und die für jeden, der dich liebt, mit dir... ein Idealist der schlimmsten Sorte – der *romantische* Idealist... zum Zerstören geboren, bis zur Selbstzerstörung!«

So wie es meine eigene Mutter getan hatte!

Ich fühlte mich verurteilt, absolut verurteilt. Genauso wie Troy es empfunden hatte.

Die Worte des guten Reverends flirrten mir so lange im Kopf herum, bis mir meine geplante Konfrontation mit Pa töricht vorkam. Sie war falsch und würde nur damit enden, daß ich mir selbst weh tat. Rasch stand ich auf und machte mich entschlossen auf den Weg. Es war egal, daß mich die Leute anbrüllten, ich solle mich hinsetzen und ihnen nicht die Aussicht versperren – ich mußte hier raus. Es war egal, daß die Löwen fast außer Kontrolle in der Manege herumrannten. Pa stand mit geladenem Gewehr und Pistole unmittelbar hinter der Käfigtür, die er entriegelt hatte. Unterdessen versuchte drinnen der Dompteur, die Katzen wieder zur Raison zu bringen, die ihn allerdings gar nicht beachteten. »Es ist der neue Löwe, der alle andern durcheinander bringt!« schrie irgendeiner. »Zieht die Fahnen ein! Das Flattern macht den Neuen nervös!«

Ich hätte nie in die Willies zurückkommen sollen.

Ich hätte das alles sich selbst überlassen sollen. Ungefähr drei Meter vom Käfig entfernt hielt ich an, denn ich wollte mich noch von Tom verabschieden, der direkt hinter Pa stand. Dann wollte ich zur Hütte zurück, wo es sich Großpapa mit dem Geist seiner Frau bequem gemacht hatte.

»Tom«, rief ich leise.

In seinem schlotternden Clownskostüm, mit bemaltem Gesicht, lief er herbei, packte mich am Arm und zischte: »Sag bloß kein Wort zu Pa, bitte, bitte! Er hat heute zum ersten Mal den Wärterposten, denn der kam betrunken zur Arbeit! Bitte, Heaven, lenk Pa nicht ab!«

Aber ich mußte weder etwas sagen, noch etwas tun.

Pa hatte mich bereits gesehen.

Die Lichter über mir schienen auf meine silberblonden Haare. Ich trug dasselbe Kleid, das meine Mutter anhatte, als er sie das erste Mal auf der Peachtree Street stehen sah – das kostbare, brüchige Kleid mit den üppigen Puffärmeln und dem weiten Rock. Es war das hübscheste Kleid in meiner Sommergarderobe, und ich mußte es tragen... heute nacht zum ersten Mal. Versteinert und mit weit aufgerissenen Augen sah mich Pa an. Schrittweise kam er auf mich zu und entfernte sich immer mehr vom Löwenkäfig und vom Dompteur, der seine Aufmerksamkeit gebraucht hätte.

Dann geschah etwas, was mich völlig überraschte. In Pas total verblüfften Augen tauchte plötzlich erleichterte, ungläubige Freude auf. Als qualvolle Antwort darauf pochte mein Herz wie wild. Während ich noch unschlüssig dastand, fühlte ich, wie sich die langen, weiten Ärmel meines weißen Sommerkleides aufblähten. Eine abendliche Brise hatte sich durch den Zelteingang verirrt.

Endlich, endlich freute sich Pa, mich zu sehen! Ich las es in seinen Augen! Endlich würde er sagen, daß er mich liebhatte.

»Engel!« schrie er.

Mit ausgebreiteten Armen trat er auf mich zu, das Gewehr fiel ihm aus der Hand, und die Pistole, die er aus dem Halfter genommen hatte, glitt lautlos in den Manegenstaub.

Es war Sie!

Es war immer noch meine Mutter, die er sah!

Er würde immer nur sie sehen und nie mich, niemals!

Ich drehte mich um und lief davon.

Weinend und außer Atem hielt ich erst außerhalb des Hauptzeltes an. Hinter mir erhob sich ein Tumult: Schreie, Brüllen, Leute riefen wie verrückt, dressierte Tiere waren wild geworden. Jetzt erstarrte ich. Ich hörte Schüsse und drehte mich wieder um. Nervös hob ich die Hände an die Stirn und preßte sie dort zusammen.

»Was ist denn passiert?« fragte ich zwei Männer, die aus dem Zelt gelaufen kamen.

»Die Katzen haben den Dompteur auf den Rücken geworfen und zerfleischen ihn. Casteels Aufmerksamkeit wurde abgelenkt, deshalb fühlten sie sich sicher genug, um loszuspringen. Dann nimmt doch dieser doofe Clown mit der roten Perücke das Gewehr, steckt die Pistole ein und geht selbst in den Käfig.«

O mein Gott, Tom, Tom!

Der Mann war außer sich, schob mich beiseite und rannte weiter.

Ein anderer meinte: »Die ganzen verrückten Katzen lagen auf dem Dompteur, aber Lukes Sohn rannte mutiger als irgendein Mann, den ich kannte, direkt in den Käfig, um das Leben seines Freundes zu retten. Dann merkte Luke, was passiert war, und ging, um seinen Sohn zu retten. Weiß Gott, ob einer lebendig herauskommt!«

O mein Gott – es war meine Schuld, meine Schuld!

Pa interessierte mich nicht, wieso auch, Pa verdiente alles, was er bekam.

Aber die Sorge um Tom ließ mich schneller laufen. Die Tränen liefen mir übers Gesicht.

Pa hatte auf dem Rücken tiefe Wunden von den Krallen, es war eine lebensgefährliche Infektion. Zwei Tage vergingen, während ich auf dem Bett in Großpapas Blockhütte lag und mich dazu zwang, bei meiner Ansicht zu bleiben. Der Mann, der im Krankenhaus um sein Leben kämpfte, verdiente, was ihm passiert war. Er hatte es doch schon vor langer Zeit herausgefordert, als er sich zum Zirkusleben entschloß.

So wie sich auch Fanny in ihrem neuen Haus darauf vorbereitete, eines Tages mit dem Stadtvolk abzurechnen, das sie immer verachtet hatte. Man konnte eben nicht ein ganzes Leben lang nach links und rechts austeilen, ohne auch einmal das eigene Kartenhaus zum Einsturz zu bringen.

Tom war viel schwerer als Pa verwundet worden. Denn er war als erster im Käfig gewesen und hatte mit seinem Gewehr nur einen Schuß abgeben können. Dann hatte ihm eine Katze mit einem mächtigen Prankenhieb das Gewehr aus der Hand geschlagen. Pa war hineingestürzt und hatte zwei Katzen mit dem Gewehr erschossen, aber zuvor war auch er ziemlich übel zugerichtet worden.

Und dann passierte das Schlimmste. Tom starb, und nicht Pa. Tom, Tom, Tom, der beste von allen Casteels. Tom, der mich geliebt hatte und mein Gefährte, meine zweite Hälfte gewesen war. Tom hatte mir den Mut gegeben, den ich brauchte, um bis zu dem Tag durchzuhalten und zu warten, an dem mich Pa als seine Tochter akzeptieren würde.

Die Zeitungen machten Tom zum Helden. Sie verbreiteten

sein lachendes Foto, von einer Küste zur anderen. Toms Lebensgeschichte wurde zur Lektüre für alle, und sie hatten sie so gut formuliert, daß sie nur tapfer, aber nicht übertrieben klang. Erst als ich wußte, daß Pa am Leben bleiben würde, faßte ich den Mut, Großpapa die Nachricht, was mit Tom passiert war, mitzuteilen. Großpapa konnte keine Zeitungen lesen, und Nachrichtensendungen mochte er nicht. Lieber hörte er den ganzen Tag lang den Wetterbericht, während er schnitzte. Seine knotigen, alten Hände hielten inne und ließen den kleinen Elefanten los, den er gerade schnitzte. Auf Logans Bitten hin hatte er schon vor langer Zeit mit einem Schach-Set aus Dschungeltieren begonnen.

»Mein Luke bleibt doch am Leben, oder, Heaven-Mädel?« fragte er, als ich zu Ende erzählt hatte. »Wir könn' Annie nich noch mal mit 'nem Verlust belastn.«

»Ich habe im Krankenhaus angerufen, Großpapa, er ist über den Berg, und wir können ihn besuchen.«

»Haste mir doch nich erzählt, Tom wär tot, Heaven-Mädel? Tom kann doch nich sterbn, wo er doch grad einundzwanzig is... Hat ja nie viel Glück, meine Jungs bei mir zu habn.«

Im Krankenhaus ließ ich Großpapa allein in das kleine Zimmer gehen, in dem Pa lag. Er war von Kopf bis Fuß einbandagiert und konnte nur durch ein winziges Loch herausschauen. Zitternd lehnte ich mich gegen die Wand. Ich weinte, weinte um so vieles, das sich anders hätte entwickeln können. Ich fühlte mich einsam, ganz schrecklich allein. Wer würde mich denn jetzt noch lieben, wer denn? Als ob Gott meine Frage gehört hätte, legten sich plötzlich Arme zärtlich um meine Taille, und ich wurde nach hinten an eine starke Brust gezogen. Jemand legte seinen Kopf dicht an meinen.

»Wein doch nicht, Heaven«, sagte eine bekannte Stimme. Es war Logan! Er drehte mich um, um mich zu umarmen. »Dein Vater wird am Leben bleiben, er ist eine Kämpfernatur. Er hat noch eine Menge, wofür er leben muß – seine Frau, seinen Sohn und dich. Er ist zäh, war's ja schon immer. Aber er wird nicht mehr so gut aussehen.«

»Tom ist tot, weißt du denn das nicht? Tom ist tot, Logan, tot!«

»Alle wissen, daß Tom wie ein Held starb. Weil er in den Käfig ging, wurden die Löwen, die über den Dompteur hergefallen waren, abgelenkt. Der Dompteur hatte vier Kinder und blieb am Leben, Heaven, er lebt. Jetzt sag etwas zu deinem Pa.«

Was konnte ich bloß zu einem Mann sagen, den ich immer lieben wollte, aber nie dazu fähig war? Was konnte er mir sagen, jetzt wo es zu spät war für Worte, die uns zusammenbringen konnten? Aber trotzdem sah er mich unverwandt an. Durch die kleine Öffnung konnte ich ein trauriges Auge sehen, und seine verbundene Hand machte eine unbeholfene Bewegung. Als ob er mich berühren wollte.

»Es tut mir leid«, gelang es mir zu flüstern, »es tut mir so leid um Tom.« Ich wischte die Tränen weg, die mir wieder übers Gesicht liefen. »Alles, was zwischen uns beiden falsch lief, tut mir leid!«

Ich bildete mir ein, zu hören, wie er meinen Namen murmelte, aber da rannte ich schon zum Krankenhaus hinaus. Ich rannte in einen brütendheißen Tag hinein. Dann klammerte ich mich an einen eisernen Laternenpfahl und weinte bitterlich. Wie sollte ich ohne Tom weiterleben, wie denn?

»Komm, Heaven«, sagte Logan; neben ihm humpelte Großvater. »Was geschehen ist, ist geschehen, und wir können es nicht rückgängig machen.«

»Fanny ist nicht einmal zu Toms Beerdigung erschienen«, schluchzte ich. Ich war froh darüber, daß er mich so ohne weiteres umarmte und mir so vieles verzieh.

»Ist es denn nicht egal, was Fanny tut oder nicht?« Dabei hob er mein verweintes Gesicht hoch und sah mir ernst in die Augen. »Waren wir denn nicht immer am glücklichsten, wenn Fanny außer Sichtweite war?«

Sensibel und liebevoll wirkte er, wie er so im strahlenden

Sonnenschein vor mir stand. Ich legte den Kopf an seine Brust und versuchte, mit dem Weinen aufzuhören. Dann gingen wir alle drei zum Auto.

»Du hattest nicht recht mit deiner Behauptung, ich würde dich nicht brauchen«, meinte Logan, als wir schon fast zu Hause waren.

Das Rauschen der Blätter, der Wind im Gras und der Duft der Wildblumen heilten mich mehr als alle Worte. Überall wohin ich schaute, sah ich Toms grüne Augen. Wenn ich unsicher war, hörte ich ihn im Geist reden, wie er mir Mut machte, weiterzugehen und Logan zu heiraten – aber er riet mir auch, die Berge und Täler zu verlassen, sobald Großpapa tot war.

Am sechzehnten Oktober begruben wir Großpapa neben seiner geliebten Frau Annie. Alle standen wir in einer Reihe, alle Castells: Pa, Stacie, Drake und Fanny, dazu noch alle Bewohner von Winnerow. Toms tapferes Verhalten hatte ihnen Respekt abgenötigt, nicht etwa mein Geld, meine Ausbildung, meine Kleider oder mein neues Auto.

Ich senkte den Kopf und weinte, als ob Großpapa wirklich mit mir verwandt gewesen wäre. Bevor wir vom Grab weggingen, streckte Pa seine Hand nach mir aus. »Mir tut so vieles leid«, sagte er freundlich und leise, wie ich es nie von ihm erwartet hätte. »Ich wünsche dir viel Erfolg und Glück bei allem, wozu du dich entschließt. Und ich hoffe, mehr als alles andere, daß du hin und wieder bei uns vorbeischaust.«

Seltsam, erst jetzt konnte ich dem Mann in die Augen sehen, von dem ich geglaubt hatte, ich würde ihn immer hassen und nichts für ihn empfinden.

Ich wußte nicht, was ich sagen sollte. Ich konnte nur nikken.

In einem einsamen, riesigen Haus wartete noch ein Vater auf meine Rückkehr. Während ich auf dem Hügel stand und mich umsah, wußte ich, eines Tages würde ich nach Farthinggale Manor zurückkehren. Aber dann würde ich weder eine Casteel noch eine Tatterton sein.

Logan sah mich voller Liebe an. Und jetzt wußte ich, er würde mit mir kommen. Und ich wußte auch, ich würde eine Stonewall sein.

V. C. Andrews

V. C. Andrews
Das Netz im Dunkel
6764

V. C. Andrews
Dunkle Wasser
8655

V. C. Andrews
Dornen des Glücks
6619

V. C. Andrews
Wie Blüten im Wind
6618

V. C. Andrews
Schatten der Vergangenheit
8841

GOLDMANN